Un lugar llamado Aquí

Para Siempre

Cecelia Ahern

Un lugar llamado Aquí

VERGARA
GRUPO ZETA

Barcelona • Bogotá • Buenos Aires • Caracas • Madrid • México D.F. • Montevideo • Quito • Santiago de Chile

Título original: *A Place Called Here*

Traducción: Borja Folch

1.ª edición: noviembre 2007

para el sello Javier Vergara Editor
Bailén, 84 - 08009 Barcelona (España)
www.edicionesb.com

Printed in Spain
ISBN: 978-84-666-3396-3
Depósito legal: B. 43.479-2007

Impreso por LIMPERGRAF, S.L.
Mogoda, 29-31 Polígon Can Salvatella
08210 - Barberà del Vallès (Barcelona)

A ti, papá, con todo mi amor.
Per ardua surgo

Una persona desaparecida es aquella cuyo paradero se desconoce, sean cuales sean las circunstancias de su desaparición.

La persona se considerará «desaparecida» hasta que sea localizada, y su bienestar, o lo contrario, verificado.

An Garda Síochána

1

Jenny-May Butler, la chiquilla que vivía delante de mi casa, desapareció cuando yo era niña.

La Gardaí[*] emprendió una investigación que condujo a una prolongada búsqueda pública. Durante meses, el caso aparecía cada noche en las noticias, cada día figuraba en la primera plana de los periódicos, en todas partes era objeto de todas las conversaciones. El país entero arrimó el hombro para ayudar; fue la mayor búsqueda de una persona desaparecida que yo, a mis diez años de edad, había visto nunca, y pareció afectar a todo el mundo.

Jenny-May Butler era una belleza rubia de ojos azules que sonreía desde las pantallas de televisión de todos los hogares del país, y hacía que los ojos se llenaran de lágrimas y que los padres abrazaran a sus hijos estrechándolos un poco más de lo habitual antes de mandarlos a la cama. Estaba presente en los sueños y oraciones de todo el mundo.

También tenía diez años e iba a mi clase en la escuela. Yo mi-

* La An Garda Síochána, comúnmente conocida como «Gardaí» o «Guards», es la policía nacional irlandesa. Sus miembros son los «gardas» o «guards». *(N. del T.)*

raba con atención su bonita fotografía en las noticias del día y escuchaba a los reporteros que hablaban de ella como si fuese un ángel. Oyendo cómo la describían, uno nunca habría imaginado que le tirase piedras a Fiona Brady durante el recreo mientras la maestra no miraba o que me llamara «vaca con rizos» delante de Stephen Spencer sólo para que él la prefiriese a ella en vez de a mí. No, durante aquellos pocos meses se había convertido en un ser perfecto y no me parecía justo echar por tierra esa reputación. Al cabo de un tiempo me olvidé de todas las cosas malas que había hecho porque ya había dejado de ser simplemente Jenny-May: era Jenny-May Butler, la dulce niña desaparecida de la encantadora familia que cada noche salía llorando en las noticias de las nueve.

Nunca la encontraron: ni el cuerpo ni el rastro; fue como si hubiese desaparecido por arte de magia. Ningún personaje sospechoso había sido visto merodeando, ningún circuito cerrado de televisión pudo mostrar sus últimos movimientos. No había testigos, no había sospechosos; la Gardaí interrogó a todo bicho viviente. La calle estaba bajo sospecha, los vecinos intercambiaban amistosos saludos camino de sus coches a primera hora de la mañana, pero en todo momento se hacían preguntas, especulaban e imaginaban cosas asombrosamente distorsionadas acerca de sus vecinos. Lavar el coche, pintar la cerca, arrancar malas hierbas de los parterres y cortar el césped los sábados por la mañana sin dejar de mirar alrededor, de reojo, suscitaba pensamientos indignos. La gente se escandalizaba de sí misma, le enojaba que el incidente le hubiese pervertido la mente.

Los dedos acusadores tras las puertas cerradas no proporcionaron ninguna pista a la Gardaí; no había ningún cabo del que tirar aparte de la bonita fotografía.

Siempre me pregunté dónde estaría Jenny-May, dónde había ido al desaparecer, cómo era posible que alguien se desvaneciera sin dejar rastro y sin que nadie supiera nada.

Por las noches me asomaba a la ventana de mi habitación y miraba hacia su casa. La luz del porche estaba siempre encendida, como si fuera un faro que pudiera guiar a Jenny-May de vuelta a casa. La señora Butler ya no podía dormir, y yo la veía perpetuamente sentada en el borde del sofá, como si estuviera preparada aguardando el pistoletazo de salida. Permanecía sentada en la sala de estar mirando por la ventana, esperando que alguien fuese a llevarle noticias. A veces la saludaba con la mano y ella me respondía con tristeza. Pero la mayor parte del tiempo no podía ver más allá de sus lágrimas.

Como a la señora Butler, a mí tampoco me gustaba no tener respuestas. Jenny-May Butler me caía mucho mejor una vez desaparecida que cuando estuvo presente, y eso también me interesaba. La echaba de menos, echaba en falta la idea de ella, y me preguntaba si no estaría en algún lugar no muy lejano, tirándole piedras a otra niña y riendo a carcajadas, y si lo único que pasaba era que no podíamos verla ni oírla. A partir de entonces me dio por buscar a conciencia todo lo que perdía. Cuando mis calcetines favoritos desaparecieron puse la casa patas arriba, mientras mis preocupados padres me miraban sin saber qué hacer. Al final resolvieron echarme una mano.

Me molestaba que, normalmente, mis cosas desaparecidas no aparecieran por ninguna parte, y en las raras ocasiones en que las recuperaba, como en el caso de los calcetines, me fastidiaba encontrar sólo uno. Entonces me imaginaba a Jenny-May Butler en algún lugar, tirando piedras, riendo y llevando mis calcetines favoritos.

Nunca quise nada nuevo; a partir de los diez años me convencí de que no podría reemplazar lo que había perdido. Y me empeñé en que había que encontrarlo.

Creo que pensaba en esos calcetines desparejados tanto como la señora Butler se preocupaba por su hija. Por la noche, yo también me quedaba despierta repasando todas las preguntas que no tenían respuesta. Cuando los párpados me pesaban y se me empezaban a cerrar, una nueva pregunta surgía del fondo de mi mente y hacía que mis párpados se abrieran de nuevo. El tan necesario sueño era mantenido a raya y cada mañana me sentía más cansada, aunque no por ello era más sabia.

Quizá por eso me ocurrió. Quizá por haberme pasado tantos

años poniendo mi vida patas arriba buscándolo todo me había olvidado de buscarme a mí misma. En algún punto del camino me había olvidado de entender quién era yo y dónde estaba.

Veinticuatro años después de que Jenny-May Butler desapareciera, también yo desaparecí.

Ésta es mi historia.

2

Mi vida ha sido una suma de ironías. Así que mi desaparición no hizo más que añadirse a una lista ya de por sí muy larga.

Para empezar, mido casi dos metros. Desde que era niña siempre he sido mucho más alta que todos los demás. Nunca me perdía en los centros comerciales como los otros niños; nunca lograba esconderme bien al jugar al escondite; nunca me sacaban a bailar en las discotecas; era la única adolescente que no se moría de ganas de comprar su primer par de tacones altos. El mote favorito de Jenny-May Butler para mí —bueno, al menos uno de sus diez predilectos— era Papá Piernas Largas, y le encantaba llamarme así delante de su montón de amigos y admiradores. Créanme, me han llamado de todo. Yo era la clase de persona que destaca desde más de un kilómetro de distancia: era la más desgarbada de la pista de baile, la niña detrás de la que nadie quería sentarse en el cine, la que removía las tiendas en busca de pantalones con perneras extra largas, la chica que aparecía en la última fila de todas las fotos. Ya se ve: no hay forma de pasar desapercibida. Todos los que se cruzan conmigo se fijan en mí y me recuerdan. A pesar de todo eso, desaparecí. Poco importaban los calcetines desparejados, poco importaba Jenny-May Butler: que una gigantona como yo no pudiera ser vista fue el colmo. El misterio que superó a todos los misterios fue el mío.

La segunda ironía es que mi trabajo consistía en buscar personas desaparecidas. Durante años trabajé como garda. Con el deseo de investigar casos de personas desaparecidas, pero sin formar parte de una división especial dedicada a eso, tuve que confiar únicamente en la «suerte» de tropezarme con tales casos. Es evidente que la desaparición de Jenny-May Butler desencadenó alguna cosa dentro de mí. Quería respuestas, quería soluciones y quería encontrarlas todas por mi cuenta. Supongo que la búsqueda se convirtió en una obsesión. Buscaba tantos indicios en el mundo exterior que ni una sola vez me paré a pensar en lo que estaba ocurriendo dentro de mi cabeza.

A veces, en la Gardaí encontrábamos a las personas desaparecidas en un estado que no podré olvidar durante el resto de esta vida y buena parte de la próxima. También había personas que simplemente no deseaban ser encontradas. A menudo descubríamos sólo un rastro; el resto de las veces, ni siquiera eso. En esas ocasiones algo me empujaba a seguir buscando más allá de lo que exigía el cumplimiento de mis obligaciones. Investigaba casos mucho después de que se hubiesen cerrado, mantenía contacto con las familias mucho más tiempo del debido. Me daba cuenta de que no podía pasar al caso siguiente sin resolver el anterior, y, como resultado, había demasiado papeleo y muy poca acción. Así pues, consciente de que lo único que realmente quería era hallar a los desaparecidos, abandoné la Gardaí y dediqué todo mi tiempo a buscar.

No se creerían la cantidad de gente que había con tantas ganas de buscar como yo. Las familias siempre se preguntaban cuál era mi razón. Ellos tenían una razón, un vínculo de afecto con los desaparecidos, mientras que mis tarifas apenas me bastaban para sobrevivir; de modo que si no era económica, ¿cuál era mi motivación? La tranquilidad, supongo. Algo que me ayudara a cerrar los ojos y dormir por la noche.

¿Cómo es posible que alguien como yo, con mis atributos físicos y mi actitud, desapareciera?

Acabo de darme cuenta de que ni siquiera les he dicho mi nombre. Me llamo Sandy Shortt.* No pasa nada, pueden reírse. Me consta que tienen ganas. Yo también lo haría si no fuese tan puñeteramente triste. Mis padres me pusieron Sandy porque nací con la cabeza cubierta de pelo color arena. Lástima que no previeran que mi pelo se volvería más negro que el carbón. Tampoco sabían que aquellas piernecillas regordetas pronto dejarían de patalear y comenzarían a crecer a toda velocidad y durante mucho tiempo. De modo que me llamo Sandy Shortt. Ésa es quien se supone que soy, así se me identifica y así consto en todas partes, pero no soy ninguna de esas cosas. La contradicción a menudo hace que la gente se ría cuando nos presentan. Perdonadme si no soy capaz ni de sonreír. Veréis, no hace ninguna gracia estar desaparecida, y me he dado cuenta de que mi vida no ha cambiado mucho ahora que la desaparecida soy yo; cada día hago lo mismo que hacía cuando trabajaba: busco. Sólo que esta vez busco la manera de ser encontrada.

Pero he aprendido una cosa que vale la pena recordar: hay una enorme diferencia entre mi vida actual y la de antes, un detalle de vital importancia. Por primera vez en mi vida me quiero ir a casa.

Qué momento tan malo para darse cuenta de algo así. Ésa es la mayor ironía de todas.

* *Sandy* (de *sand*, «arena») significa «arenoso» y, aplicado al pelo, «de color rubio rojizo»; *short* significa «corto» y, aplicado a personas, «bajo, de poca estatura». *(N. del T.)*

3

Nací y me crié en el condado de Leitrim, en Irlanda, el condado más pequeño del país, con unos 25.000 habitantes. Antaño capital del condado, Leitrim conserva los restos de un castillo y algunos edificios antiguos, pero ha perdido la importancia que tuvo y se ha convertido en un pueblo. El paisaje es variado: colinas marrones cubiertas de matorral, montañas majestuosas con amplios valles e infinidad de lagos pintorescos. Leitrim no tiene salida al mar; limita al oeste con Sligo y Roscommon, al sur con Roscommon y Longford, al este con Cavan y Fermanagh y al norte con Donegal. Cuando estoy allí, siento una repentina claustrofobia y un irresistible deseo de pisar tierra firme.

Hay un dicho en Leitrim que afirma que lo mejor que sale de allí es la carretera de Dublín. Terminé la escuela a los diecisiete años, solicité una plaza en los Guards y finalmente tomé la carretera de Dublín. Desde entonces, pocas veces he hecho el trayecto de regreso. Cada dos meses iba a visitar a mis padres a su casa adosada de tres habitaciones, en aquella callecita sin salida y con doce casas donde crecí. En principio, mi intención era pasar allí el fin de semana, pero casi siempre me marchaba el primer día, sirviéndome de una emergencia en el trabajo como excusa para recoger la bolsa sin deshacer que había dejado en la entrada y conducir, conducir, conducir a toda velocidad por la mejor cosa que sale de Leitrim.

No tenía una mala relación con mis padres. Siempre me dieron todo su apoyo; estaban dispuestos a esquivar balas, a adentrarse en incendios y a escalar montañas si eso servía para hacerme feliz. La verdad es que su actitud me incomodaba. En su mirada me reconocía, y eso no me gustaba. Me veía reflejada en sus expresiones mejor que en ningún espejo. Hay personas que tienen ese don: te miran y su cara te hace saber con toda exactitud cómo te estás comportando. Supongo que era porque me querían, pero a mí me resultaba imposible pasar mucho tiempo con personas que me querían por culpa de esos ojos, por culpa de ese reflejo.

Desde que cumplí diez años se habían andado con pies de plomo conmigo, me habían observado con cautela. Habían fingido conversaciones y risas falsas que resonaban por toda la casa. Intentaban distraerme, crear una atmósfera de relajada normalidad, pero yo sabía lo que estaban haciendo y por qué, y sólo servía para que fuera consciente de que algo iba mal.

Me apoyaban mucho, me querían mucho, y cada vez que había que poner la casa patas arriba para emprender una nueva búsqueda infructuosa, nunca daban su brazo a torcer sin antes resistirse amablemente. Leche y galletas sobre la mesa de la cocina, la radio sonando de fondo y la lavadora en marcha, todo ello para romper el incómodo silencio que inevitablemente se nos venía encima después.

Mamá me miraba con aquella sonrisa que no abarcaba sus ojos, aquella sonrisa que hacía que le rechinaran los dientes cuando creía que no la miraba. Con falsa naturalidad en la voz y con aquella expresión forzada de felicidad, ladeaba la cabeza, procuraba que no notase que me estaba estudiando con detenimiento y decía:

—¿Por qué quieres volver a registrar la casa, cielo?

Siempre me llamaba «cielo», como si supiera tan bien como yo que así como Jenny-May Butler no era un ángel, yo ya no era Sandy Shortt.

Por más acción y ruido que hubiese en la cocina para llenar el incómodo silencio, la cosa no parecía dar resultado. El silencio lo ahogaba todo.

—Porque no lo encuentro, mamá —contesté.

—¿De qué par se trata? —Con una sencilla sonrisa, fingía que aquello era una conversación despreocupada y no un intento desesperado de interrogarme para averiguar cómo funcionaba mi mente.

—Los azules con rayas blancas. —Prefería los calcetines de colores vivos e identificables para que fuese fácil encontrarlos.

—Bueno, quizá no metiste los dos en la cesta de la ropa sucia, cielo. A lo mejor el que andas buscando está en algún rincón de tu habitación.

Sonrió procurando no titubear, no tragar saliva. Yo sacudí la cabeza:

—Metí los dos en la cesta, te vi meterlos en la lavadora y luego sólo salió uno. No está en la lavadora y tampoco en la cesta.

Lo de tener la lavadora en marcha como distracción no tuvo éxito, y el electrodoméstico se convirtió en el centro de atención. Mi madre se esforzaba por no perder aquella plácida sonrisa mientras revisaba el contenido de la canasta en el suelo de la cocina: toda la ropa que había doblado estaba ahora esparcida y desordenada. Por un instante dejó caer su máscara. Podría no haberme fijado si hubiese pestañeado, pero vi su mirada. Era miedo. No por el calcetín desaparecido, sino por mí. Pero enseguida volvió a encajarse la sonrisa, encogiéndose de hombros como si la cosa no tuviera importancia:

—A lo mejor se lo ha llevado el viento. La puerta del patio estaba abierta.

Negué con la cabeza.

—O puede que se haya caído de la cesta mientras la traía aquí —dijo.

Volví a negarlo. Tragó saliva y su sonrisa se tensó:

—Quizás esté entre las sábanas. Esas sábanas son muy grandes; es muy difícil ver un calcetín tan pequeño si está ahí.

—Ya lo he comprobado.

Cogió una galleta del centro de la mesa y la mordió con fuerza: hacía lo que fuera para borrar la sonrisa de su expresión afligida. Masticó un rato para fingir que no pensaba, que escuchaba la radio, mientras tarareaba la melodía de una canción que ni siquiera conocía. Cualquier cosa con tal de hacerme creer que no había ningún motivo de preocupación.

—Cielo —sonrió—, a veces las cosas se pierden sin más.

—¿Y adónde van cuando se pierden?

—No van a ninguna parte. —Volvió a sonreír—. Siempre están ahí, donde las dejamos o las olvidamos. Lo que pasa es que no miramos en el sitio correcto cuando las buscamos.

—Pero he mirado en todas partes, mamá. Siempre lo hago.

Lo había hecho, siempre lo hacía. Lo ponía todo patas arriba; no había un solo sitio en toda la casa que se hubiese librado de mis registros.

—Un calcetín no puede echarse a caminar si no tiene un pie dentro —dijo mamá, riendo con falsedad.

¿Lo ven? Igual que mamá se rindió al llegar ahí, casi todo el mundo deja de hacerse preguntas y de preocuparse cuando está en ese punto: algo se ha perdido, uno sabe que tiene que estar en algún lado y aunque lo ha buscado por todas partes sigue sin haber rastro. Así que lo atribuye a su locura, se culpa por haberlo perdido y acaba por olvidarlo. Yo era incapaz de hacer eso.

Recuerdo que mi padre volvió del trabajo aquella tarde y encontró una casa que literalmente estaba patas arriba.

—¿Has perdido algo, cielo? —me preguntó.

—Un calcetín azul con rayas blancas —fue mi respuesta, que llegó apagada desde debajo del sofá.

—¿Sólo uno otra vez?

Dije que sí con la cabeza.

—¿El izquierdo o el derecho?

—El izquierdo.

—Vale, miraré arriba.

Colgó el abrigo y el paraguas en el perchero de la entrada, dio a su confundida esposa un beso en la mejilla y una palmadita de ánimo en la espalda y subió las escaleras. Estuvo dos horas buscando en la habitación de mis padres, pero no le oía moverse. Un vistazo por el ojo de la cerradura me enseñó a un hombre tendido boca arriba en la cama con una toallita sobre los ojos.

Durante mis visitas posteriores me harían las mismas preguntas casuales que no pretendían ser impertinentes, pero que para alguien que estaba a la defensiva parecía que lo fuesen:

—¿Algún caso interesante en el trabajo?

—¿Cómo van las cosas por Dublín?

—¿Qué tal el piso?

—¿Nada de novios?

Nunca había ningún novio; no quería otro par de ojos tan elocuentes como los de mis padres escrutándome día y noche. Había tenido amantes, novios, amigos y ligues de una noche. Había probado lo suficiente como para saber que todo fracasaría a la larga. Era incapaz de tener una relación profunda: no me importaba lo suficiente, no daba ni deseaba lo suficiente. No me interesaba lo que aquellos hombres me ofrecían y ellos no entendían lo que yo necesitaba, así que todo eran sonrisas tensas mientras les decía a mis padres que el trabajo iba bien, que en Dublín había mucho ajetreo, que el piso era fantástico y que no, no tenía novio.

Siempre que me despedía de ellos, incluso cuando abreviaba mis visitas, papá proclamaba con orgullo que yo era lo mejor que jamás había salido de Leitrim.

La culpa no fue de Leitrim, pero tampoco de mis padres. Siempre me apoyaron y sólo ahora me doy cuenta. Cada día que pasa descubro que constatar eso es mucho más frustrante que no encontrar lo que uno busca.

4

Cuando Jenny-May Butler desapareció, su último insulto fue llevarse consigo una parte de mí. Me parece que he dejado claro que tras su desaparición hubo una parte de mí que también desapareció. Cuanto más crecía en edad y estatura, mayor se hacía ese agujero que se asentó en mi vida adulta como un pescado boquiabierto y con los ojos como platos sobre el hielo picado. Pero ¿cómo desaparecí físicamente? ¿Cómo llegué hasta aquí? Aunque la primera y más importante pregunta es: ¿dónde estoy ahora?

Estoy aquí y eso es todo lo que sé.

Miro alrededor y busco algo que me resulte familiar. Deambulo sin parar en busca del camino que conduce fuera de aquí, pero no hay ninguno. ¿Dónde es «aquí»? Ojalá lo supiera. Esto está lleno de objetos personales amontonados: llaves de coche, llaves de casa, teléfonos móviles, bolsos, abrigos, maletas con identificadores de equipaje de líneas aéreas, zapatos sueltos, carpetas de expedientes, fotografías, abrelatas, tijeras, pendientes esparcidos entre pilas de objetos desaparecidos que algunas veces, cuando les da la luz, brillan. Y, por supuesto, hay calcetines, montones de calcetines desparejados. Vaya donde vaya, tropiezo con cosas que la gente seguramente aún anda buscando con desesperación.

También hay animales. Montones de gatos y perros con caritas perplejas y bigotes marchitos que ya han dejado de ser idénticos a sus fotos pegadas en los postes de teléfono de los pueblos. Ninguna recompensa podrá hacerlos regresar.

¿Cómo describir este lugar? Es un lugar intermedio. Es como un magnífico vestíbulo que no conduce a ninguna parte, es como un banquete de sobras, como un equipo deportivo formado por quienes nunca son elegidos, es una madre sin su hijo, un cuerpo sin su corazón. Está casi ahí, pero no del todo, lleno a rebosar de efectos personales y, sin embargo, vacío porque las personas a quienes pertenecen no están aquí para amarlos.

¿Cómo llegué aquí? Fui una de esas personas que desaparece mientras hace *footing*. Qué patético. Era aficionada a las películas de suspense de serie B, y me quejaba cada vez que tras los títulos de crédito tenía lugar el crimen de una corredora asesinada al alba. Me parecía estúpido que las mujeres salieran a correr de noche por callejones desiertos, o durante las horas tranquilas del amanecer, sobre todo cuando un conocido asesino en serie andaba al acecho. Pero eso fue lo que me sucedió a mí. Fui predecible y patética, una cándida corredora de primera hora de la mañana equipada con un chándal gris y unos auriculares a todo volumen, que corría por la orilla de un canal cuando empezaba el día. Aunque no fui abducida; simplemente tomé el camino equivocado.

Corría bordeando un estuario; mis pies golpeaban el suelo furiosamente, como siempre, causando vibraciones que me sacudían el cuerpo. Recuerdo que notaba gotas de sudor resbalándome por la frente, por el pecho y por la espalda. La brisa fresca sobre el sudor hacía que todo mi cuerpo se estremeciera. Cada vez que recuerdo aquella mañana tengo que luchar contra el impulso de gritar mi nombre y de estar en guardia para no cometer el mismo error. Otras veces, en días más felices, me acuerdo de aquella mañana y no me desvío por el camino equivocado, porque la memoria es algo maravilloso. Cuántas veces hemos deseado no habernos apartado del camino.

Eran las seis menos cuarto de una radiante mañana de verano; silenciosa si no fuera por la banda sonora de *Rocky*, que me estimulaba. Aunque no podía oírme a mí misma, sabía que respiraba con dificultad. Siempre me exigía mucho. Cada vez que sentía la necesidad de parar me obligaba a correr más deprisa. No sé si era un castigo diario o era mi interés por investigar, por ir a sitios nuevos, por obligar a mi cuerpo a lograr cosas que no había logrado antes.

Delante de mí, a través de la oscuridad del canal verde y negro que discurría junto al camino, vi una violeta de agua sumergida. Recuerdo que mi padre me dijo, cuando era una niña de pelo negro, larguirucha y avergonzada de mi contradictorio nombre, que la violeta de agua también tenía un nombre poco apropiado porque no era violeta en absoluto. Era lila y rosa, y tenía el tallo amarillo, pero aun así, ¿acaso no era bonita, acaso no me parecía graciosa? Por supuesto que no, negaba yo con la cabeza. La miraba a medida que me iba acercando, y mentalmente me decía: «Sé cómo te sientes.» Mientras corría noté que el reloj se deslizaba por mi muñeca y caía entre los árboles de la izquierda. Había roto el cierre la primera vez que me lo puse y, desde entonces, a menudo se aflojaba y se me caía al suelo. Dejé de correr, di media vuelta y enseguida lo vi en la húmeda orilla del estuario. Apoyé la espalda contra la rugosa corteza marrón oscuro de un aliso y, mientras me tomaba un respiro, me fijé en un estrecho sendero que torcía a la izquierda. No invitaba a seguirlo, no era un camino habitual de excursionistas, pero mi faceta investigadora se impuso: la curiosidad me dictó que fuera a ver adónde conducía.

Me condujo aquí.

Corrí tan lejos y tan deprisa que cuando hubo terminado la lista de reproducción de mi iPod miré alrededor y no reconocí el paisaje. Me envolvía una niebla espesa y estaba en lo alto de lo que parecía una montaña cubierta de pinos. Los árboles se erguían hacia el cielo, las agujas en guardia, preparados para defenderse como un erizo amenazado. Lentamente me quité los auriculares de los oídos, mis jadeos resonaban por las majestuosas montañas, y supe en el acto que ya no estaba en el pueblo de Glin. Ni siquiera estaba en Irlanda.

Simplemente estaba aquí. De eso hace ya un día y sigo aquí.

Me dedico a investigar y sé cómo funciona. Soy una mujer que hace las maletas y no le dice a nadie dónde va a estar durante toda una semana. Desaparezco a menudo, pierdo el contacto a menudo, nadie me controla y me gusta que sea así. Voy y vengo a mi antojo. Viajo constantemente a los lugares donde los desaparecidos fueron vistos por última vez, exploro la zona, hago preguntas. El único problema es que después de llegar a este pueblo ayer por la mañana, había conducido directamente hasta el estuario del Shannon y había ido a correr. No había hablado con nadie, aún no me había registrado en una pensión ni había paseado por una calle principal. Sé muy bien lo que estarán diciendo, sé que ni siquiera seré noticia —sólo una persona más que ha huido de su vida y no quiere que la encuentren, sucede sin parar—, y a estas alturas de la semana pasada posiblemente hubieran tenido razón.

Con el tiempo me incluirán en la lista de desapariciones que no presentan un peligro aparente, ni para la persona desaparecida ni para la población: por ejemplo, personas de dieciocho años o más que han decidido comenzar una nueva vida. Yo tengo treinta y cuatro y, a ojos de los demás, hace mucho, mucho tiempo que quiero irme.

Y eso significa una cosa: que ahora mismo nadie siquiera me está echando de menos.

¿Cuánto tiempo durará esto? ¿Qué ocurrirá cuando encuentren el abollado Ford Fiesta rojo de 1991 junto al estuario con una bolsa de viaje en el maletero, un dossier de personas desaparecidas en el salpicadero, un vaso intacto de café frío y un teléfono móvil, seguramente con llamadas perdidas, en el asiento?

¿Qué ocurrirá?

5

Un momento.

El café. Acabo de acordarme del café.

Durante el trayecto desde Dublín me detuve en una gasolinera cerrada para sacar un café de la máquina que había fuera y me vieron; el hombre que estaba hinchando las ruedas me vio.

Aquello estaba en medio de la nada, en pleno campo. Eran las cinco y cuarto de la mañana, los pájaros cantaban y las vacas mugían tan fuerte que apenas podía oír mis pensamientos. El olor a estiércol era intenso, pero lo endulzaba la fragancia a madreselva que flotaba en la leve brisa matutina.

Aquel desconocido y yo estábamos, al mismo tiempo, muy lejos de todo y en medio de algún sitio. El mero hecho de que estuviéramos tan completamente desconectados de la vida bastó para que nuestras miradas se encontraran y se sintieran conectadas.

Era alto, aunque no tan alto como yo: nunca lo son. Metro ochenta y cinco, cara redonda, mejillas rojas, pelo rubio rojizo y unos brillantes ojos azules que me resultaron familiares y que parecían cansados por lo temprano. Vestía tejanos claros gastados y camisa de algodón a cuadros blancos y azules, arrugada de conducir; llevaba el pelo despeinado, la barba sin afeitar, con los años aparecía una barriga incipiente. Supuse que tendría entre treinta y cinco y cuarenta, aunque parecía mayor, con arrugas en la frente por el estrés y marcas de expresión risueña... No, a juzgar por la tristeza que desprendía no podían ser fruto de la risa. En las sienes le habían aparecido recientemente algunas canas, cada una resultado de una dura lección aprendida. Pese al exceso de peso parecía fuerte, musculoso. Sin duda tenía un trabajo físico, suposición que corroboraron las pesadas botas de trabajo que llevaba. Sus manos eran grandes, curtidas y fuertes. Vi cómo se le abultaban las venas de los antebrazos al moverse, la camisa arremangada con descuido hasta el codo cuando levantó la bomba de aire de su soporte. Pero no iba a trabajar, no vestido de aquella manera, no con aquella camisa. Para él ésa era su ropa de calle.

Lo estudié mientras volvía al coche.

—Perdone, se le ha caído algo —me dijo levantando la voz.

Me paré en seco y miré hacia atrás. Sobre el asfalto estaba mi reloj. La plata resplandecía bajo el sol. «Maldito reloj», dije entre dientes, mientras comprobaba que no se hubiese estropeado.

—Gracias. —Sonreí al ponérmelo de nuevo en la muñeca.

—No hay de qué. Bonito día, ¿verdad?

Una voz familiar a juego con los ojos familiares. Le observé un momento antes de contestar. ¿Algún tío que había conocido en un bar tiempo atrás? ¿Una aventura de borrachera? ¿Un viejo amante? ¿Un antiguo colega? ¿Un cliente? ¿Un vecino? ¿O un amigo del colegio? Repasé la habitual lista de comprobaciones. No hubo más signos de reconocimiento por parte de ninguno de los dos. Si no había sido un ligue del pasado, pensé que no me importaría que lo fuese en el futuro.

—Guapísimo —asentí, devolviéndole la sonrisa.

Enarcó las cejas con aire de sorpresa, aunque enseguida captó el cumplido y adoptó una expresión de evidente complacencia. Pero por más que me hubiese gustado quedarme y acaso fijar una cita para más adelante, tenía que reunirme con Jack Ruttle, un buen hombre a quien había prometido ayudar, el hombre con quien había quedado en Limerick y por quien estaba conduciendo desde Dublín.

«Por favor, hombre guapo de la gasolinera, acuérdate de mí; por favor, pregúntate qué ha sido de mí, búscame, encuéntrame.»

Sí, ya lo sé; otra ironía. ¿Yo deseando que un hombre me llame? Mis padres estarían la mar de orgullosos.

6

Jack Ruttle seguía lentamente a un vehículo pesado por la N-69, la carretera de la costa que iba de North Kerry a Foynes, donde vivía: un pueblo del condado de Limerick situado a media hora en coche de Limerick ciudad. Eran las cinco de la mañana cuando recorría el único camino hasta Shannon Foynes Port, el único puerto marítimo de Limerick. Con la vista clavada en el indicador de velocidad, presionaba mentalmente al camión para que fuera más deprisa, mientras agarraba el volante con tanta fuerza que tenía los nudillos blancos. Comenzó a hacer rechinar los dientes, ignorando el consejo del dentista que le había visitado el día anterior, en Tralee. El continuo rechinar le estaba gastando los dientes y debilitando las encías, y hacía que la boca le palpitara y le doliera. Tenía las mejillas rojas e hinchadas, rasgo que combinaba con sus ojos cansados. Había dormido en el sofá de un amigo, en Tralee, antes de conducir hasta casa durante la noche. De un tiempo a esta parte, le costaba conciliar el sueño.

—¿Está sometido a estrés? —había preguntado el dentista mientras estudiaba el interior de la boca de Jack.

Un Jack con la boca muy abierta se tragó una palabrota y refrenó el impulso de morder el guante esterilizado que tenía en la boca. «Estresado» no era la palabra apropiada.

Su hermano Donal había desaparecido el día que cumplió veinticuatro años tras una noche de juerga con los amigos en Limerick ciudad. Después de un tentempié a base de hamburguesa y patatas fritas en un local de comida rápida, se había separado de sus amigos y se había marchado solo, haciendo eses. El lugar estaba tan concurrido que nadie se fijó en él; sus cuatro amigos estaban demasiado borrachos y demasiado preocupados por ligar como para acordarse de él.

Una cámara de seguridad lo grabó sacando 30 euros de un cajero automático en O'Connell Street a las 3.08 de esa noche de viernes, y más tarde fue grabado cuando caminaba a trompicones en dirección a Arthur's Quay. A partir de ahí, se le perdió el rastro. Era como si sus pies se hubiesen despegado del suelo y se hubiese ido flotando hacia el cielo. Jack se preparó para aceptar que en cierto modo así había ocurrido. La muerte de su hermano era algo que con el tiempo podría soportar, siempre y cuando existiera la más mínima pista que la sustentara.

El no saber le torturaba. La angustia y el miedo lo mantenían despierto cada noche y la infructuosa investigación de la Gardaí era el estímulo para su incesante búsqueda. Había aprovechado su viaje al dentista de Tralee para visitar a uno de los amigos de Donal que había estado con él la noche en que desapareció. Como el resto de la gente que estuvo presente aquella noche, era una persona que despertaba en Jack agresividad y afecto al mismo tiempo. Le hubiera dado un puñetazo y un abrazo, quería gritarle y también consolarlo por la pérdida de su amigo. No quería volver a verle pero tampoco apartarse de su lado por si recordaba algo, algo que hubiese olvidado y que de repente fuese la pista que todos andaban buscando.

Pasaba las noches en vela estudiando mapas, releyendo informes, comprobando por enésima vez la reconstrucción de los hechos y las declaraciones. A su lado, el pecho de Gloria se hinchaba y deshinchaba con su respiración silenciosa; de vez en cuando, su aliento dulce movía las esquinas de los papeles: era como si su mundo dormido invadiera el insomnio de Jack.

Gloria, su novia desde hacía ocho años, siempre dormía. Había dormido profundamente durante todo el año que duró la horrible pesadilla de Jack, y todavía seguía soñando. Todavía tenía esperanzas en el futuro.

Había caído en un sueño profundo después de las horas pasadas en la comisaría aquel día: estaban preocupados porque llevaban cuatro días sin saber de Donal. Durmió después de que la Gardaí hubiese pasado un día entero buscando su cuerpo en el río. Durmió después de que pegaran fotos de Donal en escaparates, tablones de anuncios de supermercados y postes de alumbrado. Durmió la noche que pensaron que habían encontrado su cadáver en un callejón de la ciudad y durmió la noche siguiente cuando descubrieron que no se trataba de él. Durmió la noche en que la Gardaí dijo que, tras varios meses de búsqueda, no se podía hacer más. Durmió la noche del funeral de la madre de Jack, después de ver el ataúd de una madre desconsolada hundiéndose en la tierra para reunirse por fin con su marido tras veinte años sin él.

Jack estaba frustrado, pero sabía que no era falta de preocupación lo que hacía que los párpados de Gloria se cerraran. Lo sabía porque ella le había estrechado la mano aquel día, mientras los acribillaban a preguntas en comisaría. Se mantuvo a su lado soportando el viento y la lluvia en la cara, junto al río, viendo cómo los buzos emergían de las turbias aguas con una expresión más sombría que cuando se habían hundido en ellas. Le había ayudado a pegar carteles de Donal en escaparates y postes. Le había abrazado con fuerza cuando lloró el día que la Gardaí dejó de buscar y le había esperado en el primer banco de la iglesia mientras él ayudaba a llevar el ataúd de su madre hasta el altar.

Se preocupaba, sí, pero después de un año seguía durmiendo cada noche durante las peores horas de la vida de Jack. Esas horas en que Jack más sufría por todo eran las horas en que, profundamente dormida, Gloria no podía preocuparse por nada.

Cada noche Jack sentía crecer la distancia entre su mundo y el de Gloria.

No le dijo que en las Páginas Amarillas había leído aquel nombre, Sandy Shortt, de la agencia de personas desaparecidas. No le contó que la había telefoneado. No le habló de las llamadas nocturnas de la semana anterior ni de las renovadas esperanzas que la determinación y la fe de esa mujer le habían transmitido a la cabeza y el corazón.

Y tampoco le dijo que habían acordado reunirse aquel mismo día en el pueblo vecino porque... bueno, porque estaba durmiendo.

Finalmente Jack consiguió adelantar al vehículo pesado y en cierto momento, de camino a su casa, se encontró solo en aquella carretera secundaria repentinamente vacía, a bordo de su oxidado Nissan de doce años. Dentro del coche reinaba el silencio. Durante el último año había descubierto que no toleraba los ruidos superfluos; el sonido de fondo de un televisor o una radio no hacían más que distraerlo en su búsqueda de respuestas. El interior de su mente era un puro delirio: gritos, alaridos, conversaciones reales que se repetían y conversaciones futuras imaginadas le daban vueltas en la cabeza como un moscardón atrapado en un tarro de mermelada.

Fuera del coche el motor rugía, el metal vibraba, las ruedas rebotaban en todos los baches de la carretera. Su mente estaba llena de ruido dentro del coche en silencio, el coche traqueteaba en medio de la quietud del campo. Eran las cinco y cuarto de la mañana de un soleado domingo de julio y necesitaba parar; sus pulmones y la rueda delantera desinflada necesitaban aire.

Se detuvo en una gasolinera desierta que no abría hasta más tarde y aparcó junto a la bomba de aire. Dejó que el canto de los pájaros le llenara la cabeza momentáneamente y apartara sus pensamientos mientras se arremangaba la camisa y se estiraba después del largo viaje. El moscardón se calmó unos instantes.

Un coche se acercó y aparcó al lado. La población de la zona era tan escasa que Jack detectaba un coche forastero a un kilómetro... y la matrícula de Dublín también lo delataba. Del minúsculo coche abollado salieron dos piernas largas vestidas con pantalones de chándal gris, seguidas por un largo cuerpo. Jack intentó recuperar la compostura, pero por el rabillo del ojo vio que la mujer de pelo negro rizado se dirigía a grandes zancadas a la máquina de café que había junto a la puerta del garaje cerrado. Le sorprendió que alguien de su estatura pudiera caber en un coche tan pequeño. Vio que algo se le caía de la mano y oyó un ruido de metal contra el suelo.

—Perdone, se le ha caído algo —le dijo levantando la voz.

Ella miró hacia atrás, confundida, y regresó adonde el metal brillaba en el suelo.

—Gracias —contestó ella sonriendo, mientras se ponía en la muñeca lo que parecía un brazalete o un reloj.

—No hay de qué. Bonito día, ¿verdad? —añadió Jack, y notó que las mejillas, hinchadas, le dolían más cuando las levantaba para sonreír.

Ella tenía unos ojos verdes que brillaban como esmeraldas sobre su piel blanquísima y relucían al captar el sol que se filtraba entre los árboles. Sus rizos, negros como el azabache, se movían juguetones en torno a su cara, revelando parte de sus rasgos y ocultando otros. Le miró de la cabeza a los pies sin perderse un detalle, como analizando cada centímetro de él. Finalmente enarcó una ceja.

—Guapísimo —contestó, devolviéndole la sonrisa. Y ella, su pelo negro rizado, la taza de café de Styrofoam, las piernas y todo lo demás desaparecieron dentro del minúsculo coche como una mariposa tragada por una venus atrapamoscas.

Jack vio que el Ford Fiesta se perdía en la distancia; le habría gustado que se quedara, y una vez más tuvo la certeza de que las cosas entre él y Gloria, o quizá sólo sus sentimientos hacia ella, estaban cambiando. Pero ahora no tenía tiempo para pensar en ello. En lugar de eso volvió al coche y hojeó sus expedientes: debía preparar la reunión que tenía aquella misma mañana con Sandy Shortt.

Jack no era creyente; hacía veinte años que no iba a misa. En los últimos doce meses había rezado tres veces. La primera para que no encontraran a Donal cuando buscaban su cuerpo en el río, la segunda para que el cadáver hallado en el callejón no fuese el suyo y la tercera para que su madre sobreviviera a su segundo derrame cerebral en seis años. Dos de las tres plegarias habían sido atendidas.

Aquel día rezó por cuarta vez. Rezó para que Sandy Shortt le sacara de donde estaba y para que le diera las respuestas que necesitaba.

7

La luz del porche seguía encendida cuando Jack llegó a casa. Insistía en dejarla encendida toda la noche por Donal, como si fuera un faro que pudiera guiar a su hermano de vuelta a casa. Como ya era de día la apagó, y caminó de puntillas, rodeando la casa, hasta la puerta de atrás para no despertar a Gloria, que, como todos los domingos, se quedaba en cama hasta tarde. Después de rebuscar en la cesta de la ropa sucia, sacó la prenda menos arrugada que encontró y en un santiamén se cambió la camisa a cuadros que llevaba por otra. No se había duchado porque no quería que el calentador eléctrico y el ventilador del cuarto de baño la despertasen. Ni siquiera había tirado de la cadena. Sabía que no era un gran acto de generosidad lo que le llevaba a comportarse así, pero tampoco le avergonzaba del todo saber que se trataba exactamente de lo contrario. Mantenía su reunión con Sandy Shortt deliberadamente en secreto para que no se enterasen ni Gloria ni el resto de su familia.

Lo hacía para ayudarlos a ellos y para ayudarse a sí mismo. En sus corazones, estaban empezando a pasar página. Hacían todo lo posible por seguir adelante con sus vidas tras el gran disgusto de haber sufrido la pérdida de nada menos que dos familiares en un año. Jack entendía su postura, habían llegado a un punto en que ya no podían tomarse más días libres en el trabajo, las sonrisas de comprensión se estaban convirtiendo en saludos cotidianos y las conversaciones con los vecinos volvían a la normalidad. Sólo hay que imaginárselo: la gente hablaba de otras cosas y no hacía preguntas ni daba consejos. Las tarjetas con palabras de consuelo habían dejado de llegar a su puerta. La gente había reanudado su vida, los jefes habían cambiado turnos en la medida de lo posible y ahora tocaba que todos los implicados volvieran al trabajo. Pero Jack intuía que reanudar su vida sin Donal no era lo correcto.

En realidad no era la ausencia de Donal lo que impedía a Jack unirse a su familia en su esfuerzo por seguir adelante con sus vidas. Por supuesto que le echaba de menos, pero, tal como hiciera con la muerte de su madre, con el tiempo superaría el dolor. La diferencia estaba en el misterio que rodeaba su desaparición: todas las preguntas sin respuesta dejaban interrogantes que enturbiaban su visión como una fotografía con flash.

Al salir cerró la puerta de la casita de una planta y un dormitorio donde Gloria y él llevaban cinco años viviendo. Como su padre, Jack había trabajado desde siempre como estibador del Shannon Foynes Port.

Había elegido el pueblo de Glin, a trece kilómetros al oeste de Foynes, para encontrarse con Sandy Shortt porque allí no vivía nadie de su familia. Se sentó en una pequeña cafetería a las nueve de la mañana, anticipándose media hora a la cita. Sandy le había dicho por teléfono que era puntualísima y él estaba impaciente, inquieto y más que deseoso de probar suerte con el nuevo plan. Cuanto más tiempo pasaran juntos, mejor. Pidió un café y contempló la fotografía más reciente de Donal, que había colocado encima de la mesa. La habían publicado casi todos los periódicos de Irlanda y pudo verse en tablones de anuncios y escaparates durante el año anterior. En el fondo de la fotografía estaba el árbol de Navidad de plástico que su madre ponía cada año en la sala de estar. Los adornos reflejaban el flash de la cámara y las guirnaldas centelleaban. Donal le miraba con su pícara sonrisa como si se estuviera burlando de él, desafiándolo, provocándolo. A Donal siempre le había encantado jugar al escondite cuando era niño. Era capaz de estar escondido durante horas si eso significaba ganar. Al final todos se impacientaban y aceptaban a gritos que Donal era el ganador sólo para que pudiera salir de su escondite con una radiante sonrisa de satisfacción. Ésa era la búsqueda más larga que Jack había soportado hasta el momento, y ahora deseaba que su hermano saliera de su escondite, alardeara de su triunfo con aquella orgullosa sonrisa y el juego terminara de una vez.

Los ojos azules de Donal, el único rasgo común entre los dos hermanos, brillaban clavados en Jack, y éste casi esperó que le hiciera un guiño. Pero por más tiempo y empeño que dedicara a mirar la fotografía no conseguiría insuflarle un aliento de vida. No podía entrar en el papel impreso y sacar a su hermano de allí; no podía oler la loción para después del afeitado con la que solía perfumarse, no podía revolverle el pelo castaño y echarle a perder el peinado como tantas veces había hecho para molestarle, y no podía oír su voz mientras ayudaba a su madre en casa. Al cabo de un año aún recordaba el tacto y el olor de Donal, pero a diferencia del resto de su familia, a él no le bastaba el recuerdo.

La foto era de hacía dos Navidades, exactamente seis meses antes de su desaparición. Jack solía pasar una vez por semana por casa de su madre; Donal era el único de seis hermanos que todavía vivía allí. Aparte de las habituales charlas breves entre Jack y Donal, que no duraban más de dos minutos, aquella Navidad fue la última ocasión en que Jack había hablado con Donal en serio. Como de costumbre, Donal le había regalado unos calcetines, y Jack, la caja de pañuelos que su hermana mayor le regalara la Navidad anterior. Ambos rieron de la falta de consideración de sus regalos.

Aquel día Donal había estado animado, contento con su nuevo empleo como técnico informático. Había empezado en septiembre, después de licenciarse en la Universidad de Limerick; una ceremonia en la que su madre estuvo a punto de caerse de la silla de tanto como le pesaba el orgullo por su hijo menor. Donal había hablado con sinceridad sobre lo mucho que le gustaba el trabajo y Jack pudo constatar cuánto había madurado y lo bien que se sentía una vez concluida su vida de estudiante.

Nunca habían estado particularmente unidos. En una familia de seis hermanos, Donal fue el hijo sorpresa, y nadie quedó más sorprendido que su madre, Frances, que tenía cuarenta y siete cuando supo que estaba embarazada. Ser doce años mayor que Donal significaba que Jack se había marchado de casa cuando Donal tenía seis. Nunca pudo conocer la cara oculta de su hermano, que sólo la convivencia puede revelar, de forma que durante dieciocho años habían sido hermanos, pero no amigos.

Una vez más, Jack se preguntó si haber conocido mejor a Donal habría ayudado a resolver el misterio. Quizá si se hubiese esforzado por saber más de su hermano pequeño, o si hubiesen mantenido más conversaciones interesantes, habría podido salir con él la noche de su cumpleaños. Tal vez así habría podido evitar que se marchara del local de comida rápida, o tal vez podrían haberse ido juntos y compartir un taxi.

O tal vez estaría en el mismo lugar donde Donal se hallaba ahora mismo. Dondequiera que estuviese ese lugar.

8

Jack apuró su tercera taza de café y miró la hora.

Las diez y cuarto.

Sandy Shortt llegaba tarde. Jack movía las piernas nerviosamente debajo de la mesa, su mano izquierda tamborileaba sobre la madera y con la derecha pidió otro café. Mantenía una actitud positiva. Ella estaba de camino. Seguro que vendría.

A las once la llamó a su teléfono móvil por quinta vez. Sonó y sonó y, finalmente:

—«Hola, soy Sandy Shortt. Siento no poder atenderte en este momento. Deja un mensaje y te devolveré la llamada en cuanto pueda. Piip.»

Jack colgó.

Las once y media, dos horas de retraso. Y una vez más Jack escuchó el mensaje de voz que Sandy le había dejado la noche anterior:

—«Hola Jack, soy Sandy Shortt. Llamo para confirmar nuestra cita de mañana a las nueve y media en el Kitty's Café de Glin. Salgo esta noche en coche. —Su tono se suavizó—: Como ya sabes, me cuesta dormir —soltó una risita—, así que llegaré mañana temprano. Después de todas nuestras conversaciones tengo muchas ganas de hablar contigo en persona. Y, Jack —hizo una pausa—, prometo hacer cuanto esté en mi mano para ayudarte. No vamos a fallarle a Donal.»

Las doce; Jack lo escuchó otra vez.

A la una, después de un montón de tazas de café, los dedos de Jack dejaron de tamborilear y se cerraron en un puño sobre el que apoyó la barbilla. Había notado la mirada del dueño de la cafetería clavada en su espalda mientras pasaban las horas y él seguía sentado esperando, nervioso, comprobando la hora y sin ceder la mesa a un grupo dispuesto a gastar más dinero que él. Las mesas se llenaban y vaciaban a su alrededor, él levantaba la cabeza de golpe cada vez que sonaba la campanilla de la puerta. No sabía qué aspecto tenía Sandy Shortt; lo único que le había dicho era que no le pasaría desapercibida. No sabía a qué atenerse, pero cada vez que la campanilla tintineaba, la cabeza y el corazón se le llenaban de esperanza, hasta que la mirada del recién llegado pasaba de largo y se detenía en otra persona.

A las dos y media, la campanilla volvió a sonar.

Tras cinco horas y media de espera, sólo el sonido de la puerta abriéndose y cerrándose detrás de Jack.

9

Llevo casi dos días en la misma zona boscosa, corriendo de aquí para allá, tratando de reconstruir mis movimientos para, de algún modo, desandar el camino que me trajo aquí. He subido corriendo la ladera y la he bajado, he probado distintas velocidades mientras me esforzaba por recordar lo rápido que corría, qué canción estaba oyendo, en qué estaba pensando y en qué zona me encontraba cuando descubrí que había cambiado de sitio. Como si alguna de esas cosas hubiese influido en lo que me ocurrió. Anduve de acá para allá, de allá para acá, buscando el punto de entrada y, lo más importante, el punto de salida. Quería mantenerme ocupada. No quería acabar como los objetos personales esparcidos por todas partes, condenados al abandono; no quería terminar como los pendientes sin cierre que brillaban entre la hierba.

Pensar que has desaparecido es una conclusión extraña —soy muy consciente de ello—, pero no fue algo repentino, de eso estoy segura. Durante las primeras horas estaba sumamente confundida y frustrada, pero después me di cuenta de que había ocurrido algo más excepcional que tomar un desvío equivocado, porque una montaña no podía surgir del suelo sin más en cuestión de segundos, porque árboles que nunca han crecido en Irlanda no podían brotar repentinamente de la tierra y, además, el estuario del Shannon no podía secarse y desaparecer. Supe que estaba en otra parte.

Naturalmente, era posible que estuviera soñando, que me hubiese caído y golpeado la cabeza y hubiese entrado en coma, o incluso que estuviera muerta. Me pregunté si la anómala naturaleza del paisaje anunciaba el fin del mundo y puse a prueba mis conocimientos sobre la geografía de West Limerick. De hecho, consideré muy seriamente la posibilidad de que hubiese perdido la cabeza. Esta posibilidad era la primera de la lista.

Pero durante esos días de soledad, cuando me sentaba y pensaba racionalmente, en el escenario más bello que jamás hubiese visto, noté más que nunca que estaba viva, que el mundo no había terminado, que el pánico no me dominaba y que yo no era simplemente una ocupante más de un vertedero. Me di cuenta de que la búsqueda de una salida me había distraído, sin dejarme ver el lugar donde me encontraba exactamente. No quería engañarme pensando que podría hallar una salida si corría colina arriba y colina abajo. Ninguna distracción deliberada me hace ignorar la voz de la razón. Soy una persona lógica y la explicación más lógica entre todas las increíbles posibilidades que había era que estaba sana y salva pero desaparecida. Las cosas son así, por más extrañas que puedan parecer.

El segundo día, cuando empezaba a oscurecer, decidí explorar aquel desconocido y curioso lugar adentrándome en el pinar. Las ramitas se quebraban bajo mis zapatillas de correr, el suelo era mullido, ya que estaba cubierto por capas de hojas caídas y ahora marchitas, trozos de corteza, piñas y musgo que parecía terciopelo. La neblina flotaba con un ligero efecto de algodón por encima de mi cabeza y se alargaba hasta las puntas de las ramas. Los delgados troncos se erguían orgullosos, como enormes lápices de madera que coloreasen el cielo. Durante el día lo habían teñido de azul claro, sombreando leves nubes con pigmento naranja, y ahora, de noche, las puntas ennegrecidas, quemadas por el ardiente sol, oscurecían el firmamento, donde fulguraban un millón de estrellas que me hacían guiños y compartían entre ellas el secreto de un mundo que yo nunca conocería.

Debería haber tenido miedo caminando sola y a oscuras por una montaña en plena noche. Sin embargo, me sentía a salvo rodeada por el canto de los pájaros, envuelta por dulces aromas de musgo y pino y refugiada en una niebla que tenía algo de mágica. Ya me había visto antes en muchas situaciones inusuales: algunas peligrosas y otras simplemente extrañas. En mi trabajo seguía todas las pistas, recorría todos los senderos y nunca permitía que el miedo me apartara de la dirección que me podía llevar a encontrar a alguien. No me daba miedo levantar todas las piedras que hallaba en mi camino ni lanzarlas junto con mis preguntas en ambientes tan delicados como invernaderos de cristal. Cuando la gente desaparece suele hacerlo en circunstancias oscuras de las que la mayoría de personas nada quiere saber. Comparado con las experiencias anteriores de husmear en los bajos fondos, este nuevo proyecto era literalmente un paseo por el parque. Sí, encontrar el camino de regreso a mi vida se había convertido en un proyecto.

Un murmullo de voces delante de mí hizo que me parase en seco. Llevaba varios días sin tener contacto humano y no estaba ni mucho menos segura de que aquellas personas fueran a ser amables. La luz parpadeante de una hoguera proyectaba sombras en el bosque y, mientras me acercaba en silencio, alcancé a ver un claro. Los árboles dejaban sitio a un amplio círculo donde cinco personas estaban sentadas riendo, bromeando y cantando al son de una guitarra. Me mantuve oculta entre las sombras de las coníferas gigantes, como una indecisa polilla atraída por el fuego. Distinguí acentos irlandeses, lo que puso en duda mi ridícula suposición de estar fuera del país y de estar fuera de mi vida. En aquellos pocos segundos todo era una incógnita.

Una rama se partió ruidosamente bajo mi pie y el chasquido resonó por el bosque. Al momento la música dejó de sonar y las voces callaron.

—Ahí hay alguien —susurró audiblemente una mujer.

Todas las cabezas se volvieron hacia mí.

—¡Hola, hola! —saludó con entusiasmo un hombre muy jovial—. ¡Ven, únete a nosotros! Estamos a punto de cantar *This Little Light of Mine*.

Oí que los demás refunfuñaban.

El hombre se levantó de un salto de su asiento en un tronco caído y se acercó a mí dándome la bienvenida con los brazos abiertos. Tenía la cabeza calva salvo por cuatro mechones de pelo que colgaban como espaguetis al intentar cubrirla. Mostraba una simpática cara de pan, así que di un paso hacia la luz y al instante sentí el calor del fuego en mi piel.

—Es una mujer —de nuevo susurró audiblemente la mujer.

Yo no sabía muy bien qué decir y el hombre que se había aproximado volvió la vista hacia el grupo con aire de incertidumbre.

—A lo mejor no habla inglés —dijo entre dientes la mujer.

—Ah. —El hombre se volvió de nuevo hacia mí—: ¿Haaaablaaaas iiiin-gléeees?

Los demás murmuraron otra vez, fastidiados:

—Eso no lo entendería ni el *Oxford English Dictionary*, Bernard.

Sonreí y asentí con la cabeza. El grupo se había calmado y me estudiaba; enseguida supe lo que todos pensaban: es alta.

—Ah, fantástico. —El hombre dio una palmada y juntó las manos ante el pecho. Su rostro dibujó una sonrisa aún más cordial—: ¿De dónde eres?

No sabía si decir de la Tierra, de Irlanda o de Leitrim. Me dejé llevar por el instinto y lo único que salió de mi boca, que llevaba días sin hablar, fue «Irlanda».

—¡Espléndido! —La alegre sonrisa de aquel tipo era tan radiante que no pude menos que devolvérsela—. ¡Qué coincidencia! Por favor, siéntate con nosotros.

Con gran entusiasmo me condujo hacia el grupo, dando un paso a la pata coja, un brinco y un salto.

—Me llamo Bernard —anunció; sonreía como el gato de Cheshire—, mi más efusiva bienvenida al contingente irlandés. Aquí nos superan en número de una manera espantosa —frunció el ceño—, aunque parece que las cifras van en aumento. Discúlpame, ¿dónde han ido a parar mis modales?

Se ruborizó.

—Debajo de ese calcetín de ahí.

Me volví para ver de dónde venía tan agudo comentario y vi a una atractiva mujer de cincuenta y tantos, con el pelo canoso recogido y una *pashmina* lila sobre los hombros. Tenía la mirada perdida en el fuego, las llamas, inquietas, se reflejaban en sus ojos oscuros, las palabras fluían de su boca como si hubiera activado el modo automático.

—¿A quién tengo el placer de conocer? —preguntó Bernard con una sonrisa de oreja a oreja y levantando la cabeza para mirarme.

—Me llamo Sandy —contesté—, Sandy Shortt.

—Magnífico. —Sus mejillas enrojecieron de nuevo y estrechó la mano que le tendía—. Mucho gusto en conocerte. Permite que te presente al resto de la pandilla, como suele decirse.

—¿Quién suele decir eso? —protestó la mujer airadamente.

—Ella es Helena. Le encanta charlar. Siempre tiene algo que decir, ¿no es cierto, Helena? —Bernard la miró esperando una respuesta.

Helena frunció los labios, y las arrugas que rodeaban su boca se acentuaron.

Bernard se pasó una mano por la frente y se volvió para presentarme a una mujer que se llamaba Joan; a Derek, el *hippy* de pelo largo que tocaba la guitarra; y a Marcus, que estaba sentado en silencio en el extremo más alejado. Enseguida me hice una idea de todos ellos: eran de la misma quinta y parecían muy a gusto cuando estaban juntos. Ni siquiera los comentarios sarcásticos de Helena causaban fricción alguna.

—¿Por qué no te sientas y te traigo algo de beber? No sé si...

—¿Dónde estamos? —interrumpí, incapaz de aguantar ni un minuto más aquellas torpes cortesías.

Las demás conversaciones en torno al fuego cesaron al instante y hasta Helena levantó la cabeza para mirarme con atención. Me echó un rápido vistazo de la cabeza a los pies y sentí como si me hubiesen absorbido el alma. Derek dejó de tocar la guitarra, Marcus esbozó una sonrisa y miró hacia otra parte, Joan y Bernard me miraron con ojos abiertos y asustados, como los de Bambi. Lo único que se oía era el rumor de la fogata, que crepitaba y despedía chispas que trazaban espirales camino del cielo. Los búhos ululaban y a lo lejos se oyó un chasquido de ramas, pisadas por alguien más allá de donde alcanzábamos a ver.

Un silencio sepulcral se adueñó del campamento.

—¿Nadie va a contestar a la chica? —dijo Helena, que miró alrededor con expresión divertida. Nadie abrió la boca.

—Bueno, como no os decidís —se arropó con el chal, sujetándoselo en el pecho—, voy a dar mi opinión.

Se oyeron algunas objeciones y de repente tuve muchas ganas de oír la opinión de Helena. Sus ojos bailaban, disfrutando con el coro de desaprobación.

—Di, Helena —intervine.

—Oh, te arrepentirás, créeme —advirtió Bernard. La papada se le movía al hablar.

Helena levantó su cabeza plateada con aire desafiante y sus ojos oscuros brillaron cuando me miró fijamente. Torció la boca hacia un lado:

—Estamos muertos.

Dos palabras que sonaron frías, serenas y resueltas.

—Bueno, bueno, no le hagas caso —dijo Bernard con lo que supuestamente era su voz más enfadada.

—Helena —habló Joan, riñéndola—, ya hemos pasado por esto. No deberías asustar a Sandy así.

—A mí no me parece asustada —dijo Helena, aún con aquella expresión divertida y a la vez indiferente.

—Bueno —Marcus rompió su silencio por primera vez desde que me había unido al grupo—, es posible que tenga razón. Sin duda podríamos estar muertos.

Bernard y Joan murmuraron algo, y Derek empezó a rasguear ligeramente la guitarra y cantar en voz baja:

—Estamos muertos, sin duda podríamos estar muertos...

Bernard chasqueó la lengua en señal de desaprobación. A continuación sirvió té de una tetera de porcelana en una taza que me pasó con su platito y todo. No pude evitar sonreír: estábamos en pleno bosque.

—Si estamos muertos, ¿dónde están mis padres, Helena? —gruñó Joan mientras vaciaba un paquete de galletas en un plato de porcelana que puso delante de mí—. ¿Dónde está toda la otra gente muerta?

—En el infierno —dijo Helena con cierto retintín.

Marcus sonrió y apartó la cara para que Joan no le viera.

—¿Y qué te hace pensar que estamos en el cielo? ¿Qué te hace pensar que tú irías al cielo? —insistió Joan, enfurruñada. Mojó su galleta en el té y la sacó antes de que se ablandara y cayera dentro.

Derek rasgueó y cantó ásperamente:

—*¿Es esto el cielo o el infierno? Miro a mi alrededor y no sé qué decir...*

—¿Nadie más se fijó en la verja dorada y el coro de ángeles al entrar, o sólo me di cuenta yo? —Helena sonrió con suficiencia.

—No entraste por una verja dorada —replicó Bernard moviendo furiosamente la cabeza, su papada bamboleándose de un lado a otro. Me miró, y la papada le seguía temblando—. No entró por ninguna verja dorada.

Derek rasgueó las cuerdas:

—*No crucé la verja dorada ni sentí las ardientes llamas del odio...*

—Ya basta —espetó Joan.

—*Ya basta...* —cantó Derek.

—No lo soporto más.

—*No lo soporto más, por favor, que alguien me muestre la puerta...*

—Yo te mostraré la puerta —advirtió Helena, aunque con menos convicción.

Derek siguió tocando y los demás guardaron silencio, atentos a sus últimos versos.

—La pequeña June, la hija de Pauline O'Connor, sólo tenía diez años cuando murió, Helena —prosiguió Bernard—. Seguro que un angelito como ella estaría en el cielo y resulta que aquí no está, así que tu teoría se va al traste. —Irguió la cabeza y Joan le dio la razón con un gesto—. No estamos muertos.

—Lo siento, es sólo para mayores de dieciocho años —dijo Helena con tono de aburrimiento—. San Pedro está en la verja con los brazos cruzados y un auricular en la oreja, esperando instrucciones de Dios.

—No puedes decir eso, Helena —espetó Joan.

—*No puedo entrar, no puedo salir... dime, San Pedro, ¿de qué va todo esto...?* —Derek cantaba con voz ronca. De repente dejó la guitarra y por fin habló—: Está claro que no es el cielo. No veo a Elvis.

—Vaya, no había caído —dijo Helena con cierta ironía.

—Aquí tenemos a nuestro propio Elvis, ¿no es cierto? —Bernard cambió de tema—. Sandy, ¿sabes que Derek tocaba en un grupo?

—¿Cómo quieres que lo sepa, Bernard? —intervino Helena, exasperada.

Bernard no le hizo el menor caso.

—Derek Cummings —anunció—, lo mejor que dio St. Kevin en los años sesenta.

Todos se echaron a reír.

Yo me quedé helada.

—¿Cómo os llamabais, Derek? Se me ha olvidado. —Joan sonrió.

—Los Wonder Boys, Joan, los Wonder Boys —dijo Derek con gusto, rememorando los viejos tiempos.

—¿Recuerdas los bailes de los viernes por la noche? —preguntó Bernard con entusiasmo—. Derek estaba en el escenario tocando *rock and roll* y al padre Martin por poco le da un ataque al corazón al verle agitar la pelvis.

Se rieron otra vez.

—Oye, ¿cómo se llamaba la sala de baile? —dijo Joan, que pensaba en voz alta.

—Pues... —Bernard cerró los ojos y trató de recordarlo.

Derek dejó de rasguear la guitarra y se puso a pensar.

Helena seguía mirándome, atenta a mis reacciones.

—¿Tienes frío, Sandy? —Su voz sonó lejana.

Finbar's Hall. El nombre me vino a la cabeza. A todos les encantaba ir a Finbar's Hall los viernes por la noche.

—Finbar's Hall —recordó Marcus al fin.

—Sí, eso es —corroboró Joan.

Todos parecieron aliviados y Derek reanudó su concierto.

Se me puso la piel de gallina. Tuve un escalofrío.

Miré una por una sus caras; estudiaba las miradas, los rasgos de ellos que me resultaban familiares, y dejé que todo lo que había aprendido de pequeña volviera a mi mente. De repente lo veía tan claro como entonces, cuando me tropecé con el caso en los archivos informatizados mientras investigaba para un trabajo del colegio. Me interesé de inmediato por la historia, hice un seguimiento y acabé más que familiarizada con ella. Recuerdo las caras adolescentes que sonreían desde la primera plana de los periódicos, y eran las mismas que ahora me rodeaban.

Derek Cummings, Joan Hatchard, Bernard Lynch, Marcus Flynn y Helena Dickens. Cinco estudiantes del internado St. Kevin. Desaparecieron durante una acampada que organizó el colegio en los años sesenta y nunca los encontraron. Pero aquí estaban ahora, mayores, más sensatos y con la inocencia perdida.

Y yo los había encontrado.

10

Cuando tenía catorce años, mis padres me convencieron para que fuera a un terapeuta cada lunes después de clase. No tuvieron que insistir mucho. En cuanto me dijeron que podría hacerle cuantas preguntas quisiera y que esa persona estaba cualificada para responderme, casi no hizo falta que me llevaran a la escuela.

Sabía quc pcnsaban que me habían fallado. Podía deducirlo de sus expresiones cuando me sentaban a la mesa de la cocina con la leche y las galletas en medio y la lavadora sonando de fondo como distracción habitual. Mamá apretaba entre las manos un pañuelo de papel retorcido, como si lo hubiese usado poco antes para enjugarse las lágrimas. Era lo que solía ocurrir con mis padres: jamás me dejaban ver sus flaquezas, pero al mismo tiempo se olvidaban de deshacerse de las pruebas que las revelaban. No vi las lágrimas de mamá, pero sí el pañuelo. No oí la frustración de mi padre por no haber sabido ayudarme, pero la vi en sus ojos.

—¿Va todo bien? —Miré alternativamente sus caras. Tenían una expresión dura. Sólo cuando ha ocurrido algo malo es cuando la gente puede mostrarse tan segura de sí misma, como si pudiera enfrentarse a cualquier cosa—. ¿Ha ocurrido algo malo?

Papá sonrió:

—No, cariño, no te preocupes, no ha ocurrido nada malo.

Mamá enarcó una ceja al oír aquello, y tuve claro que no estaba de acuerdo. Entendí que papá tampoco estaba de acuerdo con lo que había dicho, pero aun así lo acababa de decir. No tenía nada de malo enviarme a un terapeuta, nada en absoluto, pero supe que habrían preferido ayudarme ellos mismos. Habrían deseado que sus respuestas fueran suficientes. Yo había oído a escondidas sus interminables discusiones sobre el modo correcto de tratar mi conducta. Habían hecho cuanto habían podido por ayudarme y ahora notaba que estaban decepcionados consigo mismos; me odiaba por hacerlos sentir así.

—Como siempre tienes tantas preguntas que hacer... ¿verdad, cielo? —empezó papá.

Asentí en silencio.

—Bien, pues tu mamá y yo... —la miró en busca de apoyo y ella le correspondió con dulzura—, bueno, tu mamá y yo hemos encontrado a una persona con quien podrás hablar de todas esas dudas.

—¿Esa persona podrá contestar mis preguntas? —dije. Notaba que mis ojos estaban abiertos como platos y que el pulso se me aceleraba, como si todos los misterios de la vida fueran a serme revelados.

—Eso espero, cielo —contestó mamá—. Espero que al hablar con él dejes de tener esas dudas que te inquietan. Seguro que sabe mucho más que nosotros acerca de las cosas que te preocupan.

Entonces desplegué mi arsenal de preguntas:

—¿Quién es?

—El señor Burton —dijo papá.

—¿Cuál es su nombre de pila?

—Gregory —contestó mamá.

—¿Dónde trabaja?

—En el colegio —dijo mamá.

—¿Cuándo le veré?

—Los lunes después de clase. Durante una hora —explicó mamá. Los arsenales de preguntas se le daban mejor que a papá. Había tenido que soportarlas sola: papá estaba todo el día en el trabajo.

—Es un psiquiatra, ¿verdad?

Nunca me mentían.

—Sí, cariño —dijo papá.

Creo que fue en aquel momento cuando empecé a odiar el verme reflejada en sus ojos. Por desgracia, desde entonces no me gusta estar en su compañía.

El despacho del señor Burton estaba en una habitación del tamaño de un armario, lo justo para dos silloncitos. Decidí sentarme en el de sucio terciopelo verde oliva y brazos de madera oscura en lugar de hacerlo en el de terciopelo marrón, que estaba manchado. Ambos parecían remontarse a los años cuarenta y probablemente no los habían lavado ni sacado del pequeño cuarto desde entonces. En la pared del fondo había un ventanuco tan alto que lo único que llegaba a ver era el cielo. El día que conocí al señor Burton estaba azul claro. De vez en cuando pasaba una nube que llenaba la ventana entera de blanco antes de seguir avanzando.

En las paredes, varios carteles mostraban a escolares felices que proclamaban ante la habitación cómo habían dicho «no» a las drogas, denunciado el acoso, superado el estrés de los exámenes, vencido trastornos alimenticios y superado la aflicción; proclamaban también que habían sido lo bastante listos como para evitar un embarazo en la adolescencia porque no habían tenido relaciones sexuales. Y, por si acaso las habían tenido, otro cartel con la misma chica y el mismo chico decía que ellos usaban preservativo. Unos santos, en resumen. El ambiente era tan positivo que pensé que iba a salir despedida del sillón como un cohete. El señor Burton *el Magnífico* les había ayudado a todos.

Esperaba que el señor Burton fuera un anciano sabio con una mata de pelo gris alborotado, un monóculo en el ojo, un chaleco con un reloj de bolsillo sujeto con una cadena y un cerebro rebosante de conocimientos tras años de investigar a fondo la mente humana. Esperaba al Yoda del mundo occidental, envuelto en un manto de sabiduría, hablando en clave e intentando convencerme de que la fuerza en mí era poderosa.

Cuando el señor Burton real entró en la habitación tuve sentimientos encontrados. Mi capacidad de averiguar se llevó un chasco, pero la niña de catorce años quedó totalmente encantada. Era más un Gregory que un señor Burton. Era joven y apuesto, sexy, muy guapo. Parecía que hubiese acabado la universidad ese mismo día, con sus tejanos, su camiseta y su corte de pelo moderno. Como de costumbre, hice mis cálculos: tal vez me doblaba la edad. Al cabo de pocos años sería mayor de edad y habría acabado la escuela. Mi vida entera estaba planeada antes de que hubiese cerrado la puerta tras de sí.

—Hola, Sandy.

Su voz era clara y alegre. Me estrechó la mano y juré lamérmela cuando llegara a casa y no volver a lavármela jamás. Se sentó delante de mí, en el silloncito de terciopelo marrón. Estaba segura de que las chicas de los carteles se inventaban todos aquellos problemas sólo para venir a su despacho.

—Espero que estés cómoda en nuestros sillones de diseño de alta gama —dijo.

Arrugó la nariz con disgusto al acomodarse en su asiento, que se había reventado por un lado y dejaba ver la espuma de dentro.

Me reí. Vaya, era muy enrollado.

—Sí, gracias. Me preguntaba qué pensaría usted sobre que yo haya elegido este sillón. ¿Eso dice algo de mí?

—Bueno —sonrió—, una de dos.

Yo escuchaba atentamente.

—Puede que no te guste el marrón, o puede que te guste el verde.

—Ni lo uno ni lo otro —contesté también con una sonrisa—. Sólo quería estar de cara a la ventana.

—Ajá. —Ahora sonreía de oreja a oreja—. Eres lo que en el laboratorio llamamos una «miraventanas».

—Vaya, así que soy una de «ésas».

Me miró un instante con simpatía. Luego puso un bolígrafo y un cuaderno en su regazo y una grabadora en el brazo del sillón.

—¿Te importa que grabe esto?

—¿Por qué?

—Para poder recordar todo lo que digas. A veces no capto algunas cosas hasta que vuelvo a escuchar la conversación.

—Vale. ¿Para qué boli y cuaderno, entonces?

—Para hacer garabatos. Por si me aburro escuchándote.

Pulsó el botón de grabar y dijo la fecha y la hora.

—Me siento como en una comisaría a punto de ser interrogada.

—¿Te ha ocurrido alguna vez?

Asentí.

—Cuando Jenny-May Butler desapareció nos pidieron que diéramos al colegio cualquier información que tuviéramos.

Qué deprisa había derivado la charla hacia ella. Estaría encantada con tanta atención.

—Ya —dijo—. Jenny-May era amiga tuya, ¿no?

Lo pensé un poco. Miré los carteles contra el acoso y me pregunté qué debía contestar. No quería parecer insensible ante aquel hombre tan guapo diciendo que no, pero la verdad es que no era mi amiga. Jenny-May me odiaba. Pero había desaparecido, y seguramente no debía hablar mal de ella porque, al fin y al cabo, todo el mundo pensaba que era un ángel. El señor Burton creyó que mi silencio era disgusto, lo cual resultó embarazoso, y al formular la pregunta siguiente lo hizo con tanta delicadeza que por poco me echo a reír.

—¿La echas de menos?

También me paré a pensar. ¿Podía echarse de menos una bofetada diaria? Tuve ganas de preguntárselo. Una vez más, no quería que pensara que era insensible si le decía que no. Nunca se enamoraría de mí ni me sacaría de Leitrim.

Se inclinó hacia delante en su asiento. Ay, sus ojos eran tan azules...

—Tus papás me dijeron que quieres encontrar a Jenny-May. ¿Es verdad?

Vaya. Para que luego dijeran que los psicólogos lo entendían todo. Puse los ojos en blanco. Está bien, basta de tonterías.

—Señor Burton, no quiero parecer grosera o insensible, sé que Jenny-May ha desaparecido y que todo el mundo está triste, pero... —Me callé.

—Continúa —me animó a seguir, y me entraron ganas de saltarle encima y darle un beso.

—Bueno, Jenny-May y yo nunca fuimos amigas. Ella me odiaba. La echo de menos porque me doy cuenta de que se ha ido, no porque quiera que vuelva. Y no quiero que vuelva ni tampoco encontrarla. Con saber dónde está tendría más que suficiente.

Enarcó las cejas. Continué:

—Veamos, sé que seguramente ha pensado que como Jenny-May era amiga mía y desapareció, cada vez que pierdo algo, como un calcetín, y trato de encontrarlo, es como una manera de buscar a Jenny-May para traerla de vuelta.

Abrió ligeramente la boca.

—Bueno, supongo que es razonable, señor Burton, pero no encaja conmigo. En realidad no soy tan complicada. Lo único que me molesta es no saber adónde van las cosas cuando desaparecen. El celo, por ejemplo. Anoche mamá estaba envolviendo un regalo para el cumpleaños de la tía Deirdre y no encontraba el celo. Bien, siempre lo dejamos en el segundo cajón, debajo del cajón de los cubiertos. Siempre está ahí, nunca lo ponemos en ningún otro sitio y mi madre y mi padre saben cómo soy con esas cosas, de manera que siempre lo ponen todo en su sitio. Nuestra casa está muy ordenada, en serio, así que no es que las cosas se vayan perdiendo continuamente por culpa del desorden. Bueno, el sábado usé el celo para hacer los deberes de plástica, por los que hoy me han puesto un miserable aprobado, por cierto, aunque Tracey Tinsleton sacó un sobresaliente por dibujar lo que parecía una mosca aplastada contra un parabrisas, y eso se considera «arte verdadero». Pero prometo que devolví el celo al cajón. Papá no lo usó, mamá no lo usó y estoy casi segura de que nadie entró en casa a robar un rollo de celo. Así que estuve buscándolo toda la noche y no lo encontré. ¿Dónde está?

El señor Burton guardó silencio y lentamente volvió a acomodarse en su asiento.

—A ver si lo he entendido bien —dijo despacio—. No echas de menos a Jenny-May Butler.

Nos echamos a reír y por primera vez no me sentí mal por hacerlo.

—¿Por qué crees que estás aquí? —preguntó el señor Burton, poniéndose serio tras el ataque de risa.

—Porque necesito respuestas.

—Como por ejemplo...

Pensé en ello.

—¿Dónde está el celo que no encontramos anoche? ¿Dónde está Jenny-May Butler? ¿Por qué uno de mis calcetines siempre desaparece de la lavadora?

—¿Piensas que yo puedo decirte dónde están todas esas cosas? —preguntó.

—No hace falta que especifique, señor Burton, pero una indicación general me vendría muy bien.

Me sonrió.

—¿Por qué no dejas que por un momento haga yo las preguntas? Quizás a través de tus respuestas encontremos las respuestas que deseas.

—Vale. Si piensa que va a funcionar... —dije, no muy convencida. Yo sí que era rarita.

—¿Por qué sientes la necesidad de saber dónde están esas cosas?

—Tengo que saberlo.

—¿Por qué crees que tienes que saberlo?

—¿Por qué cree que tiene que hacerme preguntas?

El señor Burton pestañeó y permaneció callado un segundo más de lo que hubiese querido; me di cuenta enseguida.

—Es mi trabajo y me pagan por hacerlo.

—Le pagan por hacerlo. —Hice una mueca de incredulidad—. Señor Burton, usted podría, como yo, trabajar los sábados apilando rollos de papel higiénico y también le pagarían por ello, pero prefirió estudiar durante ¿cuánto?, ¿diez millones de años?, para obtener todos esos pergaminos que ha colgado en las paredes. —Eché un vistazo a sus diplomas enmarcados—. Yo diría que pasó por todos esos estudios, todos esos exámenes y hace todas estas preguntas por más motivos que el de que le pagan.

Esbozó una sonrisa y me observó. Me pareció que no sabía qué decir. De manera que estuvimos un par de minutos en silencio mientras pensaba. Finalmente soltó el boli y el papel y se inclinó hacia mí, apoyando los codos en las rodillas.

—Me gusta conversar con la gente, siempre me ha gustado. Creo que la gente, cuando habla de sí misma, descubre cosas que antes no sabía. Es una especie de autocuración. Hago preguntas porque me gusta ayudar a la gente.

—A mí también.

—¿Piensas que haciendo preguntas sobre Jenny-May la estás ayudando a ella o quizás a sus padres?

Trató de disimular la confusión de su mirada.

—No, me ayudo a mí misma.

—¿De qué manera te ayudas? ¿Acaso no obtener las respuestas que buscas no te frustra todavía más?

—A veces encuentro cosas, señor Burton. Encuentro las cosas que uno no sabe dónde ha puesto.

—¿Y perder algo no es siempre no saber dónde lo has dejado?

—No saber dónde está una cosa es perderla momentáneamente, porque no recuerdas dónde la dejaste. Yo siempre recuerdo dónde dejo las cosas. Son las cosas que sé dónde dejé y desaparecen las que intento encontrar; son las cosas a las que les crecen patas y se marchan por su cuenta las que me inquietan.

—¿Te parece posible que otra persona, aparte de ti, cambie de sitio esas cosas?

—¿Como quién?

—Te lo estoy preguntando.

—Bueno, en el caso del celo está claro que la respuesta es que no. En el caso de los calcetines, a no ser que alguien abra la lavadora y saque mis calcetines, la respuesta es que no. Señor Burton, mis padres quieren ayudarme. No creo que vayan cambiando las cosas de sitio y que cada vez se olviden de dónde las han dejado. En todo caso, son muy conscientes de dónde dejan las cosas.

—Siendo así, ¿qué es lo que supones? ¿Dónde crees que están esas cosas?

—Señor Burton, si tuviera una teoría no estaría aquí ahora mismo.

—¿No tienes ninguna idea, entonces? ¿Ni siquiera en tus sueños más delirantes, en las ocasiones en que más te has desesperado al buscar algo concienzudamente a primera hora de la mañana y no encontrarlo, ni siquiera entonces se te ocurre nada sobre dónde pueden estar las cosas desaparecidas?

Vaya, estaba claro que mis padres le habían hablado de mí más de lo que yo pensaba, pero tuve miedo de que contestar a esa pregunta con sinceridad significase que nunca se enamoraría de mí. Aun así respiré profundamente y le dije la verdad:

—A veces juraría que están en el lugar al que van las cosas cuando desaparecen.

No se inmutó.

—¿Piensas que Jenny-May está allí?

—Por Dios. —Resoplé con impaciencia—. Si alguien la mató, señor Burton, la mató y punto. No intento crear un mundo imaginario para sentirme mejor.

Se esforzó mucho por no mover un solo músculo de la cara.

—Pero tanto si está viva como si no, ¿por qué la Gardaí no ha sido capaz de encontrarla? —pregunté.

—¿Te sentirías mejor si aceptaras simplemente que a veces existen misterios?

—Usted no lo acepta, ¿por qué debería hacerlo yo?

—¿Qué te hace pensar que no lo acepto?

—Usted es terapeuta. Cree que cada acción tiene una reacción y todas esas cosas. He leído un poco sobre el tema antes de venir aquí. Todo lo que hago ahora es por algo que ha ocurrido, algo que alguien ha dicho o ha hecho. Usted cree que hay respuestas para todo y soluciones para todo.

—Eso no es del todo cierto. Hay cosas que no puedo arreglar, Sandy.

—¿A mí puede arreglarme?

—Tú no estás estropeada.

—¿Ésa es su opinión médica?

—No soy médico.

—¿No es usted un «médico de la cabeza»? —Levanté los dedos y dibujé unas comillas en el aire. Lo acompañé de un gesto de desaprobación.

Se hizo el silencio.

—¿Cómo te sientes cuando buscas sin parar pero ni así logras encontrar eso que estás buscando?

Pensé que aquella era la conversación más extraña que había mantenido en mi vida.

—¿Tiene novia, señor Burton?

Arrugó la frente.

—Sandy, me parece que eso no es relevante. —Al ver que yo no contestaba, suspiró—: No, no tengo.

—¿Le gustaría tener?

Se paró a pensar.

—¿Estás diciendo que la sensación de buscar un calcetín desaparecido es como buscar el amor? —Procuró formular la pregunta sin hacerme parecer idiota, pero fracasó rotundamente.

Volví a levantar los ojos en una mueca de incomprensión. Por su culpa estaba haciendo eso demasiadas veces.

—No, es la sensación de saber que falta algo en tu vida y que eres incapaz de encontrarlo por más que te empeñes en buscarlo —respondí.

Carraspeó un tanto incómodo, cogió bolígrafo y papel y fingió escribir algo. Hora de hacer garabatos.

—¿Le aburro?

Se rio y la tensión desapareció. Traté de explicarme de nuevo:

—Tal vez habría sido más fácil si hubiese dicho que no ser capaz de encontrar algo es como de repente no recordar la letra de tu canción favorita, que te sabías de memoria. Es como de pronto haber olvidado el nombre de alguien a quien conoces muy bien y ves cada día, o el nombre de un grupo que canta una canción famosa. Es algo muy frustrante, que repites mentalmente una y otra vez porque sabes que hay una respuesta, pero que nadie te la puede decir. Me fastidia muchísimo, y no me quedo tranquila hasta que sé la respuesta.

—Entiendo —dijo en voz baja.

—Bien, pues multiplique esa sensación por cien.

Se quedó pensativo.

—Eres muy madura para tu edad, Sandy.

—Qué gracia, yo esperaba que con la suya usted supiera muchas más cosas.

Se rio hasta que se nos acabó el tiempo.

Esa noche, mientras cenábamos, papá me preguntó qué tal me había ido.

—No pudo contestar mis preguntas —respondí mientras sorbía la sopa.

Pareció que a papá se le fuera a partir el corazón:

—Entonces me figuro que no querrás volver.

—¡No! —repuse enseguida, y mi madre trató de disimular la risa bebiendo un poco de agua.

Papá nos miró alternativamente, con expresión inquisitiva.

—Tiene los ojos bonitos —solté a modo de explicación. Volví a sorber.

Papá enarcó las cejas y miró a mamá, que sonreía de oreja a oreja y tenía las mejillas coloradas.

—Es verdad, Harold. Tiene unos ojos preciosos.

—¡Ah, bueno! —Levantó los brazos—. Si el tío tiene los ojos bonitos, ¿quién soy yo para discutirlo?

Más tarde, me tumbé en la cama y pensé en mi conversación de esa tarde con el señor Burton. Quizá no hubiese tenido respuestas para mí, pero sin duda me había curado de buscar una cosa.

11

Fui a ver al señor Burton cada semana mientras estudié en la Escuela de Secundaria St. Mary's. Nos reunimos incluso durante los meses de vacaciones, momento en que la escuela permanecía abierta al resto de la población para actividades de verano. La última vez que fui a verle allí fue cuando acababa de cumplir los dieciocho. Había obtenido el título el curso pasado y aquella mañana había sabido que me habían admitido en la Gardaí Síochána. Iba a mudarme a Cork para estudiar unos meses en Templemore.

—Hola, señor Burton —saludé al entrar en el pequeño despacho, que no había cambiado en nada desde el primer día en que nos reunimos. Él seguía siendo joven y apuesto y yo amaba cada centímetro de su piel.

—Sandy, por enésima vez, deja de llamarme señor Burton. Haces que parezca un viejo.

—Es que eres un viejo —bromeé.

—Lo que te convierte a ti en una vieja —replicó a la ligera, y el silencio se hizo entre nosotros—. Bien —adoptó un aire profesional—, ¿qué tienes en la cabeza esta semana?

—Hoy me han admitido en la Gardaí.

Abrió mucho los ojos. ¿Felicidad? ¿Tristeza?

—Caramba, Sandy, enhorabuena. ¡Lo has conseguido! —Se acercó y me dio un abrazo. Nos quedamos abrazados un segundo más de lo debido.

—¿Qué opinan tus padres?

—Todavía no lo saben.

—Les dará pena saber que te marchas.

—Es lo mejor para todos —dije, y aparté la vista.

—No vas a dejar todos tus problemas en Leitrim, lo sabes de sobra —me habló con ternura.

—No, pero dejaré a las personas que los conocen.

—¿Has hecho planes para venir de visita?

Le miré directamente a los ojos. ¿Seguíamos hablando de mis padres?

—Vendré tanto como pueda —contesté.

—¿Y eso cuánto será?

Me encogí de hombros.

—Siempre te han apoyado, Sandy.

—No puedo ser quien querrían que fuese, señor Burton. Les incomodo.

Hizo una mueca de impaciencia por haberle llamado así, por mis deliberados intentos de levantar un muro entre ambos.

—Lo único que desean es que seas tú misma, y lo sabes. No te avergüences de ser como eres. Ellos te quieren tal como eres.

Su manera de mirarme hizo que yo volviera a preguntarme si realmente estábamos hablando de mis padres. Eché un vistazo al despacho. Él lo sabía todo sobre mí, absolutamente todo, y yo lo intuía todo sobre él. Aún era soltero y vivía solo a pesar de que todas las chicas de Leitrim le estuvieran intentando cazar sin piedad. Semana tras semana trataba de convencerme para que aceptara las cosas tal como eran y siguiera adelante con mi vida, pero si había un hombre que había puesto su vida en suspenso a la espera de algo o alguien, ese hombre era él.

Carraspeó para aclararse la voz.

—Me he enterado de que has salido con Andy McCarthy este fin de semana.

—¿Y?

Se frotó la cara cansinamente y dejó que el silencio se instalara entre nosotros. A los dos se nos daba muy bien hacer eso. Cuatro años de terapia, cuatro años desnudando mi alma, y cada nueva palabra nos alejaba un poco más del único asunto que consumía mis pensamientos casi todos los momentos de casi todos los días.

—Vamos, cuéntame —dijo en voz baja.

Nuestra última sesión y no me venía nada a la cabeza. Él seguía sin tener respuestas para mí.

—¿Vas a ir a la fiesta de disfraces del viernes? —preguntó, en un intento de animar un poco el ambiente.

—Sí. —Sonreí—. No se me ocurre una forma mejor de decir adiós a este sitio que irme disfrazada.

—¿De qué te vas a disfrazar?

—De calcetín.

Se rio a carcajadas.

—¿Andy no va a ir contigo?

—¿Acaso mis calcetines van en pares?

Levantó las cejas: quería más información.

—No comprendió por qué puse el piso patas arriba cuando no encontré la invitación —dije.

—¿Dónde piensas que está?

—Con todo lo demás. Con mi cabeza.

Me restregué los ojos.

—No has perdido la cabeza, Sandy. Así que vas a ser garda... —Mostró una sonrisa temblorosa.

—¿Preocupado por el futuro del país?

—No. —Sonrió—. Al menos sé que estaremos en buenas manos. Interrogarás a los criminales hasta acabar con ellos.

—He aprendido del mejor —añadí, y me obligué a sonreír.

El señor Burton apareció en la fiesta de disfraces del viernes por la noche. Lo hizo disfrazado de calcetín y me reí muchísimo. Luego me acompañó a casa en coche y nos sentamos un rato, en silencio. Después de tantos años hablando, ninguno de los dos sabía qué decir. Delante de mi casa, se acercó y me besó ávidamente en la boca. Un beso largo y firme. Fue como decirse hola y adiós a la vez.

—Lástima que no seamos de la misma talla, Gregory. Habríamos sido una buena pareja —dije apenada.

Deseaba que me dijera que habríamos sido la extraña pareja más perfecta del mundo, pero creo que estuvo de acuerdo con mis palabras, porque me quedé viendo cómo se alejaba en el coche.

Cuantos más novios he tenido, más me he dado cuenta de que Gregory y yo éramos la mejor pareja que he conocido. Pero en mi búsqueda de respuestas a las complejas preguntas de mi vida pasé por alto las más obvias, las que tuve delante de las narices.

12

Helena me observaba con curiosidad a través del resplandor de la fogata; las sombras de las llamas bailaban como lamiéndole el rostro. Los demás miembros del grupo habían seguido rememorando los viejos tiempos de *rock and roll* de Derek, contentos de cambiar de tema y dejar en suspenso la cuestión de dónde nos hallábamos. Se reanudó la animada charla, pero yo me mantuve al margen, aunque no estaba sola. Finalmente levanté los ojos de las cenizas del suelo y dejé que se encontraran con los de Helena.

Aguardó a que se hiciera el silencio en el grupo antes de preguntar:

—¿Cómo te ganas la vida, Sandy?

—Sí, sí —dijo Joan entusiasmada, calentándose las manos con la taza de té—. Cuéntanos.

Tenía la atención de todos puesta en mí, de modo que consideré mis opciones. ¿Por qué mentir?

—Dirijo una agencia —empecé, y acto seguido me callé.

—¿Qué clase de agencia? —preguntó Bernard.

—¿Una agencia de modelos? —añadió Joan en voz muy baja—. Con unas piernas tan largas como las tuyas, seguro que sí.

Aguantaba la taza de té con las dos manos, muy cerca de la boca, levantando el dedo meñique tan tieso como un perro en plena caza.

—Joan, ha dicho que dirige una agencia, no que esté apuntada en una —medió Bernard, sacudiendo la cabeza. La papada le tembló.

—La verdad es que es una agencia de personas desaparecidas.

Se hizo el silencio mientras me observaban fijamente, y cuando se miraron entre sí, rompieron a reír. Todos menos Helena.

—Ay, Sandy, ésa sí que ha sido buena. —Bernard se secó los ojos con un pañuelo—. ¿Qué clase de agencia es?, en serio.

—De actores —soltó Helena sin darme tiempo a contestar.

—¿Cómo lo sabes? —le preguntó Bernard, enfadado al ver que se había enterado antes que él—. Tú has sido la primera en preguntar.

—Me lo ha dicho mientras os estabais riendo —contestó Helena, e hizo un gesto desdeñoso con la mano.

—Una agencia de actores. —Joan me miró con los ojos muy abiertos—. Qué maravilla. Montamos unas cuantas obras excelentes en el Finbar's Hall —explicó—. ¿Os acordáis? —Miró a sus compañeros—. *Julio César, Romeo y Julieta*, por citar sólo dos de las mejores obras de Shakespeare. Bernard era...

Bernard tosió ruidosamente.

—Vaya, lo siento. —Joan se ruborizó—. Bernard es un actor fantástico. Su interpretación de Bottom en *El sueño de una noche de verano* resultó muy convincente. Sin duda te encantaría tenerlo en tu agencia.

Y reanudaron su charla; seguían intercambiando antiguas anécdotas. Helena rodeó la hoguera y se sentó a mi lado.

—Debo decir que destacas en tu profesión —dijo Helena riendo entre dientes.

—¿Por qué has hecho eso? —pregunté. Me refería a su interrupción.

—Oh, es mejor que no se lo cuentes, sobre todo a Joan. Habla tan bajito que siente la necesidad de contárselo todo a todo el mundo para asegurarse de que la han oído —se burló, aunque mirando a su amiga con cariño—. Si alguno se entera de que diriges una agencia de personas desaparecidas te acribillarán a preguntas. Van a creer que has venido para llevarnos a todos de vuelta a casa.

No supe si estaba bromeando o haciéndome una pregunta. Fuese lo que fuese, ella no se rio y yo no contesté.

—¿A quién más se lo podrían decir? —quise saber.

Miré hacia la oscuridad del bosque silencioso. No me había tropezado con ninguna otra persona en dos días. Helena volvió a mirarme con curiosidad.

—Sandy, tienes que saber que hay más gente.

Me resultaba difícil creer que alguien más pudiera habitar aquel tenebroso entorno.

—Estás al corriente de nuestra historia, ¿verdad? —Helena siguió hablando en voz baja para que los demás no la oyeran.

Asentí, inspiré profundamente y recité:

—«Cinco estudiantes desaparecidos durante acampada escolar en Roundwood, County Wicklow. Derek Cummings, Helena Dickens, Marcus Flynn, Joan Hatchard y Bernard Lynch, todos de dieciséis años, alumnos del internado St. Kevin de Blackrock, planeaban ir a visitar Glendalough, pero por la mañana no estaban en sus tiendas de campaña.»

Helena me miraba con los ojos bañados en lágrimas. Tenía una expresión de atención tan pueril que consideré que debía recitar el artículo periodístico palabra por palabra y con la entonación perfecta. Quería poner de manifiesto el sentimiento del país durante la primera semana; quería transmitir con exactitud la profusión de amor y apoyo que perfectos desconocidos habían mostrado hacia los cinco estudiantes desaparecidos. Sentí que tenía que hacerlo, que se lo debía a todas las personas que habían rezado por su regreso. Sentí que Helena merecía oírlo.

—«La Gardaí ha dicho hoy que se están investigando algunas pistas, aunque no ha descartado que pudiera tratarse de un crimen. Asimismo ha pedido que cualquier ciudadano que tenga información se ponga en contacto con la Gardaí de Roundwood o de Blackrock. Los estudiantes de St. Kevin se han reunido para rezar por sus compañeros y los lugareños han depositado flores cerca del lugar donde fueron vistos por última vez.»

Me callé.

—¿Qué te pasa en los ojos, Helena? —preguntó Bernard preocupado.

—Oh —Helena se sorbió la nariz—, no es nada. Sólo una chispa del fuego que me ha saltado al ojo.

Se secó los ojos con un extremo de la *pashmina*.

—Vaya por Dios —dijo Joan, mientras se acercaba a examinarle el ojo—. Parece que está bien, sólo algo rojo y lloroso. Seguro que te escuece un poco.

—Estoy bien, gracias.

Helena se libró de ellos, incómoda por tantas atenciones, y los demás continuaron charlando entre sí.

—Con interpretaciones como ésta podrías inscribirte en mi agencia —sonreí.

Helena rió y volvió a guardar silencio. Sentí que debía decir algo:

—Nunca dejaron de buscaros, ¿sabes?

Sus labios emitieron un sonido mínimo. Un sonido que no pudo detener, un sonido que le salía directamente del corazón.

—Tu padre colaboró con cada nuevo inspector jefe de la Gardaí y cada ministro de Justicia que juraba el cargo. Llamó a todas las puertas y buscó entre cada brizna de hierba para encontraros. Se aseguró de que peinaran toda la zona minuciosamente. En cuanto a tu madre, tu maravillosa madre...

Helena sonrió cuando nombré a su madre. Proseguí:

—Creó una organización para apoyar a las familias que sufrían la desgracia de tener a un ser querido desaparecido. La llamó Porch Light, porque muchas familias de desaparecidos dejan encendida la luz de la entrada a modo de faro, con la esperanza de que algún día sus seres queridos regresen. Es incansable en su obra benéfica, ha abierto sedes por todo el país. Tus padres no se rindieron jamás. Tu madre aún sigue en la brecha.

—¿Está viva?

De nuevo abrió los ojos y se le llenaron de lágrimas.

—Lo siento, pero tu padre falleció hace unos años. —Esperé a que asimilara la noticia antes de seguir—. Tu madre todavía trabaja con empeño en Porch Light. El año pasado asistí a su almuerzo anual y tuve el placer de conocerla y decirle lo maravillosa que me parecía. —Tuve que bajar la vista y aclararme la garganta, el papel de mensajero no siempre resulta fácil—. Me dijo que siguiera esforzándome, que no sabía cuánto deseaba que hallara a su querida hija.

La voz de Helena fue apenas un susurro:

—Háblame de ella.

De modo que olvidé por un rato mis preocupaciones y me acomodé al calor de la hoguera para complacerla.

—Yo no quería ir de acampada —dijo Helena. Estaba llena de júbilo y emoción después de que le contase cuanto sabía acerca de su madre—. Les supliqué que no me obligaran a ir.

Yo ya sabía todo eso, pero la escuché con atención, fascinada de oír de boca de uno de los protagonistas la historia que tan bien conocía. Fue como si mi libro favorito cobrase vida sobre un escenario.

—Quería estar en casa aquel fin de semana. Había un chico... —Se rio y me miró—. ¿Acaso no hay siempre un chico por medio?

No podía darle la razón, pero aun así sonreí.

—Un chico nuevo se había mudado a la casa de al lado. Se llamaba Samuel James, era la criatura más encantadora del mundo. —Los ojos le brillaban como si las chispas del fuego le hubieran saltado dentro para encenderle las pupilas—. Le conocí aquel verano y me enamoré. Lo pasamos de maravilla. Incluso pecamos. —Levantó las cejas y sonrió—. Había vuelto al colegio hacía dos meses y le echaba muchísimo de menos. Rogué y supliqué a mis padres que me dejaran ir a casa, pero no sirvió para nada. Querían castigarme —dijo con una sonrisa—. Me habían pillado copiando en un examen de Historia la misma semana que me pillaron fumando detrás del gimnasio. Inadmisible, incluso para mí. —Echó un vistazo al grupo—. Así que me tocó irme de excursión con ellos, como si apartarme de mis mejores amigos fuera a convertirme en un ángel de la noche al día. De todas formas, resultó ser un castigo que no creo que mereciera del todo.

—Por supuesto que no —la apoyé—. ¿Cómo llegasteis aquí?

Helena suspiró.

—A última hora de la tarde Marcus y yo habíamos quedado en encontrarnos cuando todos se hubiesen acostado. Era el único que tenía un paquete de cigarrillos, de modo que los otros dos chicos fueron con él y, bueno, Joan —Helena miró con cariño a su amiga sentada al otro lado de la fogata— tenía miedo de quedarse sola en la tienda, así que también vino. Nos alejamos del campamento para que los profesores no vieran la brasa de los cigarros ni olieran el humo. Tampoco es que camináramos tanto, sólo unos pocos minutos, pero de pronto nos encontramos aquí. —Se encogió de hombros—. La verdad es que no puedo explicarlo de ninguna otra manera.

—Tuvo que ser terrible para todos vosotros.

—No más que para ti. —Me miró—. Y al menos nos teníamos los unos a los otros. No quiero ni pensar lo que habrá sido pasar por todo esto a solas.

Quería que yo hablara, pero no lo hice. Mi carácter era más bien reservado. Menos cuando estaba con Gregory.

—Tú ni siquiera habrías nacido cuando desaparecimos. ¿Cómo es que sabes tanto?

—Digamos que fui una niña muy curiosa.

—Y tan curiosa. —Me estudió de nuevo y aparté la vista, pues su mirada me resultó impertinente—. ¿Sabes qué ha sido de sus familias? —preguntó señalando con la cabeza al resto del grupo.

—Sí. —Los miré uno por uno y vi los rostros de sus padres en cada uno de ellos—. Se convirtió en el trabajo de mi vida. Hice un seguimiento de todos vosotros cada año, ansiosa por ver si alguno regresaba a casa.

—Vaya, gracias por hacerme sentir un paso más cerca.

Se hizo el silencio entre las dos. Sin duda, Helena estaba inmersa en el recuerdo de su hogar.

Al cabo, volvió a hablar.

—Mi abuela era una mujer orgullosa, Sandy. Se casó con mi

abuelo a los dieciocho años y tuvieron seis hijos. Su hermana menor, a quien nunca consiguieron casar, se embarcó en una misteriosa aventura con un hombre cuya identidad jamás reveló, y para gran sorpresa de todos dio a luz un niño. —Rió entre dientes—. Que la cara del chiquillo fuese un calco de la de mi abuelo no le pasó por alto a mi abuela, como tampoco los chelines que desaparecían de sus ahorros justo cuando el niño aparecía con ropa nueva. Por descontado, todas esas cosas son mera coincidencia —dijo con cierto tonillo, estirando las piernas hacia delante—. Hay un montón de hombres morenos con los ojos azules en el país, y el hecho de que mi abuelo fuera aficionado a la bebida explicaría los escamoteos en los ahorros.

Le brillaban los ojos. La miré confundida.

—Lo siento, Helena, no entiendo por qué me estás contando esto.

Se rio.

—Que hayas terminado aquí con nosotros podría ser una de esas grandes coincidencias de la vida.

Asentí en silencio.

—Pero mi abuela no creía en las coincidencias. Y yo tampoco. Tú estás aquí por algún motivo, Sandy.

13

Helena echó otro tronco al fuego moribundo, del que se levantó un remolino de brasas volátiles en torno a la columna de humo. Las llamas despertaron de las ascuas y perezosamente comenzaron a trepar por el tronco, irradiando calor hacia donde estábamos.

Había estado hablando durante horas, refiriéndole con todo detalle lo que conocía sobre la vida de su familia. Un sentimiento insólito me invadió en cuanto comprendí con quién estaba. Me asaltaba en oleadas, y cada oleada me serenaba, haciendo que los párpados me pesaran un poco más, provocando que mi mente funcionara un poquito más despacio y que la tensión de mis músculos se relajara. Sólo era un poquito, sí, pero ya era algo.

Durante toda mi vida la gente había insistido en que mis preguntas eran irrelevantes, y mi excesivo interés por los casos de personas desaparecidas, innecesario. Pero aquí, en medio del bosque, cada una de las preguntas absurdas, embarazosas, irrelevantes e innecesarias que alguna vez había formulado sobre Helena Dickens tenían suma importancia para ella. Entendí que había existido un motivo para mis interminables búsquedas, para el continuo interrogatorio a mí misma y a los demás. Y lo más increíble de todo era que no había sólo un motivo: tumbados junto a mí, alrededor de la hoguera, había otros cuatro.

Buf, qué alivio. Ése era el sentimiento. La primera sensación de alivio que mi mente registraba desde que tenía diez años.

Empezaba a clarear. Las puntas de los árboles, que habían sido quemadas por el sol durante el día, se habían enfriado durante la noche y ahora pintaban el cielo de un refrescante azul. Los pájaros habían guardado silencio en las horas de oscuridad y ahora calentaban sus cuerdas vocales, con esa característica interpretación de orquesta que afina antes de un concierto. Bernard, Derek, Marcus y Joan dormían en sus sacos de dormir, tapados con mantas, con el mismo aspecto que debieron de tener la noche de la acampada escolar. Si hubieran dormido como troncos toda la noche en vez de aventurarse por el bosque, ¿habrían regresado a sus hogares? ¿O acaso la puerta secreta a este mundo les habría dado la bienvenida igualmente? No sabía qué pensar.

¿Era casualidad que todos nosotros estuviésemos aquí? ¿Habíamos tropezado con un accidente en la creación de la Tierra, un agujero negro en la superficie, o era tan sólo una parte de la vida que nadie había mencionado a lo largo de los siglos? ¿Estábamos perdidos de forma inexplicable? ¿O era éste el lugar que verdaderamente nos correspondía y nuestras vidas «normales» eran el error original? ¿Acaso se trataba de un sitio donde aquellos que se sentían intrusos en la vida finalmente podían respirar aliviados? A pesar de mi propio alivio, las preguntas seguían surgiendo. El mundo que me rodeaba había cambiado, pero algunas cosas seguían siendo iguales.

—¿Eras feliz? —dije, mirando a los que dormían—. ¿Erais felices?

Helena sonrió tiernamente.

—Nos hemos preguntado mil veces el porqué, pero no hay respuesta, que nosotros sepamos. Sí, éramos felices. Todos estábamos muy contentos con nuestras vidas. —Hizo una pausa—. Sandy —dijo, y me observó con aquella expresión divertida, como si gozara con un chiste que sólo ella entendía—, lo creas o no, aquí también somos muy felices. Llevamos más años viviendo aquí que en cualquier otra parte. Para nosotros, el pasado es un recuerdo agradable pero remoto.

Eché un vistazo al campamento. No tenían nada. Nada aparte de unas mochilas de viaje que contenían bolsitas de té, superfluas piezas de porcelana y galletas, mantas y sacos de dormir, chales y jerséis para abrigarse. Y todo aquello sin duda lo habían recuperado de los montones de objetos personales esparcidos por todas partes. Aquellas cinco personas habían dormido al raso, envueltas en mantas, con el sol y una fogata como únicas fuentes de luz y calor. Durante cuarenta años. ¿Cómo podían ser realmente felices? ¿Cómo era posible que no estuvieran luchando por abrirse camino de vuelta a la existencia, de vuelta a las comodidades materiales, a la compañía de otros seres humanos?

Sacudí la cabeza mientras contemplaba la escena.

—¿Por qué mueves la cabeza?

—Perdona. —Me avergonzó que Helena me sorprendiera compadeciéndome de una vida con la que parecían conformes—. Es que cuarenta años es mucho tiempo viviendo —recorrí el claro con la mirada—, bueno... aquí.

Helena puso cara de sorpresa.

—Oh, qué torpe soy —dije, algo arrepentida—. No tenía intención de ofenderte...

—Sandy, Sandy —me interrumpió Helena—, esto no es todo nuestro mundo.

—Ya lo sé, ya lo sé. Os tenéis los unos a los otros y...

—No. —Helena se empezó a reír y arrugó la frente, un tanto confusa—. Lo siento, creía que sabías que esto no era permanente. Salimos juntos de acampada una vez al año para conmemorar el aniversario de nuestra desaparición. Pensaba que habías reconocido la fecha. Este claro es el primer sitio al que llegamos hace cuarenta años; bueno, el primer sitio en que nos dimos cuenta de que ya no estábamos en casa. Nos mantenemos en contacto durante todo el año, pero llevamos vidas más o menos independientes.

—¿Qué? —exclamé desconcertada.

—La gente desaparece sin parar, lo sabes de sobra. Y allí donde se juntan personas empieza la vida, surge la civilización. Sandy, a un cuarto de hora de aquí el bosque se acaba y empieza toda una nueva vida.

Me quedé anonadada. Abría y cerraba la boca sin poder articular palabra.

—Resulta interesante que hayas llegado aquí precisamente hoy —dijo Helena pensativa.

Me puse en pie de un salto.

—Venga, vayamos ahora mismo. Enséñame ese sitio del que hablas. No despertaremos a los demás.

—No —repuso Helena con firmeza, y su sonrisa se desvaneció. Levantó la mano y me agarró el brazo. Me estremecí y traté de liberarme, porque me molestó el contacto físico, pero eso no la apartó. No podía moverme; me agarraba con mucha fuerza. Su expresión era gélida—. Nadie se larga así, sin los otros, nadie desaparece sin más. Esperaremos aquí hasta que se despierten.

Me soltó el brazo y se abrigó con la *pashmina*, recobrando la compostura de mujer precavida que había mostrado al principio de la noche. Vigilaba a sus amigos con suma atención, como si estuviera de guardia, y entonces caí en la cuenta de que no había sido sólo yo lo que la había mantenido despierta toda la noche. Simplemente, era su turno.

—Nos quedamos hasta que se despierten —repitió con firmeza.

Jack estaba sentado en un extremo de la cama y observaba a Gloria, que dormía plácidamente. Era lunes a primera hora de la mañana y acababa de regresar a casa. Después de que Sandy Shortt no apareciera se había pasado el día entero comprobando si se había registrado en alguna de las pensiones y hoteles de las poblaciones próximas. Había muchas cosas que podían haberle impedido llegar al café; se convenció de que el no haberse presentado aquella mañana no significaba el fin de su búsqueda. Quizá se había dormido y le había faltado tiempo para llegar a la cita o la habían retenido en Dublín y no había podido salir hacia Limerick aquella noche. Tal vez había muerto un familiar, tal vez una pista imprevista de otro caso la había alejado de Limerick. A lo mejor ahora estaba de camino, habiendo conducido toda la noche para llegar a Glin. Se le habían ocurrido infinitas teorías, pero ninguna contemplaba la posibilidad de que pudiera haberle dado plantón deliberadamente.

Alguien había cometido un error, nada más. Volvería a Glin a la hora de comer para ver si había llegado. Había estado toda la semana esperando aquel encuentro y ahora no iba a darse por vencido. Sandy le había dado más esperanzas en una semana con unas cuantas conversaciones telefónicas de las que ninguna otra persona hubiese logrado infundirle en un año entero. Después del tono de sus charlas sabía que no le fallaría.

Iba a decírselo a Gloria, de verdad que sí. Alargó el brazo para tocarle el hombro y sacudirla suavemente, pero su mano se detuvo a medio camino. Quizá fuese mejor postergarlo hasta que volviera a ponerse en contacto con Sandy. Gloria suspiró soñolienta, estiró el cuerpo y se dio la vuelta.

Finalmente se acomodó de lado, de espaldas a Jack y a su mano tendida.

14

Sólo una semana antes de que Sandy no se presentara, Jack había cerrado la puerta del dormitorio contiguo a la sala de estar sin hacer ruido para no despertar a Gloria. Las Páginas Amarillas abiertas encima del sofá le miraban mientras caminaba de un lado a otro de la habitación, un ojo en el listín telefónico, el otro en la puerta del dormitorio. Se detuvo y recorrió la página con el dedo hasta encontrar el anuncio de Porch Light, la organización que asesoraba a amigos y familiares de personas desaparecidas. Jack y su hermana Judith habían intentado convencer a su madre de que contactara con Porch Light tras la desaparición de Donal, pero su fidelidad a la vieja costumbre irlandesa de no airear las intimidades ante desconocidos la echó atrás. Al pie del anuncio estaba el número de la agencia de personas desaparecidas de Sandy Shortt. Jack cogió el móvil y encendió el televisor para tapar el sonido de su voz por si Gloria se despertaba. Marcó el número que había memorizado la primera vez que vio el anuncio. Sonó dos veces antes de que contestara una mujer:

—¿Diga?

De repente, Jack se encontró sin saber qué decir.

—¿Diga? —La voz fue más amable esta vez—. Gregory, ¿eres tú?

—No. —Jack por fin recobró la voz—. Me llamo Jack, Jack Ruttle. He encontrado su número en las Páginas Amarillas.

—Oh, perdón. —La mujer se disculpó y recobró el tono de voz del principio, más directo—. Esperaba otra llamada. Soy Sandy Shortt.

—Hola, Sandy. —Jack caminaba de aquí para allá por la atestada sala de estar, tropezando con las alfombras dispares y mal extendidas que adornaban el viejo suelo de madera—. Siento llamar tan tarde —se disculpó, mientras se urgía a ir al grano y caminaba más deprisa, con la mirada fija en la puerta del dormitorio.

—No se preocupe. Una llamada a estas horas de la noche es el sueño de toda insomne, y perdone el juego de palabras.

Jack se detuvo y se llevó la mano a la cabeza. ¿Qué estaba haciendo?

La voz de Sandy fue amable otra vez:

—¿Alguien que conoce ha desaparecido?

—Sí —fue lo único que Jack pudo contestar.

—¿Cuánto tiempo hace?

La oyó buscar papel.

—Un año.

Se sentó en el brazo del sofá.

—¿Cómo se llama la persona en cuestión?

—Donal Ruttle.

Tragó saliva para deshacer el nudo que tenía en la garganta. Ella hizo una pausa y al cabo dijo:

—Sí, Donal. —Por su tono parecía conocerlo—. ¿Es pariente suyo?

—Hermano...

A Jack se le quebró la voz y supo que no podía continuar. Tenía que dejarlo ya y seguir adelante, como el resto de su familia. Era una estupidez pensar que una insomne del listín telefónico con demasiado tiempo libre pudiera conseguir lo que una investigación policial en toda regla no había conseguido.

—Perdone, lo siento mucho. Esta llamada ha sido una equivocación —se obligó a decir—. Siento haberle hecho perder el tiempo.

A continuación colgó el teléfono y se dejó caer en el sofá, avergonzado y exhausto; hizo caer sus papeles y esparció fotografías de un sonriente Donal por el suelo.

Instantes después el móvil sonó. Se lanzó por él, no quería que el timbre despertara a Gloria.

—¿Donal? —musitó mientras se ponía en pie de un salto.

—Jack, soy Sandy Shortt.

Hubo un silencio.

—¿Así es como sueles contestar al teléfono? —preguntó con amabilidad.

Jack no supo qué decir.

—Lo digo porque si es así y todavía esperas que tu hermano llame, no creo que la llamada que me has hecho fuese una equivocación, ¿tú sí?

El corazón le palpitaba con violencia.

—¿Cómo has dado con mi número?

—Identificador de llamada.

—Mi número está bloqueado.

—Me dedico a encontrar personas, Jack. Y existe una posibilidad de que pueda encontrar a Donal.

Jack echó un vistazo a las fotografías diseminadas; la sonrisa pícara de su hermano pequeño le miraba desde allí, retándole en silencio a buscarlo, como hacía cuando era niño.

—¿Te apuntas? —preguntó Sandy.

—Me apunto —contestó Jack, y fue a buscar una taza de café a la cocina en previsión de la larga velada que le aguardaba.

Al día siguiente, a las dos de la madrugada, mientras Gloria dormía en la cama Jack estaba tumbado en el sofá, con Sandy al teléfono y cientos de páginas de informes policiales esparcidos alrededor.

—Veo que has hablado con los amigos de Donal —dijo Sandy, y la oyó hojear las páginas que le había enviado por fax aquel mismo día.

—Una y mil veces —contestó Jack, resignado—. De hecho,

este sábado visitaré otra vez a uno de sus amigos cuando vaya a Tralee. Tengo hora con el dentista —añadió de pasada, y al momento se preguntó por qué lo había hecho.

—El dentista, ¡puaj! Preferiría que me sacaran los ojos —murmuró Sandy.

Jack se rio.

—¿No hay dentistas en Foynes? —preguntó Sandy.

—Tengo que ver a un especialista.

A Jack le pareció oír una sonrisa en su voz.

—¿No hay especialistas en Limerick?

—Vale, vale —se rio Jack—. En realidad quería hacerle unas cuantas preguntas más al amigo de Donal.

—Tralee, Tralee —repitió Sandy entre ruido de papeles—. Ajá. —El ruido de papeles cesó—. Andrew, de Tralee, amigo de la universidad, trabaja como diseñador de páginas web.

—El mismo.

—Dudo que Andrew sepa algo más, Jack.

—¿Cómo lo sabes?

—Por lo que respondió durante el interrogatorio.

—Yo no te he dado ese expediente. —Jack se enderezó en el sofá.

—He sido garda. Es casi el único sitio donde conseguí hacer amigos, cosa que me viene muy bien.

—Tengo que ver esos documentos —dijo Jack. Su corazón se aceleró. Había algo nuevo, algo más que analizar durante las noches en vela.

—No tardaremos en quedar —comentó Sandy, ignorándolo educadamente—. Supongo que volver a hablar con Andrew no será perjudicial.

Se oyó cómo pasaba más páginas. Luego estuvo callada un buen rato.

—¿Qué estás buscando? —preguntó Jack.

—La fotografía de Donal.

Jack cogió la suya del montón de papeles y la contempló. Empezaba a sabérsela de memoria; cada día parecía más una simple fotografía y menos su hermano.

—Un chico muy guapo —comentó Sandy—. Bonitos ojos. ¿Os parecéis?

Jack se rio.

—Estoy dispuesto a decir que sí, después de tus cumplidos.

Siguieron estudiando los papeles.

—¿Nunca duermes?

—No, no desde que Donal desapareció. ¿Y tú?

—El caso es que nunca he dormido bien.

Jack se rio.

—¿Qué pasa? —preguntó Sandy a la defensiva.

—Nada. Que tengas el sueño ligero es una respuesta fantástica —dijo Jack en broma, mientras soltaba los papeles en su regazo. En el total silencio de la casita pudo escuchar el sonido de la respiración de Sandy y su voz, e intentó imaginar qué aspecto tendría, dónde estaría y qué andaría pensando.

Tras un largo silencio la voz de Sandy sonó más dulce:

—Tengo en la cabeza muchísimas personas desaparecidas. Hay demasiado en que pensar, demasiados lugares que investigar como para dejar que el sueño me venza. Mientras sueñas no puedes encontrar nada ni a nadie.

Jack miró hacia la puerta cerrada del dormitorio y estuvo de acuerdo.

—Aunque no sé por qué te estoy diciendo todo esto —protestó, y reanudó el ruido de papeles.

—Dime la verdad, Sandy, ¿cuál es tu porcentaje de éxito?

El crujido de papeles cesó.

—Depende de las características del caso. Si quieres que te sea sincera, los casos como el de Donal son difíciles. Ya se ha efectuado una búsqueda a gran escala, y rara vez he encontrado a alguien cuando eso ha ocurrido. Pero en los casos generales de desaparición encuentro a las personas un cuarenta por ciento de las veces. Debes saber que no todas las personas que encuentro regresan con su familia. Tienes que estar preparado para eso.

—Lo estoy. Si Donal yace en una zanja perdida quiero que vuelva aquí para enterrarle y hacerle un funeral como es debido.

—No me refería a eso. A veces la gente desaparece deliberadamente.

—Donal no haría eso —dijo Jack. Siempre había descartado esa posibilidad.

—Tal vez no. Pero se han dado situaciones parecidas en las que he aprendido que personas como Donal, de familias como la vuestra, cambian el rumbo de su vida sin decir una palabra a nadie de su entorno más inmediato.

Jack tuvo que asimilarlo. No se le había ocurrido que Donal se hubiese marchado por su propia voluntad y la perspectiva le resultaba muy improbable.

—¿Me dirías dónde está si lo encontraras? —preguntó.

—¿Si él no quisiera? No, no podría decírtelo.

—¿Me lo dirías si lo encontraras?

—Depende de lo preparado que estuvieras para aceptar no conocer su paradero.

—Estuviera donde estuviera, lo único que querría saber es que se encuentra a salvo y es feliz.

—Bien, en ese caso te lo diría.

Tras un prolongado silencio, Jack preguntó:

—¿Sueles tener mucho trabajo? En las raras ocasiones en que una persona desaparece, ¿sus familias no recurren a la Gardaí para que la busquen?

—En efecto. A mí no suelen tocarme muchos casos tan graves como el de Donal, pero siempre hay algo o alguien a quien encontrar. Hay categorías de personas desaparecidas que la Gardaí no puede ni quiere investigar.

—¿Por ejemplo?

—¿Seguro que quieres saber todo esto?

—Quiero saberlo todo al respecto. —Jack miró el reloj: las dos y media—. Y, además, no tengo nada mejor que hacer a estas horas de la noche.

—Bien, a veces localizo a personas con las que otras simplemente han perdido el contacto: parientes de los que no saben nada hace tiempo, amigos del colegio o hijos adoptivos que quieren conocer a sus padres biológicos, esa clase de cosas. Trabajo mucho con el Ejército de Salvación en tareas de rastreo. Luego están los casos más serios, como los de personas que han desaparecido, muchas de ellas por su propia voluntad, y sus familias quieren saber dónde están.

—¿Pero cómo sabe la Gardaí que lo han hecho por decisión propia?

—Hay quien deja un mensaje diciendo que no quiere regresar. —Jack oyó que Sandy desenvolvía algo—. A veces se llevan objetos personales consigo, a veces habían manifestado previamente su descontento con la situación en la que se hallaban.

—¿Qué estás comiendo?

—Un bollo de chocolate —contestó Sandy con la boca llena. Tragó el bocado—. Perdón, ¿me has oído bien?

—Sí, te estás comiendo un bollo de chocolate.

—No, eso no. —Sandy rió.

Jack sonrió, y continuó:

—O sea, que las familias acuden a ti en los casos de los que no puede ocuparse la Gardaí.

—Exacto. Buena parte de mi trabajo, que cuenta con la ayuda de otras agencias de personas desaparecidas de Irlanda, consiste específicamente en revisar casos que no se consideran de alto riesgo. Si una persona abandona su casa por voluntad propia, su caso no se cataloga como desaparición, pero eso no alivia la preocupación de sus familiares y amigos.

—¿Significa que sin más se olvidan de ellos?

—No, se abre un expediente en comisaría, pero el alcance de la investigación es decisión directa del garda que esté al mando de la comisaría en cuestión.

—¿Y qué ocurre si alguien que es increíblemente desgraciado en su vida hace las maletas para pasar una temporada a solas y luego desaparece de verdad? Nadie le buscará, porque había manifestado que estaba a disgusto con su vida. ¿Y acaso no lo hemos hecho todos alguna vez?

Sandy guardó silencio.

—¿Me equivoco al pensar eso? ¿Tú no querrías que te encontraran?

—Jack, a mí sólo se me ocurre una cosa más frustrante que no ser capaz de encontrar a alguien, y es no ser encontrada. Claro que querría que me encontraran, más que nada en el mundo —dijo Sandy con firmeza.

Lo meditaron un momento.

—Creo que va siendo hora de colgar —dijo Jack bostezando—. Tengo que levantarme para ir a trabajar dentro de pocas horas. ¿Piensas acostarte ya?

—Cuando haya vuelto a revisar todos estos documentos.

Jack movió la cabeza con asombro. Luego dijo:

—Quiero que sepas que aunque me digas que nunca vas a encontrar a nadie, seguiré en este teléfono.

Sandy se quedó callada un momento.

—Y aunque nunca encuentre a nadie, yo también estaré aquí.

15

Como de costumbre, Jack se despertó antes que Gloria. Tenía su cabeza apoyada en el pecho, la larga melena castaña extendida encima de él le hacía cosquillas en las costillas. En silencio y muy despacio, retiró su cuerpo de debajo del de ella y se levantó de la cama. Gloria, adormilada, emitió un quejido y volvió a acomodarse plácidamente. Jack se duchó, se vistió y salió de casa sin que Gloria hubiese cambiado siquiera de postura.

Cada mañana se marchaba antes que ella para llegar al trabajo a las ocho. Gloria no empezaba hasta las diez: era guía en el Foynes Flying Boat Museum. El museo, principal atracción turística de Foynes, conmemoraba el período entre 1939 y 1945, en que Foynes era el centro mundial de la aviación al canalizar el tráfico aéreo entre Estados Unidos y Europa. Gloria, siempre más que dispuesta a hablar con la gente y ayudarla, trabajaba como guía multilingüe en el museo desde marzo hasta octubre.

Aparte del museo, Foynes era famoso por otra cosa: la invención del café irlandés. Cuando el tiempo era lluvioso y frío, los pasajeros que esperaban en la terminal del aeropuerto necesitaban algo más fuerte que el café para entrar en calor. De ese modo nació el café irlandés.

En pocos días Foynes sería invadido por bandas que tocarían su música en el escenario del festival, en el mercado de los granjeros en la plaza del museo, en la regata, y las creaciones artísticas de los niños decorarían las calles para el Irish Coffee Summer Festival. Como de costumbre, los fuegos artificiales del festejo los patrocinaría la Shannon Foynes Port Company, que era precisamente adonde se dirigía Jack aquella mañana.

Después de saludar a sus compañeros y hacerles algunas preguntas, Jack ocupó su puesto en la gigantesca grúa metálica y empezó a cargar mercancías. Su trabajo le gustaba, y le causaba satisfacción saber que alguien como él, en algún lugar del extranjero, descargaría el regalo que él había ayudado a envolver. Disfrutaba poniendo las cosas en el sitio que les correspondía. Sabía que todo y todos tenían un lugar en la vida: cada contenedor que aguardaba apilado en el muelle, cada hombre y mujer que trabajaba codo con codo con él tenían un lugar en el que encajar y una función que desempeñar. Todos los días tenía el mismo objetivo: mover cosas para colocarlas donde correspondía.

Oía la voz de Sandy Shortt en su cabeza, repitiendo la misma frase una y otra vez: «Sólo se me ocurre una cosa más frustrante que no ser capaz de encontrar a alguien, y es no ser encontrada. Claro que querría que me encontraran, más que nada en el mundo.»

Depositó cuidadosamente la carga en el barco, bajó de la grúa y, para sorpresa de sus compañeros, se quitó el casco, lo tiró al suelo y echó a correr. Unos le miraron confundidos, otros enojados, pero quienes estaban más cerca de él le observaron con compasión, puesto que adivinaron que incluso un año después Jack no soportaba estar encaramado allí arriba, tan alto que tenía la impresión de ver el país entero y cuanto en él había, excepto a su hermano.

Jack, que corría hacia el coche, sólo pensaba en encontrar a Sandy, para que pudiera devolver a Donal al lugar que le correspondía.

Las continuas preguntas de Jack sobre Sandy Shortt en los hoteles, hostales y pensiones de Glin empezaban a causar recelos. La impaciencia se asomaba a las voces de los antes simpáticos miembros del personal, y el desvío de sus llamadas hacia el encargado de turno se estaba volviendo más frecuente. Ahora, todavía sin pistas sobre el paradero de Sandy, Jack se encontró respirando aire fresco a bocanadas junto al estuario del Shannon. El río Shannon había sido un elemento importante en la vida de Jack. Desde niño había querido trabajar en el Shannon Foynes Port. Le encantaba el trajín de los animados muelles, donde las máquinas monstruosas recorrían la orilla del río como garzas metálicas con largas patas y picos afilados.

Siempre había sentido un vínculo con el río, y deseó ser uno de quienes se ocupasen de lo que la corriente traía. Un año, sus padres trajeron a la familia a Limerick durante las vacaciones de verano, unas vacaciones que Jack recordaba más vívidamente que ningunas otras. Donal no había nacido y Jack aún no tenía diez años. Fue durante esas vacaciones cuando aprendió dónde y cómo nacía el gran río, lento y tranquilo al principio, en el condado de Cavan, antes de cobrar velocidad, fundiendo los secretos y el espíritu de cada condado con cada parte de tierra que erosionaba. Los afluentes eran como arterias bombeadas desde el corazón del país que cuchichearan con inesperados murmullos sus secretos, que el río finalmente vertía al Atlántico, donde se perdían con el resto de esperanzas y lamentos susurrados del mundo. Su caudal era como el juego del teléfono, que empieza discreto para luego irse exagerando: acunaba mansamente a las barcas de madera recién pintadas en Carrick-on-Shannon y acababa llevando barcos de acero y metal hasta las grúas y almacenes, que constituían el gran atractivo del Shannon Foynes Port.

Jack paseaba sin rumbo fijo, en medio de un silencio gratificante, por una tranquila carretera que bordeaba el estuario del Shannon. El castillo de Glin desapareció detrás de los árboles mientras avanzaba por el camino. Vio una mancha roja brillante detrás de la vegetación que delimitaba una zona utilizada como aparcamiento en el pasado, pero que ahora se había asilvestrado y sólo era usada por paseantes y observadores de aves. El suelo de grava era desigual, las rayas blancas se habían descolorido y la hierba crecía en todas las grietas. Allí fue donde vio el viejo Fiesta rojo abollado cuya pintura hacía tiempo que había dejado de brillar. Jack se paró en seco al reconocer de inmediato la venus atrapamoscas que se había tragado a la belleza de piernas largas en el garaje la mañana anterior.

El corazón se le aceleró mientras miraba a un lado y al otro, buscándola, pero no vio ni oyó nada que revelara la presencia de alguien. Había una taza de Styrofoam llena de café en el salpicadero, y en el asiento del copiloto, varios periódicos apilados junto a una toalla que llevó a la imaginativa mente de Jack a pensar que estaría corriendo por los alrededores. Se apartó del coche por miedo a que regresara y le pillara espiando por las ventanillas. La coincidencia de que volvieran a encontrarse en otro lugar despoblado le despertaba tanta curiosidad que no podía marcharse. Y saludarla otra vez sería una alegría que le vendría muy bien en un día tan infructuoso.

Después de cuarenta y cinco minutos de espera Jack empezó a aburrirse y a pensar que era idiota. Daba la impresión de que el coche había sido abandonado hacía años en aquel rincón olvidado y, sin embargo, Jack sabía con certeza que la mañana anterior lo conducía una persona. Se acercó de nuevo al vehículo y pegó la cara al cristal.

Por poco se le paró el corazón. Se le puso la piel de gallina y un escalofrío le estremeció todo el cuerpo.

Allí, encima del salpicadero, al lado de la taza de café y de un teléfono móvil con llamadas perdidas, había una gruesa carpeta marrón. «Donal Ruttle» estaba escrito en la tapa con pulcra caligrafía.

16

Golpeé con el pie el plato en que se habían servido las galletas integrales de chocolate, lo que provocó un sonoro tintineo que resonó por el claro. A mi alrededor, cuatro cuerpos durmientes yacían perezosamente tumbados en el suelo del bosque, y los ronquidos de Bernard parecían volverse más ruidosos a cada minuto que pasaba. Suspiré profundamente. Me sentía como una adolescente pesada y caprichosa que no lograba salirse con la suya. Helena, con quien llevaba más de una hora sin hablar, me miró levantando las cejas, como tratando de mostrar lo que se aburría, aunque yo sabía de sobra que disfrutaba con cada segundo de mi tortura. Durante la última hora yo había tropezado «accidentalmente» con la porcelana, había dejado caer un paquete de galletas encima de Joan y había sufrido un ataque de tos bastante escandaloso. Aun así, seguían durmiendo, y Helena se negaba a acompañarme e incluso a darme indicaciones para salir del bosque hacia la otra vida de la que me había hablado.

Al oír risas, había intentado abrirme camino por mi cuenta, pero comprobé que el paso estaba bloqueado por miles de pinos perversamente idénticos y decidí que bastaba con perderse una vez. Dadas las circunstancias, volver a perderse sería una soberana estupidez.

—¿Cuánto suelen dormir? —pregunté con tono aburrido, levantando la voz para intentar despertarlos.

—Les gusta descansar sus buenas ocho horas.

—¿Comen?

—Tres veces al día; sólido, normalmente. Los saco a pasear dos veces al día. A Bernard, en concreto, le encanta la correa —dijo. Sonrió con la mirada perdida, como si recordara algo—. Y cuando les toca se dejan acicalar.

—Me refiero a si comen aquí.

Miré el claro con desagrado, sin que ya me importara despreciar su campamento anual. No podía evitar estar nerviosa: odiaba la inactividad, odiaba sentir que mis movimientos estaban limitados. Normalmente, en mi vida iba y venía a mi antojo, entrando y saliendo de la de los demás. Ni siquiera en casa de mis propios padres pude permanecer mucho tiempo, y por lo general agarraba la bolsa que había dejado en la entrada y salía pitando. Pero aquí no tenía adónde ir.

Volvió a oírse un eco de risas a lo lejos.

—¿Qué es ese sonido?

—La gente lo llama risa, creo —dijo Helena, acomodándose en su saco de dormir. Parecía a gusto consigo misma y con su petulancia.

—¿Siempre has tenido una actitud problemática? —pregunté.

—¿Y tú?

—Sí —contesté resuelta, y se echó a reír. Dejé de fruncir el ceño y sonreí—. Es que ya llevo dos días enteros atrapada en este bosque.

—¿Eso es una disculpa?

—Nunca me disculpo. A menos que sea realmente necesario.

—Me recuerdas a mí cuando era joven. Más joven. Todavía soy joven. ¿Qué te enfada tanto a tan temprana edad?

—No soy una persona sociable —dije. Miré alrededor al oír risas de nuevo.

Helena siguió hablando como si no hubiese oído nada:

—Por supuesto que no. Te has pasado media vida trabajando para encontrar personas.

Me di cuenta de lo que había dicho, pero decidí no contestar nada.

—¿No oyes esos sonidos? —pregunté.

—Me crié al lado de una estación de tren. Cuando mis amigas se quedaban a dormir pasaban la noche en vela por culpa del ruido y las vibraciones. Yo estaba tan acostumbrada que no oía nada, aunque el crujido de las escaleras cuando mis padres se iban a la cama me despertaba cada vez. ¿Estás casada?

Hice una mueca de desaprobación.

—Consideraré eso como un no. ¿Tienes novio?

—A veces.

—¿Has tenido hijos?

—No me interesan los niños —contesté, mientras olfateaba el aire—: ¿Qué es ese olor? ¿Y quién se está riendo? ¿Hay alguien por aquí cerca?

Mi cabeza se movía de un lado a otro, como la de un perro que quiere atrapar una mosca. No lograba distinguir de dónde procedía el sonido. Me había parecido que venía de detrás de mí, pero cuando me di media vuelta el sonido pareció ser más alto en la otra dirección.

—Está en todas partes —explicó Helena con desgana—. Los recién llegados lo comparan con un sistema de sonido envolvente. Seguramente tú entenderás eso mejor que yo.

—¿Quién hace ese ruido? ¿Alguien se está fumando un puro?

Volví a olfatear el aire.

—Haces muchas preguntas.

—¿Tú no hiciste lo mismo cuando llegaste aquí? Helena, no sé dónde estoy ni qué está ocurriendo, y tú no me estás ayudando demasiado, la verdad.

Helena por fin tuvo el detalle de mostrarse avergonzada:

—Perdona. Había olvidado lo que se siente. —Escuchó los ruidos con atención—. La risa y el olor a humo están entrando en nuestra atmósfera en este momento. Hasta ahora, ¿qué sabes de las personas que vienen aquí?

—Que han desaparecido.

—Exactamente. Pues la risa, los llantos y las fragancias que llegan también han desaparecido.

—¿Cómo es posible? —pregunté, sumamente confundida.

—A veces las personas pierden algo más que simples calcetines, Sandy. Puede ocurrir que olvides dónde los pusiste. Las cosas olvidadas no son más que partes de tu memoria desaparecidas.

—Pero puedes volver a recordarlas.

—Sí, pero no recuerdas ni encuentras todas las cosas. Esas cosas terminan aquí, igual que el tacto y el olor de alguien, el recuerdo exacto de su cara y el sonido de su voz.

—Qué extraño. —Moví la cabeza, incapaz de asimilar todo aquello.

—En realidad, es muy sencillo si lo piensas así: en la vida todo tiene un sitio y cuando se mueve tiene que ir a otro lugar. Éste es el lugar al que van todas esas cosas. —Y levantó las manos para abarcar nuestro entorno.

De repente se me ocurrió una idea:

—¿Alguna vez has oído tu propia risa o tu llanto?

Helena asintió con tristeza.

—Muchas veces.

—¿Muchas veces? —pregunté sorprendida.

Helena sonrió.

—Verás, tuve el privilegio de ser amada por muchas personas. Cuantas más personas te aman, más personas hay que pierden recuerdos de ti. No pongas esa cara, Sandy. No es tan trágico como parece. La gente no pierde recuerdos a propósito. Aunque siempre hay cosas que más vale olvidar. —Guiñó el ojo—. Puede ser que el verdadero sonido de mi risa haya sido sustituido por un nuevo recuerdo o que, cuando al cabo de unos meses de mi desaparición mi olor había abandonado mi habitación y mi ropa, el olor que tanto se esforzaban por recordar no fuera exactamente el mío. Estoy convencida de que la imagen que conservo del rostro de mi madre es muy diferente del aspecto que realmente tenía, porque, tras cuarenta años sin verlo, ¿cómo va a saberlo mi mente con exactitud? No puedes retenerlo todo para siempre, por más empeño que pongas en aferrarte.

Pensé en el día en que oiría el sonido de mi propia risa flotando por encima de mi cabeza, y supe que sólo sucedería una vez, porque sólo había una persona que conociera el verdadero sonido de mi risa y de mi llanto.

—Igualmente —prosiguió Helena, y levantó la vista hacia el cielo luminoso con lágrimas en los ojos—, a veces tienes la sensación de que los atrapas y los vuelves a tirar hacia el sitio de donde han venido. Nuestros recuerdos son el único vínculo que tenemos. Podemos abrazar, besar, reír y llorar con ellos una y otra vez en nuestra mente. Son algo muy valioso que poseer.

Risitas, susurros y resoplidos se filtraban a través del aire, flotaban junto a nuestros oídos en el viento. La brisa ligera arrastraba tenues fragancias, como el aroma olvidado del hogar de la infancia, de una cocina después de hornear pan. Se percibía el olor que una madre olvidó de su bebé, ahora ya adulto: polvos de talco, crema hidratante, el aroma dulzón de la piel. Había olores más antiguos, como el olor a rancio de unos abuelos predilectos: lavanda para la abuela, humo de puro, cigarrillo y pipa para el abuelo. Estaban los olores de los amantes perdidos: perfumes y lociones para después del afeitado, el aroma de las mañanas soñolientas o simplemente ese olor corporal que permanece en una habitación y que no se puede explicar. Olores personales tan valiosos como las propias personas. Todos los olores que han desaparecido de la vida de las personas habían terminado aquí. No pude evitar cerrar los ojos y respirar aquellos olores y reír con aquellos sonidos.

Joan se movió dentro de su saco de dormir y salí de mis pensamientos. El corazón se me puso a palpitar ante la perspectiva de que por fin iba a salir del bosque.

—¡Buenos días, Joan! —cantó Helena, tan alto que también consiguió despertar a Bernard, que se sobresaltó. Cuando levantó la cabeza las tiras de espagueti le colgaban hacia el lado equivocado; miró alrededor, adormilado, buscando a tientas sus gafas.

—¡Buenos días, Bernard! —dijo Helena, tan alto que consiguió despertar a Marcus y Derek.

Contuve la risa.

—Tomad, un trago de café bien caliente para que os despertéis.

Les plantó las tazas humeantes delante de las narices.

La miraron confundidos y soñolientos. En cuanto hubieron tomado el primer sorbo de café, Helena se deshizo de su manta y se puso de pie.

—Bueno, ya está bien de hacer el vago. Venga, pongámonos en marcha. —Y comenzó a doblar su manta cuidadosamente y a guardar los utensilios.

—¿Por qué hablas tan alto? ¿A qué vienen tantas prisas? —susurró Joan, agarrándose la cabeza despeinada como si tuviera resaca.

—Hace un día espléndido, así que acabaos el café y emprenderemos el regreso en cuanto estéis listos.

—¿Por qué? —preguntó Joan entre sorbos apresurados.

—¿Qué pasa con el desayuno? —protestó Bernard como un niño.

—Lo tomaremos cuando lleguemos. —Helena le quitó la taza, tiró el resto de café por encima del hombro y la metió en una bolsa. Tuve que apartar la vista por miedo a reírme.

—¿Qué prisa tenemos? —preguntó Marcus—. ¿Va todo bien?

La miró fijamente, todavía indeciso sobre mi presencia.

—Todo en orden, Marcus —dijo Helena, y apoyó una mano en su hombro con afecto—. Sandy tiene trabajo que hacer —agregó sonriéndome.

¿Lo tenía?

—Vaya, qué maravilla. ¿Vas a montar una obra? Hace siglos que no actuamos —dijo Joan más animada.

—Espero que nos avises de las pruebas con suficiente antelación, porque necesitaremos tiempo para prepararnos. Ha llovido desde entonces —dijo Bernard preocupado.

—No os preocupéis —terció Helena—, lo hará.

Me quedé boquiabierta, pero Helena levantó una mano para impedirme que dijera nada.

—¿Alguna vez has pensado en montar un musical? —preguntó Derek mientras metía la guitarra en la funda—. Sería muy interesante participar en un musical.

—Es una posibilidad bastante probable —dijo Helena como quien da la razón a un niño.

—¿Serán pruebas en grupo? —preguntó Bernard un tanto nervioso.

—No, no. —Helena sonrió y por fin entendí lo que se traía entre manos—. Me parece que Sandy querrá pasar un rato a solas con cada uno de nosotros. Bueno —le quitó a Bernard la manta que le cubría los hombros y se puso a doblarla mientras él la miraba pasmado—, terminemos de arreglarnos y enseñémosle todo esto a Sandy. Tendrá que encontrar un buen sitio para el espectáculo.

Bernard y Joan estuvieron listos en un santiamén.

—Por cierto, quería preguntártelo antes —me susurró Helena—. ¿Estabas trabajando cuando llegaste aquí?

—¿Qué quieres decir exactamente?

—¿Estabas contratada o siguiendo la pista de alguien cuando llegaste aquí?

—Sí y no —contesté—. Estaba haciendo *footing* por la orilla del estuario del Shannon cuando de repente me encontré aquí, pero la razón de que estuviera en Limerick tenía que ver con el trabajo. Acababa de embarcarme en un caso cinco días antes.

Recordé la llamada de Jack Ruttle en plena noche.

—Es que me preguntaba si no sería esa persona, entre todos los desaparecidos que has buscado, la que te trajo aquí. ¿Tenías un vínculo estrecho con él?

Negué con la cabeza, a sabiendas de que no estaba diciendo toda la verdad. Las conversaciones nocturnas con Jack Ruttle habían sido muy distintas de las de todos mis otros casos. Eran llamadas telefónicas que me encantaba recibir, ya que con él podía hablar de otras cosas además del trabajo. Cuanto más hablaba con el simpático de Jack, más trabajaba para localizar a su hermano. Sólo había otra persona en mi vida que me hiciera sentir algo semejante.

—¿Cómo se llamaba la persona desaparecida?

—Donal Ruttle —dije, y recordé los pícaros ojos azules de la fotografía.

Helena reflexionó un momento.

—Bueno, también podríamos empezar ahora mismo. —Miró a los otros—: ¿Alguien conoce a un tal Donal Ruttle?

17

Jack se impacientaba junto al Ford Fiesta. Caminaba de aquí para allá, con una mezcla de frustración e inquietud. De vez en cuando se paraba, miraba fijamente la ventanilla del pasajero e intentaba abrir la puerta para poder coger la carpeta y devorar con avidez la información que contenía. Luego se calmaba y seguía caminando. Inspeccionaba los alrededores, pero no quería alejarse demasiado del coche por si Sandy Shortt regresaba y se marchaba sin él.

Le costaba trabajo creer que Sandy Shortt fuese la mujer de la gasolinera. Se habían cruzado como dos perfectos desconocidos, pero igual que cuando hablaba por teléfono con ella, había sentido algo al verla, un vínculo que los unía. Entonces había pensado que aquello se explicaba porque eran las dos únicas personas que había allí tan temprano, pero ahora sabía que esa conexión era algo más. Y ahora, de nuevo, se tropezaba con ella en un lugar apartado. Algo le estaba arrastrando hacia ella. Habría dado cualquier cosa por retroceder a ese momento y poder hablar de Donal con ella. Había venido a Glin, después de todo. Sabía que no iba a fallarle, y había conducido toda la noche tal como le prometió. Encontrar su coche en aquel rincón desolado sólo suscitaba más preguntas de las que ya tenía. Si estaba en Glin, ¿dónde estuvo el domingo a la hora en que se habían citado?

Miró el reloj. Habían transcurrido tres horas desde que había encontrado el coche y ni rastro de ella. Una sospecha se asomó a su cabeza: ¿dónde estaba Sandy Shortt ahora?

Se sentó en el ruinoso bordillo al lado del coche e hizo lo que se había acostumbrado a hacer a lo largo del último año. Esperó. Y no iba a moverse un centímetro hasta que Sandy Shortt regresara a su coche.

Seguí al grupo a través de los árboles. Mi corazón latía tan fuerte que apenas podía oír el incesante parloteo de Bernard sobre sus años de experiencia como actor. De cuando en cuando decía que sí con la cabeza al notar sus ojos clavados en mí. Lamentablemente, nadie reaccionó ante la mención del nombre de Donal; sólo hombros encogidos y murmullos de «no le conozco». Pero en cuanto Helena pronunció su nombre ante los demás, en mi fuero interno se produjo una reacción, porque oírlo hizo que todo se volviera real para mí. Iba a ver a personas a las que había estado buscando durante años.

Sentí como si todo el trabajo de mi vida me hubiera conducido a aquel momento. Las noches en vela, mi distanciamiento de posibles amigos y de mis afectuosos padres me habían llevado a tener una vida solitaria con la que estaba contenta; pero era una vida poblada de amistades y relaciones con personas a las que no conocía. Lo sabía todo de ellas: sus colores favoritos, los nombres de sus mejores amigos, y sentía que a cada paso que daba estaba más cerca de encontrarme con mis amigos de antes, con mis añorados padres, tíos, tías y demás parientes. Reconocer estas emociones me hizo ser consciente de que me había convertido en una isla. Ninguna de aquellas personas desaparecidas en las que pensaba con tanto cariño había llegado a conocerme jamás. Cuando sus ojos se detuviesen en mí verían a una desconocida y, por contra, los míos verían cualquier cosa menos eso. Aunque no nos habíamos visto nunca, las fotos de familia de anteriores Navidades, cumpleaños y bodas, de primeros días de colegio y de puestas de largo, estaban grabadas con fuego en mi memoria. Me había sentado con padres llorosos que me habían mostrado un álbum de fotos tras otro y, sin embargo, no recordaba un solo día en que me hubiese sentado en el sofá con mi propia familia para hacer lo mismo. La gente para la que vivía ni siquiera sabía de mi existencia y me había negado a aceptar la de las personas que vivían para mí.

Vi que faltaba poco para que terminaran los árboles. La quietud del bosque se iba disipando y se adivinaba movimiento, ruido y color: mucha gente. Dejé de caminar con el grupo y alargué una mano temblorosa para agarrarme al tronco de un pino.

—Sandy, ¿estás bien? —preguntó Bernard al detenerse a mi lado.

El grupo se paró y todos se volvieron hacia mí. Ni siquiera podía sonreír. No podía fingir que todo iba bien. La experta en mentir estaba atrapada en una red de mentiras que había tejido ella misma. Helena se abrió camino desde el principio de la fila y corrió hacia mí.

—Vosotros seguid. Os alcanzaremos dentro de un rato —ordenó a los demás; y, al ver que no se movían, añadió—: ¡Andando!

Lentamente dieron media vuelta y a regañadientes salieron de las sombras en dirección a la luz.

—Sandy —Helena me puso una mano en el hombro—, estás temblando. —Me rodeó los hombros con el brazo y me estrechó—. Tranquila, no hay nada que temer aquí. Estás fuera de peligro.

No era la peligrosidad del lugar lo que hacía que me temblara todo el cuerpo. Era el hecho de que nunca había sentido que perteneciera a ningún lugar. Me había pasado la vida separándome de amigos y amantes porque nunca contestaban a mis preguntas ni toleraban o entendían mis búsquedas. Me hacían creer que estaba equivocada y, sin saberlo, quizás incluso un poco loca, pero yo tenía la pasión de buscar. Encontrar aquel sitio era como una gran respuesta a la pregunta de toda una vida, que me había empujado a sacrificarlo todo. Había hecho daño a muchas personas que me amaban para ayudar a quienes no podía ver, y ahora estaba a punto de verlos y también me daba miedo abrirles la puerta. Solía pensar que era una santa, como Jenny-May Butler en las noticias de las nueve; me veía como un especie de Madre Teresa con un archivo de personas desaparecidas, haciendo sacrificios para ayudar al prójimo. Pero en realidad no había sacrificado nada. Mi conducta me venía bien a mí y sólo a mí.

Me había aferrado a las personas de aquel lugar. Cuando agarraba la bolsa en la entrada de casa de mis padres en Leitrim lo hacía por esas personas. Cuando ponía punto final a mis relaciones y rechazaba las invitaciones a salir de noche era por esas personas.

Y ahora que las había encontrado, no tenía ni idea de qué hacer.

18

Helena y yo salimos de las sombras del bosque y entramos en un mundo de color. Tuve que contener el aliento ante lo que vi. Era como si un gran telón rojo se hubiese abierto para presentar una producción a tan gran escala que apenas podías fijarte en una cosa si querías verlo todo. Lo que daba la bienvenida a mis ojos era un bullicioso pueblo de nacionalidades variopintas. Algunas personas caminaban solas, otras de dos en dos, de tres en tres, en grupos y en multitudes. Se veían trajes tradicionales, se oían idiomas mezclados, se olían aromas de cocinas de todos los rincones del mundo. Era un espectáculo rico y animado que rebosaba color y sonido, como si hubiésemos seguido la señal de un latido hasta alcanzar el corazón del bosque. Y allí bombeaba, haciendo que brotara gente por todas partes.

Sofisticados edificios de madera flanqueaban la calle, y mostraban puertas y ventanas talladas con esmero. Cada casa estaba construida con una madera distinta; la variedad de tonos y texturas camuflaba el pueblo de tal modo que éste y el bosque se combinaban hasta casi formar un todo. Paneles solares se alineaban en los cientos de tejados que se veían a lo lejos. Por todas partes se alzaban generadores eólicos de hasta treinta metros de altura cuyas aspas giraban sin cesar en el cielo azul, proyectando sombras móviles sobre los tejados y las carreteras. El pueblo estaba encajado entre árboles, entre montañas, entre molinos de viento. Ante mí, cientos de personas vestidas con trajes tradicionales de todas las épocas vivían en un sitio perdido que se veía real y olía real, y cuando alargué la mano para tocar la ropa de un transeúnte, la noté real. Tuve que luchar conmigo misma para creerlo.

La escena me resultaba al mismo tiempo conocida y desconocida, porque todo cuanto veía estaba compuesto de elementos cotidianos, sólo que combinados de maneras muy distintas. No habíamos avanzado ni retrocedido, habíamos entrado en un tiempo completamente nuevo. Un gran crisol de nacionalidades, culturas, formas y sonidos mezclados para crear un mundo nuevo. Los niños jugaban, los puestos ambulantes animaban la calle y los clientes se arremolinaban en torno a ellos. Tanto colorido, tantos sonidos... nada que ver con ningún país que hubiese visitado. A nuestro lado, una señal decía «Aquí».

Helena me agarró del brazo, un gesto que me habría molestado de no haber necesitado su apoyo. Estaba anonadada. Me sentía como Alí Babá ante la cueva del tesoro, como Galileo después de sus descubrimientos con el telescopio. Más importante aún, era una niña de diez años que había encontrado todos sus calcetines.

—Cada día es día de mercado —explicó Helena en voz baja—. A algunas personas les gusta cambiar cualquier cosa que encuentran por otros objetos valiosos. A veces no tienen ningún valor, pero con el tiempo esto se ha convertido en una especie de deporte. El dinero no vale nada, todo lo que necesitamos se consigue fácilmente en la calle, así que no es necesario trabajar por un salario para subsistir. Existe, eso sí, la obligación de trabajar para la comunidad, siempre y cuando la edad, la salud y otros motivos personales lo permitan. Nuestras ocupaciones buscan el servicio a la comunidad más que el propio beneficio.

Lo miraba todo, asombrada. Helena siguió hablándome a media voz sin soltarme el brazo, pues todo el cuerpo me temblaba.

—Los generadores los verás por todo el territorio. Tenemos

muchas plantas eólicas, la mayoría en desfiladeros, donde el viento se agolpa como en un embudo. Un solo molino produce electricidad suficiente para cuatrocientos hogares, y los paneles solares de los edificios también contribuyen a generar energía.

Oía sus palabras, pero apenas las podía escuchar. Tenía los oídos sintonizados con las conversaciones que me rodeaban, con el sonido de las monstruosas aspas de los molinos batiendo el aire. Mi nariz se empezaba a adaptar al aire frío y vigorizante que parecía llenar mis pulmones cada vez que respiraba. Mi atención se dirigió al puesto ambulante más cercano a nosotras.

—Es un teléfono móvil —explicaba un caballero británico a un buhonero de bastante edad.

—¿Y para qué quiero yo un teléfono móvil? —replicó el buhonero caribeño, desestimando la oferta entre risas—. Me han dicho que esos chismes ni siquiera funcionan aquí.

—Así es, pero...

—Pero nada. Llevo aquí cuarenta y cinco años, tres meses y diez días —irguió la cabeza—, y no creo que cambiar esta caja de música por un teléfono que no funciona sea un trueque justo.

El cliente dejó de resoplar y pasó a mirarlo con más respeto.

—Vaya, yo sólo llevo cuatro años aquí —explicó educadamente—. Permítame mostrarle lo que los teléfonos son capaces de hacer hoy en día.

Sostuvo el teléfono en el aire, apuntó con él al buhonero y se oyó una especie de chasquido. Mostró la pantalla al vendedor.

—¡Ah! —Se echó a reír—. ¡Es una cámara! ¿Por qué no lo decía?

—Bueno, es un teléfono-cámara, pero aún hay algo mejor. Mire esto: su antiguo propietario sacó un montón de fotos de sí mismo y de todos los países donde vivió.

Le fue mostrando las fotos. El buhonero cogió el aparato con cuidado.

—A lo mejor alguien de aquí conoce a estas personas —dijo el cliente en voz baja.

—Oh, ya lo creo —asintió el vendedor con discreción—. Esto es muy valioso, en efecto.

—Venga, vámonos —susurró Helena tirándome del brazo.

Empecé a avanzar como si hubiera conectado el piloto automático, mientras miraba boquiabierta a toda la gente. Pasamos junto al cliente y el buhonero; ambos inclinaron la cabeza y sonrieron.

—Bienvenida.

Me limité a mirarlos.

Dos niños que jugaban a la rayuela dejaron el juego al oír el saludo de los hombres.

—Bienvenida —dijeron, y me dedicaron sus sonrisas sin dientes.

Helena me condujo entre la multitud, entre coros de bienvenida, inclinaciones de cabeza y sonrisas bienintencionadas, y los saludó cortésmente en mi nombre. Cruzamos la calle hacia el gran edificio de dos plantas con un amplio porche que abarcaba toda la fachada. La imagen tallada de un pergamino y una pluma decoraba la puerta. Helena la empujó para abrirla y el pergamino y la pluma se partieron, como si hicieran una reverencia y tendieran los brazos invitándonos a entrar.

—Esto es el registro. Todo el mundo viene aquí cuando llega —explicó Helena con paciencia—. El nombre y otros datos se anotan en esos libros para que haya constancia de quién es quién y de cuánta gente hay aquí.

—Por si alguien desaparece —dije con agudeza.

—Con el tiempo verás que aquí nada desaparece, Sandy. —Helena se puso seria—. Las cosas no tienen otro sitio adonde ir, así que se quedan aquí.

Pasé por alto el temor que me infundió aquella afirmación y traté de insuflar un poco de humor al asunto:

—¿Qué voy a hacer yo si no tengo nada que buscar?

—Harás lo que siempre has deseado; encontrarás a quienes has estado buscando. Terminarás el trabajo que empezaste.

—¿Y luego qué?

Helena guardó silencio.

—Luego me ayudarás a volver a casa, ¿verdad? —pregunté con decisión.

No contestó.

—¡Helena!

Un tipo risueño, sentado ante un escritorio, la llamó. Sobre el escritorio había una serie de números. Junto a la puerta principal había un tablón con todos los países del mundo, los idiomas que en ellos se hablaban, algunos de los cuales ni sabía que existían, y sus números correspondientes. Elegí uno de los números del escritorio y lo emparejé con el que le tocaba en el tablón: «País: Irlanda. Idiomas: gaélico, inglés.»

—Hola, Terence —contestó Helena, que pareció alegrarse con la interrupción de nuestra conversación.

Fue entonces cuando eché un vistazo a la sala por primera vez. Había decenas de escritorios. Cada escritorio tenía una serie de números y detrás de cada uno había sentada una persona de distinta nacionalidad. Se habían formado colas delante de las mesas. La sala estaba en silencio y se palpaba la tensión de cientos de personas que acababan de llegar y que aún no lograban comprender su situación. Todos miraban nerviosos a su alrededor, con ojos aterrorizados, y se abrazaban a sí mismos para consolarse.

Vi que Helena se había dirigido al escritorio de Terence. Éste levantó la vista cuando me aproximé a ellos.

—Bienvenida —saludó, sonriendo con amabilidad. Percibí un deje de compasión en su voz y su acento reveló sus raíces irlandesas.

—Sandy, te presento a Terence O'Malley. Terence, ella es Sandy. Terence lleva aquí... Vaya, ¿cuántos años han pasado ya, Terence? —le preguntó Helena.

Once años, pensé.

—Casi once años —contestó sonriente.

—Terence trabajaba como...

—Bibliotecario en Ballina —interrumpí sin pensarlo dos veces. Once años después de haberse esfumado, seguía siendo reconocible como el bibliotecario soltero de cincuenta y cinco años que había desaparecido mientras regresaba a casa del trabajo.

Helena se quedó paralizada y Terence pareció confundido.

—Ah, claro, si te lo he dicho antes de entrar —soltó Helena—.

Qué tonta soy. Será que estoy haciéndome vieja, no sé cómo me repito tanto... —añadió con una risa.

—Sé muy bien a qué te refieres —dijo Terence, riendo a su vez y ajustándose las gafas, que se le habían deslizado hasta la punta de la nariz.

Siempre había pensado que su nariz era idéntica a la de su hermana. La estudié con detenimiento.

—Bien —dijo Terence, un tanto incómodo por mi mirada, y se volvió hacia Helena en busca de apoyo—, pasemos a lo que nos ocupa, ¿os parece? Si tienes la bondad de sentarte, Sandy, te ayudaré a rellenar este impreso. En realidad es muy sencillo.

Mientras tomaba asiento ante el escritorio miré las colas que tenía a los lados. A mi derecha, una mujer ayudaba a un niño de corta edad a sentarse ante su escritorio.

—*Permettimi di aiutarti a sederti e mi puoi raccontare tutto su come sei arrivato fin qui. Avresti voglia di un po' di latte con biscotti?*

El niño la miró con sus grandes ojos marrones, tan perdido como un cachorro, y asintió con la cabeza. La mujer hizo una seña a alguien que tenía a sus espaldas y que desapareció por una puerta que había detrás del escritorio para regresar momentos después con un vaso de leche y un plato de galletas.

A mi izquierda, un caballero un tanto desorientado llegó al principio de la cola. El hombre del escritorio, cuya etiqueta de identificación decía «Martin», le sonrió, tratando de animarle.

—*Nehmen Sie doch Platz, bitte, dann helfe ich Ihnen mit den Formularen.*

—Sandy.

Terence y Helena trataban de atraer mi atención.

—Sí, qué, perdón —solté al salir de mi trance.

—Terence te estaba preguntando de dónde eres.

—Leitrim.

—¿Vivías allí?

—No. En Dublín.

Me volví al oír que entraba más gente en la sala. Todos parecían aturdidos.

—Y desapareciste en Dublín —confirmó Terence.

—No. En Limerick. —Hablaba en voz baja, porque los pensamientos sonaban cada vez más alto en mi cabeza.

—¿Conoces a Jim Gannon... de Leitrim...?

—Sí —contesté. Estaba observando a una joven africana que se abrigaba con una manta ocre mientras miraba asustada aquel lugar tan extraño. Brazaletes de cobre y hierbas trenzadas con cuentas adornaban su piel. Por un instante nos miramos a los ojos, antes de que apartara la vista azorada, y yo seguí hablando con Terence como si en realidad no estuviera allí—. Jim es el dueño de la ferretería. Su hijo me daba clases de geografía.

Terence bromeó alegremente sobre lo pequeño que era el mundo.

—Mucho más grande de lo que pensaba —contesté, y mi voz sonó como si llegara de otra parte.

La de Terence entraba y salía de mi cabeza mientras yo me dedicaba a mirar todas las caras y a todas las personas que un momento antes estaban camino del trabajo o de la tienda del barrio y de repente se habían encontrado allí.

—¿... ganarte la vida?

—Trabaja en el mundo del teatro. Dirige una agencia de actores.

Me llegaron más murmullos ininteligibles.

—¿... es correcto, Sandy? ¿Diriges tu propia agencia?

—Sí —dije distraídamente. Ahora se llevaban cogido de la mano al niño de mi derecha. Se lo llevaban por una puerta que había detrás del escritorio del registro italiano.

En todo el trayecto no me quitó de encima sus preocupados ojos marrones. Le sonreí y dejó de arrugar la frente. La puerta se cerró a sus espaldas.

—¿Adónde conduce esa puerta? —irrumpí en medio de una de las preguntas de Terence.

—¿Qué puerta?

Recorrí la estancia con la vista y me di cuenta de que había una puerta detrás de cada escritorio.

—Todas ellas. ¿Adónde llevan? —pregunté con un hilo de voz.

—En esa sala, los recién llegados escuchan lo que sabemos acerca de dónde estamos y lo que ocurre aquí. Hay servicios de asesoramiento y terapia y también ofertas de empleo, y hacemos que alguien de aquí venga a recibirles para que tengan un guía durante el tiempo que sea preciso.

Miré las macizas puertas de roble y no dije nada.

—Como ya conoces a Helena, ella será tu guía —añadió Terence con delicadeza—. Ahora acabaremos con estas preguntas y podrás irte de aquí. Estoy convencido de que tienes ganas de hacerlo, ¿verdad?

La puerta principal se abrió y la luz del sol volvió a llenar la sala. Todos los que miraron vieron entrar a una niña de no más de diez años con tirabuzones rubios y grandes ojos azules. Se iba secando las lágrimas mientras caminaba detrás del guía.

—Jenny-May —susurré, y me sentí mareada otra vez.

—¿Y cómo se llama tu hermano? —preguntó Terence; seguía el cuestionario del impreso.

—No, espera un momento. No tiene ninguna hermana —interrumpió Helena—. Antes me ha dicho que era hija única.

—No, no —repuso Terence ligeramente nervioso—. Le he preguntado si tenía alguna hermana y me ha contestado Jenny-May.

—No te habrá oído bien, Terence —dijo Helena con calma, y el resto de sus frases sonaron como un murmullo en mis oídos.

Mis ojos no se apartaban de la niña mientras la conducían por la habitación; el pulso se me aceleró como siempre que Jenny-May Butler se encontraba cerca de mí.

—A ver si nos puedes aclarar esto.

Terence me miraba. Su rostro aparecía y desaparecía de mi vista.

—Quizá no se encuentre bien, Terence. De hecho la veo muy pálida.

La voz de Helena estaba ahora cerca de mi oído.

—Sandy, ¿te gustaría...?

Y en ese momento me desmayé.

19

—Sandy...

Oí que decían mi nombre y sentí un cálido aliento en la cara. El olor me resultaba de lo más familiar: café dulce, que me hacía latir el corazón con su pulso normal, insuflando vida a mi cuerpo y provocándome escalofríos que se encadenaban debajo de mi piel.

La mano de Gregory apartaba con delicadeza los mechones de pelo que me tapaban la cara, como si sutilmente cepillara arena en una excavación arqueológica para dejar al descubierto algo mucho más valioso que yo. Porque eso es lo que era, mi excavador, el que desenterraba todo lo que estaba oculto en lo más hondo para descubrir mis pensamientos más íntimos. Una mano me sostenía por la nuca como si yo fuese el objeto más frágil que había sujetado jamás; la otra repasaba con ternura el perfil de mi mandíbula y de vez en cuando me acariciaba la mejilla y el pelo.

—Sandy, cariño, abre los ojos —susurraba la voz junto a mi oído.

—¡Que todo el mundo se aparte! —gritó una voz más agresiva—. ¿Está bien? —preguntó la voz, más alta y cercana.

La agradable mano pasó de mi pelo a mi mano y la agarró con firmeza. El pulgar me acariciaba suavemente la piel cuando oí que decían en voz baja:

—No reacciona. Llama a una ambulancia.

La voz me llegaba distorsionada y retumbaba en mi cabeza. La cabeza me dolía.

—Ay, madre de Dios —dijo otra voz entre dientes.

—Sean, que los niños vuelvan a entrar en el colegio. No dejes que vean esto —ordenó con calma mi salvador.

Sean, Sean, Sean. Conocía ese nombre. Conocía esa voz.

—¿De dónde sale esa sangre? —exclamó presa del pánico.

—De la cabeza. Llévate a los niños de aquí. —Me apretó más la mano.

—Le ha dado un buen golpe, el cabrón —dijo Sean.

—Ya lo sé. Lo he visto. Estaba mirando por la ventana. Llama a la ambulancia.

Los gritos de Sean para que los niños volvieran adentro se fueron alejando; yo permanecí con mi ángel en medio de un silencio con resonancias. Noté unos labios en mi mano.

—Abre los ojos, Sandy —susurró—. Por favor.

Intenté abrirlos, pero parecía que estuvieran pegados, como un loto acurrucado en el lodo al que obligaran a abrir sus pétalos antes de tiempo. Pensaba con torpeza y lentitud, la cabeza me pesaba y las punzadas de dolor la hacían palpitar con una fuerza desconocida sobre la mano protectora que la sostenía. El suelo estaba frío y duro debajo de mí. Hormigón. ¿Por qué estaba en el suelo? Me esforzaba por levantarme, pero mi cuerpo oponía resistencia y mis ojos se negaban a abrirse.

Oí la ambulancia a lo lejos e intenté abrir los ojos, pero sólo conseguí despegarlos un poco. El señor Burton. Mi salvador, sí. Me cogió en brazos y me miró como si acabara de descubrir oro en el asfalto de Leitrim. Tenía la camisa manchada de sangre. ¿Estaba herido? Sus ojos parecían tristes cuando escrutaron mi cara. De repente recordé el enorme grano que me había salido en la barbilla y que durante todo el día anterior había dejado madurar para poder reventármelo por la mañana. Intenté mover la mano para taparlo, pero era como si la tuviera metida en un bloque de cemento solidificado.

—Oh, gracias a Dios —susurró mientras me apretaba más la mano—. No te muevas aún. La ambulancia ya casi ha llegado.

Tenía que taparme el grano. Después de cuatro años por fin estaba realmente cerca del señor Burton, y yo con aquella pinta. Mis hormonas de adolescente estaban echando a perder el momento que tanto había soñado. Un momento, acababa de decir ambulancia. ¿Qué había sucedido? Intenté hablar y me salió un ronquido.

—Todo irá bien —trató de tranquilizarme, con su rostro muy cerca del mío.

Le creí y olvidé el dolor por un momento, pero enseguida, muerta de vergüenza, volví a buscarme el grano.

—Sé lo que estás intentando hacer, Sandy... Para ya.

Gregory ensayó una sonrisa mientras me apartaba el brazo de la cara.

Gruñí, aún incapaz de articular palabra.

—No es tan feo, ¿sabes? Se llama Henry, me ha estado haciendo compañía mientras tenías la insolencia de estar desmayada. Henry, te presento a Sandy; Sandy, te presento a Henry, aunque no creo que seas un huésped muy bien recibido.

Me pasó el dedo por la barbilla, acariciando el grano con delicadeza, como si fuese mi rasgo más bello.

De modo que allí estaba yo, la sangre me manchaba la frente, un grano que se llamaba Henry en la barbilla y la cara tan encendida que podría haber suministrado electricidad a un pueblo entero. De nuevo mis ojos querían cerrarse. El cielo estaba tan brillante que me perforaba las pupilas, como si clavara aguijones en mis ojos hasta el fondo de la cabeza.

—No cierres los ojos, Sandy —me advirtió Gregory.

Los abrí y capté la preocupación en su cara antes de que pudiera disimular.

—Estoy cansada —murmuré.

—Ya lo sé. —Me estrechó con más fuerza—. Pero quédate despierta conmigo un ratito. Hazme compañía hasta que la ambulancia llegue —suplicó—. Prométemelo.

—Te lo prometo —susurré antes de volver a cerrarlos.

Una segunda sirena llegó al lugar de los hechos. El coche frenó cerca de nosotros. Noté las vibraciones del hormigón junto a mi cabeza y temí que las ruedas fueran a aplastarme. Las puertas se abrieron y cerraron con estrépito.

—¡Está allí, garda! —gritó Sean, que había vuelto—. Ha ido directo hacia ella, la chica ni siquiera miraba —dijo asustado—. Ese hombre lo vio.

Sean se calmó. Al momento oí llorar a un hombre. También oí voces de gardas que intentaban consolarle. Las radios crepitaban y emitían pitidos. Se llevaron a Sean de allí. Unos pasos se acercaron, se oyó un murmullo de voces preocupadas encima de mi cabeza. Gregory me susurraba cosas bonitas, las vocales sonaban bien en mis oídos. El sonido de su voz tapaba el de las sirenas, tapaba los gritos de miedo y rabia, la sensación del hormigón frío y el goteo pegajoso en mi sien.

A medida que el ruido de la ambulancia sonaba más fuerte, el tono de Gregory se hacía más apremiante. Comencé a desvanecerme en sus brazos.

—Bienvenida de nuevo.

Desperté y vi a una preocupada Helena abanicándome el rostro. Gemí y me llevé la mano a la cabeza.

—Te has dado un buen golpe, así que te aconsejo que no te lo toques —dijo con dulzura.

No le hice caso.

—He dicho que no te...

—¡Ay!

—Lo tienes bien merecido —añadió con altivez, y se marchó.

Miré aquella habitación desconocida con los ojos medio abiertos. Notaba el chichón que se me había formado encima de la sien: era del tamaño de un huevo. Me habían acostado en un sofá. Helena estaba ante un fregadero que daba a una ventana. La luz era intensa y difuminaba su contorno como si fuese una aparición.

—¿Dónde estamos?

—En mi casa.

Siguió enjuagando una tela, sin darse la vuelta. Miré alrededor.

—¿Por qué tienes un sofá en la cocina?

Helena se rio.

—De todas las preguntas que podías hacerme, ¿ésta es la primera que eliges?

No dije nada.

—No es una cocina, es una habitación completa —respondió—. Nunca cocino aquí.

—Supongo que no tienes electricidad.

Soltó un gruñido y prosiguió:

—Cuando tengas ocasión de dar una vuelta por ahí fuera verás que tenemos un sistema que llamamos de paneles solares. —Pronunció las dos últimas palabras muy despacio, como si yo fuese retrasada—. Son parecidos a los que llevan las calculadoras de bolsillo, generan electricidad a partir del sol. Cada casa tiene su propio sistema de energía —dijo muy animada.

Sentí un mareo y me tumbé en el sofá. Cerré los ojos.

—Ya sé cómo funcionan los paneles solares.

—¿Allí también existen? —preguntó sorprendida.

Pasé por alto la pregunta.

—¿Cómo he llegado aquí?

—Te ha traído mi marido.

Abrí los ojos de golpe e hice una mueca de dolor. Helena no se había girado y el agua seguía corriendo.

—¿Tu marido? ¿Puedes casarte aquí?

—Puedes casarte en cualquier parte.

—Técnicamente no es cierto —protesté mansamente—. Dios mío, electricidad y matrimonio. Esto es demasiado para mí —dije entre dientes mientras el techo empezaba a dar vueltas encima de mí.

Helena se sentó a mi lado en el sofá y me puso una compresa fría sobre la frente y los ojos. Aquello alivió las punzadas de dolor en la cabeza.

—He tenido un sueño espantoso. Estaba en un lugar extrañísimo al que iban a parar todas las cosas y personas desaparecidas del mundo —me quejé—. Por favor, dime que ha sido un sueño, o al menos una crisis nerviosa. Sé cómo manejar una crisis nerviosa.

—Bueno, si eres capaz de manejar eso, seguro que podrás manejar la verdad.

—¿Cuál es la verdad? —pregunté, abriendo los ojos.

Me miró fijamente, en silencio, y al cabo suspiró.

—Lo sabes muy bien.

Cerré los ojos y reprimí las ganas de llorar. Helena me agarró el brazo, lo estrechó y me dijo con apremio:

—Aguanta un poco, Sandy. Dentro de un tiempo lo entenderás.

Aquello me pareció imposible.

—Si te sirve de consuelo, no le he dicho a nadie lo que me contaste. A nadie.

Sí, me consoló. Yo podía hacer con mi tiempo lo que me diera la gana.

—¿Quién es Jenny-May? —preguntó Helena con curiosidad.

Cerré los ojos y gemí al recordar la escena en el registro.

—Nadie. Bueno, tampoco es eso, es alguien. Me pareció verla en el registro, eso es todo.

—¿Y no era ella?

—No, salvo que dejara de crecer el día que llegó aquí. No sé en qué estaría pensando —dije, mientras fruncía el ceño y me palpaba de nuevo la cabeza dolorida.

Llamaron suavemente a la puerta y al momento entró un hombre tan grande que llenaba todo el marco. La luz blanca se colaba impaciente por los pequeños espacios que él no cubría, y me disparaba flechas en llamas directamente desde el sol. Era de la misma edad que Helena, tenía una brillante piel de ébano y profundos ojos negros. Me sacaba un buen palmo de estatura, y sólo por esa razón me gustó de inmediato. Su figura dominaba la habitación, pero inspiraba seguridad. Una sonrisa breve reveló unos dientes blancos como la nieve, mientras que sus ojos eran azúcar refinada que se derretía en torno a unas pupilas de café negro. Sus rasgos eran duros, pero se suavizaban en los bordes. Los pómulos se alzaban orgullosos en su cara, la mandíbula era cuadrada aunque, encima de ella, unos labios mullidos servían para que sus palabras fueran vertidas al mundo.

—¿Qué tal está nuestra chica *kipepeo*?

La cadencia rítmica de sus palabras revelaba sus raíces africanas. Miré confundida a Helena y Helena miró al hombre con sorpresa, pero me pareció que no era por su brusca aparición, sino por las palabras que había pronunciado. Ella conocía a aquel hombre y supuse que entendía lo que había dicho. Yo no sabía qué significaba aquella palabra, pero adiviné que quien la había pronunciado era su marido. Nos miramos fijamente y me sentí atraída hacia sus ojos, atrapada en ellos y él en los míos como si un imán nos tratara de juntar. Sus manazas sostenían un tablón de madera; el aserrín cubría su ropa blanca de lino.

—¿Qué significa «kipepeo»? —pregunté a la habitación. La habitación no contestó, aunque sabía la respuesta.

—Sandy, él es mi marido, Joseph —nos presentó Helena—. Es carpintero —agregó, en referencia a la tabla de madera.

La inusual presentación de Joseph el carpintero fue interrumpida por una niña que entró en la habitación colándose entre las piernas de Joseph. Se reía, y su pelo negro rizado botaba a cada saltito. Corrió hasta Helena y le agarró la pierna.

—¿Y ésta quién es, la Inmaculada Concepción? —pregunté. Los chillidos de la niña sonaban como lamentos en mi cabeza aporreada.

—Casi —sonrió Helena—. Es la inmaculada concepción de nuestra hija. Di hola, Wanda —la animó, revolviéndole el pelo.

Wanda me dedicó una sonrisa sin dientes antes de que la timidez la empujara a salir corriendo de la habitación. De nuevo pasó entre las piernas de su padre. Subí la vista desde aquel hueco hasta los ojos de Joseph, que seguía observándome. Helena le miró y luego me miró a mí, no con recelo pero sí con... No supe cómo definirlo.

—Tienes que dormir —dijo, e hizo un gesto afirmativo con la cabeza.

Ante la mirada de Helena y Joseph, volví a ponerme la compresa sobre los ojos y me abandoné al sueño. Por una vez estaba demasiado cansada como para hacer preguntas.

—Ah, aquí la tenemos.

La voz de mi padre me recibió como si acabaran de sacarme de debajo del agua. Gradualmente, los sonidos amortiguados se hacían audibles, los rostros por fin eran reconocibles. Fue como si renaciera y volviera a ver a mis seres queridos desde una cama de hospital.

—Hola, cielo. —Mi madre corrió a mi lado y me cogió la mano. Puso su cara muy cerca de la mía, tan cerca que no podía enfocarla, por lo que se convirtió en una mancha borrosa con cuatro ojos que olía a lavanda—. ¿Cómo te sientes?

Todavía no había tenido tiempo de sentir nada, así que me concentré en ello antes de contestar. No me sentía muy bien.

—Bien —respondí.

—Ay, mi pobre niña.

Su escote dominó mi campo visual al inclinarse para besarme la frente y sus labios pintados me dejaron la piel pegajosa. Cuando se apartó eché una ojeada a la habitación y vi a mi padre con la gorra estrujada en una mano y un aspecto más envejecido del que recordaba. Tal vez había estado bajo el agua más tiempo del que creía. Le guiñé un ojo y sonrió con el alivio presente en cada una de sus facciones. Curioso que fuese tarea del paciente hacer que las visitas se sintieran mejor. Era como si estuviera sobre un escenario y me tocara a mí entretener. Las paredes del hospital habían dejado a todos mudos e incómodos: parecía que nos hubiésemos conocido ese mismo día.

—¿Qué ha pasado? —pregunté después de beber agua con una pajita del vaso que me había tendido bruscamente una enfermera.

Se miraron nerviosos. Mamá decidió hacer los honores:

—Te ha atropellado un coche, cielo, justo cuando cruzabas la calle al salir del colegio. Venía de la esquina y... no era más que un muchacho, sólo tenía el carné provisional. Su madre no sabía que le había cogido el coche, pobre mujer. Por suerte el señor Burton ha visto cómo ocurría todo y ha podido dar un testimonio completo a la Gardaí. Es un buen hombre, el señor Burton. —Sonrió—. Gregory —agregó en voz un poco más baja, mirándome.

Yo también sonreí.

—Estuvo a tu lado hasta que entraste en el hospital.

—Mi cabeza —susurré. De repente el dolor entró en mi cuerpo, como si oír el relato de lo sucedido le hubiese recordado que tenía que hacer su trabajo.

—Tienes roto el brazo izquierdo. —Los labios pintados de mamá brillaron con la luz al abrirse y cerrarse—. Y la pierna izquierda también —le tembló ligeramente la voz—, pero aparte de eso has tenido mucha suerte.

Fue entonces cuando descubrí que llevaba el brazo en cabestrillo y que mi pierna izquierda estaba escayolada, y me pareció divertido que pensaran que era afortunada después de haber sido atropellada por un coche. Me empecé a reír, pero el dolor me detuvo.

—Ah, sí, y tienes una costilla fracturada —agregó mi padre enseguida, mirándome arrepentido por no haberme avisado antes.

Cuando se hubieron marchado, Gregory llamó suavemente a la puerta. Estaba más guapo que nunca con sus ojos cansados y el pelo alborotado; me lo imaginé despeinándoselo mientras iba de acá para allá preocupado. Siempre lo hacía.

—Hola —sonrió al entrar, y me besó la frente.

—Hola —susurré.

—¿Cómo te encuentras?

—Como si me hubiese arrollado un autobús.

—Mujer, sólo era un Mini. No te hagas la interesante. —Esbozó una sonrisa—. Ya te habrán dado la mala noticia, supongo.

—¿Cuál? ¿Que el examen final va a ser oral? —pregunté alarmada, levantando el brazo izquierdo enyesado—. Espero que la Gardaí aún quiera admitirme. —Sonreí.

—No —dijo muy serio, y se sentó en la cama—. Hemos perdido a Henry en la ambulancia. Me parece que la máscara de oxígeno ha acabado con él.

Empecé a reírme, pero tuve que parar.

—Mierda, perdona.

Dejó de bromear cuando me vio dolorida.

—Gracias por haberte quedado conmigo.

—Gracias por haberte quedado conmigo —repitió.

—Bueno, lo prometí —sonreí—, y de momento no tengo pensado desaparecer.

20

Jack se sentó en el suelo de grava junto a lo que suponía que ya era un coche abandonado. Su mente hiperactiva repasaba todas las explicaciones posibles sobre dónde podía estar Sandy Shortt, por qué su coche estaba en medio de la arboleda de un viejo aparcamiento, por qué no se había presentado a la cita el día anterior y por qué no había regresado a su coche en todo el día. Ya no le encontraba sentido a nada. Había pasado el día entero cerca del coche. Una breve inspección de los alrededores no le proporcionó ningún rastro de ella (ni de ningún otro ser vivo). Se había hecho tarde. La zona del bosque estaba negra, las únicas luces eran las de los barcos lejanos en el mar y, a lo lejos, detrás de los altos pinos, las del castillo de Glin. Jack apenas veía más allá de su nariz. La negrura de la noche era espesa y envolvente, pero le daba miedo marcharse: ¿y si perdía la ocasión de verla? ¿Y si alguien retiraba el coche, cosa que de paso se llevaría a Donal al llevarse los posibles indicios de su paradero?

La carpeta descansaba en el salpicadero. A su lado, el teléfono móvil era la única fuente inmediata de luz; se encendía cada pocos segundos avisando de que se agotaba la batería. Si Sandy no regresaba pronto al coche, Jack tendría que hacerse con el teléfono para ver la lista de llamadas recientes y, con suerte, poder localizar a alguien de su agenda de teléfonos que le ayudara a encontrarla. Si la batería se agotaba probablemente no podría volver a conectarlo sin el código pin.

Su móvil sonó otra vez: Gloria, seguro. Eran las once y no se veía con ánimos de contestar; no sabía qué le podía decir. No quería mentir, así que desde hacía un tiempo había evitado toda conversación con ella. Para ello salía de casa antes de que se despertara y volvía cuando ya se había dormido. Le constaba que su conducta estaría fastidiando a la dulce y paciente Gloria, que nunca le daba la lata como hacían las mujeres de sus amigos, según decían ellos. Gloria siempre le dejaba el espacio que necesitaba y estaba lo bastante segura de sí misma como para saber que Jack no la traicionaría. Pero lo estaba haciendo, sí, estaba traicionando su paciencia y tal vez alejándola de él. Quizás eso fuese lo que deseaba, quizá no. Lo único que sabía era que la desaparición de Donal había puesto fin a las conversaciones sobre matrimonio y familia que antes le parecían tan importantes como a ella. Había dejado su relación a un lado para centrarse en su hermano desaparecido. Alguna misteriosa razón le llevaba a pensar que si encontraba a Sandy estaría un paso más cerca de encontrar a Donal, aunque quizá solo era otra excusa, otra obsesión para no seguir adelante con su vida, para demorar tener que enfrentarse a Gloria y a una relación que ya no sabía qué significaba.

Hizo lo único que se le ocurrió. Cogió su teléfono y llamó a Graham Turner, el agente con quien Jack y su familia habían tratado durante la búsqueda de Donal.

—¿Diga? —contestó Graham. De fondo se oían gritos, charlas y risas. Ruido de pub.

—¡Graham, soy Jack! —gritó en la silenciosa arboleda.

—¿Diga? —insistió Graham con otro grito.

—¡Soy Jack! —Levantó tanto la voz que debió asustar a cuantos animales hubiesen buscado refugio en los árboles cercanos.

—¡Un momento, salgo a la calle! —gritó Graham. Las voces y el ruido aumentaron mientras el teléfono recorría el pub. Por fin hubo silencio—. ¿Diga? —dijo Graham con voz más sosegada.

—Graham, soy Jack. —También él bajó la voz—. Perdona que te moleste tan tarde.

—No hay problema. ¿Va todo bien? —se interesó Graham, acostumbrado a las llamadas nocturnas de Jack a lo largo del último año.

—Sí, todo va bien —mintió Jack.

—¿Has sabido algo de Donal?

—No, nada. En realidad te llamaba por otro asunto.

—Claro, ¿qué ocurre?

¿Cómo diablos iba a explicárselo?

—Estoy un poco preocupado por alguien. Habíamos quedado ayer por la mañana en Glin y no se presentó.

Hubo un silencio.

—Entiendo.

—Me dejó un mensaje en el buzón de voz antes de salir de Dublín para decirme que estaba de camino, pero nunca llegó. Su coche está aparcado al lado del estuario.

Silencio.

—Ya.

—Bueno, es que estoy empezando a preocuparme, ¿sabes?

—Sí, claro, lo entiendo. Es lo normal en estas circunstancias.

Esa frase hizo que Jack se sintiera de repente como un paranoico, como un caso perdido de locura. Aunque quizá lo fuese.

—Sé que parece que no tiene importancia, pero yo creo que significa algo, ¿entiendes?

—Sí, claro, por supuesto —se apresuró a decir Graham—. Perdona, espera un segundo. —El teléfono quedó tapado y se oyeron voces amortiguadas—. Sí, otra jarra. A tu salud, Damian. Entraré en cuanto acabe el cigarrillo —dijo, y entonces volvió a dirigirse a Jack—. Perdona la interrupción.

—No tiene importancia. Oye, sé que es tarde y que has salido. Siento haberte llamado —dijo Jack, y se llevó las manos a la cabeza. Había sido un idiota. En cuanto las hubo verbalizado, se dio cuenta de que su historia y su preocupación por Sandy eran una estupidez, pero en el fondo sabía que algo iba mal.

—No te preocupes. ¿Qué quieres que haga? ¿Cómo se llama el tipo en cuestión? Podría preguntar por ahí.

—Sandy Shortt.

—¿Sandy Shortt? —preguntó, recalcando el nombre. Vaya, el tipo era una mujer.

—Sí.

—De acuerdo.

—Y habíais quedado en veros...

—Ayer en Glin. Nos cruzamos en la gasolinera Lloyds, la que está en...

—Sí, ya sé dónde está.

—Ya, bueno, nos vimos allí a eso de las cinco y media de la mañana, pero luego no se presentó a la cita.

—¿No te dijo adónde iba cuando os visteis?

—No, apenas hablamos.

—¿Qué aspecto tiene?

—Muy alta, pelo negro rizado...

Se calló al caer en la cuenta de que no tenía ni idea del aspecto que tenía Sandy Shortt. Ni siquiera tenía motivos para creer que la mujer que había visto en la gasolinera fuese Sandy Shortt. La única prueba en ese sentido era la carpeta en el salpicadero con el nombre de Donal. Pero el conductor podía ser cualquiera. Había dejado que todas las piezas encajaran sin cuestionarse si tenían sentido, cosa que ahora mismo le parecía bastante improbable.

—¿Jack?

—Sí.

—Es alta y tiene el pelo negro rizado. ¿Sabes algo más? ¿Su edad, dónde vive, o lo que sea?

—No, no lo sé, Graham. Ni siquiera estoy seguro de qué aspecto tiene. Sólo habíamos hablado por teléfono. Ni siquiera sé si era ella la de la gasolinera. —De repente tuvo una idea—. Antes era garda. En Dublín. Dejó el cuerpo hace cuatro años. Es todo lo que sé. —Se dio por vencido.

—De acuerdo, muy bien, haré unas cuantas averiguaciones y te volveré a llamar.

—Gracias. —Jack se sintió humillado; su historia estaba llena de agujeros—: Esto quedará entre nosotros, ¿verdad? —preguntó en voz baja.

—Desde luego. ¿Todo bien con Gloria? —El tono era acusador, o tal vez no. Quizá Jack lo estuviera juzgando todo mal esos días.

—Estupendamente, sí.

—Bien. Dale recuerdos. Es una santa, Jack.

—Sí, ya lo sé —contestó a la defensiva.

Silencio. Luego el ambiente del pub.

—¡Te volveré a llamar! —gritó Graham. La línea se cortó.

Jack se golpeó la cabeza. Había sido un idiota.

A medianoche, mientras pasaba un dedo por el frío metal del coche, sonó su teléfono. Ya le había enviado un mensaje a Gloria en el que la avisaba de que volvería tarde a casa, así que sabía que no era ella cuando contestó.

—Jack, soy Graham. —Su tono era más amable que antes—. Escucha, he hecho unas cuantas llamadas, he preguntado a los muchachos para ver si alguno conocía a Sandy Shortt.

—Sigue —dijo Jack con impaciencia. El corazón le palpitaba.

—Tendrías que habérmelo dicho, Jack —susurró Graham.

Asintió en la oscuridad, aunque Graham no podía verle. Éste prosiguió:

—Según parece no deberías preocuparte por ella. Muchos de los muchachos la conocían. —Se rio un instante y se contuvo—. Dicen que desaparece cada dos por tres sin avisar a nadie. Es una ermitaña, muy reservada, y va y viene a su antojo, pero siempre vuelve al cabo de más o menos una semana. Yo no me preocuparía por ella, Jack. Esto parece encajar en su patrón de conducta habitual.

—¿Y qué pasa con el coche?

—¿Un Ford Fiesta rojo de 1991?

—Sí.

—Es el suyo, sí. Pero olvídalo; lo más probable es que ande de inspección por la zona. Los muchachos dicen que es una buena corredora, así que seguramente aparcó ahí y fue a echar unas carreras, o a lo mejor el coche no arrancaba o alguna otra cosa por el estilo. En cualquier caso apenas hace veinticuatro horas desde que os teníais que haber encontrado. No hay por qué asustarse.

—Creía que las primeras veinticuatro horas se consideraban las más importantes —dijo Jack con firmeza.

—En los casos de desaparición lo son, Jack, pero Sandy Shortt no ha desaparecido. Esa tal Sandy Shortt se esfuma cada dos por tres. Por lo que me han contado sus antiguos compañeros, lo más probable es que se ponga en contacto contigo dentro de unos días. Según parece funciona así. Me han dicho que ni siquiera su familia suele estar al corriente de su paradero. Llamaron a los guardias en tres ocasiones, pero eso fue hace años y ahora ya han dejado de preocuparse. Siempre vuelve.

Jack guardó silencio.

—No puedo hacer gran cosa. No hay nada que investigar, nada que indique que corra peligro.

—Lo sé, lo sé.

Jack se restregó los ojos, cansado.

—Si me permites un consejo, deberías ir con cuidado con esa clase de gente. Las agencias como la de Sandy Shortt se montan para ganar dinero, ¿entiendes? No me sorprendería que se hubiese largado. Esa gente no puede hacer nada que no hayamos hecho nosotros antes. No se puede investigar en más sitios de los que hemos investigado.

Sandy no le había pedido un céntimo porque sabía que Jack no tenía un céntimo para darle.

—Tenía que hacer algo —se limitó a contestar. No le gustaba el modo en que Graham estaba refiriéndose a Sandy. No creía que fuese poco honrada, no creía que se hubiese ido a investigar sin llevarse el teléfono, la carpeta, la agenda y el coche, como tampoco que siguiera corriendo a medianoche. Nada de lo que Graham decía tenía sentido, aunque lo que Jack había dicho en voz alta tampoco parecía tenerlo. Se estaba guiando únicamente por el instinto, un instinto que se había visto afectado por la desaparición de Donal y por una semana de llamadas nocturnas a una mujer que no conocía.

—Lo entiendo —respondió Graham—. Seguramente yo haría lo mismo si estuviera en tu lugar.

—¿Qué pasa con las cosas que hay dentro del coche? —soltó Jack para marcarse un farol.

—¿Qué cosas?

—Le envié el expediente de Donal y otros papeles. Están en el coche. Si va a salir corriendo con mi dinero, al menos quiero recuperar mis cosas.

—En eso no puedo ayudarte, Jack, pero no haré preguntas si por la mañana tus pertenencias vuelven a estar en tu poder.

—Gracias, Graham.

—Lo que sea con tal de ayudarte.

Pocas horas después, mientras el sol salía sobre el estuario pintando con matices naranjas las olas negras, Jack se encontró sentado en el coche de Sandy hojeando el expediente de Donal y todas las páginas de los informes policiales que sólo Sandy había podido conseguir valiéndose de sus contactos. La agenda mostraba su intención de ir a la ciudad de Limerick ese día a visitar a uno de los amigos de Donal, Alan O'Connor, que había salido con Donal la noche de su desaparición. Recobró la esperanza ante la posibilidad de encontrarla allí. La estrechez del coche olía al empalagoso ambientador de vainilla que colgaba del retrovisor y se mezclaba con el olor amargo de café pasado que venía de la taza de Styrofoam apoyada en el salpicadero. En el coche no había nada que le diera más pistas sobre el tipo de persona que era Sandy Shortt. No había ningún envoltorio, ningún compacto o casete que revelara sus gustos musicales. Sólo un viejo coche frío con papeles de trabajo y un café frío.

Un viejo coche sin alma: ella se la había llevado consigo.

21

Desperté sin saber muy bien cuántas horas había dormido y encontré a mi lado, sobre el brazo del sofá, a una niña de pelo negro crespo y alborotado, observándome con los mismos ojos penetrantes de su abuelo.

Me sobresalté. Ella sonrió. Dos hoyuelos se hundieron en su piel amarilla y sus ojos se aclararon hasta un marrón oscuro.

—Hola —dijo alegremente.

Eché un vistazo a la habitación, ahora completamente oscura salvo por la luz naranja que se colaba por debajo de la puerta de la cocina e iluminaba el suelo lo justo para distinguir los objetos y a la niña que tenía ante mí. Al otro lado de la ventana del fregadero, el cielo era negro. Estrellas, las mismas a las que nunca prestaba la más mínima atención cuando estaba en casa, colgaban en lo alto como luces de Navidad en un pueblo de juguete.

—Bueno, ¿no piensas decirme hola? —preguntó alegremente la voccita.

Suspiré; nunca había tenido tiempo para los niños. Incluso había detestado ser niña de pequeña.

—Hola —dije con desinterés.

—¿Ves? No ha sido tan duro, ¿verdad?

—Insoportable.

Bostecé y me desperecé. La niña saltó del brazo del sofá y cayó en la otra punta, aplastándome los pies al hacerlo.

—¡Au! —me quejé, y doblé las piernas.

—No he podido hacerte daño —dijo. Bajó la cabeza y me miró dubitativa.

—¿Cuántos años tienes, ciento noventa? —pregunté, mientras me abrigaba con la manta como si ésta fuese a protegerme de ella.

—Si tuviera ciento noventa estaría muerta —contestó con cara de fastidio.

—Eso sí que sería una lástima.

—No te caigo bien, ¿verdad? —preguntó.

Lo medité un instante.

—No mucho.

—¿Por qué no?

—Porque te has sentado en mis pies.

—Ya no te caía bien antes de que me sentara en tus pies.

—Cierto.

—Casi todos piensan que soy mona —suspiró.

—¿En serio? —pregunté con fingida sorpresa—. Yo no tengo esa impresión.

—¿Por qué no?

No dio muestras de sentirse ofendida, sólo más interesada.

—Porque mides un metro y te faltan los dientes de delante.

Cerré los ojos deseando que se marchara y apoyé la cabeza contra el respaldo del sofá. El punzante dolor de cabeza se había disipado, pero el parloteo del otro extremo del sofá sin duda lo haría regresar con renovada fuerza.

—No voy a ser así siempre, ¿sabes? —dijo, tratando de gustarme.

—Eso espero, por tu bien.

—Yo también —suspiró, y apoyó la cabeza en el respaldo del sofá, imitándome.

La contemplé en silencio, a la espera de que pillase la indirecta y se marchase. Me sonrió.

—La impresión que doy a casi todo el mundo es que nunca tengo ganas de hablar —insinué.

—¿De verdad? A mí no me das esa impresión —repitió mis palabras, aunque pronunciaba con dificultad por culpa de los dientes que le faltaban.

Me reí.

—¿Qué edad tienes?

Levantó una mano y mostró cuatro dedos y un pulgar.

—¿Cuatro dedos y un pulgar? —pregunté.

Frunció el ceño y se miró la mano; movía los labios al contar.

—¿Hay un colegio especial al que vayan los niños para aprender a hacer eso? —ironicé—. ¿No puedes limitarte a decir «cinco»?

—Puedo decir «cinco».

—¿Y entonces? ¿Crees que levantar la mano es más mono?

Se encogió de hombros.

—¿Dónde están todos? —pregunté.

—Durmiendo. ¿Tenías televisión? Aquí tenemos televisiones, pero no funcionan.

—Qué latazo.

—Sí, un latazo —suspiró afectadamente, aunque no creo que le importase—. Mi abuela dice que hago muchas preguntas, pero me parece que tú haces más.

—¿Te gusta hacer preguntas? —De repente me mostré interesada—. ¿Qué clase de preguntas?

Se encogió de hombros.

—Preguntas normales.

—¿Sobre qué?

—Sobre todo.

—Sigue haciendo preguntas, Wanda, y quizás un día consigas salir de aquí.

—Vale.

Nos quedamos en silencio.

—¿Por qué voy a querer irme de aquí?

Al parecer no eran preguntas tan normales, después de todo.

—¿Te gusta estar aquí?

Echó un vistazo a la habitación.

—Prefiero mi habitación.

—No, me refiero a este pueblo —señalé hacia la ventana—, el lugar donde vives.

Dijo que sí con un gesto.

—¿Qué haces durante el día?

—Jugar.

—Qué cansado.

Volvió a asentir.

—A veces. Aunque pronto empezaré a ir al colegio.

—¿Hay colegio aquí?

—Aquí no. —Wanda no lograba ir más allá de aquella habitación.

—¿Qué hacen tus padres durante el día?

—Mamá trabaja con el abuelo.

—¿Es carpintera también?

Sacudió la cabeza.

—No tenemos coche.

—¿Qué hace tu padre?

Se encogió de hombros.

—Mamá y papá dejaron de gustarse. ¿Tienes novio?

—No.

—¿Has tenido?

—He tenido más de uno.

—¿A la vez?

No contesté.

—¿Por qué no estás con ninguno de ellos ahora?

—Porque dejaron de gustarme.

—¿Todos ellos?

—Casi todos.

—Vaya, eso no está muy bien.

—No... —Mi mente divagó—. Supongo que no.

—¿Eso te pone triste? Mamá se pone triste.

—No, no me pone triste.

Reí forzadamente, incómoda por su mirada y su indiscreción.

—Pareces triste —dijo.

—¿Cómo voy a parecer triste si me estoy riendo?

Volvió a encogerse de hombros. Por eso detestaba a los niños; en sus mentes había muchos espacios vacíos y no las suficientes respuestas. Y ése era el motivo exacto por el que había odiado mi propia niñez. Siempre había lagunas de conocimiento en lo que ocurría, y rara vez tropezaba con un adulto capaz de darme explicaciones.

—Wanda, para ser una persona que hace tantas preguntas sabes muy pocas respuestas.

—Hago preguntas diferentes a las tuyas. —Frunció el ceño—. Sé un montón de respuestas.

—¿Como cuáles?

—Como... —rebuscó en su mente—, la razón por la que nuestro vecino, el señor Ngambao, no trabaja en los campos es porque tiene dolor de espalda.

—¿Dónde están los campos?

Señaló hacia la ventana.

—Por ahí. Allí es donde crece nuestra comida y luego todo el mundo va al comedor tres veces al día a comérsela.

—¿Todo el pueblo come junto?

Asintió.

—La mamá de Petra trabaja allí pero yo no quiero trabajar allí cuando sea mayor, y tampoco en los campos. Yo quiero trabajar con Bobby —dijo en tono soñador—. El papá de mi amiga Lacey trabaja en la biblioteca.

Busqué la importancia de su frase, pero no supe hallarla.

—¿Alguien se ha planteado alguna vez dedicarse a algo más provechoso, como intentar largarse de aquí? —pregunté con agudeza, más bien a mí misma.

—Hay gente que intenta marcharse —dijo—, pero no puede. No hay salida, pero como aquí estoy a gusto no me importa. —Bostezó—. Estoy cansada. Me voy a la cama. Buenas noches. —Bajó del sofá y se dirigió a la puerta arrastrando una manta—. ¿Esto es tuyo? —Se detuvo y se agachó para recoger algo del suelo. Lo sostuvo en alto y lo vi brillar con la luz que se filtraba por debajo de la puerta.

—Sí —suspiré, mientras cogía mi reloj de sus manos.

La puerta se abrió y la habitación se llenó de luz naranja, lo que me obligó a cerrar los ojos. Luego oí cómo se cerraba otra vez y me quedé sola en la oscuridad, con las palabras de una niña de cinco años resonando en mis oídos:

«Hay gente que intenta marcharse, pero no puede. No hay salida...»

Ésa era la otra cosa que detestaba de los niños: siempre decían exactamente aquello que en el fondo ya sabías, nunca admitirías y casi seguro no querrías oír.

22

—Así que Joseph es carpintero. ¿Y a qué te dedicas tú, María? —le pregunté a Helena mientras paseábamos por el polvoriento sendero del pueblo.

Helena sonrió.

Habíamos cruzado el pueblo y ahora vagábamos por los alrededores, entre campos de espléndidos tonos dorados y verdes salpicados de personas de todas las nacionalidades, que se encorvaban y erguían mientras trabajaban la tierra. Cultivaban toda suerte de cosas conocidas y desconocidas para mí. Decenas de invernaderos manchaban el paisaje, pues los lugareños aprovechaban cualquier oportunidad de cultivar que se les presentase. Igual que la diversidad de personas, el clima había llegado a aquel lugar con todas sus variantes, rotundas pero llenas de vida. En pocos días habíamos asistido a un calor abrasador, una gran tormenta, una brisa de primavera y un frío invernal: un clima inconstante que probablemente explicaba la inusual variedad de plantas, árboles, flores y cosechas que habían conseguido convivir con éxito en un mismo entorno. La explicación para la diversidad de los seres humanos todavía no la había descubierto. Pero parecía que en aquel sitio la naturaleza no se regía por ciclos. Que las cuatro estaciones se dieran en un mismo día era un fenómeno aceptado, bienvenido y al que todos se adaptaban. Ahora volvía a haber un ambiente templado mientras caminábamos una junto a otra, y yo me sentía revitalizada tras dormir más horas en una noche de lo que había dormido desde que era niña. Desde Jenny-May.

—¿Desde que Jenny-May qué? —me preguntaba siempre Gregory—. ¿Desde que desapareció?

—No, sólo desde Jenny-May, y punto —le respondía yo.

Aquella mañana me había topado con alguien a quien había estado buscando durante doce años. Helena tuvo que chasquear los dedos ante mis ojos desorbitados para que siguiera caminando y cerrara mi boca de pasmada. Estaba abrumada por su presencia y yo nunca me abrumaba. Estaba atónita y yo nunca me quedaba atónita. De pronto me sentí sola y yo nunca me sentía sola. Aunque, últimamente, yo era muchas cosas que nunca antes había sido. Después de tantos años de buscar, era casi imposible que me quedara tan ancha como Helena cuando me cruzaba en horas de vigilia con los rostros que veía en mis sueños.

—Mantén la calma —me había murmurado Helena más de una vez al oído.

Robin Geraghty fue el primero de mis fantasmas que pasó flotando. Habíamos estado sentadas en el «comedor», un imponente edificio de madera de dos plantas, con un balcón a cuatro vientos desde el que se divisaba un espléndido panorama de silvicultura, montañas y campos. No se trataba de la típica cantina que me había imaginado; era un hermoso edificio donde se reunían los aldeanos a desayunar, almorzar y cenar, siguiendo un plan trazado para facilitar el racionamiento de la comida que cultivaban y cosechaban. El dinero, según me informaron, carecía de valor, incluso cuando aparecían carteras llenas de billetes a la entrada de las casas.

—¿Por qué gastar dinero en algo que se obtiene a diario en abundancia? —preguntó Helena a modo de explicación.

En la fachada del edificio, la entrada de madera, tallada con maestría, recordaba a la del registro. Debido a los muchos idiomas que se hablaban en el pueblo, explicó Helena, estos relieves eran el método más práctico y visual de anunciar el uso del edificio. Grandes racimos de uvas, jarras de vino y hogazas de pan decoraban la puerta, y se veían tan deliciosos pese a ser de madera que no pude contenerme y acaricié la suave curva de la fruta.

Cuando volvía de la mesa-bufé a mi sitio vi a Robin y faltó poco para que dejara caer mi bandeja de dónuts y mi batido caliente. (Al parecer, una caja de comida había desaparecido esa mañana de un camión de reparto de bollería y había ido a parar a las afueras del pueblo, para gran alegría mía. Me imaginé al repartidor, carpeta en mano, haciendo caso omiso de los insultos de un estresado tendero y rascándose la cabeza con asombro al contar por enésima vez el contenido de su camioneta, aparcada en una atestada zona de carga y descarga frente a una tienda del centro de Nueva York; y mientras, yo, y una fila de gente hambrienta detrás de mí, metíamos mano a la canasta en aquel lugar perdido en el tiempo.) La aparición de Robin hizo que por poco me escaldara: fue como si mi batido también se hubiera tambaleado del susto.

Robin Geraghty había desaparecido a los seis años de edad. A las once en punto de la mañana había salido a jugar al jardín delantero de su casa, en un barrio en las afueras del norte de Dublín, pero al cabo de cinco minutos, cuando su madre se asomó a la ventana, ya no había rastro de ella. Todos, absolutamente todos —la familia, el país, la Gardaí, que por aquel entonces me incluía—, todos pensamos que había sido raptada por el vecino de al lado. Dennon Fairman, de cincuenta y cinco años, era un hombre extraño que no hablaba con nadie excepto con Robin, cuando se cruzaban por la calle, lo que provocaba la inquietud de sus padres.

Dijo que no lo había hecho. Me juró que no lo había hecho; repetía una y otra vez que Robin era su amiga y que no quería ni podría hacerle daño. Nadie le creyó —yo no le creí—, aunque no hallamos ninguna prueba de su culpabilidad. Ni siquiera teníamos un cadáver. El hombre se vio tan acosado por sus vecinos, por los medios de comunicación y por los constantes interrogatorios policiales que acabó quitándose la vida, signo inequívoco para los padres y para el resto de gente de que era culpable. Pero cuando una Robin de diecinueve años pasó junto a mí camino de la mesa-bufé, me sentí muy mal.

Aunque Robin había desaparecido a los seis años, supe que se trataba de ella en cuanto levanté mis ojos como platos del Krispy Kreme al ver a una muchacha pasar. El retrato robot hecho por ordenador que se había difundido se actualizaba cada pocos años. Yo lo había memorizado, lo había usado a diario como parte de mis comprobaciones cuando me cruzaba con rostros que me resultaban familiares. Y de repente aquella cara venía caminando hacia mí. La imagen por ordenador había sido bastante fiel, aunque la real tenía la cara más redonda, el pelo más oscuro, contoneaba las caderas y sus ojos traslucían sabiduría, como si cuanto había visto y hecho le hubiese cambiado todo menos el color: esas cosas que un dibujo no podía transmitir. Pero era ella.

Fui incapaz de comerme el desayuno; en lugar de eso me quedé en las nubes, allí sentada con la familia de Helena, mientras Wanda me estudiaba y remedaba todos mis movimientos. No le hice caso, ni tampoco a su constante parloteo sobre un tal Bobby, ya que era incapaz de dejar de observar a Robin; trataba de comprobar cómo me sentía al ver a aquella muchacha llevando la vida que había llevado durante los últimos doce años. Mis sentimientos eran contradictorios, mi felicidad, agridulce, porque aunque todas las personas que ansiaba encontrar estaban allí, también era el momento en que me daba cuenta de que había pasado una parte colosal de mi vida buscando en los sitios equivocados. Era como cuando conoces a tu ídolo, cuando todos tus deseos se hacen realidad: hay una sensación de secreta decepción.

Helena y yo nos detuvimos al llegar a un prado sin cultivar; se veían llamativos ranúnculos amarillos, arbustos dulces del guisante con sus flores violetas, margaritas, dientes de león y hierbas altas. Los aromas me recordaron las últimas bocanadas de aire que respiré en Glin.

—¿Qué hay ahí arriba?

Divisaba más edificios detrás de un grupo de abedules. Se veían robles entre el blanco y el negro de la corteza de los troncos.

—Es otro pueblo —explicó Helena—. Llega tanta gente cada día que es imposible que todos quepamos en nuestro pueblecito. Además, hay culturas que no podrían establecerse en entornos como éste aunque quisieran. Sus hogares están allí fuera.

Señaló con la barbilla hacia los árboles y las montañas. Yo ni siquiera había contemplado aquella posibilidad.

—¿Entonces allí hay más personas que yo he buscado?

—Es posible —confirmó—. Tendrán oficinas de registro como las que tenemos aquí, así que todos los nombres estarán archivados, pero no estoy segura de que faciliten esa información: se considera privada, salvo en caso de emergencia. Confiemos en que no tengamos que comprobarlo. Ellos te encontrarán a ti.

Sonreí ante la ironía.

—¿En qué consiste exactamente el plan que estás tramando?

—Bueno —sonrió, y sus ojos chispearon con picardía—, gracias a la lista que me diste, Joan está concertando citas para pruebas individuales con vistas a una nueva obra irlandesa. —Me levantó la mano y miró mi reloj—. Las primeras serán dentro de un par de horas.

Tenía muchas ganas de conocer a personas como Robin, pero el plan de Helena me dio risa.

—Seguro que había una manera más fácil de hacer esto.

—Por supuesto. —Helena se cubrió el hombro derecho con la *pashmina* amarilla—. Pero así es mucho más divertido.

—¿Qué te hace pensar que las personas de mi lista vendrán a las pruebas?

—¿Estás de broma? —añadió, sorprendida—. ¿No viste a Bernard y Joan? A casi toda la gente de aquí le encanta participar en actividades, sobre todo las que organizan personas de su país.

—¿No se pondrán celosas las otras comunidades, los que no son irlandeses? —dije medio en broma—. No me gustaría que pensaran que los excluimos de mi gran espectáculo.

—No —sonrió Helena—, todo el mundo se reirá de nosotros cuando llegue el día del estreno.

—¿Estreno? ¿Quieres decir que realmente montaremos una obra?

Mis ojos estaban redondos de sorpresa.

—¡Por supuesto! —Helena se rio—. No vamos a arrastrar a veinte personas a las pruebas para luego decirles que no hay obra, aunque todavía está por decidir cuál será exactamente.

Me volvió el dolor de cabeza.

—En cuanto empiece a hablar con ellos van a darse cuenta de que las probabilidades de que yo dirija una agencia de actores son menos de las que tiene Bernard de conseguir un papel protagonista.

Helena volvió a reírse.

—No te preocupes, no sospecharán nada, y si lo hacen no les importará. Aquí, las personas tienden a reinventarse a sí mismas: usan esta experiencia como una segunda oportunidad en la vida. Que en casa no fueras agente de actores no significa que no puedas serlo aquí. Con el tiempo te darás cuenta de que aquí hay muy buen ambiente entre todo el mundo.

Me había dado cuenta. El ambiente era relajado; la gente vivía en paz y cumplía con sus tareas diarias con eficiencia, pero sin prisas ni angustias. Había sitio para respirar, espacio para pensar, tiempo que emplear sabiamente y lecciones que aprender. Personas que una vez estuvieron perdidas se tomaban tiempo para reflexionar, para amar, para añorar, para recordar. Ser parte de algo era importante, aunque ese algo fuese una desastrosa obra de teatro.

—¿Joseph no se molestará por no poder participar?

—Qué va, no creo que eso le preocupe lo más mínimo —dijo Helena.

—¿Joseph es de Kenia?

—Sí. —Emprendimos la marcha de regreso al pueblo—. De la costa de Wamutu.

—¿Qué fue lo que me llamó ayer?

La expresión de Helena cambió y supe que fingía ignorancia:

—¿A qué te refieres?

—Vamos, Helena, vi tu cara cuando me llamó eso. Te sorprendiste. No consigo recordar la palabra: *kalla*..., *kappa* algo... ¿Qué significa?

Arrugó la frente con confusión simulada.

—Lo siento Sandy, no tengo ni idea. De verdad que no me acuerdo.

No me lo tragué.

—¿Le has contado cómo me gano la vida? —pregunté.

Su rostro cambió, y adoptó la misma expresión intrigada de la víspera.

—Ahora lo sabe, por supuesto, pero entonces no lo sabía.

—¿Cuándo no lo sabía?

—Cuando te conoció.

—Claro que no lo sabía. No espero que sea adivino, sólo quiero saber qué dijo. —Dejé de caminar porque estaba contrariada—. Helena, por favor, sé sincera conmigo. No estoy para acertijos.

Se ruborizó.

—Tendrás que preguntárselo a él, Sandy, porque yo no lo sé. Fuese lo que fuese, lo dijo en swahili, el idioma de su tierra, y yo no soy ni mucho menos una experta.

Estaba convencida de que mentía, así que reanudamos la marcha en silencio. Volví a mirar la hora en mi reloj, con inquietud, porque pronto estaría transmitiendo mensajes de familiares. Mensajes que cada noche enviaban en forma de plegarias para que aterrizaran allí y fuesen comunicados. Cuestioné mi habilidad para transmitir fielmente sus sentimientos. Lo que le había dicho a Helena el día anterior era cierto: yo no era una persona sociable, hallar a los desaparecidos no significaba que quisiera pasar tiempo con ellos. Preguntarme adónde había ido Jenny-May no significaba que quisiera reunirme con ella ni que deseara que volviese.

Helena, como de costumbre, percibió mis sentimientos de manera instintiva.

—Fue muy grato poder por fin hablarle a Joseph sobre mi familia —dijo con amabilidad—. Hablamos de ellos hasta que se me cerraron los ojos y he soñado con ellos hasta que ha salido el sol. He soñado con mi madre y su organización, con mi padre buscándome. —Cerró los ojos—. Esta mañana me he despertado en este sitio y apenas sabía dónde estaba, después de haber pasado horas, en mis sueños, en el lugar donde crecí.

—Siento haberte molestado —me disculpé—. Aún no sé muy bien cómo decirle a la gente lo que sus familias querrían que les dijera.

Daba vueltas al reloj en mi muñeca mientras caminaba, deseosa de hacer retroceder el tiempo, que avanzaba implacable.

Helena abrió los ojos y vi que las lágrimas le llenaban los párpados inferiores, como acumulándose en un embalse transparente.

—No pienses eso de ti, Sandy. Tus palabras me aliviaron, ¿cómo iba a ser de otro modo? —Se le iluminó la cara—. Me he despertado sabiendo, sí, sabiendo que tengo una madre que aún piensa en mí. Hoy me siento protegida, como si me envolviera una manta invisible. ¿Sabes una cosa? No eres la única cuyas preguntas de toda una vida han sido respondidas. Ahora conservo fotografías en mi mente que nunca antes había tenido. En una sola noche he llenado y guardado un álbum entero.

Me limité a asentir en silencio. No había nada que decir.

—Estarás a gusto con esas personas; sé que estarás muy a gusto. ¿Cuánto falta para que empiecen a llegar los de la lista?

Miré el reloj.

—Una hora y media.

—Bien, dentro de noventa minutos estarán todos allí perfectamente dispuestos a pasar un ratito llamando a Romeo desde un balcón o representando la gran huida mediante el arte de la mímica.

Me reí.

—Cualquier cosa que les digas será un regalo, lo expongas como lo expongas.

—Gracias, Helena.

—De nada.

Me dio una palmada de ánimo en el hombro y procuré no ponerme tensa. Me miré la ropa.

—Sólo hay un problema más. Hace días que llevo puesto este chándal y me encantaría cambiarme de ropa. ¿Tienes algo que puedas prestarme?

—Ah, por eso no te preocupes —dijo Helena mientras arrancaba a caminar en dirección a los árboles—. Espera aquí; volveré dentro de un momento.

—¿Adónde vas?

—Será un momento...

Su voz desapareció junto con su pelo corto canoso y la *pashmina* amarilla, que se internaron en la oscuridad.

Esperé con impaciencia. Me preguntaba adónde habría ido Helena. Ahora ya no la podía ver. Más adelante divisé la imponente figura de Joseph, que salía del bosque con un cargamento de leños y un hacha.

—¡Joseph! —grité.

Levantó la vista y saludó con el hacha, gesto que no me resultó especialmente reconfortante. Después enfiló el sendero hacia mí. Su cabeza calva brillaba como mármol pulido, su piel perfecta le hacía parecer más joven de lo que realmente era.

—¿Va todo bien? —preguntó con tono de preocupación.

—Sí, eso creo. Bueno, no lo sé —agregué, confundida—. Helena acaba de desaparecer en el bosque y...

—¿Qué?

Sus ojos se oscurecieron.

—No me refiero a desaparecer —dije, tratando de explicarme—. Se ha metido en el bosque hace un rato. —Desaparecer de allí era imposible, así que no era de extrañar que Joseph se alarmara—. Me ha dicho que la esperase aquí.

Apoyó el hacha en el suelo y escrutó el bosque.

—Regresará, muchacha *kipepeo* —dijo con dulzura.

—¿Qué significa eso?

—Significa que regresará. —Sonrió.

—No, eso no. ¿Qué significa la palabra keniana?

—Es lo que tú eres —dijo perezosamente sin apartar la vista de los árboles.

—Es decir...

Antes de que pudiera contestar a mi pregunta, Helena reapareció. Arrastraba lo que parecía una maleta.

—He encontrado esto para ti. Vaya, hola, cariño. Me había

parecido oírte cortando ramas. El nombre de la tarjeta dice Barbara Langley, de Ohio. Espero, por tu bien, que Barbara de Ohio tenga las piernas largas.

Dejó la maleta a mis pies y se sacudió el polvo de las manos.

—¿Qué es esto? —pregunté boquiabierta, mientras estudiaba la etiqueta de equipaje que colgaba del asa—: tendría que haber llegado a Nueva York hace veinte años.

—Qué bien, tendrás un aspecto «retro» estupendo —bromeó Helena.

—No puedo ponerme la ropa de otra persona —protesté.

—¿Por qué no? Ibas a ponerte la mía —se rio Helena.

—¡Pero a ti te conozco!

—Sí, pero no conocías a la persona que la usaba antes que yo —se mofó, y echó a caminar delante de mí—. Vamos. ¿Cuánto tiempo nos queda? Ahora haremos las pruebas —le comentó a Joseph, que asintió con solemnidad y empuñó de nuevo el hacha.

Me miré la muñeca. Me faltaba el reloj.

—Maldita sea —protesté, mientras dejaba caer la maleta y buscaba alrededor de mis piernas.

—¿Qué pasa?

Helena y Joseph se detuvieron y dieron media vuelta.

—El reloj. Otra vez se me ha caído de la muñeca.

—¿Otra vez?

—El cierre está roto. A veces se abre y se me cae al suelo —aclaré con voz ahogada mientras me arrodillaba para inspeccionar el suelo.

—Bueno, hace un momento lo llevabas puesto, así que no puede estar muy lejos. Levanta la maleta —dijo Helena con calma.

Miré debajo de la maleta.

—Qué curioso. —Helena se acercó a mí y se agachó para mirar con más detenimiento el suelo—. ¿Has ido a alguna parte mientras he estado en el bosque?

—No me he movido de aquí. Te he estado esperando con Joseph.

Volví a arrodillarme y comencé a gatear por el suelo polvoriento.

—No puede haber desaparecido —dijo Helena sin preocuparse lo más mínimo por la situación—. Lo encontraremos. Aquí siempre lo encontramos todo.

Los tres nos pusimos de pie sin dejar de escudriñar la reducida área de la que no me había movido durante más de cinco minutos. No podía habérseme caído en ningún otro sitio. Me sacudí las mangas, me vacié los bolsillos y revisé la maleta por si se había quedado enganchado allí. Pero nada, ni rastro.

—¿Dónde diablos se habrá metido? —mascculló Helena inspeccionando el suelo.

Joseph, que apenas había dicho palabra desde que se había encontrado con nosotras, no se movió del sitio donde había estado clavado todo el rato. Sus ojos, negros como el tizón, parecían haber absorbido toda la luz de su alrededor. Los tuvo fijos en mí todo el rato.

Observándome.

23

Pasé la media hora siguiente registrando el camino en busca de mi reloj, volviendo sobre mis pasos una y otra vez con mi habitual estilo obsesivo. Peiné la hierba que crecía en los márgenes de los campos sin cultivar y revolví con las manos la tierra del linde del bosque. El reloj no estaba en ningún sitio visible, pero eso me produjo una extraña sensación de consuelo. Mi mente borró al instante el lugar que me rodeaba y todo lo que había ocurrido, y por un breve lapso de tiempo volví a ser yo misma con un objetivo: encontrar. Cuando tenía diez años buscaba un calcetín desparejado como si tuviera el valor de un diamante único en el mundo, pero esta vez era distinto. El reloj valía mucho más.

Joseph y Helena me observaban preocupados mientras arrancaba manojos de hierba con terrón y todo, empeñada en hallar la valiosísima joya que había llevado trece años en la muñeca. Durante buena parte de ese tiempo, su incapacidad para permanecer donde habría tenido que estar concordaba con mi absurda relación con la persona que me lo había regalado. Pero incluso en esas ocasiones en que se zafaba de mis garras y volaba en dirección contraria a la que yo estaba siguiendo, iba en su busca y deseaba tenerlo cerca. Exactamente lo mismo que sucedía con la relación.

Helena y Joseph no fingían como mis padres ante los episodios de búsqueda obsesiva que yo sufría. Se mostraban preocupados y no les faltaban motivos, ya que después de decir que nada podía perderse ni desaparecer en aquel lugar, les costaba trabajo tener que tragarse y digerir sus propias palabras. Al menos eso era lo que pensaba mi lado obsesivo. El lado racional opinaba que quizá la causa más obvia de su preocupación era sencillamente yo, a cuatro patas, cubierta de polvo, tierra y manchas de hierba y estiércol.

—Creo que ya deberías dejar de buscar —dijo Helena con aire divertido—. Tienes que reunirte con un montón de personas en el Centro Cívico, por no hablar de lo mucho que necesitas una ducha y ropa limpia.

—Pueden esperar —dije mientras me abría camino como podía entre la hierba. Notaba que se me estaba metiendo tierra bajo las uñas.

—Ya han esperado bastante —replicó Helena enérgicamente—, y para serte sincera, tú también. Deja ya de intentar evitar lo inevitable y ven conmigo ahora mismo.

Me detuve. Ahí estaba la palabra que tan a menudo oía en boca de Gregory: «Evitar.» «Deja de evitar cosas, Sandy...» ¿Era eso lo que estaba haciendo? Jamás había llegado a comprender que pudiera estar evitando cosas al concentrarme de pleno en una y negarme a abandonarla. Sin duda, evitar significaba caminar en sentido contrario. Y eran personas como Gregory, mis padres y ahora Helena y Joseph quienes estaban evitando enfrentarse al hecho de que algo había desaparecido y no podía encontrarse. Levanté la vista hacia Helena, que parecía una muñeca al lado de la imponente estatura de Joseph.

—De verdad que necesito encontrar ese reloj.

—Y lo encontrarás —dijo Helena con tanta seguridad que le creí—. Aquí, las cosas siempre aparecen. Joseph ha dicho que se quedará a buscarlo y a lo mejor Bobby sabrá algo.

—¿Quién es ese Bobby de quien oigo hablar continuamente? —pregunté mientras me ponía de pie.

—Trabaja en Objetos Perdidos —explicó Helena, al tiempo que me pasaba la maleta que había dejado tirada en medio del camino.

—Objetos Perdidos. —Me reí, y moví la cabeza.

—Me sorprende que no terminaras ante la ventanilla —dijo Helena con delicadeza.

—Estás pensando en Ámsterdam. —Sonreí.

Arrugó la frente.

—¿Ámsterdam? ¿De qué estás hablando?

Dejé la zona de búsqueda a mis espaldas mientras me sacudía el polvo

—Helena, tienes mucho que aprender.

—Un maravilloso consejo, sobre todo si viene de alguien que ha pasado la última media hora a cuatro patas buscando entre el estiércol.

Dejamos a Joseph plantado en medio del camino con los brazos en jarras y los leños y el hacha a sus pies. Seguía inspeccionando el camino polvoriento.

Llegué al Centro Cívico vestida como Barbara Langley de Ohio. Sus piernas, por lo visto, distaban mucho de ser largas, y tenía afición por las minifaldas y los leotardos, prendas que no me atreví siquiera a probarme. Las demás prendas que desgraciadamente no pudo lucir en su viaje a Nueva York eran jerséis a rayas con hombreras que me rozaban los lóbulos de las orejas y chaquetas cubiertas de insignias y chapas con el signo de la paz, el símbolo del *yin* y el *yang*, *smileys* y banderas estadounidenses. Había detestado los ochenta la primera vez y no tenía intención de revivirlos.

Helena se había reído al verme con unos ceñidísimos vaqueros lavados a la piedra que no me tapaban los tobillos, calcetines blancos, mis propias zapatillas de deporte y una camiseta negra con una gran cara amarilla sonriente.

—¿Crees que Barbara Langley estaba en *El club de los cinco*?* —pregunté, mientras salía del baño como una niña a la que el do-

* Título en español de *The Breakfast Club* (John Huges, 1985), película de culto para los adolescentes de la época en que el vídeo doméstico arrasó. *(N. del T.)*

mingo obligaran a quitarse la ropa de jugar y a ponerse un vestido y leotardos para una comida abundante a base de verduras.

Helena pareció confundida:

—No tengo ni idea de qué clubes era socia, aunque he visto a más gente llevando ese tipo de ropa.

Acabé haciendo lo que había estado convencida que nunca llegaría a hacer: apropiarme de las prendas de vestir más decentes que había a lo largo de los caminos que llevaban al pueblo.

—Después podemos ir a ver a Bobby —dijo Helena tratando de animarme—. Tiene una enorme colección de ropa donde elegir, y si no, también hay modistas en la zona.

—Me quedaré unas cuantas prendas de segunda mano —preferí—. Ya no estaré aquí para cuando terminen de hacerme la ropa.

Helena soltó una risotada, cosa que me fastidió mucho.

El Centro Cívico era un magnífico edificio de roble con una gran puerta de dos hojas semejante a las demás. La fachada exhibía enormes figuras talladas de gente reunida, hombro con hombro, dándose la mano, con el pelo y las ropas al viento incluso en las paredes de madera. Helena empujó las puertas de tres metros de altura y la multitud se apartó para dejarnos paso.

Al fondo del vestíbulo se alzaba un escenario rodeado por seis filas de recias butacas de roble, tres de ellas en la galería del piso superior. El telón rojo estaba abierto y sujeto a los lados por gruesas cuerdas de color dorado. En la pared del fondo del escenario había una tela cubierta de huellas negras de manos. Las había de todos los tamaños y edades, desde recién nacidos hasta ancianos, y se diría que no había menos de cien filas y cien columnas. Encima de la tela había un lema escrito en varios idiomas, y al leerlo en inglés vi que decía «Fortaleza y esperanza». Me resultó muy familiar.

—Son las huellas de la mano de todas las personas que viven o han vivido aquí durante los últimos tres años. Cada pueblo tiene una igual en su centro cívico. Vendría a ser el emblema de quienes estamos aquí.

—Lo reconozco —dije, pensando en voz alta.

—Qué va, es imposible. —Helena sacudió la cabeza—. El Centro Cívico es el único sitio del pueblo donde se puede ver.

—No, lo reconozco porque hay un monumento nacional igual que éste en el recinto de Kilkenny Castle. Cada huella fue impresa por la mano real de un pariente de una persona desaparecida. A su lado hay una lápida conmemorativa con una inscripción que dice —cerré los ojos y recité la inscripción que tantas veces había acariciado con las yemas de los dedos—: «Esta escultura y este lugar de reflexión están dedicados a todos los desaparecidos. Que todos los familiares y amigos que visiten este lugar hallen fortaleza y esperanza.» La mano de tu madre está allí.

Helena pareció contener el aliento mientras me miraba fijamente, a la espera de que de un modo u otro anunciara que le estaba tomando el pelo. No lo hice, y soltó el aire despacio.

—Vaya, no sé qué decir. —Le tembló la voz y se volvió de cara al mural—. Joseph pensó que sería buena idea que todo el mundo participara en algo así. —Movió la cabeza con aire incrédulo—. Ya verás cuando se entere de lo que me has contado.

—Caramba —dije mirando el resto del edificio. Parecía más un teatro que un centro cívico.

—Tiene un aforo de doscientas cincuenta personas —explicó Helena para cambiar de tema, aunque aún parecía pensar en lo que acababa de decirle—. Las butacas se quitan cuando necesitamos más espacio, pero es poco frecuente que la comunidad entera asista a algún acto. Se utiliza para fines muy distintos, como votaciones, debates entre el consejo y la comunidad, exposiciones de arte, conferencias e incluso representaciones teatrales, en las raras ocasiones en que alguien monta una. Y la lista sigue.

—¿Quién está en el consejo?

—Un representante electo de cada nacionalidad del pueblo. Tenemos más de cien nacionalidades sólo en este pueblo y cada pueblo tiene su propio consejo. Hay decenas de pueblos.

—¿Y qué sucede en esas reuniones del consejo? —pregunté con divertida curiosidad.

—Lo mismo que en cualquier otra parte del mundo; todo lo que precisa ser debatido y decidido se debate y se decide.

—¿Qué índice de criminalidad hay aquí?

—Mínimo.

—¿Y cómo se mantiene tan bajo? No recuerdo haber visto al largo brazo de la ley patrullando las calles. ¿Cómo se consigue que todo el mundo vaya por el buen camino?

—Existe un sistema judicial desde hace cientos de años. Tenemos juzgado, un instituto de rehabilitación y un consejo de seguridad, pero lograr que todas las naciones acaten las mismas normas no es tarea fácil. El consejo, al menos, estimula el diálogo y el debate.

—¿Entonces esto es la caja de resonancia? ¿Los miembros del consejo tienen algún poder real?

—El poder con el que los hemos investido. Todo el mundo recibe uno de éstos con el paquete de información que se entrega al llegar. —Helena sacó un folleto de un expositor de la pared—. Ya tendrías uno si te hubieses molestado en abrir tu carpeta. Aquí están las directrices para votar.

Pasé las páginas del folleto y leí en voz alta:

—«Votad por quienes sean capaces de escuchar y de tomar decisiones en nombre del pueblo desde la búsqueda del consenso y el bienestar de todos.» —Me reí—. ¿Qué más se predica, que está bien tener dos piernas y no cuatro?

—Son los fundamentos de un buen liderazgo.

—Vaya. ¿Y da resultado este folleto sobre cómo elegir a un dirigente?

—Yo diría que sí —caminó hacia donde estaba Joan, en la otra punta de la sala—, teniendo en cuenta que Joseph está en el consejo.

—¿Joseph? —pregunté, pasmada.

—Pareces sorprendida.

—Sí, bueno, es que lo estoy. Parece tan... —Busqué la manera adecuada de explicarme sin ofenderla—. Es carpintero —concluí.

—Los miembros del consejo son gente corriente con sus empleos cotidianos. Sólo los convocan para tomar decisiones cuando es preciso tomarlas.

No podía dejar de sonreír.

—Tengo la sensación de que todo el mundo está jugando a casitas, ¿sabes? Cuesta tomárselo en serio. —Me tuve que reír—. Venga ya. O sea, que estamos en medio de ninguna parte y tenéis consejos y juzgados y quién sabe qué más.

—¿Lo encuentras divertido?

—¡Pues sí! Por todas partes veo gente disfrazada con ropa de otras personas. ¿Cómo es posible que este lugar, esté donde esté —recalqué—, tenga alguna clase de orden o normas? Existe sin la más mínima lógica. Carece de todo sentido práctico.

Helena pareció ofenderse al principio, pero luego adoptó un aire compasivo que odié.

—Así es la vida, Sandy, la vida real. Tarde o temprano descubrirás que aquí nadie está jugando a nada. Lo que hacemos es seguir adelante, tratando de que la vida sea lo más normal posible, igual que el resto de personas, en cualquier otro país, en cualquier otro mundo. —Se acercó a Joan—: ¿Qué tal te ha ido con la lista de Sandy? —preguntó, y así puso fin a nuestra conversación.

Joan levantó la vista, sorprendida.

—Ah, hola. No os había oído llegar. Te veo —me echó un breve vistazo— distinta.

—¿Te has puesto en contacto con todos los de la lista? —insistí, haciendo caso omiso de su mirada de desaprobación.

—No, no he dado con todos —dijo mirando el papel.

—Déjame ver.

Cogí su cuaderno y me inundó una oleada de adrenalina. Mis ojos recorrieron la lista de treinta nombres que le había dado: menos de la mitad estaban marcados con un visto bueno. Joan siguió hablando mientras yo leía los nombres tan deprisa que apenas era capaz de retenerlos. El corazón me palpitaba con fuerza y me daba un vuelco cada vez que mis ojos identificaban un nombre, ya que eso significaba que esa persona estaba viva y a salvo, y que pronto me vería con ella.

—Como iba diciendo —prosiguió Joan, enojada porque me había anticipado a su explicación—, Terence, del registro, no ha podido ayudarme al no estar autorizado a dar ninguna información, a menos que un miembro del consejo la solicite por motivos oficiales. —Miró a Helena con sutileza—. De modo que he tenido que ir preguntando por el pueblo. Pero te alegrará saber, Sandy, que aquí la comunidad irlandesa es tan reducida que todo el mundo se conoce.

—Sigue —instó Helena.

—Bueno, me he puesto en contacto con bastantes personas, doce en total —continuó—. Ocho están interesadas en las pruebas, las otras cuatro me han dicho que participarían en la producción pero sin salir a escena. Aunque no he dado con el paradero de, veamos...

Se puso las gafas y levantó el cuaderno.

—Jenny-May Butler —acabé la frase por ella, y el corazón se me hundió en las profundidades del estómago.

Helena me miró. Era obvio que recordaba el nombre de cuando lo pronuncié al desmayarme.

—Bobby Stanley. —Leí otro nombre, mis esperanzas se truncaron. Continué—: James Moore, Clare Stevenson...

La lista de personas ilocalizables era larga.

—Bueno, que no estén aquí no significa que no estén en el pueblo de al lado —aventuró Joan para tranquilizarme.

—¿Qué probabilidades hay de eso? —pregunté con una cierta esperanza.

—No voy a mentirte, Sandy. Casi toda la comunidad irlandesa vive en este pueblo —explicó Helena—. Entre cinco y quince, como mucho, llegan cada año, y como somos tan pocos tendemos a permanecer juntos.

—Entonces Jenny-May Butler debe estar aquí —afirmé convencida—. Tiene que estar aquí.

—¿Qué pasa con los demás de la lista? —preguntó Joan en voz baja.

La revisé rápidamente: Clare, Peter, Stephanie, Simon... Había estado sentada con sus familias hasta altas horas de la noche, hojeando álbumes de fotos y compartiendo lágrimas entre promesas de hallar a sus hijos, hermanos, hermanas y amigos. Que no estuviesen allí significaba que cabía sospechar lo peor.

—Pero Jenny-May... —Escarbé entre los datos que tenía almacenados en mi cerebro—. No había nadie más. Nadie vio nada ni a nadie.

Joan parecía perpleja; Helena, más bien triste.

—Tiene que estar aquí. A no ser que esté escondida o en otro país; no busqué en otros países —divagué, como hablando sola.

—Oye, Sandy, ¿por qué no te sientas un momento? Me parece que te estás consumiendo —intervino Helena.

—No me estoy consumiendo —repliqué, dándole un golpe en la mano—. No, no está escondida y no puede estar en otro país. Ahora tiene mi edad. —Miré a Joan y lo vi todo claro—: Tienes que encontrar a Jenny-May Butler. Dile a todo el mundo que tiene mi edad, treinta y cuatro años. Lleva aquí desde los diez, me consta.

Joan asintió diligentemente, casi temerosa de decir que no. Helena me tendió las manos con recelo, aunque tampoco quería apartarse de mí. Observé sus caras. Me miraban preocupadas. Entonces me senté y me bebí el vaso de agua que Helena me había puesto en la mano.

—¿Se encuentra bien? —oí que Joan le preguntaba a Helena mientras se alejaban.

—Está bien —dijo Helena con calma—. Sólo es que tenía muchas ganas de que Jenny-May participara en la obra. Hagamos lo posible para encontrarla, ¿te parece?

—Creo que no está aquí —susurró Joan.

—Intentémoslo de todos modos.

—¿Puedo preguntar por qué me disteis una lista de treinta personas? ¿Cómo sabe Sandy que pueden actuar? Cuando he hablado con ellos todos se han sorprendido bastante. La mayoría nunca han sido actores aficionados. ¿Qué pasa con la demás gente interesada en actuar? También tendrán derecho a hacer pruebas, ¿no?

—Por supuesto que sí —Helena le siguió la corriente—. Los de la lista sólo eran gente especial, eso es todo.

De las dos mil denuncias de personas desaparecidas en Irlanda cada año, entre cinco y quince nunca serán encontradas. Las treinta personas que había elegido eran las que me habían tenido obsesionada una vida entera. A otras las había encontrado, otras había renunciado a buscarlas al saber que había algo siniestro en su caso, que les había ocurrido algo malo o que simplemente se habían marchado por voluntad propia. Pero esas treinta de la lista, ésas eran las que habían desaparecido sin dejar rastro y sin motivo alguno. Eran las treinta que me obsesionaban, las treinta sin una escena del crimen que investigar ni testigos que interrogar.

Pensé en todos sus parientes y en cómo les había prometido hallar a sus seres queridos. Pensé en Jack Ruttle, en cómo le había fallado al no presentarme a nuestra cita en Glin y en cómo había vuelto a fallarle ahora.

Porque, según la lista, Donal Ruttle no estaba allí.

24

El martes por la mañana, exactamente dos días después de que Sandy no se presentase, Jack, que no hacía mucho había regresado a su casa con el expediente de Donal, salió a la fresca mañana de julio y cerró la puerta de la casita sin hacer ruido. Por todo el pueblo se veían los preparativos del inminente Irish Coffee Festival. Había pancartas enrolladas junto a los postes telegráficos, listas para ser colgadas, y la parte trasera de un camión había sido abierta a modo de escenario provisional para las actuaciones al aire libre de bandas tradicionales. Ahora, sin embargo, reinaba el silencio en el pueblo, pues todo el mundo seguía cómodamente en la cama soñando con otros mundos. Jack puso en marcha el motor —el ruido era suficiente para despertar a todo el vecindario de la tranquila plaza— y se dirigió a la ciudad de Limerick, donde con suerte encontraría a Sandy en casa de Alan, el amigo de Donal. También quería visitar a su hermana Judith.

Judith era la hermana a quien más unido estaba. Casada y con cinco hijos, hizo de madre desde el momento en que llegó a este mundo entre berridos y pataleos. Ocho años mayor que Jack, había practicado sus aptitudes para enseñar modales y disciplina con cada muñeca y cada niño que viviera en las cercanías. La broma habitual en la calle era que no había una muñeca en toda la ciudad que no se irguiera en la silla y se callara cuando Judith andaba cerca. En cuanto Jack nació, volvió su atención hacia él: era un bebé de verdad al que podía mimar e incluso asfixiar. Y lo hizo desde aquel día y hasta la fecha. A ella era a quien Jack recurría en busca de consejo y su hermana siempre encontraba tiempo para escucharle entre idas y venidas al colegio, cambios de pañales y turnos para dar de mamar.

Cuando detuvo el coche ante la casa pareada, la puerta principal se abrió y el gemido de mil *banshees** le taladró los oídos, casi revolviéndole el pelo.

—Daaa-diii —chilló una *banshee*.

El padre de la *banshee* apareció en la puerta con una camisa arrugada color hueso; llevaba el botón de arriba desabrochado y el nudo de la corbata aflojado. En una mano sostenía un tazón al que se aferraba desesperadamente dándole tragos con los ojos fuera de las órbitas. Su otra mano agarraba un maletín destrozado mientras la *banshee* de pelo rubio casi blanco, pijama de los Power Rangers y zapatillas de la rana Gustavo se colgaba de su pierna.

—Noooo, no te vayaaaaas —chillaba, enroscando sus miembros a la pierna de su padre como si le fuera la vida en ello.

—Tengo que irme, corazón. Papá tiene que trabajar.

—Noooooooo.

Un brazo surgió de la puerta y tendió bruscamente una tostada hacia Willie.

—Come —dijo la voz de Judith por encima de más gemidos procedentes de otra parte.

Willie engulló un bocado, bebió otro trago de café y apartó con cuidado a Katie de su pierna. Después su cabeza desapareció en el umbral, besó a la propietaria del brazo, gritó «¡Adiós, niños!» y cerró de un portazo. Los gritos aún eran audibles, pero

* En la mitología irlandesa, espíritu de mujer cuyo llanto presagia una muerte. *(N. del T.)*

Willie no dejó de sonreír. Eran las ocho en punto y ya había pasado por dos horas de lo que Jack hubiera considerado una tortura. Sin embargo, él sonreía.

—Hola, Jack —saludó con una radiante cara redonda.

—Buenos días, Willie —dijo Jack sin poder dejar de fijarse en los botones de la camisa, a punto de saltarse en la parte de la barriga, la mancha de café en el bolsillo y la de dentífrico en la corbata con estampado de cachemira.

—Lo siento. No puedo hablar. Estoy huyendo —se rio. Después de darle unas palmaditas a Jack en la espalda se metió en su coche. El tubo de escape soltó una detonación y salió zumbando.

Jack echó un vistazo al conjunto de viviendas de protección oficial y comprobó que en cada puerta se desarrollaba una escena semejante.

Abrió la puerta cautelosamente, con la esperanza de que aquel manicomio no se lo tragara. Entró y vio a Nathan, de quince meses, corriendo por el vestíbulo con un biberón colgado de la boca y vestido únicamente con un abultado pañal. Jack le siguió. Katie, de cuatro años, que hacía sólo unos segundos se aferraba a su padre como si el mundo fuera a terminarse, estaba sentada en el suelo con las piernas cruzadas, a un palmo del televisor, completamente cautivada por unos bichos que bailaban en la jungla, y derramaba parte de su cuenco de cereales sobre la alfombra ya manchada.

—¡Nathan! —gritó Judith desde la cocina, de buen talante—. Tengo que cambiarte el pañal. ¡Vuelve aquí, por favor!

Tenía la paciencia de una santa y no se inmutaba aunque a su alrededor reinara el caos más absoluto. Juguetes desordenados por todas partes, garabatos y dibujos pegados a las paredes o pintados directamente en ellas. Cestas de ropa sucia, cestas de ropa limpia, tendederos arrimados a las paredes con ropa puesta a secar. La televisión a todo volumen, un bebé gimoteando, cazos y sartenes aporreados como tambores. Era un zoo humano: tres niñas y dos niños, de diez, ocho y cuatro años, y quince y tres meses de edad, todos ellos desmadrados y reclamando atención mientras la cara de Judith, sentada a la mesa de la cocina, en bata, despeinada y sin asear, con cosas por todas partes, en todas las superficies, era la viva imagen de la serenidad.

—Hola, Jack. —Le miró sorprendida—. ¿Cómo has entrado?

—La puerta estaba abierta y tu portero me ha invitado a pasar. —Señaló con la cabeza a Nathan, que había ocupado su sitio en el suelo, pañal apestoso incluido, y volvía a aporrear los cacharros con una cuchara de madera. Rachel, de tres meses, estaba en silencio, pasmada, con los ojos como platos y los labios abiertos, listos para soltar burbujas.

—No te levantes —dijo Jack mientras se inclinaba sobre la cuna de Rachel para besar a Judith.

—Nathan, cariño, te tengo dicho que no abras la puerta sin que mamá te lo pida —explicó Judith con calma—. No hace más que abrir el cerrojo —se dirigió a Jack.

Nathan dejó de aporrear y la miró con sus grandes ojos azules. Las babas le chorreaban barbilla abajo.

—Dada —gorjeó a modo de respuesta.

—Sí, te pareces mucho a papá —contestó Judith poniéndose de pie—. ¿Puedo ofrecerte algo, Jack? ¿Una taza de té, café, tostadas, tapones para los oídos?

—Té y una tostada, por favor. Ya he tomado bastante café —contestó Jack, y se frotó la cara con gesto de cansancio mientras el concierto de sartenes se volvía casi insoportable.

—Nathan, para —dijo Judith con firmeza. Luego pulsó el interruptor de la hervidora eléctrica—. Venga, vamos a cambiar ese pañal.

Lo subió al cambiador que tenía montado en la cocina y se puso manos a la obra, no sin darle a Nathan las llaves de la casa para que se distrajera.

Jack apartó la vista. Ya no tenía apetito.

—¿Cómo es que no has ido a trabajar? —preguntó Judith mientras agarraba dos piernas regordetas por los tobillos como si se dispusiera a rellenar un pavo.

—Me he tomado el día libre.

—¿Otra vez?

Jack no contestó.

—Ayer hablé con Gloria. Me dijo que te habías tomado el día libre —explicó Judith.

—¿Cómo lo sabía?

Judith sacó una toallita húmeda de una caja.

—Ahora no es momento de empezar a pensar que tu inteligente novia desde hace ocho años sea tonta. Uy, ¿qué estoy oyendo? —Se llevó la mano a la oreja y miró a lo lejos. Nathan dejó de hacer sonar las llaves y la observó—. Pues no, ya no las oigo, pero hasta hace poco sonaban campanas de boda y pasitos de niño.

Nathan se rio y siguió haciendo sonar las llaves. Judith volvió a dejar al niño en el suelo. El ruido de sus pies sobre las baldosas parecía el de un pato pisando charcos.

—Caray, Jack, te has quedado espantosamente callado —añadió con sarcasmo, mientras se lavaba las manos en el fregadero lleno de platos y tazas sucias.

—No es momento —dijo Jack, y finalmente le quitó la cuchara de madera a Nathan, que se puso a chillar. Al instante, Katie subió el volumen del televisor en el salón—. Además, este sitio me resulta todo él un anticonceptivo.

—Sí, bueno, cuando te casas con un hombre que se llama Willie sabes bastante bien a qué te expones.

En menos de un minuto Judith tendría un momento de calma. Tras servir una taza de té y una tostada a Jack, por fin se sentó, cogió a Rachel de la cuna, retiró la bata hacia un lado y se puso a darle de mamar. La pequeña abría y cerraba sus deditos en el aire como si tocara un arpa invisible con los ojos cerrados.

—Me he tomado la semana libre en el trabajo —explicó Jack—. Esta mañana, de camino, lo he arreglado.

—¿Que has hecho qué? —Judith tomó un sorbo de té—. ¿Te han dado más tiempo de permiso?

—Con un poco de persuasión.

—Eso está bien. Gloria y tú necesitáis pasar más tiempo juntos —dijo, pero enseguida vio en su semblante que no era ésa su intención—. ¿Qué está pasando, Jack?

Suspiró. Tenía muchas ganas de contárselo todo, pero le daba miedo hacerlo.

—Cuéntame, Jack —insistió Judith con ternura.

—He encontrado a alguien —comenzó—. Una agencia.

—¿Ajá? —Su voz fue grave e inquisitiva, como solía serlo cuando Jack llegaba a casa del colegio tras haberse metido en líos y se veía obligado a explicar, por ejemplo, por qué habían atado desnudo a Tommy McGovern al poste de una portería del campo de fútbol.

—Es una agencia de personas desaparecidas.

—Oh, Jack —susurró Judith, y se llevó una mano a la boca.

—Oye, ¿qué mal puede hacer, Jude? ¿Qué tiene de malo que otra persona investigue?

—Lo malo, Jack, es que tú pidas una semana de permiso en el trabajo, que Gloria me llame buscándote.

—¿Te llamó?

—A las diez de la noche.

—Vaya.

—Bueno, sigue, cuéntame lo de esa agencia.

—No. —Se recostó en el respaldo de la silla, frustrado—. No, ahora no me apetece.

—Jack, no seas tan chiquillo y cuéntamelo.

Esperó a calmarse antes de seguir hablando:

—Encontré el anuncio en las Páginas Amarillas y la llamé.

—¿A quién?

—A Sandy Shortt. Le expliqué el caso y me dijo que había resuelto casos parecidos. La semana pasada hablamos por teléfono cada noche hasta tarde. Antes era garda y tuvo acceso a informes que no hemos visto nunca.

Judith enarcó las cejas.

—No me pidió ni un céntimo, Judith, y creí en su palabra. Creí que quería ayudar y creí que podría encontrar a Donal. Era de fiar, de eso no hay duda.

—¿Por qué hablas de ella como si estuviera muerta? —preguntó con una sonrisa, y de pronto cambió de expresión, alarmada—: ¿no está muerta, verdad?

—No —Jack sacudió la cabeza—, pero no sé dónde está. Quedamos en vernos el domingo por la mañana en Glin. Nos cruzamos en una gasolinera, pero no supe que era ella hasta después.

Judith arrugó la frente.

—Sólo habíamos hablado por teléfono, ¿entiendes?

—¿Cómo sabes que era ella?

—Encontré su coche en el estuario.

Judith se quedó aún más desconcertada.

—Verás, teníamos una cita, y la noche antes me dejó un mensaje de voz diciendo que estaba de camino desde Dublín, pero no apareció. Así que la busqué por el pueblo, pregunté en todas las pensiones y, al no lograr dar con ella, me fui a dar un paseo por la orilla del estuario. Entonces fue cuando encontré el coche.

—¿Cómo estás tan seguro de que era su coche?

Jack abrió la bolsa que llevaba consigo.

—Porque esto estaba en el salpicadero —y dejó la carpeta encima de la mesa—. Igual que esto —dejó la agenda—, y esto —el teléfono móvil cargado—. Lo etiqueta todo, absolutamente todo. Registré su equipaje: toda la ropa, todos los calcetines, todo etiquetado. Es como si tuviera miedo de perder las cosas.

Judith guardó silencio.

—¿Registraste su equipaje? —Meneó la cabeza, confusa—. ¿Pero cómo se te ocurre llevarte todo esto? A lo mejor sólo estaba paseando, Jack. ¿Y si vuelve a su coche y ve que le han robado todo? ¿Estás loco?

—Si es así tendré mucho de que disculparme, pero han pasado dos días enteros. Eso es mucho pasear.

Silencio mientras ambos recordaban cómo se había desesperado su madre después de dos días sin noticias de Donal.

—Llamé a Graham Turner.

—¿Qué te dijo? —preguntó Judith, y se tapó la cara con las manos. Volvía a empezar el mismo guión.

—Que como sólo habían pasado veinticuatro horas y aquello encajaba con su conducta habitual, que no pensaba que hubiera motivos para preocuparse.

—¿Por qué? ¿Cuál es su conducta habitual?

—Pues que entra y sale a su antojo, es muy reservada y no dice a nadie adónde va —resumió Jack con cansancio.

—Vaya. —Judith pareció aliviarse.

—Pero eso no significa que aparques tu coche en medio de los árboles de la orilla del estuario y lo dejes totalmente abandonado dos días. Eso es ligeramente distinto de ir y venir a tu antojo.

—A ver si lo he entendido —dijo Judith despacio—. ¿La persona de las personas desaparecidas ha desaparecido?

Hubo un silencio.

Judith dejó que esta idea le diera unas cuantas vueltas por la cabeza mientras se acomodaba, hasta que la idea encontró un lugar donde se estableció a gusto. Luego adoptó un aire pensativo cuando movió la mandíbula de un lado para otro.

Entonces resopló y se echó a reír.

Jack se apoyó en el respaldo y cruzó los brazos. Se sentía ofendido, porque Judith se estaba partiendo de risa incontroladamente delante de sus narices. Rachel dejó de mamar y miró a su agitada madre, que ahora se enjugaba las lágrimas. Nathan dejó de jugar y se levantó para observar a su madre. Enseñó las encías y empezó a reírse, dando palmas con sus manos regordetas y sacudiendo el cuerpo con regocijo de las rodillas hacia arriba. Finalmente Jack notó que le cosquilleaban las comisuras de los labios y se sumó a ellos: se rio como un poseso ante lo ridículo de la situación y sintió un gran alivio al poder soltarse después de tanto tiempo, aunque sólo fuese momentáneamente. Una vez se hubieron calmado, Judith empezó a acariciar suavemente la espalda de Rachel con un ademán tan tranquilizador que hizo que a Jack le pesaran los párpados.

—Oye, Judith, a lo mejor Graham tiene razón. Quizá sí que se largó sin más. Igual pensó: al infierno con todo, y abandonó su coche, su teléfono, su agenda, su vida y renunció. A lo mejor está así de loca y es una lunática que hace cosas de este tipo cada dos por tres con la intención de regresar al cabo de un tiempo. Quizá se haya marchado para siempre, pero yo voy a encontrarla, ella va a encontrar a Donal y luego, si quiere, que renuncie. Después dejaré que se marche.

—¿De verdad piensas que esa mujer podría encontrar a Donal? —preguntó Judith, pensativa.

—Ella lo creía así.

—¿Y tú qué piensas?

Jack asintió en silencio.

—De modo que si la encuentras, estarás ayudando a encontrar a Donal. —Seguía sumida en sus pensamientos—. ¿Sabes?, anoche Willie y yo estuvimos mirando el álbum de fotos con los niños y Katie señaló a Donal y preguntó quién era. —Los ojos se le llenaron de lágrimas—. Ni Katie ni Nathan se acuerdan de él; nunca tendrán un recuerdo de él, y Rachel —miró al bebé que tenía en brazos—, Rachel ni siquiera sabe que existió. La vida sigue adelante sin Donal y él se está perdiendo todo esto. —Judith sacudió la cabeza.

Jack no sabía qué decir. En realidad, no creía que hubiera nada que decir. Los mismos pensamientos acudían a su mente cada segundo de cada día.

—¿Qué te hace estar tan seguro de que una mujer a quien ni siquiera conoces, una mujer de quien no sabes nada, sea capaz de encontrar a Donal?

—Fe ciega —dijo Jack sonriendo.

—¿Desde cuándo la tienes?

—Desde que hablé con Sandy por teléfono —contestó muy serio.

—¿No habría nada...? —Hizo una pausa y decidió preguntarlo igualmente—: ¿No habría nada entre vosotros, verdad?

—Había algo, pero no era nada.

—¿Desde cuándo algo es nada?

Jack suspiró y optó por obviar la pregunta.

—Gloria no sabe nada sobre Sandy. No es que haya algo que saber, pero no quiero que ella ni el resto de la familia sepan lo de la agencia.

Judith no estaba contenta.

—Por favor, Jude. —Le cogió la mano—. No quiero que todos pasen por esto otra vez. Sólo quiero probar por mi cuenta. Necesito hacerlo.

—Vale, vale. —Liberó la mano y se puso a la defensiva—. ¿Y qué vas a hacer ahora?

—Muy simple. —Metió la carpeta, la agenda y el teléfono en la bolsa—: Voy a ponerme a buscarla.

25

Tenía dieciséis años y estaba en el despacho del señor Burton, sentada en uno de los sillones de terciopelo reventados. Era el mismo del día en que había entrado allí por primera vez, hacía dos años, aunque con un poco más de espuma a la vista. En las paredes, los carteles no habían cambiado. Las paredes de ladrillo las habían pintado de blanco, pero de mala manera: había agujeros negros sin pintura y otros con grumos blancos. En aquella habitación siempre era todo o nada, nunca medias tintas. Había Blu-Tack pegado en las paredes y esquinas de carteles aún colgando del Blu-Tack. Imaginé en algún lugar del colegio una habitación llena de carteles sin esquinas.

—¿En qué estás pensando? —preguntó el señor Burton.

—En carteles sin esquinas —contesté.

—Ah, esa vieja historia —asintió—. ¿Qué tal la semana?

—Una mierda.

—¿Por qué una mierda?

—No ha pasado nada emocionante.

—¿Qué has hecho?

—Colegio, comer, dormir, colegio, comer, dormir, multiplicado por cinco veces más y luego multiplicado por un millón de semanas más en mi vida. Mi futuro pinta mal.

—¿Saliste el fin de semana? Me dijiste que un grupo de chicos te había invitado. —Siempre quería que hiciera amigos.

—Sí, salí.

—¿Y cómo fue?

—Bien. Había una fiesta. Los padres de Johnny Nugent estaban fuera, así que fuimos todos a su casa.

—¿Johnny Nugent? —dijo, y levantó las cejas.

No contesté, pero me ruboricé.

—¿Fuiste capaz de olvidar a Mr. Pobbs y pasártelo bien?

Lo preguntó tan en serio que me sentí un poco avergonzada, así que volví a examinar el Blu-Tack de las paredes. Había tenido a Mr. Pobbs desde que era un bebé. Era un oso tuerto de peluche gris con un pijama azul a rayas que cada noche dormía en mi cama o en cualquier otra cama donde pasara la noche. Mis padres y yo nos habíamos ido una semana de vacaciones y nada más regresar volví a hacer la maleta para pasar el fin de semana en casa de los abuelos. Con tanto movimiento de ropa perdí de vista a Mr. Pobbs, cosa que me tuvo disgustada todo el fin de semana. En cuanto volví me puse a registrar la casa durante dos semanas, para gran desconsuelo de mis padres. El lunes anterior el señor Burton y yo habíamos discutido sobre mi negativa a salir con Johnny Nugent el fin de semana, porque prefería encontrar a Mr. Pobbs, mi leal amigo, por más ridículo que pareciera. Me había costado lo mío salir de casa por la noche sabiendo que Mr. Pobbs seguía escondido en algún rincón.

—¿Así que saliste con Johnny Nugent? —insistió el señor Burton.

—Sí, salí.

Sonrió un tanto incómodo. Obviamente, le habían llegado los rumores.

—¿Va todo... estás...?

Dejó de hablar y se puso a hacer ruiditos de trompeta con los labios mientras pensaba cómo reformular la pregunta. Era raro verle perder pie: siempre parecía tenerlo todo bajo control. Pero él estaba en aquella habitación, al fin y al cabo, y aparte de los pequeños indicios de información personal que revelaba involuntariamente durante nuestras —a veces— sinceras charlas, yo no sabía nada acerca de su vida fuera de aquellas cuatro paredes. También me guardaba mucho de hacerle preguntas, porque no las contestaría y porque, además, yo no quería saber. En cierto modo, no saber y preguntar sin que él contestara me recordaba que éramos desconocidos. Sólo teníamos relación dentro de aquel cuarto. Habíamos creado nuestro mundo, con reglas propias, e incluso habíamos marcado una frontera entre nosotros que, aunque no podía cruzarse, nos permitía coquetear si estábamos juguetones.

Le interrumpí para evitar que el trompeteo diera paso a una orquesta entera de instrumentos de metal.

—Señor Burton, si se está preguntando si estoy bien, por favor, no se preocupe. Por una vez en mi vida he perdido algo y no tengo intención de buscarlo ni cuento con que vuelva a aparecer. Creo que estoy curada.

Nos reímos durante un buen rato. Y cuando volvió el incómodo silencio —mientras yo fantaseaba con que él me curaba de otros males— empezamos a reírnos otra vez.

—¿Volverás a verle? Y con esto quiero decir: ¿te lo pasaste bien? ¿Te sentó bien salir? ¿Te relajaste, pudiste olvidar todas las cosas que han desaparecido? —Se rio de nuevo—. ¿Consiguieron llegar a la isla de Scathach?

Mientras mi cabeza daba golpecitos contra la cabecera de la cama de los padres de Johnny Nugent había tenido una revelación: creí recordar dónde había puesto a Mr. Pobbs antes de hacer mi equipaje. Al día siguiente llamé a mis abuelos; confiaba en que encontrarían a Mr. Pobbs tendido debajo de la cama y mirando con su único ojo los muelles rotos del colchón. Pero no estaba allí y acordamos emprender un registro en casa de los abuelos el próximo fin de semana, a pesar de que Johnny Nugent me había invitado a salir. Me disponía a contar todo eso cuando me detuve en seco.

—Un momento. ¿Qué es la isla de Scathach?

El señor Burton se rio.

—Perdona, se me ha escapado. No es una buena comparación.

—¡Explíquemela! —exigí, y sonreí al ver que se ponía rojo.

—No he querido decirlo. Se me ha escapado. No importa, sigamos adelante.

—Espere un momento, ¡usted nunca me deja hacer eso! ¡Siempre tengo que repetir todo lo que digo entre dientes!

Me reí al verle muerto de vergüenza por primera vez en mi vida. Pareció recobrar la compostura:

—Es una antigua historia celta, y ha sido una mala comparación.

Hice un gesto para que siguiera. Se frotó la cara.

—Oh, no puedo creer que te esté contando esto. Scathach fue una gran guerrera que entrenó a muchos héroes de su época. Dice la leyenda que era casi imposible alcanzar su isla, de modo que quien lo lograba era considerado digno de aprender las artes marciales.

—¿Me está comparando con una guerrera que enseña artes marciales a los hombres? —pregunté boquiabierta.

Volvió a reírse.

—La cuestión es que era una mujer difícil de alcanzar. —Dejó de reírse al ver mi cara. Se inclinó hacia delante y me agarró la mano—. Me parece que lo has interpretado mal.

—Eso espero —dije, negando lentamente con la cabeza.

Él gruñó y pensó deprisa.

—Es sólo que únicamente podían alcanzarla los más fuertes, los más valientes y los que más lo merecían.

Me relajé un poco; me gustó cómo sonaba aquello.

—¿Cómo la alcanzaban?

Él también se relajó un poco.

—Primero tenían que atravesar la Llanura del Infortunio, donde briznas de hierba afiladas como cuchillas de afeitar los herían. —Hizo una pausa y estudió mi expresión para ver si debía proseguir o no. Contento de no verme a punto de darle un puñetazo, continuó—: Luego se enfrentaban a las Cañadas Peligrosas, donde acechaban fieras voraces. La última prueba era cruzar el Puente del Risco, que era un puente que se inclinaba cuando alguien intentaba cruzarlo.

Pensé en las personas que a lo largo de mi vida habían tratado de aproximarse a mí, que habían intentado trabar amistad y conectar conmigo. Me vi empujándolas al vacío.

—Sólo los auténticos héroes conseguían cruzar —concluyó.

Se me puso la piel de gallina y el vello de punta y recé para que no se diera cuenta.

Se pasó la mano por el pelo y meneó la cabeza.

—Esto no era parte del... —«trabajo», estuvo a punto de decir—. No tendría que haberlo dicho. Lo siento, Sandy.

—No pasa nada —aclaré, y se mostró aliviado—. Sólo dígame una cosa: ¿dónde está usted en ese viaje?

Aquellos espléndidos ojos azules taladraron los míos. Ni siquiera tuvo que pensarlo, ni siquiera apartó la vista.

—Yo diría que acabo de atravesar la Llanura del Infortunio en este preciso instante.

Reflexioné sobre su respuesta.

—Tendré piedad con mis fieras voraces si usted promete avisarme cuando haya cruzado el puente.

—Lo sabrás. —Sonrió, y alargó el brazo para estrecharme la mano—. Lo sabrás.

Jack aparcó frente al piso de Alan y hojeó la agenda de Sandy. También tenía una cita el día anterior a la una en un sitio con teléfono de Dublín, y necesitaba saber si había acudido. Esperaba que quien fuese que hubiese quedado con ella pudiera ayudarle. Pero Sandy había fijado esa cita para el día anterior en Dublín y, sin embargo, tenía previsto visitar a Alan en Limerick hoy. Aquello significaba que la cita de Dublín tenía que ser importante para que estuviera dispuesta a hacer el viaje de ida y vuelta.

Con mano temblorosa, Jack marcó el número de Dublín que Sandy había anotado. Al instante contestó una mujer, que parecía distraída por los otros teléfonos que sonaban de fondo.

—Buenos días, Scathach House.

—Hola, quería saber si me podía ayudar —dijo Jack educadamente—. He encontrado su número de teléfono anotado en mi agenda y no consigo recordar por qué apunté que tenía que llamarles.

—Por supuesto —contestó la mujer—. Scathach House es la consulta del doctor Gregory Burton. ¿Es posible que quisiera pedir hora?

El estridente ruido de un teléfono me despertó en el estudio donde vivía en Dublín. Me tapé la cabeza con la almohada y recé para que el ruido cesara. Tenía una resaca espantosa. Me asomé a un lado de la cama y entreví mi arrugado uniforme de garda hecho una pelota en el suelo. Había trabajado hasta tarde y luego había ido a tomar unas copas. Unas copas que obviamente se habían convertido en unas copas de más, ya que no recordaba en absoluto cómo había vuelto a casa. El teléfono por fin dejó de sonar y solté un suspiro de alivio, aunque siguió resonando en mi cabeza unos segundos más. Y entonces empezó otra vez. Agarré el teléfono de la mesita de noche y me lo acerqué al oído debajo de la almohada.

—Diga —susurré con voz ronca.

—Cumpleaaños feeeeeliz, cumpleaaños feeeeeeliz, te deseeeeeamos Sandy, cumpleaaños feeeliz.

Era mi madre, que cantaba con la misma dulzura que si estuviera en el coro de una iglesia.

—Hip, hip...

—¡Hurra! —Ése era papá.

—Hip, hip...

—¡Hurra!

Hizo sonar un pito de fiesta junto al auricular y yo tuve que apartarme el teléfono del oído todo lo que pude, así que dejé que el brazo me colgara fuera de la cama. Aun así podía oírles festejar desde debajo de la almohada mientras me vencía el sueño otra vez.

—Felices veintiuno, cielo —dijo mamá, orgullosa—. ¿Cielo? ¿Estás ahí?

Volví a acercarme el auricular al oído.

—Gracias, mamá —susurré.

—Ojalá nos hubieras dejado montarte una fiesta —dijo con nostalgia—. Mi niña no cumple veintiuno todos los días.

—En realidad sí —maticé, cansada—. Me esperan trescientos sesenta y cuatro días más con la misma edad, así que tendremos tiempo de sobra para celebrarlo.

—Venga, sabes que no es lo mismo.

—Ya sabes cómo soy para esas cosas —repliqué, refiriéndome a la idea de la fiesta.

—Lo sé, lo sé. Bueno, sólo quiero que disfrutes de tu día. ¿Volverás a pensarte lo de venir a cenar a casa? ¿El fin de semana, quizá? Sería una cosa íntima, sólo tú, tu padre y yo. Ni siquiera pronunciaremos la palabra «cumpleaños» —agregó.

La detuve.

—No, este fin de semana no puedo, lo siento. Estoy muy liada en el trabajo —mentí.

—Ah, bueno, vale, ¿y si voy unas horas a Dublín? No me quedaré a dormir ni nada. Podríamos tomar un café o algo así. Un poco de charla y luego me marcho, lo prometo. —Soltó una risa nerviosa—. Sólo quiero hacer cualquier cosa contigo para que el día sea especial. Me encantaría verte.

—No puedo, mamá, lo siento.

Se hizo el silencio. Un silencio demasiado largo.

Papá se puso al teléfono muy alegre.

—Feliz cumpleaños, cariño. Entendemos que estés ocupada, así que te dejamos que sigas con lo que estabas haciendo.

—¿Adónde ha ido mamá?

—Oh, bueno..., a abrir la puerta —trató de mentir, pero se le daba tan mal como a mí. Mi madre estaba llorando, seguro.

—Bueno, pues que tengas un día fantástico, cielo. Procura divertirte, ¿vale? —añadió a media voz.

—Vale —susurré, y la línea se cortó con un chasquido.

Entonces gruñí, colgué el teléfono en la mesita de noche y me quité la almohada de la cabeza. Pasó un rato hasta que mis ojos se acostumbraron a la intensa luz que las cortinas baratas eran incapaces de dejar fuera. Eran las diez de la mañana de un lunes y por fin tenía un día libre, aunque no sabía ni remotamente lo que iba a hacer con él. Habría preferido trabajar el día de mi cumpleaños, pero de todas maneras tenía previsto ocuparme de un caso de desaparición que había quedado en vía muerta hacía poco. Una niña llamada Robin Geraghty había desaparecido mientras jugaba en el jardín delantero de su casa. Todos los indicios señalaban a un vecino soltero de mediana edad. Sin embargo, por más empeño que habíamos puesto en escarbar en el caso no habíamos topado con el baúl del tesoro. De un tiempo a esta parte, había empezado a hacer un seguimiento de estos casos por mi cuenta, incapaz de olvidarlos aunque el expediente quedara archivado.

Me moví para tenderme de espaldas y por el rabillo del ojo vi que había un bulto en la cama, a mi lado. El bulto estaba de costado, con el pelo castaño revuelto encima de la almohada. Me sobresalté, tiré de las sábanas y me envolví en ellas. El bulto empezó a darse la vuelta y abrió los ojos. Unos ojos rojos cansados.

—Pensaba que no ibas a contestar nunca ese teléfono —dijo con voz ronca.

—¿Y tú quién eres? —pregunté con asco. Salté de la cama y arrastré las sábanas conmigo, de forma que él quedó allí tumbado totalmente desnudo, con los brazos y las piernas abiertos. Sonrió, puso las manos detrás de la cabeza con ademán soñoliento y me guiñó el ojo.

Gruñí. Tendría que haber sido un gruñido interior y silencioso, pero se las arregló para salir de mi boca.

—Me voy al cuarto de baño y cuando vuelva ya te habrás marchado.

Recogí lo que supuse que era su ropa y se la tiré en la cama. Cogí mi ropa de una silla, la estreché contra mi cuerpo y cerré la puerta con violencia. Casi de inmediato regresé y agarré mi cartera, para gran consternación suya. No iba a dejarla allí.

No después de la última vez.

Aguanté todo lo que pude en el cuarto de baño compartido, hasta que el señor Rankin, de la habitación de al lado, empezó a aporrear la puerta y a decirme —a mí y a todos los vecinos— que iba a reventarle una parte del cuerpo que a mí, al parecer, no me importaba en absoluto. Abrí la puerta enseguida y volví a mi habitación. Esperaba que el peludo desconocido se hubiese largado, pero no hubo suerte: estaba cerrando la puerta.

Me acerqué a él lentamente, sin saber qué decir. Él tampoco parecía saber, pero no le importaba. Seguía sonriendo con suficiencia y complicidad.

—¿Tú y yo...? —pregunté.

—Dos veces. —Me guiñó el ojo y se me revolvieron las tripas—. Por cierto, antes de que me eches del edificio, ha pasado un tío mientras estabas en el baño. Le dije que podía esperar si quería, aunque probablemente no le reconocerías al verle. —Sonrió de oreja a oreja.

—¿Qué tío?

—¿Lo ves? Le dije que no te acordarías de él.

—¿Está ahí dentro?

Miré la puerta cerrada.

—No, supongo que no le apeteció mucho quedarse en un estudio con un hombre peludo en pelotas.

—¿Has abierto la puerta desnudo? —pregunté enojada.

—Pensé que eras tú. —Se encogió de hombros—. De todas formas dejó su tarjeta. —Me alargó una tarjeta de visita—. Supongo que no tiene mucho sentido que te dé mi teléfono...

Negué con la cabeza y cogí la tarjeta.

—Gracias, eh... —empecé a decir.

—Steve.

Me tendió la mano.

—Encantada de conocerte. —Sonreí, y él se rio. Era bastante majo, pero aun así dejé que se marchara escaleras abajo.

—Ya nos conocíamos, por cierto —dijo, levantando la voz sin volverse y sin dejar de bajar.

Guardé silencio mientras intentaba recordar.

—¿La fiesta de Navidad de Louise Drummond el año pasado? —Lo intentó. Se detuvo y miró hacia arriba, esperanzado.

Yo fruncí el ceño.

—Bah, no importa —dijo con un ademán de indiferencia—. Aquella vez tampoco te acordaste a la mañana siguiente.

Luego sonrió y se fue.

Por un instante me sentí culpable, hasta que recordé la tarjeta de visita que tenía en la mano y el mal rollo se desvaneció. Las rodillas me flaquearon cuando vi el nombre.

Al parecer el señor Burton había montado una clínica en Dublín: Scathach House, en Leeson Street. Un momento: «doctor» Burton. Al final había aprobado sus exámenes.

Me puse a saltar de alegría, girando sobre mí misma. Oí la cadena del retrete y el señor Rankin salió del cuarto de baño con un rollo de papel higiénico. Me pilló bailando.

—¿Tiene que volver a ir? Yo de usted me esperaría un rato. —Y agitó el rollo de papel.

Le ignoré y entré en mi cuarto. El señor Burton estaba aquí. Me había encontrado tres años después de que me marchara y eso era lo único que importaba. Por fin había aparecido un calcetín desparejado.

26

—Ajá, el doctor Burton. —Jack se incorporó en el asiento del coche y se apretó el teléfono contra la oreja—. Ahora recuerdo por qué lo apunté. Aunque, en realidad, no estoy preguntando por mí. Se trata de una amiga mía que ayer tenía una cita con el doctor...

Se interrumpió, pues ya había olvidado el apellido del médico.

—Burton —acabó la secretaria por él, y se oyó otro teléfono sonar de fondo—. Perdone, ¿puede esperar un momento, por favor, señor?

—Sí.

Jack esperó con una canción de Duran Duran en la oreja, mientras trataba de idear alguna clase de plan. Anotó el nombre y la dirección del doctor Gregory Burton en su libreta. Luego revisaría las llamadas perdidas, las llamadas recibidas y los números marcados que el teléfono de Sandy hubiese grabado durante los últimos días e intentaría juntar las piezas para saber adónde había ido, aunque eso supusiera llamar a todos los números de su agenda telefónica.

La secretaria hizo callar a Duran Duran.

—Perdone, estamos teniendo un día muy ajetreado. ¿En qué puedo ayudarle?

—Me preguntaba si podría confirmarme que mi amiga Sandy Shortt acudió a su cita de ayer.

—Lo siento, señor...

Jack pensó deprisa.

—Le Bon.

No fue lo bastante rápido. ¿Le Bon?

—Lo siento, señor Le Bon, pero no podemos facilitar información sobre nuestros pacientes.

—Ya, por supuesto. Lo entiendo, pero no estoy buscando ninguna información personal. Mi amiga ha estado muy enferma últimamente, y ha tenido miedo de saber exactamente lo que era por si resultaba ser más grave de lo que ella espera. Es el estómago; hace meses que siente molestias. Pedí hora para ella y dice que ayer fue a ver al doctor Burton, pero temo que nos esté engañando a todos. Su familia está muy preocupada. ¿Podría al menos decirme si se presentó en la consulta? No le pido detalles personales.

—¿Pregunta sobre Sandy Shortt?

Se apoyó en el respaldo, aliviado.

—Sí, Sandy —contestó alegremente—. Tenía hora a la una.

—Ya veo, bueno, verá, me temo que no puedo ayudarle ya que esto no es una clínica médica, señor Le Bon. Es un centro de terapia orientativa, así que no pudo haber pedido hora para ella en relación a un trastorno estomacal. ¿Desea algo más? —Su voz era firme, incluso enojada.

—Ejem... —Jack se puso rojo de vergüenza—. No.

—Gracias por llamar. —Y colgó.

Avergonzado, miró la cita para la una anotada en la agenda de Sandy. De repente el móvil de Sandy empezó a sonar y el nombre «Gregory B» se encendió en la pantalla. El corazón de Jack latió como un tambor. Ignoró la llamada y se sintió aliviado cuando por fin dejó de sonar. Al momento el aparato emitió el pitido que avisaba de que había un mensaje. Cogió el teléfono y marcó el número del buzón de voz.

—Hola, Sandy. Soy Gregory. He intentado llamarte varias veces pero no contestas. Me figuro que andarás vagando por el abismo otra vez. Sólo te llamaba para decirte que un hombre que se llama... —Apartó la boca del teléfono—. Carol, ¿cómo se llamaba?

Jack oyó que la voz de la secretaria decía:

—Señor Le Bon.

—Sí, eso. —Gregory volvió a dirigirse al teléfono—. Un tal señor Le Bon, supongo que no es su nombre verdadero —se rio—, ha llamado a la consulta preguntando por ti. Quería saber si habías venido a tu cita de ayer por un ¿problema de estómago? —Bajó un poco la voz—. Ten cuidado, ¿vale? Me imagino que no es nada probable que hayas pensado en buscar un trabajo real, de camarera o lo que sea. Sólo en tal caso podrías tener a un chiflado pisándote los talones. O también podrías ir de puerta en puerta vendiendo biblias; de hecho, ayer mismo llamó a mi puerta una mujer muy agradable vestida de *tweed* de la cabeza a los pies, lo cual de inmediato me hizo pensar en ti, de modo que le pedí una tarjeta. Deberías pensar en llamarla. Es una tarjeta muy bonita que eleva el espíritu, con Nuestro Señor desalentado en la cruz. Y es de papel reciclado, así que seguro que es una persona sensible. —Volvió a reírse—. De todos modos, si crees que no podrías soportar el *tweed*, busca un empleo de nueve a cinco. No sé si habrás oído hablar de eso, es esa cosa que hace la gente. Les permite tener una vida fuera del horario de trabajo. Una vida, V-I-D-A; búscalo en el diccionario cuando tengas ocasión. En fin... —Suspiró y guardó silencio un momento, como si estuviera decidiendo qué decir o, más probablemente, como si supiera exactamente qué decir y estuviera decidiendo si decirlo o no. Jack conocía bien aquel silencio—. Bien. —Levantó la voz con un tono menos distendido—. Hablaremos pronto.

Unos nudillos golpearon con fuerza contra el cristal del lado del copiloto del coche y Jack se sobresaltó y dejó caer el teléfono. Levantó la vista y vio a la madre de Alan, una anciana desarreglada de cara redonda, que le miraba por la ventanilla. Jack se inclinó y le dio a la manivela para bajarla.

—Hola, señora O'Connor.

—¿Quién es? —Apretó el rostro y asomó la cabeza por la ventanilla. Unos pelos hirsutos le nacían de la mandíbula. La dentadura postiza se le soltaba de las encías y le bailaba por la boca al hablar—. ¿Le conozco? —gritó, y disparó un proyectil de saliva que fue a parar al labio de Jack.

—Sí, señora O'Connor. —Se secó el labio y levantó la voz, pues sabía que era dura de oído—: ¡Soy Jack Ruttle, el hermano de Donal!

—Dios bendito, el hermano del pequeño Donal. ¿Qué haces sentado aquí fuera? Sal y deja que te vea.

Arrastró sus zapatillas de terciopelo granate unos metros y lo miró de arriba abajo, moviendo la mandíbula y revolviendo los dientes dentro de la boca. Iba vestida con el mismo conjunto que daba la impresión de haber llevado siempre desde los años cuarenta. «Arreglárselas y arreglar» era el lema que desde siempre había formado parte del estilo de vida de los O'Connor: reciclaba telas de la casa para vestir a los doce hermanos que había criado sin su padre, el cual sólo aparecía por una cosa y se marchaba cuando la había obtenido. Jack recordó una ocasión en que Alan vino con Donal de excursión cuando eran niños, y llevaba un pantalón corto blanco hecho con fundas de almohada. A Donal nunca pareció importarle y se negaba a burlarse de su amigo como hacían los demás chavales. Tampoco era que Alan soportara las burlas, más bien prefería moler a palos incluso al que osara mirarlo mal. Pero protegía a Donal de todos, y la desaparición de su amigo había sido un golpe especialmente duro para él.

—Ven que te vea. Pero si ya eres todo un hombrecito. —Estrechó las manos de Jack y le atusó el pelo como si acabara de alcanzar la adolescencia ese mismo día—. Eres el vivo retrato de tu padre, Dios lo tenga en su gloria.

—Gracias, señora O'Connor. Usted también está estupenda —mintió.

—Ay, qué va. —Hizo un ademán desdeñoso y empezó a arrastrar los pies de regreso a su planta baja en el alto edificio de pisos. Dos dormitorios y doce hijos. Se preguntó cómo se había apañado. No era de extrañar que Alan pasara tanto tiempo en casa de los Ruttle comiendo cuanto le sirviera la madre de Jack.

—¿Está Alan? He venido a hablar con él.

—No, no está. Al final se fue a vivir con la paliducha ésa. A una casa, ¡no te digo! Sólo está con ella por la casa, aunque ella sólo la tiene gracias al crío, ¡ya ves! Casas de lujo les dan hoy en día a las madres solteras... Yo no tuve nada de eso en mi época; no es que fuese soltera, pero era tan buena o mejor y lo merecía mucho más —agregó sin dejar de arrastrar los pies hacia la puerta.

Jack se rio. Alan siempre andaba metido en algo, pero se las arreglaba para caer de pie fueran cuales fueran las circunstancias. Donal lo llamaba el Gato.

—No quiero molestarla, señora O'Connor. Iré a casa de Alan si le parece.

—¿Piensas que ha hecho algo malo? —preguntó preocupada.

—A mí no, en cualquier caso.

Jack sonrió y ella asintió con el alivio pintado en su rostro endurecido.

Alan debió recibir una llamada de su madre, puesto que estaba esperándole en la calle. Se le veía delgado, más delgado que de costumbre, y también pálido y demacrado, más pálido y demacrado que de costumbre. ¿Pero acaso no lo estaban todos? ¿No estaban todos y todo afectados por la desaparición de Donal? Era como si después de haberse separado de los juerguistas aquella noche, al golpearse contra los marcos de las puertas en su borrachera se las hubiese arreglado para desencajar la Tierra de su eje con un golpecito, de forma que ahora giraba a toda velocidad en el sentido equivocado y en la trayectoria equivocada. Todo parecía estar fuera de lugar.

Se saludaron con un abrazo. Al instante, Alan empezó a llorar y Jack tuvo que refrenar el impulso de hacer lo mismo. Se puso rígido, y dejó que el muchacho llorara en su hombro mientras se tragaba el nudo que tenía en la garganta y pestañeaba para contener las lágrimas. Intentaba centrarse en todo lo que le rodeaba que era real y tangible, todo excepto Donal.

Se sentaron en el salón. Las manos de Alan temblaban al tirar la ceniza del cigarrillo en una de las latas vacías de cerveza apiladas al lado del sofá. En la habitación había un silencio sepulcral. Jack tuvo ganas de encender el televisor para que hubiera ruido de fondo.

—He venido a ver si hoy te ha visitado una mujer. Me está ayudando a buscar a Donal.

Alan se animó:

—¿Sí?

—Sólo quería hacerte unas cuantas preguntas sobre aquella noche... Ya sabes, repasarlo todo otra vez.

—Lo he repasado un millón de veces con los gardas y un millón de veces cada día por mi cuenta —dijo Alan. Dio una larga calada al cigarro y se restregó los ojos con sus dedos manchados de nicotina.

—Ya lo sé, pero es bueno que una persona nueva lo revise todo otra vez. A lo mejor hay algo que pasaron por alto.

—A lo mejor —dijo con un hilo de voz, aunque Jack dudó mucho que lo creyera. Dudaba que hubiera algún momento de aquella noche que Alan no hubiese analizado, vuelto a analizar y luego diseccionado otra vez desde el principio. Decirle que podía haber algo que hubiese olvidado le resultaría, con toda seguridad, ofensivo.

—¿Entonces no ha venido?

Alan sacudió la cabeza.

—He estado aquí todo el día de hoy, estuve aquí todo el día de ayer y mañana también estaré todo el día —dijo enojado.

—¿Qué ha pasado con tu último empleo?

Hizo una mueca y Jack entendió que no debía hacer más preguntas.

—Hazme un favor, ¿quieres? —Jack le pasó su teléfono a Alan—. Llama a este número y pídeme hora con el doctor Burton. No quiero que reconozcan mi voz.

Alan era como era, y no hizo preguntas.

—Hola, quería pedir hora con el doctor Burton —dijo mientras abría otra lata de cerveza.

Enarcó las cejas y miró a Jack.

—Sí, para una sesión de terapia.

Jack asintió.

—¿Cuándo quiero la cita? —repitió la pregunta de la secretaria mirando a Jack.

—Tan pronto como sea posible —susurró Jack.

—Tan pronto como sea posible —repitió Alan. Escuchó y miró a Jack.

—¿El mes que viene?

Jack meneó la cabeza como loco.

—No, necesito que sea antes. Estoy hecho un auténtico lío, no se imagina lo que puedo llegar a hacer.

Jack hizo una mueca de desaprobación.

Segundos después colgó.

—Tienes hora el jueves a las doce.

—¿El jueves? —preguntó Jack, y se levantó de un salto como si tuviera que ponerse en marcha de inmediato para llegar puntual.

—Bueno, has dicho que lo antes posible —dijo Alan devolviéndole el teléfono—. ¿Esto tiene algo que ver con buscar a Donal, por casualidad?

Jack lo meditó.

—En cierta manera, sí.

—Espero que le encuentres, Jack. —Los ojos volvieron a llenársele de lágrimas—. No hago más que revivir esa noche una y otra vez: desearía haberme ido del bar con él. De verdad que pensé que no le pasaría nada si cogía un taxi por allí, ¿sabes?

Su mirada era atormentada y la mano le temblaba. A su alrededor, en el suelo, había restos de la ceniza que tiraba constantemente con su pulgar manchado de nicotina.

—Qué ibas a saber —le consoló Jack—. No fue culpa tuya.

—Espero que le encuentres —repitió Alan. Abrió otra lata de cerveza y le dio un buen trago.

Jack le dejó sentado con la mirada perdida en el silencio de la casa vacía. Sabía que estaba reviviendo aquella noche aciaga por enésima vez, que buscaba la pieza clave que todos habían pasado por alto. Era lo único que podían hacer.

27

La persona desaparecida número uno, Orla Keane, entró en la gran sala del Centro Cívico, su presencia realzada por la luz que le daba por la espalda, desde la puerta abierta. Se detuvo en la entrada, tratando de orientarse, como una Alicia en el País de las Maravillas que acabara de tragarse un «cómeme»* junto a la monstruosa puerta de roble. Me aclaré la garganta con un carraspeo nervioso y su sonido amplificado rebotó en las paredes, corrió hasta el techo y volvió a bajar como una pelota de *ping-pong* mal lanzada. Se volvió hacia el origen del ruido y avanzó hacia mí, arrancando ecos al suelo de madera con sus tacones altos.

Joan y Helena habían dispuesto una mesa para mí en la otra punta de la sala y, para gran chasco de Joan, habían salido para dejarme intimidad. Viendo a Orla avanzar hacia mí me sentí afortunada. No podía creer que aquella persona hubiese salido de mis fotos de «Desaparecidos» y que ahora fuese una persona viva que estuviera caminando directamente hacia mí.

* Pastelillo que Alicia, el personaje de Lewis Carroll, encuentra en la madriguera del Conejo Blanco con la palabra «cómeme» escrita con grosella. *(N. del T.)*

—Hola. —Sonrió, su acento de Cork aún marcado pese al tiempo que llevaba aquí.

—Hola.

Mi voz fue poco más que un susurro. Me aclaré la garganta y lo intenté de nuevo. Bajé los ojos hacia la lista de nombres que tenía delante de mí, en la mesa. Hoy tendría que hacer esto doce veces, y luego, además, me tocaban Joan y Bernard. La perspectiva de ver a todas aquellas personas me entusiasmaba, pero la idea de tener que tratar asuntos tan delicados de un modo tan sutil me tenía agotada antes de empezar. Horas antes le había preguntado a Helena una vez más por qué diablos no podía dejar que todos se enterasen sin tener que continuar con aquella farsa.

—Sandy —dijo con tanta firmeza que ni siquiera necesité que me diera un motivo—. Cuando la gente quiere volver a casa se desespera. Para ellos, saber que encontraste el camino hasta aquí mientras los estabas buscando les llevaría a creer que podrán marcharse contigo. Y para ti sería un infierno vivir aquí con unos cuantos cientos de personas pendientes de cada paso que dieras.

Tenía razón. Así que allí estaba yo, interpretando el papel de directora de reparto y propietaria de una agencia de actores, a punto de hilvanar una conversación sobre sus familiares y amigos en un soliloquio de Hamlet.

Aún le había hecho una pregunta más a Helena:

—¿Piensas que puedo sacar a la gente de aquí y llevarla de vuelta a casa?

Me había estado preguntando si aquél era el propósito de mi presencia aquí, porque estaba convencida de que no iba a quedarme. La típica creencia de la víctima: esto no puede ocurrirme a mí. A mí, justamente, no.

Sonrió con tristeza, y por lo elocuente de su expresión no necesité oír su respuesta.

—Lo siento, Moisés, pero la verdad es que no. —Y antes de que me deshiciera en lágrimas agregó—: Aunque pienso que estás aquí por una razón y que esa razón es, ahora mismo, que compartas tus historias con todos, que les hables de sus familias y de lo mucho que los echan de menos. Ésa será tu manera de llevarlos a casa.

Miré a Orla, que estaba sentada delante de mí esperando con inquietud mi próximo movimiento. Había llegado el momento de llevarla a casa.

Ahora tenía veintiséis años y su aspecto apenas había cambiado. Habían transcurrido casi seis años desde su desaparición. Seis años que yo había dedicado a buscarla. Sabía que sus padres se llamaban Clara y Jim y que se habían divorciado hacía dos años. Sabía que tenía dos hermanas, Ruth y Lorna, y un hermano, James. Sus mejores amigas eran Laura y Rebecca, también conocida como Bragueta, porque siempre se le olvidaba cerrarse la cremallera del pantalón. Orla estudiaba Historia del Arte en la Universidad de Cork cuando desapareció. Su vestido de debutante fue púrpura y la cicatriz que le cruzaba la ceja izquierda era de un accidente de bicicleta durante unas vacaciones en Bantry cuando tenía ocho años. A los quince, en una fiesta, perdió la virginidad con Niall Kennedy, el chico que trabajaba en el videoclub de su barrio, y guardaba en secreto que estrelló el coche de sus padres mientras éstos disfrutaban de una semana de vacaciones en España, pero se lo arreglaron a tiempo y aún hoy seguían sin estar enterados del asunto. Su color favorito era el lila, le encantaba la música pop, tocó el piano hasta los catorce, había soñado en secreto con ser bailarina clásica desde los seis aunque nunca tomó una sola clase de danza, y llevaba cinco años y nueve meses aquí.

La miré y no supe por dónde comenzar.

—Bien, Orla, háblame un poco de ti.

La observé como si estuviera en trance. Observé que los labios que sólo había visto en fotografías se abrían y se cerraban, observé su rostro animado, vivo, y escuché sus palabras, la cadencia cantarina de su acento de Cork, la manera en que su largo pelo rubio se le movía al hablar. Estaba fascinada.

Cuando llegó a la etapa en la universidad vi la ocasión de tirarme de cabeza:

—¿Historia del Arte en la Universidad de Cork? —repetí—. Conozco a una chica que iba al mismo curso que tú.

—¿Quién? —Por poco se cae de la silla.

—Rebecca Grey.

Se quedó boquiabierta.

—¡Ni hablar! ¡Rebecca Grey es una de mis mejores amigas!

—¿En serio?

Me di cuenta de que seguía aludiendo a todo en presente. Rebecca aún era su mejor amiga.

—¡Sí! ¡Qué extraño! ¿Cómo es que la conoces?

—Oh, he coincidido con su hermano Enda unas cuantas veces. Es amigo de amigos míos, ya sabes cómo son esas cosas.

—¿Qué está haciendo ahora?

—En realidad, la última vez que le vi fue en su boda, hace pocos meses. Me parece que allí también conocí a tus padres.

Guardó silencio un momento y cuando volvió a hablar lo hizo en voz baja y temblorosa:

—¿Cómo están?

—Oh, en plena forma. Yo estaba hablando con una de tus hermanas, Lorna, si no recuerdo mal.

—¡Sí, Lorna!

—Me estaba contando que se había prometido.

—¿Con Steven? —preguntó, y se puso a botar en la silla dando palmas de entusiasmo.

—Sí —sonreí—, con Steven.

—Ay, sabía que volvería con él. —Se rio con lágrimas en los ojos.

—Tu hermana mayor fue con su marido. Estaba embarazada de varios meses, según me pareció.

—Oh. —Una lágrima le cayó del ojo y enseguida se la secó—. ¿Qué más? ¿A quién más viste? ¿Dijeron algo mis padres? ¿Qué aspecto tenían?

Y así la llevé a casa.

Había transcurrido media hora y Joan tosió deliberadamente fuerte para avisarme de que había llegado otro aspirante para hacer la prueba. Ni siquiera habíamos reparado en que Joan había entrado en la sala. Me miré la muñeca para ver qué hora era: había olvidado que mi reloj seguía tirado en algún lugar del camino que salía del pueblo. La conocida sensación de irritación me picó en todo el cuerpo al pensar que estaba en algún lugar y que sin embargo no era capaz de encontrarlo. Levanté la vista ante la siguiente persona a quien debía entrevistar —Carol Dempsey, que se retorcía las manos, nerviosa, aguardando junto a Joan— y mi irritación se esfumó. Volvió a entrarme miedo.

—Lo siento, se nos ha acabado el tiempo —le dije a Orla.

Su cara se ensombreció y comprendí que de golpe la había sacado de casa para devolverla brutalmente a la realidad cotidiana.

—Pero si ni siquiera he hecho la prueba —protestó.

—No importa, has conseguido el papel —susurré guiñándole el ojo.

Con el rostro iluminado se levantó y tomó mi mano entre las suyas.

—Gracias, muchas gracias.

La observé mientras salía con Helena; la cabeza le debía rebosar de nuevas historias sobre su casa. Orla tenía mucho en que pensar ahora: nuevos pensamientos y nuevos recuerdos que motivaban nuevas preguntas y una renovada añoranza del hogar.

Carol se sentó delante de mí. Madre de tres hijos, ama de casa, de Donegal, cuarenta y dos años y miembro del coro de su parroquia; despareció cuando volvía de un ensayo del coro cuatro años atrás. Había aprobado el examen de conducir una semana antes de desaparecer, había celebrado en familia el cuarenta y cinco cumpleaños de su marido la noche antes y la función teatral de su hija pequeña se estrenaba en el colegio la semana siguiente. Miré su cara de ratón, tímida y evasiva, su pelo lacio castaño recogido tras las orejas rosadas, un bolso sujeto con ambas manos en el regazo, y al instante tuve ganas de llevarla a casa.

—Bien, Carol —dije con delicadeza—, ¿por qué no empiezas hablándome un poco de ti?

Más tarde nos sentamos todos en corro en el gran salón de actos del Centro Cívico. Me situé de cara al escenario y a las miles de huellas de manos que decoraban el fondo. «Fortaleza y esperanza», repetí para mis adentros. La fortaleza y la esperanza me habían sostenido a lo largo del día; todavía estaba en las alturas después de haber conocido a mis ídolos, pero sabía que pronto estaría exhausta. Como de costumbre, tan pronto como todos hubieron ocupado su sitio, yo preferí mantenerme al margen y observar, fuera del círculo. Los viejos hábitos son difíciles de evitar. Helena me había llamado y un coro de otras quince voces se le había sumado para obligarme a que me sentara. Me senté, consciente de que me estaba uniendo a un grupo, cosa que había evitado durante toda mi vida. Me senté lentamente, luchando contra mis piernas, que deseaban echar a correr hacia la puerta, y contra mi boca, que quería dar una excusa para irse.

Después de que yo hubiera hablado con todos por separado, a Helena se le ocurrió que se podían conocer mejor entre sí si se contaban cómo y cuándo habían desaparecido. Dijo que se trataba de fomentar el espíritu de equipo por el bien del proyecto teatral, pero me constaba que en realidad lo hacía por mí, para ayudarme en mi incesante búsqueda para entender dónde estábamos y cómo habíamos llegado aquí.

Uno tras otro, cada uno fue explicando su llegada. Fue una experiencia muy emotiva. Algunos llevaban aquí sólo unos años, otros más de una década y, sin embargo, la conciencia de que nunca regresarían a casa estaba naciendo. Hubo muchos que lloraron, como era de esperar, pero no fue mi caso. Era como si mis lágrimas, en su viaje del corazón a los ojos, se hubiesen evaporado y flotaran en el aire como tristes vapores. Me fascinó oír lo que había ocurrido cuando abandonaron los escenarios que yo había examinado tantas veces y llegaron aquí. Todo era muy simple. Había seguido rutas innecesarias, había sospechado de personas equivocadas e inspeccionado cada centímetro de la calle donde fueron vistos por última vez. Y nada de eso tenía sentido porque lo único que hicieron fue aparecer aquí.

Aunque para los desaparecidos era doloroso saber que no regresarían a casa, esa realidad era mucho mejor que cualquier otra. Deseé que Jenny-May estuviera aquí, deseé que Donal estuviera aquí, deseé que los demás de mi lista y los miles de personas que desaparecen cada año estuvieran aquí. Recé para que no le hubiese ocurrido nada malo a Jenny-May. Recé para que, en caso contrario, hubiese sido rápido e indoloro. Pero sobre todo recé para que estuviera aquí.

Seguía observando extasiada a aquellas personas. Si para ellos yo era una desconocida, ellos eran como amigos íntimos para mí. Sabía tantas historias suyas que les quería contar, historias que entendía y que me habían hecho reír y con las que me identificaba; había tantas personas de su entorno a quienes había conocido, tantas situaciones que habían vivido y que deseaba decirles que yo compartía... Justo lo contrario a como era yo en la vida. Deseaba unirme a ellos, intercambiar historias y formar parte del grupo.

Se hizo el silencio y me di cuenta de que todos los ojos estaban puestos en mí.

—¿Y bien? —preguntó Helena mientras se ajustaba la *pashmina* color limón a los hombros.

—¿Y bien, qué? —respondí. Miré alrededor, confundida.

—¿No vas a contarnos cómo llegaste aquí?

Tuve ganas de decirles que había llegado aquí mucho antes que todos ellos. Pero no lo hice. En lugar de eso me disculpé cortésmente y me fui.

Esa misma noche compartí una mesa tranquila del comedor con Helena y Joseph. Las velas parpadeaban en todas las mesas, que habían sido adornadas con pequeños recipientes llenos de flores de ave del paraíso. Acabábamos de terminar un entrante de sopa de setas silvestres con pan moreno recién sacado del horno. Me recosté en la silla, ya bastante llena, y todavía quedaba el segundo plato. El comedor estaba poco concurrido aquel miércoles por la noche; la gente prefería acostarse temprano ante la obligación de madrugar al día siguiente. A los participantes en la producción teatral les habían concedido permiso en el trabajo, ya que el consejo consideraba que su implicación en nuestro proyecto artístico así lo requería. Disponíamos del día entero para ensayar: la intención era cumplir con la fecha límite del domingo siguiente, día en que Helena había asegurado al reparto y a la comunidad que tendría lugar el ensayo general. En mi opinión, semejante tarea era demasiado ambiciosa, pero Helena me aseguró que aquí la gente se entregaba de lleno a su trabajo y era muy productiva. ¿Qué podía decir yo?

Miré mi muñeca por enésima vez desde que perdiera el reloj y suspiré con frustración.

—Tengo que encontrar mi reloj.

—No te preocupes. —Helena sonrió—. No es como en casa, Sandy; aquí las cosas no desaparecen.

—Ya lo sé, ya lo sé, no dejas de repetírmelo, pero si es así, ¿dónde está, entonces?

—Dondequiera que se te cayera. —Se rio, y me miró sacudiendo la cabeza como si yo fuese una chiquilla.

Me fijé en que Joseph no sonrió, sino que cambió de tema:

—¿Qué clase de obra vais a hacer? —preguntó con su tranquilizador tono grave.

Me reí.

—No tenemos ni idea. Helena se las ha arreglado para desviar la conversación sobre qué obra sería cada vez que alguien preguntaba. No quiero ser aguafiestas, pero pienso que una semana es un plazo absolutamente insuficiente para ensayar una obra a la perfección.

—Será una pieza breve —dijo Helena a la defensiva.

—¿Qué pasa con el guión, el vestuario y todo lo demás? —pregunté, y al segundo caí en la cuenta de lo mucho que quedaba por hacer.

—No debes preocuparte por nada de eso, Sandy. —Se volvió hacia Joseph—: Allí, en casa, existe la creencia de que los teatros antiguos están embrujados, porque continuamente hay denuncias y rumores sobre vestidos y maquillajes que desaparecen. Bien, pues es cierto que desaparecen, pero no son los fantasmas, ni siquiera es alguien largo de manos: resulta que los mejores trajes aparecen aquí a diario. Bobby tendrá todo lo que necesitemos —concluyó con serenidad.

—Está visto que has pensado en todo —dijo Joseph, y sonrió con afecto a su esposa.

—Ya no queda mucho que pensar, cariño. La decisión ha sido tomada. Pondremos en escena *El mago de Oz* —anunció Helena con orgullo y solemnidad. Luego agitó su copa de vino tinto y bebió un sorbo.

Me eché a reír.

—¿Por qué te parece tan gracioso? —preguntó Joseph de buen talante.

—Es *El mago de Oz* —recalqué—. ¡No es una obra, es un musical! La interpretan los niños en funciones escolares. Pensaba que me vendrías con algo un poco más culto, como una obra de Beckett o de O'Casey —expliqué—. Pero, ¿*El mago de Oz*? —Arrugué la nariz.

—Mira por dónde, aún resultará que la señorita es una esnob —respondió Helena procurando no sonreír.

—Yo no sé nada sobre ese mago de Oz —declaró Joseph un tanto confundido.

Ahogué un grito.

—Pobrecito.

—No es un espectáculo que estuviera a menudo en cartel en Watamu —me recordó Helena—. Y si hoy no te hubieses ido del ensayo tan pronto, Sandy, sabrías que no vamos a hacer una versión musical. Es una adaptación que escribió hace años Dennis O'Shea, un gran dramaturgo irlandés que lleva dos años aquí. Se enteró de lo que estábamos haciendo y me la ha traído esta mañana. He pensado que era perfecta, así que ya hemos asignado los papeles y ensayado las primeras escenas. Por cierto, he tenido que decirles que la decisión la habías tomado tú.

—¿Les has asignado papeles para *El mago de Oz*? —pregunté, nada impresionada.

—¿De qué va la obra? —Joseph parecía intrigado.

—Sandy, haz los honores —dijo Helena.

—Vale, bueno, es una película para niños —recalqué, mirando a Helena—, producida en los años treinta, sobre una niña que se llama Dorothy Gale a quien un tornado transporta hasta una tierra mágica. Una vez allí, emprende la búsqueda del mago que puede ayudarla a volver a casa. Es ridículo pedir a un grupo de adultos que la haga. —Me reí, pero vi que nadie me acompañaba.

—Y ese mago, ¿la ayuda finalmente? —inquirió Joseph.

—Sí —dije despacio; me resultaba extraño que se tomara la historia tan en serio—. El mago la ayuda y ella descubre que habría podido volver a casa en cualquier momento, pues lo único que tenía que hacer era juntar sus tacones rojos y decir: «No hay lugar como el hogar.»

Joseph seguía sin reírse.

—¿Entonces vuelve a casa al final?

Se hizo un silencio y finalmente entendí por qué. Dije que sí con la cabeza, muy despacio.

—¿Y ella qué hace mientras está en esa tierra mágica?

—Ayuda a sus amigos —contesté en voz baja.

—Pues a mí no me parece que sea una historia tonta —añadió Joseph, muy serio—. Creo que a la gente de aquí le gustará mucho verla.

Pensé en aquello. En realidad, le estuve dando vueltas toda la noche y acabé soñando con zapatillas rojas, tornados, leones que hablaban y casas llenas de brujas, hasta que la frase «No hay lugar como el hogar» resonó con tanta fuerza e insistencia en mi cabeza que me desperté diciéndola en voz alta y tuve miedo de volverme a dormir.

28

Miraba fijamente el techo, los ojos inmóviles en el punto situado justo encima de mi cabeza, allí donde la pintura blanca mostraba grietas y panzas de aire. La luna estaba perfectamente enmarcada en la ventana de la habitación donde dormía. La luz azul atravesaba el cristal y reproducía fielmente los cuadrados de la ventana en la maciza mesa de madera. Pero no había luna en la ventana de la mesa, sólo un fantasmal reflejo azul pálido.

Estaba completamente desvelada. Me palpé la muñeca para ver qué hora era y recordé una vez más que había perdido el reloj. El corazón me empezó a palpitar como hacía siempre que me desaparecía algo; de inmediato me invadía la inquietud y me moría de ganas de empezar a buscar. Mis búsquedas eran como una adicción, y venían precedidas de una aguda sensación de ansia. La parte de mí que estaba poseída se obsesionaba en no descansar hasta que el objeto en cuestión hubiera aparecido. Nadie podía hacer gran cosa cuando me ponía así, poco podía decirse para lograr que me detuviera. Las personas que estaban conmigo solían decirme que se sentían solas cuando las abandonaba así, de improviso. Y esas personas eran siempre las víctimas: ¿acaso no comprendían que yo también me sentía sola?

—Pero el boli no es el objeto que te falta —me decía siempre Gregory.

—Sí que lo es —farfullaba yo mientras rebuscaba en el bolso con la nariz casi pegada al fondo.

—No, no lo es. Cuando buscas estás intentando satisfacer una sensación. Que tengas o no el boli es completamente irrelevante, Sandy.

—No es irrelevante —replicaba a gritos—. Si no tengo el boli, ¿cómo voy a apuntar lo que está a punto de decirme?

Metió la mano en el bolsillo interior de su chaqueta y me pasó un boli.

—Toma.

—Pero éste no es mi boli.

Él suspiraba y sonreía como hacía siempre.

—Esa idea de buscar cosas perdidas es una distracción...

—Distracción, distracción, distracción. Me da igual. Es usted quien está obsesionado con decir esa palabra. Decir la palabra «distracción» es su distracción para no decir otra cosa —contesté con rabia.

—Déjame terminar —dijo muy serio.

De inmediato dejé de buscar y le escuché con fingido interés.

—Esa idea de buscar cosas perdidas es una distrac... —se interrumpió—, es una manera de evitar enfrentarte a otra cosa que has perdido en la vida y que está dentro de ti. Bien, ¿podemos empezar a averiguar de qué se trata?

—¡Ajá! —Sonreí al sacar mi boli del fondo del bolso, la mar de contenta—. ¡Lo encontré!

Para desgracia de Gregory, el ansia nunca me asaltaba cuando intentábamos buscar dentro de mí.

Si hubiese habido un muro de tres metros alrededor de la casa lo habría escalado. Mis búsquedas no conocían barreras; todos los obstáculos se volvían invisibles. Pero Gregory tenía una cosa buena que decir a propósito de mi afán de buscar, y era que nunca había visto una persona con tanta resistencia y determinación. Aunque luego echaba a perder el cumplido cuando añadía que era una lástima que no pusiera toda esa energía en otras áreas de la vida. Aun así, una parte de su comentario me sonaba a alabanza.

El reloj de pared de la habitación marcaba las 03:45. Aparté el cobertor en el silencio de la casa y empecé a revolver la maleta de Barbara Langley, llena de horrorosa ropa de los ochenta. Me conformé con una camiseta estilo marinero a rayas blancas y negras, unos vaqueros pitillo negros y unas zapatillas planas del mismo color. Sólo me faltaba un brazo lleno de pulseras, un par de aros bien grandes en las orejas y peinarme el pelo hacia atrás y ya podría bailar al ritmo de *The Time Warp.** Aunque, a decir verdad, ya lo estaba haciendo.

Joseph y Helena parecían muy convencidos de que mi reloj no se había perdido y de que nada podía abandonar aquel lugar. Pero yo tenía que comprobarlo. Salí de puntillas de la casa silenciosa para no despertar a la familia. Fuera no hacía nada de frío. Me sentí como si estuviera caminando por un pueblo de juguete en las montañas nevadas de Suiza: casitas de madera con jardineras en las ventanas y velas tras los cristales para alumbrar el camino y dar la bienvenida a los recién llegados. El silencio era total. Sólo se oían, en el bosque, los crujidos y chasquidos de las ramas causados por quienes se abrían camino hacia el pueblo por primera vez. Personas que seguramente se habían encontrado aquí durante un inocente trayecto a la tienda o un paseo de regreso a casa desde el pub. Me sentía a salvo en el pueblo, protegida por personas decididas a empezar de nuevo y salir adelante desde donde las habían dejado.

Salí del pueblo por el polvoriento camino que discurría junto a los campos. El sol se levantaba por encima de los árboles en la lejanía, y proyectaba tonos naranjas sobre la luz azul como una naranja gigante que exprimiera su jugo sobre los pueblos, los árboles, las montañas y los campos, dejando que la luz líquida corriera como un arroyo por los senderos.

A lo lejos vi una silueta que se agachaba y se levantaba en me-

* «El bucle del tiempo», canción (y baile) del musical *The Rocky Horror Picture Show*, película de culto dirigida por Jim Sharman en 1975. *(N. del T.)*

dio del camino. Cuando se puso de pie, su corpulencia y estatura me indicaron que se trataba de Joseph. Su figura, de un color negro azabache, se recortaba sobre el sol naciente que era la naranja gigante, apoyada en lo alto del camino como si estuviera a punto de rodar hacia nosotros aplastándolo todo a su paso. Me disponía a acercarme a él cuando se puso a cuatro patas y empezó a inspeccionar el suelo polvoriento. Me metí en el bosque y me escondí detrás de un árbol para observarle. Se me había adelantado: comprendí que estaba buscando mi reloj.

La luz de una linterna brilló entre los árboles y me iluminó. Me agaché enseguida. ¿De dónde diablos vendría? Joseph dejó de hacer lo que estaba haciendo y miró hacia la luz. La linterna se apagó, él reanudó la búsqueda y yo seguí observándole, deseosa de saber qué haría cuando diera con el reloj. Pero no lo encontró. Después de una hora de buscar con mucha determinación, y creo que Gregory estaría de acuerdo conmigo, Joseph por fin se levantó, puso los brazos en jarras, sacudió la cabeza y suspiró.

Tuve un escalofrío. El reloj no estaba allí; lo sabía.

Antes de regresar a casa el miércoles por la noche, Jack volvió al estuario para ver si el coche de Sandy se había movido durante las últimas veinticuatro horas.

A Gloria le había encantado saber que tenía previsto visitar a un psiquiatra, aunque no acababa de entender, por decirlo suavemente, que tuviera que viajar hasta Dublín para cada sesión. Aun así, hacía mucho tiempo que no la veía tan contenta y eso le vino a demostrar lo mal que había estado él últimamente. Casi podía oírla pensando en la boda, los niños, los bautizos y quién sabe qué otras cosas, tal como le dijo a ella. Sin embargo, Gloria se equivocaba al dar por sentado que la visita al terapeuta era por él. No tenía intención ni voluntad de que le curaran el deseo de encontrar a su hermano. Para él no tenía nada de enfermizo.

La noche era oscura como la boca del lobo entre los árboles a orillas del estuario del Shannon, donde los búhos ululaban y otros animales corrían entre la maleza. Sacó su linterna de emergencia del coche y, al encenderla, vio varios pares de ojos que brillaban asustados antes de salir disparados hacia los arbustos. El Ford Fiesta de Sandy estaba en su sitio, intacto desde la última vez que él había estado allí. Enfocó la linterna hacia los árboles, hacia el sendero que se prolongaba por la ribera del estuario. ¿Un agradable paseo para observadores de aves y amantes de la naturaleza o una pista de *footing* para Sandy? Se dirigió hacia el sendero y se internó en el bosque donde tantas veces había buscado durante los últimos días. Al principio, su inexperiencia le había llevado a buscar huellas, como si éstas fueran a serle de alguna utilidad. Siguió caminando. Disfrutaba al ver cómo los animales huían de la claridad de la linterna, y apuntó hacia las copas de los árboles observando cómo la luz buscaba su camino hacia el cielo.

Apareció otro camino a la izquierda. Se detuvo, y de inmediato dejó de pensar en todo lo demás. Nunca había reparado en aquel camino hasta entonces. Lo iluminó con la linterna: más árboles y oscuridad hasta donde alcanzaba la vista. Se estremeció y apartó la linterna con la intención de regresar a plena luz del día para recorrer el camino. Pero al apuntar la linterna en otra dirección, el destello de un objeto metálico llamó su atención y desapareció al momento. Se apresuró a inspeccionar la zona con la luz, temeroso de que aquello, fuese lo que fuese, desapareciera. Entonces distinguió un reloj de plata caído entre la hierba alta, junto al camino de la izquierda. Se agachó a recogerlo mientras el corazón le palpitaba violentamente. Una imagen acudió de súbito a su cabeza: el recuerdo de Sandy agachándose para recoger su reloj en la gasolinera unas pocas mañanas atrás.

29

—Hola. Espero haber marcado correctamente el número de Mary Stanley —dijo Jack a un contestador—. Me llamo Jack Ruttle. Usted no me conoce, pero he estado tratando de ponerme en contacto con Sandy Shortt, con quien me consta que usted ha hablado hace poco. Sé que esta llamada le parecerá extraña, pero si tiene noticias de ella o sabe adónde ha ido, le ruego tenga la bondad de llamarme al número...

Jack suspiró y probó suerte con otro número. A su alrededor, en aquel soleado día en Dublín, había gente tumbada en la hierba de St. Stephen's Green. Los patos se acercaban a su banco en busca de las migas de pan que habían caído al suelo cuando unos paseantes les daban de comer. Graznaban, picoteaban y volvían a zambullirse en el agua refulgente, y aquellos movimientos distraían momentáneamente a Jack. Después de pasar más de una hora tratando de orientarse en el sistema viario de dirección única de Dublín, donde había quedado atrapado en varios atascos, por fin se las había arreglado para encontrar aparcamiento a la vuelta de la esquina del parque de St. Stephen's Green. Tenía una hora libre antes de su sesión con el doctor Burton, circunstancia que cada vez le estaba poniendo más nervioso. Si a Jack, en el mejor de los casos, no se le daba bien hablar de sus sentimientos con nadie, no digamos ya una hora entera de indagaciones en su cerebro con un psiquiatra a la caza de falsas preocupaciones, y todo con el único propósito de obtener información acerca de Sandy Shortt. Él no era el detective Colombo, y se estaba empezando a cansar de buscar maneras enrevesadas de conseguir respuestas.

Llevaba toda la mañana llamando a los números de teléfono de la agenda de Sandy. Había dejado mensajes a cuantos habían estado en contacto con ella durante los últimos días y a aquellos con los que se había citado en las semanas recientes. Pero no había conseguido nada. Hasta el momento había dejado seis mensajes de voz, había hablado con dos personas que se mostraron extremadamente reacias a facilitar información y además se había tenido que tragar la larga perorata de su casero, que estaba que echaba chispas, más enojado por no haber cobrado aún el alquiler de aquel mes que preocupado por el paradero de Sandy.

—Permíteme un consejo, hijo, antes de que esa chica te parta el corazón —había mascullado—. A no ser que quieras esperar un día tras otro a que vuelva, te sugiero que cortes con ella ahora mismo. No eres el único, lo sé de buena tinta. —Se rio con ganas—. No te dejes engañar. Se los trae cada dos por tres pensando que no la oímos. Yo estoy justo encima; la oigo entrar y salir. Toma buena nota de lo que te digo: volverá dentro de unos días y se preguntará a qué viene tanto alboroto, seguramente pensará que ha estado fuera dos horas en vez de dos semanas. Lo hace siempre. Pero si la ves antes de eso, dile que me pague cuanto antes o la pondré de patitas en la calle.

Jack suspiró. Si iba a darse por vencido, aquél era el momento para hacerlo. Pero no podía. Allí estaba él, en Dublín, a pocos minutos de reunirse con alguien que teóricamente sabía más sobre lo que ocurría en la cabeza de Sandy que ninguna otra persona. No deseaba abandonarlo todo y emprender el regreso con las manos vacías. La idea que tenía de Sandy estaba cambiando. A través de sus conversaciones por teléfono se había creado una imagen mental de ella: organizada, formal, amante de su trabajo, habladora, afable. Pero cuanto más escarbaba en su vida más se alteraba esa imagen de ella. Seguía siendo todas esas cosas pero se añadían más. Se estaba volviendo más real a sus ojos. No era un fantasma al que tratara de dar caza; era una persona real, compleja, múltiple, no tan sólo la servicial desconocida con quien había hablado por teléfono. Quizás el garda Turner tuviera razón, tal vez se había hartado de todo y se estaba escondiendo del mundo por un tiempo, pero eso era algo que su terapeuta sin duda sabría.

Justo cuando iba a marcar otro número, su teléfono sonó.

—¿Hablo con Jack? —preguntó una mujer en voz baja.

—Sí —contestó él—. ¿Quién es?

—Soy Mary Stanley. Me ha dejado un mensaje acerca de Sandy Shortt.

—Ah, sí, Mary, hola. Muchas gracias por devolverme la llamada. Sé que era un mensaje un tanto peculiar.

—Sí... —Se mostró cautelosa, igual que los demás, indecisa ante aquel desconocido que buscaba a su amiga sin una razón clara.

—Puede confiar en mí, Mary. No tengo intención de hacerle daño a Sandy. No sé hasta qué punto la conoce, si es usted familiar o amiga, pero deje que me explique primero. —Le refirió la historia de cómo se había puesto en contacto con Sandy, cuándo habían acordado encontrarse, de su encuentro fortuito en la gasolinera y de cómo no había vuelto a saber de ella. Omitió el motivo de su reunión con ella, ya que le pareció que era irrelevante—. No quisiera sembrar la alarma —prosiguió Jack—, pero he estado llamando a personas con quienes parece que ha mantenido un estrecho contacto, sólo para saber si la han visto o han tenido noticias de ella últimamente.

—Esta mañana he recibido una llamada del garda Graham Turner —dijo Mary, y Jack no estuvo seguro de si era una pregunta o una afirmación. Seguramente se trataba de ambas cosas.

—Sí, me puse en contacto con él. Estoy preocupado por Sandy.

Jack había llamado al garda Turner aquella misma mañana para contarle que había encontrado el reloj de Sandy. Confiaba en que eso le hiciera reaccionar y, obviamente, había sido así.

—Yo también estoy preocupada —dijo Mary, y Jack aguzó el oído.

—¿Cómo se explica que la llamara? —preguntó Jack, que en realidad quería decir otra cosa: ¿quién es usted y qué relación tiene con Sandy?

—¿Quién más figura en su lista de llamadas? —preguntó pensativa, ignorando su pregunta.

Jack abrió su libreta de notas.

—Peter Dempsey, Clara Keane, Ailish O'Brien, Tony Watts... ¿Quiere que siga?

—No, es suficiente. ¿Ha echado mano de una agenda de Sandy?

—Se dejó el teléfono y la agenda. Eran los únicos cabos de los que tirar para encontrarla —explicó Jack en un intento de no sonar culpable.

—¿Ha desaparecido alguien que usted conoce? —Su tono no fue amable ni áspero, pero Jack se quedó desconcertado ante una pregunta tan directa, como si la gente desapareciera continuamente.

—Sí, mi hermano Donal —contestó, y se le hizo un nudo en la garganta igual que cada vez que mencionaba a su hermano.

—Donal Ruttle; sí, es cierto. Recuerdo haberlo leído en la prensa —dijo Mary, y volvió a guardar silencio—. Todos los nombres que ha mencionado son de personas con algún familiar desaparecido —explicó Mary—, igual que yo. Mi hijo Bobby desapareció hace tres años.

—Lo siento mucho —dijo Jack en voz baja. Pensó que tenía sentido que todas las llamadas recientes de Sandy estuvieran relacionadas con su trabajo; todavía no había tropezado con ningún amigo suyo.

—No se disculpe. No es culpa suya. A ver si lo he entendido bien: ¿nosotros movilizamos a Sandy para que nos ayudara a encontrar a nuestros seres queridos y ahora usted nos está movilizando para que le ayudemos a encontrar a Sandy?

Pese a que estaba al teléfono, Jack se ruborizó.

—Sí, supongo que sí.

—Bien, me da igual si los demás ya le han contestado o no, yo hablaré en su nombre. Puede contar con nosotros. Sandy es muy especial para todos nosotros; haremos cuanto podamos por ayudar a encontrarla. Cuanto antes la encontremos, antes podrá encontrar a mi Bobby.

Era exactamente lo mismo que pensaba Jack.

Incapaz de dormir durante el resto de la noche, estuve cavilando sobre el paradero de mi reloj. Las posibilidades llegaron a marearme, porque si yo había venido a parar aquí, había un sinfín de lugares en los que podía imaginar que estaba mi reloj. Justo cuando empezaba a fantasear con un mundo donde los relojes comían, dormían y se casaban, con relojes de abuelo jefes de estado, relojes de bolsillo intelectuales, relojes sumergibles que vivían en las aguas, relojes de diamantes aristócratas y relojes digitales que eran meros trabajadores, la entrada furtiva de Joseph en la casa me vino a interrumpir. Le había estado observando durante lo que calculé que sería más de una hora; le veía recorrer el camino, con aspecto ingenuo y resuelto, en sus intentos por hallar mi reloj. Ahora sabía qué pinta tenía yo durante mis búsquedas, concentrada en la tarea, completamente ajena al mundo que me rodeaba y, sobre todo, ajena a la persona escondida detrás de un árbol cercano.

Media hora después de haberme metido de nuevo en la cama, Joseph entró silenciosamente —aunque no lo suficiente— en la casa. Pegué mi oreja a la pared para intentar descifrar el murmullo de su voz y la de Helena en la habitación contigua. Noté la calidez de la madera en la mejilla y cerré los ojos un momento, atravesada por la añoranza y el deseo del cálido pecho palpitante sobre el que solía apoyar mi cabeza cuando estaba acostada. Luego se hizo el silencio y decidí salir de la casa antes de que alguien volviera a despertarse. Allí dentro me sentía como un león enjaulado.

En la calle estaban montando los puestos del mercado para otro ajetreado día de trueques y regateos. Las bromas subidas de tono se mezclaban con el canto de los pájaros, las risas y los gritos, mientras por todas partes se abrían y se apilaban cajones y cajas. Cerré los ojos, afectada por mi segundo ataque de nostalgia de ese día, y me imaginé de niña, cogida de la mano de mi madre, paseando entre los puestos de los campesinos en la plaza del mercado de Carrick-on-Shannon; pude percibir el chispeante aroma de las frutas y las verduras, tan maduras y vistosas que atraían a todo el mundo a tocarlas, olerlas y probarlas. Abrí los ojos y volví a estar aquí.

Llegué ante el edificio de Objetos Perdidos y me fijé en que la imagen allí tallada era más colorista e ingeniosa: dos calcetines desparejados, uno amarillo con lunares rosas y otro granate con rayas naranjas. Recordé cuando Gregory y yo fuimos al baile de despedida del colegio y me reí. Una cara que me resultó familiar se asomó a la ventana, y de inmediato dejé de reírme: me sentía como si acabara de ver un fantasma. Era joven, calculé que tendría unos diecinueve años. Me sonrió con picardía, me saludó con la mano y se esfumó de la ventana para aparecer enseguida por la puerta, ahora abierta, como la sonrisa del gato de Cheshire. Así que éste era el Bobby de Objetos Perdidos que Wanda y Helena habían mencionado.

—Hola. —Apoyó un hombro contra el marco de la puerta, cruzó una pierna sobre la otra y me tendió ambas manos—. Bienvenida a Objetos Perdidos.

Me reí.

—Hola, señor Stanley.

Me miró intrigado al ver que sabía su nombre, pero no dejó de sonreír.

—¿Y tú eres?

—Sandy —contesté. Me habían dicho que era todo un personaje, que siempre estaba de broma. Había visto infinidad de vídeos domésticos en los que aparecía él actuando ante la cámara, desde los seis a los dieciséis años, justo antes de su desaparición—. Estabas en mi lista —expliqué—, para las pruebas de ayer, y no te presentaste.

—¡Ah! —Pese a la aclaración me siguió estudiando con curiosidad—. Me han hablado de ti.

Dejó de apoyarse contra el marco de la puerta y bajó las escaleras tan campante, con las manos en los bolsillos. Se detuvo justo delante de mí, cruzó los brazos, se llevó una mano al mentón y empezó a caminar a mi alrededor, lentamente.

Me reí.

—¿Qué te han dicho de mí?

Giré el tronco hacia él, ya que se había detenido detrás de mí.

—Dicen que sabes cosas.

—¿Eso dicen?

—Eso dicen —repitió, y siguió caminando a mi alrededor. Cuando hubo completado el círculo se paró y volvió a cruzar los brazos. Sus ojos azules brillaban. Era tal como su madre lo había descrito, orgullosa—. Dicen que eres la adivina de Aquí.

—¿Quiénes lo dicen? —pregunté.

—Los... —miró alrededor para asegurarse de que no hubiese nadie escuchando; bajó la voz hasta que no fue más que un susurro—... aspirantes.

—Ah —asentí con una sonrisa—. Ellos.

—Sí, ellos. Tenemos mucho en común —dijo misteriosamente.

—¿En serio?

—En serio —repitió—. Dicen, y cuando digo «dicen» me refiero a —volvió a mirar a derecha e izquierda antes de susurrar— los aspirantes, dicen que eres la persona a quien acudir si quieres saber ciertas cosas.

Me encogí de hombros.

—A lo mejor sé ciertas cosas.

—Bien, pues yo soy la persona a quien acudir si quieres obtener ciertas cosas.

—Bien, por eso estoy aquí. —Sonreí.

Se puso serio, o eso me pareció.

—¿Para qué? ¿Has venido para obtener algo o para hacerme saber algo?

Medité la respuesta, pero no la dije en voz alta.

—¿No piensas invitarme a entrar? —pregunté.

—Por supuesto. —Sonrió y dejó de actuar—. Soy Bobby —me tendió la mano—, aunque eso ya lo sabes.

—En efecto —sonreí—. Soy Sandy Shortt.

Le estreché la mano. La noté blanda y, al levantar la vista, vi que se había puesto muy pálido.

—¿Sandy Shortt? —preguntó de nuevo.

—Sí. —El corazón empezó a palpitarme—. ¿Por qué, qué tiene de malo?

—¿Sandy Shortt de Leitrim, Irlanda?

Solté su mano fláccida y tragué saliva. No contesté. Me pareció que no era necesario. Bobby me cogió del brazo y me condujo hacia la escalera.

—Te he estado esperando.

Miró por encima del hombro una última vez para asegurarse de que nadie estuviera observando. Luego me arrastró al interior y cerró la oficina de Objetos Perdidos.

30

Desde su nacimiento en St. Stephen's Green, Leeson Street era una bonita calle de estilo georgiano prácticamente intacta. Los edificios, antaño espléndidas mansiones de la aristocracia, ahora estaban ocupados principalmente por empresas, como hoteles y oficinas; además, los sótanos acogían el *strip** de Dublín, una ruta de clubes nocturnos y de *striptease*.

Una placa metálica junto a la magnífica puerta negra georgiana anunciaba el nombre del edificio: Scathach House. Jack subió los siete escalones de cemento y se encontró frente a frente con una cabeza de león de latón que sujetaba una anilla con los dientes. Se disponía a agarrarla para llamar cuando se fijó en los timbres a la derecha de la puerta: la fea modernidad mezclada con lo antiguo. Buscó la consulta del doctor Burton; estaba en el segundo piso, encima de un gabinete de relaciones públicas y debajo de un bufete de abogados. Le abrieron desde arriba y aguardó en una sala de espera vacía. La recepcionista le sonrió y le vinieron ganas

* Nombre que recibe un tramo de 6,7 kilómetros de Las Vegas Boulevard South, Nevada, avenida que concentra buena parte de los casinos y salas de fiesta de Las Vegas. *(N. del T.)*

de gritar: «¡No estoy aquí por mí, no me pasa nada malo a mí! ¡Estoy investigando!»

Pero en vez de eso le devolvió la sonrisa.

Unas revistas adornaban la mesa, algunas de varios meses atrás, otras de más de un año. Cogió una y la hojeó con poca convicción, hasta detenerse en un artículo sobre una mujer de la familia real de un recóndito país que aparecía tumbada encima de camas, sofás, mesas de cocina y pianos en las habitaciones favoritas de su casa.

La puerta del despacho del doctor Burton se abrió y Jack soltó la revista al momento.

El doctor Burton, con sus cuarenta y tantos, era más joven de lo que Jack se había figurado. Tenía la barba cerrada, de un color marrón claro con reflejos plateados. Sus ojos azules eran penetrantes, medía metro noventa y cinco, calculó Jack, e iba vestido con pantalones vaqueros y una chaqueta de pana ocre.

—¿Jack Ruttle? —preguntó mirándole.

—Sí.

Jack se levantó y se saludaron con un apretón de manos.

El despacho se veía recargado, y había sido amueblado con un estilo ecléctico: una librería repleta, un escritorio lleno de papeles, una fila de armarios de archivo, una pared de logros académicos, alfombras que no combinaban, una butaca y un diván. El lugar tenía carácter. Encajaba con el hombre que estaba sentado ante él anotando sus datos personales.

—Bien, Jack. —El doctor Burton terminó de llenar la ficha y cruzó las piernas antes de centrar toda su atención en Jack. Éste tuvo que reprimir el impulso de salir corriendo del edificio—. ¿A qué se debe que haya venido?

Para encontrar a Sandy Shortt, tuvo ganas de decir, pero en cambio se encogió de hombros y se revolvió incómodo en el asiento. Deseaba acabar con todo aquello cuanto antes. ¿Cómo demonios iba a averiguar nada sobre Sandy a base de inventar mentiras acerca de sí mismo? No lo había pensado con el debido detenimiento; había dado por hecho que todo se iría poniendo en su sitio en cuanto entrara en el despacho del doctor Burton. ¿Qué era lo que decían en las películas cuando los loqueros hacían preguntas? «Piensa, Jack, piensa», se dijo.

—Estoy soportando mucha presión —contestó con un ligero exceso de confianza, satisfecho consigo mismo por responder a la pregunta.

—¿Qué clase de presión?

¿Qué clase? ¿Acaso había más de una clase?

—Sólo es una presión... normal. —Volvió a encogerse de hombros.

El doctor Burton frunció el ceño y Jack temió haber entendido mal la pregunta.

—¿Se debe al trabajo o...?

—Sí —interrumpió Jack—, es el trabajo. Me siento realmente... —rebuscó en su cerebro— presionado.

—De acuerdo. —El doctor Burton asintió con la cabeza—. ¿A qué se dedica?

—Soy estibador en la Shannon Foynes Port Company.

—¿Y qué le trae por Dublín?

—Usted.

—¿Ha venido desde allí para verme?

—También tenía que visitar a un amigo —dijo Jack enseguida.

—Ah, ya. —El doctor Burton sonrió—. Veamos, ¿qué aspecto del trabajo le hace sentirse presionado? Hábleme de ello.

—Eh... el horario. —Jack puso la mejor cara de sentirse presionado que pudo—. El horario se me hace muy largo.

Luego se calló, entrelazó las manos en el regazo, asintió y echó un vistazo a la habitación.

—¿Cuántas horas hace a la semana?

—Cuarenta —contestó sin pensar.

—Cuarenta horas no están por encima de la media, Jack. ¿Por qué siente que le pesan demasiado?

Jack se ruborizó.

—No hay nada de malo en sentirlo, Jack. Tal vez podamos llegar a la raíz de por qué le preocupa el trabajo, si en efecto es el trabajo lo que le tiene preocupado...

El doctor Burton siguió hablando mientras Jack desconectaba e intentaba hallar algún indicio de Sandy en el despacho, como si ella hubiese garabateado su nombre en la pared antes de marcharse. Jack se dio cuenta de que el doctor Burton le miraba fijamente, en silencio.

—Sí, creo que es eso. —Jack le dio la razón, y se miró las manos esperando haber dicho algo coherente.

—¿Cómo se llama?

—¿Quién?

—Su compañera, la persona con quien está teniendo dificultades en casa.

—Ah, Gloria —dijo, y se acordó de ella y de lo contenta que estaba de que él hubiera venido para abrir su corazón, cuando en realidad ni siquiera estaba escuchando. Cuanto más pensaba en ello, más enojado se sentía.

—¿Habla con ella sobre sus sensaciones de estrés y presión?

—Qué va. —Jack se rio—. Con Gloria no hablo de esa clase de cosas.

—¿Por qué no?

—Porque siempre tiene una respuesta, siempre encuentra la manera de arreglarme.

—¿Y usted no quiere eso?

—No. —Sacudió la cabeza—. Yo no necesito que me arreglen.

—¿Qué es lo que necesita ser arreglado?

Se encogió de hombros, reacio a que lo arrastraran hacia aquel asunto.

El doctor Burton dejó que el silencio se prolongara y Jack se sintió obligado a llenarlo:

—Es lo que ocurre a nuestro alrededor lo que necesita un arreglo —contestó finalmente.

El doctor Burton aguardó a que prosiguiera.

—Y... —Jack buscaba una evasiva— eso es lo que intento hacer.

—Intenta arreglar lo que ocurre a su alrededor —repitió el doctor Burton.

—Se lo acabo de decir —repuso Jack.

—Y Gloria no está contenta con eso.

Y el doctor Burton cobraba una suma exorbitante de dinero por aquello, pensó Jack incrédulo.

—No —movió la cabeza—, piensa que tendría que seguir adelante y olvidarme de todo.

En realidad no había querido decir aquello, pero poco importaba, puesto que no había revelado nada.

—¿Qué es lo que Gloria quiere que olvide?

—A Donal —dijo Jack lentamente, sin saber si continuar o no. Tal vez, si se explicaba, el doctor Burton estaría de acuerdo con él y tendría por fin a alguien de su parte—. El resto de la familia hace igual. Quieren olvidarle, pasar página, superarlo. Pues bien, conmigo que no cuenten, ¿entiende? Es mi hermano. Gloria me mira como si estuviera loco cuando intento explicárselo.

—¿Su hermano Donal falleció?

—No, qué va —dijo Jack como si aquello fuese absurdo—, aunque uno podría pensar que lo hizo. Sólo está desaparecido. Nada más. —Se rio amargamente, restregándose la cara con cansancio—. A veces pienso que sería más fácil si supiera que ha muerto.

Se hizo el silencio y Jack volvió a sentir la necesidad de llenarlo. Se golpeó la mano con el puño para puntuar cada frase:

—Desapareció el año pasado la noche que cumplió los veinticuatro. —Puñetazo—. Sacó dinero del cajero automático de O'Connell Street a las 3:08 de la noche del viernes. —Puñetazo—. Fue visto en Arthur's Quay a las 3:30. —Puñetazo—. Y después de eso nadie le volvió a ver. ¿Cómo puede uno olvidar eso? —preguntó—. ¿Cómo puedes decidir seguir con tu vida cuando tu hermano está en algún sitio ahí fuera y tú no sabes dónde ni si le ha ocurrido algo malo y te necesita? ¿Por qué demonios se supone que todo tiene que volver a ser normal? —Se iba encendiendo—. ¿Por qué todos esperan que te esfuerces cuarenta horas a la semana en un trabajo sin sentido como es cargar y descargar barcos? Cajas que ni siquiera sé qué contienen y que envío a lugares que nunca he visto ni veré. ¿Por qué eso es más importante que encontrar a mi hermano? ¿Cómo puedes no mirar en todas direcciones para tratar de encontrarle cuando estás en la calle? ¿Por qué, vaya donde vaya, todas las personas me dan las mismas respuestas?

Jack empezó a levantar demasiado la voz.

—Nadie vio nada, nadie oyó nada, nadie sabe nada. Hay cinco millones de personas en este país, 175.000 de ellas en Limerick, y 55.000 en Limerick ciudad. ¿Cómo demonios es posible que nadie, ni siquiera una persona, viera a mi hermano en alguna parte?

Paró de gritar, sin resuello, con la garganta irritada y los ojos llenos de unas lágrimas que no pensaba derramar.

El doctor Burton dejó que el silencio se prolongara. Dejó que Jack se recompusiera, que ordenara sus pensamientos y reflexionara sobre todo lo que acababa de soltarle. Fue a buscar agua y regresó con un vaso de plástico para Jack, que bebió unos sorbos de agua y pensó en voz alta:

—Duerme mucho, ¿entiende? Cada vez que la necesito, resulta que está durmiendo.

—¿Gloria?

Jack asintió.

—¿Le cuesta conciliar el sueño, Jack?

—Tengo muchas cosas en la cabeza, tengo muchos papeles que leer y muchos informes que revisar. Las cosas que dijo la gente me pasan por la cabeza una y otra vez, y no consigo desconectar. Tengo que encontrar a mi hermano. Es como una adicción. Me está devorando.

El doctor Burton asintió, pero no con la condescendencia que Jack creía que iba a encontrar, sino como si realmente le comprendiera. Fue como si el problema de Jack ahora fuese el problema de ambos y hubiese llegado la hora de resolverlo entre los dos.

—No es usted la única persona que se siente así y vive en esa situación, Jack. Su comportamiento es con toda exactitud el que cabe esperar después de un trauma como el que ha sufrido. ¿Le aconsejaron que hablara con un terapeuta tras la desaparición de su hermano?

Jack cruzó los brazos.

—Sí, los gardas dijeron algo, y cada día aparecían folletos en el suelo de la entrada de casa que anunciaban grupos de «sufridores», así los llamaban. —Hizo un ademán evasivo—. No me interesaron.

—No son una pérdida de tiempo, ¿sabe? Se daría cuenta de que hay muchas personas en su situación que sufren los mismos efectos después de haber perdido a alguien —y agregó, más para sí mismo—, o que incluso lo pasan mal cuando pierden cosas.

Jack miró confundido al doctor Burton.

—No, no, no me ha entendido bien. Puedo hacer frente a la pérdida de cosas, eso no me quita el sueño, es perder a un familiar lo que me supone un problema. Mis hermanos también han perdido a un hermano y ninguno de ellos siente lo mismo que yo. No me imagino nada peor que sentarme con un grupo de personas y tener las mismas conversaciones que tengo en casa.

—Gloria parece que le da todo su apoyo; debería agradecérselo. Estoy convencido de que para ella ha sido difícil perder a Donal, pero recuerde que no sólo lo ha perdido a él, también lo ha perdido a usted. Demuéstrele que la comprende. Seguro que significaría mucho para ella.

Una sincera emoción se filtró en la voz del doctor Burton, que se levantó y caminó hasta el otro lado de la habitación para servirse un vaso de agua. Cuando regresó había recuperado la compostura.

—¿La ama?

Jack se quedó callado y al cabo se encogió de hombros. Ya no sabía qué pensar.

—Mi madre solía decir: «Escucha lo que te dice el corazón.» —El doctor Burton se rio para relajar el ambiente.

—¿También era psiquiatra? —preguntó Jack sonriendo.

—Como si lo fuera. ¿Sabe?, usted me recuerda a una persona, Jack, una persona a quien conozco muy bien. —Esbozó una sonrisa triste y luego volvió a ser el de antes—: Bien, ¿qué piensa hacer? —Miró la hora—. Tenga presente que sólo nos quedan unos minutos para hablar de ello.

—Ya he comenzado a hacer algo al respecto —anunció Jack. De repente había recordado por qué estaba allí y creyó que había llegado el momento de lanzarse.

—Cuénteme. —El doctor Burton se inclinó hacia delante y apoyó los codos en los muslos.

—Encontré a alguien en las Páginas Amarillas. Una agencia, una agencia de personas desaparecidas —recalcó.

El doctor Burton no se inmutó.

—Continúe.

—Me puse en contacto con esa mujer y hablamos largo rato sobre cómo me ayudaría a encontrar a Donal. Acordamos vernos el domingo pasado en Limerick.

—Continúe —dijo, y se apoyó contra el respaldo, muy despacio, con cara de póquer.

—Lo curioso del caso es que nos cruzamos en una gasolinera por el camino y luego no se presentó a la cita. —Sacudió la cabeza—. De verdad que creía y sigo creyendo que esa persona es capaz de encontrarlo.

—¿En serio? —El tono del doctor Burton fue un tanto seco.

—Sí, en serio. Así que me puse a buscarla.

—¿A la persona de la agencia de personas desaparecidas? —preguntó con poca pasión el doctor Burton.

—Sí.

—¿Y la ha encontrado?

—No, pero encontré su coche, y allí estaban los expedientes sobre mi hermano y su teléfono, su agenda, su cartera y una bolsa de viaje llena de prendas etiquetadas con su nombre. Lo etiqueta todo.

El doctor Burton empezó a revolverse en el asiento.

—Me quedé muy preocupado por ella, todavía estoy muy preocupado, porque creo que esa mujer es capaz de encontrar a mi hermano.

—De modo que está proyectando su obsesión sobre esa otra mujer —observó el doctor Burton con un leve exceso de frialdad.

Jack negó con la cabeza.

—Una vez me dijo por teléfono que lo único que le resultaría más frustrante que no ser capaz de encontrar a alguien sería no ser encontrada. Ella desea ser encontrada.

—A lo mejor sólo se ha ido por ahí unos días.

—El garda con quien hablé dijo exactamente lo mismo. —El doctor Burton enarcó las cejas al oír que la policía estaba al corriente—. Me puse en contacto con un montón de gente que la conoce y también dijeron lo mismo —admitió Jack, y volvió a encogerse de hombros.

—Bueno, pues entonces debería hacer caso a esas personas. Olvídelo, Jack. Procure concentrarse en hacer frente a la desaparición de su hermano antes de empezar a preocuparse por otra. Si se ha marchado unos días y no se ha puesto en contacto con nadie, quizá tenga una razón para ello.

—No la estaba acosando, doctor, si eso es lo que está dando a entender. Somos unos cuantos los que estamos preocupados y hemos decidido reunirnos para tomar cartas en el asunto.

—Es posible que lo haga a menudo —dijo el doctor Burton—. Tal vez no le haya ocurrido nada malo y simplemente haya querido estar sola unos días.

—Sí, es posible. Pero ya han pasado cuatro días desde que la vi y aún más desde que la vieron otras personas, a no ser que encuentre a alguien que me diga lo contrario. En ese caso, me batiré en retirada y seguiré con mi vida, pero no creo que esté «por ahí, pasando unos días», como tanta gente me ha dicho —señaló con amabilidad—. De verdad que me encantaría encontrarla para agradecerle lo que me ha dado: el coraje y la esperanza de hallar a Donal. Y esa misma esperanza también me ha permitido darme cuenta de que puedo encontrarla a ella.

—¿Qué le hace pensar que está desaparecida?

—Escucho lo que me dice el corazón.

El doctor Burton sonrió forzadamente al ver que le contestaba con sus propias palabras.

—Y si lo que me dice el corazón no es suficiente para usted, también tengo esto.

Jack se metió la mano en el bolsillo y dejó el reloj de plata de Sandy encima de la mesa.

31

Llevaba tres años sin ver al señor Burton. De lejos podía decir que el tiempo le había sentado bien. De lejos parecía que el tiempo no nos hubiese envejecido a ninguno de los dos. De lejos todo era perfecto y nada había cambiado.

Me había cambiado seis veces de ropa antes de salir de mi estudio. Muy poco satisfecha con mi aspecto, me dirigí a Leeson Street por cuarta vez aquel mes. Había bailado en el pasillo al recibir su tarjeta de visita. Había bajado las escaleras saltando, como hacía los lunes por la mañana cuando tenía catorce años y sabía qué y quién me esperaban ese día. Había corrido de Harold's Cross a Leeson Street, había subido las escaleras de dos en dos hasta la gran puerta georgiana, me había quedado paralizada con el dedo vacilante sobre el botón del interfono y había vuelto a bajar las escaleras hasta la calle. Visto de cerca, el panorama era muy diferente.

Yo ya no era la escolar que acudía a él en busca de ayuda. Ahora yo no me conocía y huía de la ayuda. Me sentaría al otro lado de la calle en otras dos ocasiones, incapaz de cruzarla, a observar cómo llegaba por la mañana, cómo se marchaba por la tarde y cuanto ocurría en medio.

En la cuarta visita me senté en los escalones de cemento, los codos sobre las rodillas, los puños bajo el mentón, y me quedé mirando los pies y las piernas que pasaban apresurados por la acera. Un par de zapatos marrones bajo un par de vaqueros cruzaron la calle. Caminaban hacia mí. Supuse que pasarían junto a mí y entrarían por la puerta que tenía detrás, pero no lo hicieron. Un escalón, dos escalones, tres escalones arriba se detuvieron y su dueño se sentó a mi lado.

—Hola —dijo la voz con ternura.

Me daba miedo levantar la vista, pero tuve valor. Me encontré cara a cara con él, los ojos azules tan brillantes como la primera vez que le puse los míos encima.

—Señor Burton. —Sonreí.

Sacudió la cabeza.

—¿Cuántas veces tendré que decirte que no me llames así?

Estaba a punto de llamarle Gregory cuando él dijo:

—Ahora soy el doctor Burton.

—Enhorabuena, doctor Burton. —Sonreí. Estudié su mirada en busca de todos los matices.

—¿Crees que esta semana lograrás levantarte de esta escalera y entrar en el edificio? Estoy empezando a cansarme de mirarte de lejos.

—Qué gracia, precisamente estaba pensando que a veces es más fácil ver las cosas de lejos.

—Sí, pero es imposible oírlas.

Me reí.

—Me gusta el nombre del edificio. —Miré hacia la placa metálica con la leyenda «Scathach House» grabada en ella.

—Me tropecé con el anuncio de alquiler en un periódico. Pensé que era perfecto. Un signo de buena suerte, tal vez.

—Tal vez. Supongo que ya no está cerca de aquel puente del que hablamos.

Sonrió y me estudió con la mirada. Me entendió completamente, y sentí un escalofrío.

—Si me permites invitarte a comer algo, podríamos ver dónde estamos. Siempre y cuando a tu novio no le importe.

—¿Novio? —pregunté confundida.

—El peludo con mayúsculas que abrió la puerta de tu casa hace unas pocas semanas.

—Ah, él. —Moví la cabeza—. Sólo era... —Hice una pausa, incapaz de recordar su nombre—. Thomas —mentí—. No estamos juntos.

El señor Burton se rio, se levantó y me ofreció la mano para ayudarme a ponerme de pie.

—Querida Sandy, me parece que descubrirás que se llamaba Steve, pero no te preocupes. Cuantos más nombres de hombres olvides, mejor para mí. —Me apoyó levemente una mano en la nuca y sentí una descarga eléctrica que me recorrió el cuerpo entero. Me guió al otro lado de la calle—. ¿Te importa subir un momento a mi despacho? Tengo una cosa que me gustaría darte antes de irnos.

Orgulloso, me presentó a la recepcionista, Carol, y me hizo pasar al despacho. Olía a él, se parecía a él, toda la habitación decía señor Burton, señor Burton, oh, señor Burton. Me sentí envuelta en un abrazo gigantesco, rodeada por sus brazos en cuanto entré y me senté en su sofá.

—Es un poco mejor que el que teníamos, ¿verdad? —Sonrió. Sacó algo de un cajón del escritorio y lo trajo.

—Es precioso. —Miré alrededor y respiré su aroma.

De pronto se puso nervioso. Se sentó delante de mí.

—Iba a regalarte esto el mes pasado cuando fui a verte. Por tu cumpleaños. Espero que te guste.

Deslizó la caja de un extremo a otro de la mesa de cerezo barnizado. Era un estuche alargado de terciopelo rojo. Lo cogí entre mis manos como si fuese la cosa más frágil que jamás hubiese sostenido y acaricié el suave terciopelo. Le miré; estaba nervioso y no le quitaba ojo al estuche. Lo abrí despacio y me quedé sin aliento. Dentro brillaba un reloj de plata.

—Oh, señor Bur... —comencé, y me agarró la mano.

—Por favor, Sandy —me interrumpió—. Ahora soy Gregory, ¿vale?

Ahora soy Gregory. Ahora soy Gregory. Ahora soy Gregory. Un coro de ángeles me cantaba al oído.

Asentí con una sonrisa. Saqué el reloj del estuche y me lo puse en la muñeca izquierda, pero tuve problemas con el cierre. Todavía estaba aturdida por la sorpresa.

—Si lo miras por detrás verás que tiene tu nombre grabado.

Con manos temblorosas me ayudó a darle la vuelta. Allí estaba: «Sandy Shortt. Y que nunca desaparezca.»

Sonreímos.

—No lo fuerces —me advirtió al ver cómo intentaba cerrarlo—. Espera, deja que te ayude —dijo, y en ese momento el cierre dio un chasquido entre mis dedos.

Me quedé helada.

—¿Lo he roto?

Se sentó a mi lado en el sofá; trataba de arreglarlo con poca maña. Mientras, su piel rozaba la mía y yo me derretía por dentro. Sí, me derretía.

—No se ha roto, pero el cierre se ha aflojado. Tendré que llevarlo a arreglar —dijo. Procuró evitar que la desilusión se le notara en la voz, pero fracasó totalmente.

—¡No! —Le impedí que me lo quitara—. Me encanta, quiero dejármelo puesto.

—Está demasiado flojo, Sandy. Puede abrirse y caerse.

—No, no lo perderé de vista. No lo perderé.

Parecía indeciso.

—Por lo menos deja que lo lleve hoy.

—De acuerdo.

Dejó de toquetearlo y por fin nos quedamos quietos. Nos miramos.

—En realidad te he regalado esto para ayudarte a administrar el tiempo. Queda prohibido que volvamos a pasar tres años sin contacto.

Bajé la vista y di vueltas al reloj en mi muñeca, mientras admiraba los eslabones de la pulsera y la esfera de nácar.

—Gracias, Gregory. —Sonreí, encantada con la sensación que sentía en la boca, en la lengua, al decirlo—. Gregory, Gregory —repetí unas cuantas veces más mientras él se reía y disfrutaba cada instante.

Permití que me invitara a comer para ver dónde estábamos.

Aquello fue todo lo desastroso que podía haber sido. Tomamos suficiente comida orgánica como para que nos durase el efecto hasta el fin de nuestros días. Si alguno de los dos tuvo la ridícula idea de que aquello sería el principio de algo especial —y con toda certeza ambos la tuvimos— bajamos de las nubes al darnos cuenta de que estábamos otra vez allí, donde lo habíamos dejado. O, muy posiblemente, en el momento en que Jack tenía que caminar entre briznas de hierba afiladas como cuchillas de afeitar. Yo era Scathach y mi corazón estaba en la isla de Scathach, y tanto la una como la otra mostrábamos nuestra versión más feroz. Yo había empeorado con el tiempo.

Sin embargo, nunca, ni un solo día, me quité el reloj. En ocasiones se me caía, pero eso nos ocurre a todos. Volvía a ponerlo en su sitio, donde yo sentía y sabía que estaba en su sitio. Aquel reloj significaba un montón de cosas desagradables. El lado positivo de nuestra comida de aprendizaje fue que confirmó que nos sentíamos inextricablemente vinculados, como si nos uniera un cordón umbilical invisible que nos permitía alimentarnos el uno del otro, darnos vida mutuamente. Y eso nos ayudaba a crecer.

Inevitablemente, aquello también tenía un lado burlón: podíamos tirar del cordón cada vez que quisiéramos, podíamos torcerlo y anudarlo sin importarnos que las torceduras y los nudos tuvieran la capacidad de ahogarnos y asfixiarnos lenta y recíprocamente.

Si de lejos todo era fantástico, de cerca las cosas eran completamente distintas. No podíamos combatir los efectos del tiempo; el tiempo nos cambia, cada año que pasa nos cubre con otra capa, cada día somos un poco más de lo que éramos. Pero por desgracia para mí y para Gregory, saltaba a la vista que yo era mucho menos de lo que había sido una vez.

32

Bobby cerró con cuidado la puerta de Objetos Perdidos, como si el ruido fuese a sumir a los vendedores ambulantes en un silencio total. No tuve claro si se trataba de un numerito más de los suyos, pero enseguida percibí con cierta alarma que no era así. Bobby soltó mi mano pegajosa, se escabulló hacia una habitación contigua sin mediar palabra y entornó la puerta tras de sí. A través de la rendija vi que su sombra bailaba mientras iba como una flecha de acá para allá. Buscaba algo afanosamente: movía cajas, arrastraba muebles, hacía tintinear objetos de cristal, producía toda clase de ruidos, cada uno de los cuales suscitaba en mi recelosa mente una nueva teoría de conspiración. Finalmente aparté los ojos de la puerta y eché un vistazo a la habitación.

Ante mí había unas estanterías de roble que iban del suelo al techo, como en los viejos colmados de hace años. Había cestas llenas a rebosar de chismes variados: rollos de celo, guantes, bolis, rotuladores y mecheros. Otras estaban llenas de calcetines con un cartel escrito a mano que anunciaba como algo destacable la venta de pares completos. En medio de la tienda, alineadas, había decenas de barras para colgar perchas; las secciones de hombre y mujer estaban separadas, las prendas, dispuestas por colores, y los estilos y las épocas, rotulados con fechas a partir de los años cincuenta, sesenta, setenta y así sucesivamente. También había disfraces, trajes típicos y vestidos de novia (¿quién pierde un vestido de novia?). En la pared opuesta había una selección de libros y, delante de ella, un mostrador que exhibía joyas: cierres de pendientes, pendientes sueltos y otros que Bobby había emparejado a pesar de ser distintos.

En la tienda había un olor rancio. Todo era de segunda mano: como estaba usado, tenía su pequeña historia. Las camisetas gastadas tenían profundidad, se veían capas de estampados superpuestos. La atmósfera no era la misma que la de una tienda de flamantes artículos nuevos. No había nada inmaculado, joven o inocentemente dispuesto a aprender. No había libros sin leer, sombreros sin usar o bolis sin estrenar. Los guantes habían estrechado la mano de la persona amada por su dueño, los zapatos habían recorrido distancias, las bufandas habían abrigado, los paraguas habían protegido. Habían vivido una vida y ahora estaban abandonados en cestas, arrinconados en estanterías o colgados en perchas. Aquellos objetos sabían cosas, sabían para qué servían. Como la mayor parte de la gente de aquí, esos objetos habían saboreado la vida y luego la habían visto escabullirse. Y como casi todas las personas de aquí, esperaban poder saborearla de nuevo.

No pude evitar preguntarme quién andaría buscándolos ahora, quién se estaría tirando de los pelos por no encontrar sus pendientes favoritos. ¿Quién renegaba al buscar en el fondo del bolso otro boli perdido? ¿Quién había hecho una pausa para fumar un pitillo y había descubierto que ya no tenía mechero? ¿Quién llegaba tarde al trabajo y aún no había dado con las llaves del coche? ¿Quién estaba intentando ocultarle a su cónyuge que su anillo de boda había desaparecido? Ya podían mirar y remirar hasta que les escocieran los ojos, que nunca iban a encontrar nada. Vaya momento para tener semejante revelación. Y para colmo aquí, en la cueva de los objetos perdidos de Aladino, tan lejos de casa. «No hay lugar como el hogar...» La frase volvió a burlarse de mí.

—Bobby —dije. Me acerqué despacio hacia la puerta mientras trataba de silenciar la voz de mi cabeza.

—Un momento —contestó con voz ahogada, que vino seguida por un estrépito al que siguió una blasfemia.

A pesar de mi nerviosismo, sonreí. Acaricié con el dedo una vitrina de castaño, de las que suelen contener las cuberterías de plata y las vajillas buenas. En aquélla había cientos de fotografías de caras sonrientes de todos los rincones del mundo a lo largo de décadas. Cogí una de una pareja que posaba ante las cataratas del Niágara y la estudié. Parecía sacada en los años setenta; tenía ese tono amarillento que sólo se consigue mediante una inmersión en el tiempo. Dos cuarentones con pantalones acampanados y chubasqueros, un segundo capturado entre toda una vida de segundos. Si aún vivían, debían tener más de setenta años, y seguramente tendrían nietos que no perderían la paciencia mientras ellos hojeaban los álbumes de fotografías buscando aquella imagen del viaje a Niágara. En secreto se preguntarían si no se lo habían imaginado todo, si aquel segundo entre una vida de segundos había sido real, mientras refunfuñaban para sí mismos: «Sé que la tengo aquí, en algún sitio...»

—Buena idea, ¿verdad?

Levanté la vista y vi que Bobby me observaba desde la puerta. Después de tanto revolver en el cuarto de al lado, tenía las manos vacías.

—La semana pasada la señora Harper encontró una foto de la boda de su prima Nadine, a quien no veía desde hacía cinco años. No te puedes imaginar su reacción cuando se tropezó con la foto. Se pasó todo el día sentada ahí, contemplándola. Era una foto de grupo, con todos los invitados, ya sabes. Aparecía su familia al completo. Imagínate no ver a tu familia durante cinco años y que de repente caiga en tus manos una foto reciente de todos ellos. Sólo había venido a comprar calcetines. —Se encogió de hombros—. En ocasiones como ésa es cuando me siento útil aquí.

Dejé el retrato de la pareja.

—Has dicho que me estabas esperando. —Mi tono fue más áspero de lo que quería, pero es que estaba asustada.

Bobby se metió las manos en los bolsillos. Pensé que por fin iba a sacar algo de ellos, pero no las movió de allí.

—Llevo tres años aquí. —Puso la misma cara angustiada que ponían todos los demás cuando recordaban su llegada aquí—. Yo tenía entonces dieciséis. Me faltaban dos años para acabar el colegio, diez para llegar a la edad en que tenía planeado madurar. No tenía ni idea de lo que quería hacer con mi vida. Me figuraba que me quedaría en casa hasta que mi madre me obligara a independizarme y a buscar un empleo como es debido. Mientras tanto estaba la mar de contento haciendo el payaso en el colegio, con los calzoncillos lavados y planchados. No me tomaba las cosas en serio. —Se encogió de hombros—. Sólo tenía dieciséis años —repitió.

Asentí con un gesto, pero no sabía adónde me estaba llevando. Me preguntaba por qué diablos había dicho que me estaba esperando.

—Cuando llegué aquí no sabía qué hacer. Pasaba la mayor parte del tiempo al otro lado del bosque, buscando una salida. Pero no hay ninguna. —Sacó las manos de los bolsillos e hizo un ademán aclaratorio—. Voy a decírtelo ahora, Sandy: aquí no hay salida y he visto a muchas personas volverse locas tratando de encontrarla. —Sacudió la cabeza—. No tardé en darme cuenta de que tenía que empezar una nueva vida aquí. Por una vez en mi vida, tenía que tomarme algo en serio. —Cambió de postura, incómodo—. Ocurrió mientras buscaba algo de ropa que ponerme. Andaba revolviendo entre las prendas que hay por ahí fuera, me sentía como un vagabundo en un vertedero. Encontré un calcetín de color naranja que asomaba debajo de un expediente que me imagino que supuso el despido de alguien por haberlo perdido. Era tan llamativo que no pude dejar de preguntarme cómo era posible que alguien se las hubiese arreglado para perder algo tan luminoso, algo que destacaba allí donde estuviera. Pero cuanto más miraba el calcetín mejor me sentía, porque hasta entonces pensaba que haber llegado aquí era culpa mía. Pensaba que era mi autocomplacencia la que me había hecho terminar aquí. Pensaba que si hubiese prestado más atención en la escuela en vez de haber hecho tanto el payaso podría haber evitado venir a dar con mis huesos aquí.

Le di la razón con un gesto. Conocía aquella sensación.

—El calcetín hizo que me sintiera mejor, porque era la cosa más brillante que había visto jamás. —Se rio—. ¡Hasta estaba etiquetado, por Dios, y tuve claro que había sido mala suerte y nada más que mala suerte que los dos hubiésemos terminado aquí! Yo, exactamente como el calcetín, no había podido hacer nada para evitar acabar aquí. Lo sentía por la persona que lo había etiquetado (había escrito hasta su dirección), ya que estaba claro que había hecho todo lo posible para no perderlo. Así que me lo guardé para que me recordara esa sensación, ese día en que dejé de culparme a mí y a todos los demás. Un simple calcetín hizo que me sintiera mejor. —Sonrió—. Ven conmigo. —Y volvió a entrar en la habitación contigua.

Aquella habitación era parecida a la tienda, aunque mucho más pequeña. También tenía las paredes forradas de estanterías, y estaba llena de cajas de cartón apiladas. Deduje que se usaba como almacén.

—Éste es el calcetín.

Me lo dio y lo sostuve entre mis manos. Era pequeño, de talla infantil, tenía tacto de toalla. Si Bobby pensaba que el calcetín iba a tener en mí el mismo efecto que había tenido en él, se equivocaba. Yo aún quería irme de allí y me culpaba a mí y a todos los demás por haber acabado en aquel sitio.

—Al cabo de unas semanas de estar aquí, me encontré ayudando a los recién llegados a buscar ropa y otros objetos de primera necesidad. Más adelante acabé abriendo esto. La mía es la única tienda del pueblo donde puedes encontrar de todo bajo un mismo techo —dijo orgullosamente. Pero mi falta de entusiasmo le borró la sonrisa y le hizo proseguir con su relato—: En fin, como propietario y gerente que soy de este negocio, tengo que salir a diario a recoger todas las cosas aprovechables que puedo. Estoy orgulloso de regentar el único sitio donde se venden auténticos pares de zapatos y de calcetines, prendas que combinan y cosas así. Otros se limitan a recoger lo que encuentran y a exponerlo. Yo busco la otra mitad, como una especie de casamentero. —Sonrió de oreja a oreja.

—Sigue —le urgí, y me senté en una vieja butaca desvencijada que me recordó las primeras sesiones con el señor Burton.

—Bueno, el calcetín naranja tampoco es que fuese gran cosa hasta que encontré esto. —Se agachó y sacó una camiseta de una caja que tenía a su lado. Una vez más, parecía ser la de un niño—. Y eso tampoco fue gran cosa hasta que encontré esto. —Puso otro calcetín en el suelo delante de mí y estudió mi reacción.

—No lo capto —dije encogiéndome de hombros. Tiré el calcetín naranja al suelo.

Él siguió vaciando el contenido de la caja de cartón sin decir nada y lo extendió por el suelo delante de mí, mientras yo me devanaba los sesos tratando de descifrar la clave.

—Creía que había más cosas en esta caja, pero, en cualquier caso, no está mal —dijo Bobby al acabar.

El suelo estaba cubierto de piezas de ropa y accesorios. Yo ya me disponía a levantarme para exigirle una explicación cuando, de pronto, reconocí una camiseta. Y luego reconocí un calcetín, un plumier... y la caligrafía de una hoja de papel.

Bobby seguía de pie junto a la caja vacía, ahora con los ojos brillantes de entusiasmo.

—¿Lo captas ahora?

Yo estaba sin habla.

—Todo está etiquetado. El nombre «Sandy Shortt» está escrito en cada una de las cosas que tienes delante.

Contuve el aliento mientras miraba frenéticamente una pieza tras otra.

—Y esto sólo es una caja. Aquéllas también son tuyas. —Señaló el rincón del cuarto donde había otras cinco cajas apiladas—. Cada vez que veía tu nombre recogía la pieza y la guardaba. Cuantas más cosas tuyas encontraba, más convencido estaba de que sólo era cuestión de tiempo que vinieras a recogerlas en persona. Y aquí estás.

—Aquí estoy —repetí mientras miraba todo lo que había desparramado por el suelo. Me puse de rodillas y acaricié el calcetín naranja. Aunque no lo recordaba, podía imaginar mi desesperada búsqueda de aquella noche bajo la atenta mirada de mis pobres padres. Aquello fue el principio de todo. Cogí la camiseta y vi mi nombre escrito en la etiqueta con la letra de mi madre. Toqué la tinta con las yemas de los dedos; tenía la esperanza de que de un modo u otro ese gesto me conectara con ella. Luego alargué la mano hasta un papel escrito con mi mala letra de adolescente: respuestas a preguntas sobre *Romeo y Julieta* de un trabajo escolar. Recordé haber hecho aquellos deberes y ser incapaz de encontrarlos en clase al día siguiente. El maestro no me creyó cuando no pude encontrar el trabajo en mi cartera. Se plantó delante de mí en el aula silenciosa y observó cómo registraba la cartera, cada vez más frustrada, pero su incapacidad para reconocer mi sincera frustración me supuso una ración extra de deberes. Me entraron ganas de agarrar el papel y correr de regreso a Leitrim, irrumpir en su clase y decirle: «¡Mire, le dije que los había hecho!»

Toqué cada prenda del suelo. El recuerdo de llevarlas puestas, de perderlas y haberlas buscado acudía a mi mente. Después de haber visto todo lo que había en la primera caja, me apresuré a abrir la siguiente, la de más arriba en la pila del rincón. Lo hice con manos temblorosas. Allí, mirándome con su único ojo, estaba mi querido amigo Mr. Pobbs.

Lo saqué de la caja y me lo acerqué a la cara para olerlo, deseosa del aroma de mi hogar. Hacía mucho que lo había perdido y olía a moho, como el resto de cosas guardadas allí, pero me aferré a él y lo estreché contra mi pecho. En la etiqueta, mi nombre y número de teléfono aún eran visibles, ya borrosa la letra de mi madre en rotulador azul.

—Te dije que te encontraría, Mr. Pobbs —susurré, y oí que la puerta se cerraba suavemente a mis espaldas. Porque Bobby había salido del cuarto para dejarme a solas con una cabeza y una habitación llenas de recuerdos.

33

No sé cuánto rato llevaba en el almacén: había perdido totalmente la noción del tiempo. Me asomé a la ventana por primera vez en horas, con la mirada bizca y cansada tras haber estado concentrada en mis cosas tanto rato. Mis cosas. Tenía efectos personales en aquel lugar, que me acercaban un poquito más a casa; por un momento, se difuminaban las fronteras y los dos mundos se unían. De esa manera yo no me sentía tan perdida al tocar y coger cosas que antaño había tenido conmigo cerca de las personas que amaba. Sobre todo a Mr. Pobbs. Habían ocurrido tantas cosas desde que le vi por última vez... Johnny Nugent y otros mil Johnny Nugent. Parecía como si la noche en que Mr. Pobbs desapareció de mi cama un ejército entero de Mr. Pifias hubiese ocupado su lugar.

Joseph pasó por delante de la ventana. Caminaba seguro de sí mismo, con su camisa blanca de lino arremangada por debajo de los codos y los pantalones enrollados al borde de los tobillos. Más abajo, sus pies calzaban sandalias. Siempre destacaba entre la multitud. Parecía alguien importante, irradiaba autoridad y poder. Hablaba poco y, cuando lo hacía, elegía cuidadosamente sus palabras. La gente le escuchaba. Sus palabras pasaban de susurros a canciones, sin término medio. A pesar de su presencia física imponente, hablaba en voz baja, cosa que le daba mayor superioridad.

Sonó la campanilla de la puerta de la tienda. La oí chirriar y cerrarse.

—Hola, Joseph —saludó Bobby alegremente—. ¿Es que la pequeña Wanda hoy no tenía ganas de verme, o qué?

Joseph se rio de buena gana y entendí que Bobby tenía que ser verdaderamente gracioso si era capaz de hacerle reír.

—Ay, esa chiquilla está tan enamorada de ti... ¿Crees que no me habría acompañado si hubiese sabido que venía aquí?

Bobby se rio.

—¿Qué se te ofrece?

Joseph bajó la voz como si supiera que yo estaba allí. De inmediato arrimé la oreja a la puerta.

—¿Un reloj? —oí que Bobby repetía en voz alta—. Tengo un montón de relojes aquí.

Joseph volvió a hablar en un tono casi inaudible y comprendí que tenía que tratarse de algo sumamente importante para que bajara tanto la voz. Estaba hablando de mi reloj.

—Un reloj de plata con la esfera de nácar —oí la voz de Bobby, y di gracias a su costumbre de repetir lo que decía la gente. Sus pasos sobre el entarimado de roble se aproximaron y me preparé para alejarme de la puerta por si de pronto la abrían.

—¿Qué te parece éste? —preguntó Bobby.

—No, tendrías que haberlo encontrado ayer o esta mañana —dijo Joseph.

—¿Cómo lo sabes?

—Porque se perdió ayer.

—Vaya, no sé cómo puedes estar enterado de eso. —Bobby se rio forzadamente—. A no ser que hayas hablado con alguien del otro mundo, cosa que dudo mucho.

Silencio.

—Joseph, este reloj es exactamente como el que has descrito. —Noté confusión en la voz de Bobby.

—No es el que quiero —dijo Joseph.

—¿Lo viste en alguna parte? ¿Lo llevaba alguien? A lo mejor puedes decirle a su dueño que venga a visitarme para que me haga una idea de lo que andas buscando. Si lo encuentro, te lo guardaré.

—El que busco es un reloj que vi en la muñeca de una persona.

—¿Alguien de Kenya? ¿Hace años?

—No, de Aquí.

—¿De Aquí? —repitió Bobby.

—Sí, de Aquí.

—¿Alguien de Aquí me lo dio?

—No, desapareció.

Hubo un silencio.

—Es imposible. Se habrá traspapelado.

—Lo sé, pero lo vi con mis propios ojos.

—¿Lo viste desaparecer?

—Lo vi en su muñeca y ella no se movió para nada de donde estaba, y luego vi que ya no estaba en su muñeca.

—Se le caería.

—Sí, no cabe duda.

—Pues estará en el suelo.

—Eso es lo gracioso —dijo Joseph con acritud, y comprendí que no tenía ninguna gracia.

—Pero no puede haber...

—Sí.

—¿Y pensaste que aparecería aquí?

—Pensé que a lo mejor lo habías encontrado.

—Pues no.

—Ya me he dado cuenta. Gracias, Bobby. No hables de esto con nadie —le advirtió Joseph, y yo le oí con un escalofrío. Sus pasos comenzaron a alejarse.

—Espera un momento, Joseph. ¡No te vayas todavía! Dime una cosa, ¿quién lo perdió?

—No la conoces.

—¿Dónde lo perdió?

—A medio camino entre aquí y el pueblo siguiente.

—No —susurró Bobby.

—Sí.

—Lo encontraré —dijo Bobby con determinación—. Tiene que estar aquí.

—No está —replicó Joseph. Había levantado la voz hasta un tono normal, pero que en él era inusualmente alto. Por la manera en que lo dijo supe que, en efecto, el reloj no estaba aquí.

—Vale, vale. —Bobby se echó hacia atrás, aunque no parecía que se lo creyera—. ¿La persona que perdió el reloj sabe que ha desaparecido? A lo mejor ella sabe dónde está.

—Es nueva aquí.

Eso lo explicaba todo. Eso significaba «no se entera de nada». Y tenía razón, no me enteraba de nada, pero estaba aprendiendo deprisa.

—¿Es nueva? —El tono de Bobby había cambiado. Me di cuenta enseguida y tuve claro que Joseph también—. Quizá debería hablar con ella para que me diera una descripción exacta.

—Ya te he dado una descripción exacta.

Sí, Bobby se había fijado. Los pasos se dirigieron de nuevo hacia la puerta, se oyó un chirrido y luego la campanilla.

—¿Había algún nombre en el reloj? —gritó Bobby en el último momento, y el chirrido se interrumpió, la puerta volvió a cerrarse y los pasos sonaron más fuertes al acercarse de nuevo hacia mí.

—¿Por qué lo preguntas? —preguntó Joseph con firmeza.

—Porque a veces la gente graba nombres, fechas o mensajes en el reverso de los relojes. —Bobby parecía nervioso.

—Me has preguntado si había un nombre. ¿Por qué has preguntado precisamente por un nombre?

—Algunos relojes llevan grabado un nombre. —Su voz subió una octava, estaba a la defensiva—. Deberías saberlo.

Bobby empezó a dar golpecitos contra un cristal y supuse que se trataba del mostrador de las joyas.

El ambiente se había enrarecido en la tienda. Me inquieté.

—Si encuentras el reloj, avísame. No digas nada, ya sabes cómo reaccionaría la gente si averiguara que están desapareciendo cosas de Aquí.

—Por supuesto, entiendo que les daría esperanza.

—Bobby... —advirtió Joseph, y volví a tener un escalofrío.

—Sí, señor —dijo Bobby con simpatía.

Oí el chirrido, el sonido de la campanilla y la puerta se cerró. Esperé un rato para asegurarme de que Joseph no volvía a entrar. Bobby estaba fuera, callado. Iba a ponerme de pie cuando Joseph volvió a pasar por delante de la ventana, más cerca esta vez, mirando el edificio con recelo. Me agaché al instante y me tendí en el suelo. Me preguntaba por qué diablos de repente me escondía de Joseph.

Bobby abrió la puerta y me miró.

—¿Qué estás haciendo?

—Bobby Stanley —me incorporé sacudiéndome el polvo—, tienes muchas cosas que explicarme.

Me pilló por sorpresa y cruzó los brazos sobre el pecho.

—Igual que tú —dijo fríamente—. ¿Quieres saber por qué no acudí a tus pruebas? Porque nadie me informó. ¿Quieres saber por qué? Porque todos los de por aquí me conocen como Bobby Duke. Desde el día que llegué aquí no le he dicho a nadie que me llamo Bobby Stanley. Así que ¿cómo lo sabes?

34

—El señor Le Bon, supongo —dijo el doctor Burton a Jack mientras se recostaba en la butaca y cruzaba los brazos.

Jack se puso colorado, pero no estaba dispuesto a echarse atrás ni a que el doctor Burton se lo quitara de encima como si estuviese loco de atar. Se inclinó hacia delante.

—Doctor Burton, somos muchos los que estamos tratando de encontrar a Sandy...

—No quiero oír ni una palabra más. —Corrió la butaca hacia atrás, cogió el expediente de Jack de encima de la mesa de café y se puso de pie—. Hemos agotado nuestro tiempo, señor Ruttle. Carol le cobrará la visita —agregó, y le dio la espalda al dirigirse hacia el escritorio.

—Doctor...

—Adiós, señor Ruttle —alzó la voz.

Jack cogió el reloj de plata y se levantó. Luego bajó la voz y habló deprisa mientras tuvo ocasión:

—Permítame decirle que un garda que se llama Graham Turner quizá se ponga en contacto...

—¡Basta! —El doctor Burton arrojó el expediente contra la mesa. Se puso colorado y abrió las ventanas de la nariz. Jack se quedó paralizado. Luego se calló.

—Es evidente que no conoce a Sandy desde hace mucho ni tampoco íntimamente. Si consideramos eso, salta a la vista que no tiene ningún derecho a husmear en su vida.

Jack abrió la boca para protestar, pero se le volvieron a adelantar.

—Ahora bien —prosiguió el doctor Burton—, creo que usted y su grupo son sinceros, así que voy a decirle esto antes de que lleve las cosas más lejos con la policía. —Se esforzaba visiblemente por contener su enojo—. Le diré lo que la Gardaí le dirá si comienza a llamar por teléfono. Le diré lo que la propia familia de Sandy le dirá. —Su enojo volvió a aflorar y le hizo rechinar los dientes—. Y lo que todas y cada una de las personas que la conocen le dirán: que esto —alzó los brazos con un gesto de impotencia— es lo que Sandy hace siempre.

Jack intentó hablar.

—Constantemente —gritó el doctor—. Va y viene, se deja cosas, a veces las recoge y a veces no. —Puso los brazos en jarras, respiraba agitadamente a causa del enfado—. Pero la cuestión es que regresará. Siempre regresa.

Jack asintió con la cabeza y bajó la vista al suelo. Empezó a caminar hacia la puerta.

—Puede dejar sus cosas aquí —agregó el doctor Burton—. Me encargaré de devolvérselas y de que le dé las gracias cuando vuelva.

Jack bajó lentamente hasta el suelo la mochila y salió sin decir palabra; se sentía como un colegial regañado, aunque al mismo tiempo compadecía al director de colegio que le había castigado. En realidad el doctor Burton no estaba enojado con Jack, sino con la brisa que traía esporádicas rachas de aire frío y caliente desde aquellos labios arrugados, besos que hacían cosquillas, aire con aromas dulces, pero que en cuanto ella chasqueaba los dedos desaparecía en un instante. Era con Sandy con quien estaba enojado. Y consigo mismo, por su eterna espera.

Jack dejó al doctor Burton mirando por la ventana georgiana, los brazos en jarras, la mandíbula tensa. Con cuidado cerró la puerta: intentaba retener la atmósfera del interior. Era demasiado valiosa como para permitir que volara hasta la recepción y que las personas que esperaban la percibieran. Estaría encerrada en el despacho, flotaría en torno al doctor Burton mientras éste se tomaba el tiempo preciso para asimilarla y dejar que se enfriara y al fin se disipara.

Carol, la recepcionista, miró preocupada a Jack; no sabía si tenerle miedo o compadecerse de él después de los gritos que había oído dentro. Jack dejó su tarjeta de crédito sobre el mostrador y alargó el brazo para pasarle un trozo de papel.

—¿Podría decirle al doctor Burton que si cambia de parecer aquí tiene mi número de teléfono y la dirección del lugar donde nos reuniremos esta tarde?

Carol leyó la nota deprisa y asintió con un gesto, pero aún mantenía una actitud recelosa. Jack tecleó su código en el aparato y cogió su tarjeta de crédito.

—Ah, y dele esto también, por favor. —Dejó el reloj de plata encima del mostrador. Carol entrecerró los ojos mientras él se alejaba.

—¿Señor Le Bon? —le oyó decir Jack al llegar a la puerta. Un hombre que leía una revista de coches levantó la vista ante aquel nombre tan poco común.

Jack se detuvo y se volvió hacia ella muy despacio.

—¿Sí?

—Estoy convencida de que el doctor Burton se pondrá en contacto con usted muy pronto.

Jack hizo el amago de reír.

—Bueno, yo no estaría tan seguro.

Se dispuso a salir y ella carraspeó para llamar su atención. Jack volvió junto al mostrador.

Carol se inclinó y bajó la voz. El hombre pescó la indirecta y reanudó la lectura de su revista.

—Normalmente son sólo unos días cada vez. La más larga duró casi dos semanas, pero eso fue al principio. Ésta es con diferencia la más larga en mucho tiempo —susurró—. Cuando la encuentre, dígale que vuelva a... —miró apenada hacia la puerta del despacho del doctor Burton—, bueno, tan sólo dígale que vuelva.

En cuanto hubo dicho aquello se calló, cogió el reloj del mostrador, lo metió en un cajón y continuó tecleando de cara al ordenador.

—Kenneth —dijo Carol en voz alta como si Jack ya no estuviera allí—. El doctor Burton le verá ahora. Ya puede pasar.

Es difícil empezar una relación con alguien de quien nunca has conseguido saber nada.

Hasta el momento, nuestra relación se había fundamentado en mí, y me estaba costando mucho aceptar que de pronto se hubiese convertido en un asunto de ambos. Todas las semanas nuestros encuentros se habían centrado en cómo me sentía yo, qué había hecho yo durante la semana, qué había pensado yo y qué había aprendido yo. Estaba autorizado a entrar en mi cabeza siempre que quisiera. Ésa era la única razón de ser de nuestra relación: que él escarbara en mi cabeza y me ayudara a conocerme. Y, de paso, evitar que yo intentara conocerle a él.

Pero una relación más seria y más íntima se basaba en lo contrario. A menudo tenía que acordarme de preguntarle por él y convencerme de que no era necesario que él supiera todo lo que me pasaba por la cabeza. Por propia seguridad era mejor no revelar ciertas cosas y, de algún modo, perdí a mi confidente. Sucedió que a medida que nos íbamos acercando, más aprendía yo de él y menos sabía él de mí.

Nuestra hora semanal se había intensificado y los roles se habían invertido. ¿Quién hubiese pensado que el señor Burton tenía una vida propia fuera de las cuatro paredes del viejo colegio? Conocía a otras personas y hacía cosas de las que yo nada sabía. Cosas que de pronto estaba autorizada a saber, pero que no tenía claro que quisiera saber. ¿Cómo no iba a huir de eso una persona históricamente incapaz de compartir una cama y una cabeza? Claro que desaparecía durante unos cuantos días.

No, la diferencia de edad no importaba, nunca había importado. Los años no eran el problema; la culpa era del tiempo. Aquella nueva relación se daba sin los límites del reloj. No había una mano invisible que dictara el final de una conversación; no podía salvarme el famoso timbre. Tenía acceso a mí en todo momento. Claro que huía.

Existe una línea muy fina entre el amor y el odio. El amor libera el alma, pero en el esfuerzo la puede asfixiar. Yo caminaba por esa cuerda floja con toda la gracia de un elefante; la cabeza me pesaba hacia el lado del odio, el corazón me equilibraba hacia el lado del amor. Era un trayecto inestable y me solía caer, a veces durante largos períodos de tiempo, pero nunca me demoraba demasiado.

Nunca tanto como esta vez.

No pretendo gustar. Nunca he deseado gustar, como tampoco pido que se me entienda; nunca he sido así. Cuando me comportaba así, cuando abandonaba su cama, soltaba su mano, colgaba el teléfono y cerraba su puerta a mis espaldas, hasta a mí me costaba gustarme y entenderme. Pero así era yo.

Era.

35

Bobby se plantó en la puerta del almacén con los brazos cruzados sobre el pecho y el ceño fruncido.

—¿Cómo dices? —Me puse de pie apresuradamente y me erguí en toda mi estatura. No pareció tan seguro de sí mismo cuando hube alzado mis casi dos metros delante de él. Dejó caer las manos a los costados y tuvo que levantar la vista para mirarme.

—¿No te llamas Bobby Stanley?

—No, para toda la gente de aquí me llamo Bobby Duke —dijo a la defensiva, en tono acusador, infantil.

—¿Bobby Duke? —Me froté la cara con frustración—. ¿Cómo? —repetí—. ¿Igual que el tipo de la película de vaqueros? ¿Por qué?

—El porqué es lo de menos. —Se puso colorado—. Me parece que ahora lo más importante es que tú eres la única persona que sabe mi nombre verdadero. ¿Cómo lo sabes?

—Conozco a tu madre, Bobby —dije en voz baja—. No es ningún misterio. Es así de simple.

Los últimos días habían estado llenos de secretos, misterios y mentiras piadosas. Pero había llegado el momento de dejar de fingir, al menos por ahora. Lo único que quería era conocer a las personas que había estado buscando, decirles lo que sabía y llevarlas a casa. Eso es lo que iba a hacer. De pronto, mientras lo pensaba, me di cuenta de que Bobby se había quedado mudo y estaba un poco pálido.

—¿Bobby?

No contestó, sólo se retiró un poco de la puerta.

—Bobby, ¿te encuentras bien? —pregunté con más amabilidad.

—Sí —dijo con aspecto de no encontrarse nada bien.

—¿Seguro?

—Ya me lo imaginaba. —Habló en voz baja.

—¿Qué?

—Es como si ya supiera que conocías a mi madre. No ha sido cuando he abierto la puerta de la tienda esta mañana y me has llamado señor Stanley, ni cuando todos los que fueron a las pruebas me dijeron que sabías tantas cosas; lo supe cuando vi que no paraba de encontrar cosas tuyas. —Miró hacia el suelo, miró mi vida pasada allí esparcida—. Cuando estás solo, buscas señales. Unas veces te las inventas, otras son de verdad, pero casi nunca consigues ver la diferencia. En esta señal creía como en ninguna.

Sonreí.

—Eres exactamente como dijo tu madre.

El labio inferior le temblaba y trató de disimularlo.

—¿Está bien?

—Aparte de extrañarte como una loca, está bien.

—Desde que mi padre nos abandonó siempre fuimos sólo ella y yo. No soporto que esté sola.

La voz le cambiaba de tono, aunque intentaba controlarse.

—Nunca está sola, Bobby; tiene a tus tíos, tus tías y tus abuelos. Además, invita a casa a cualquiera que tenga ganas de escuchar y le muestra los álbumes de fotos y los vídeos caseros. Creo que no hay una sola persona en todo Baldoyle que no te haya visto marcar el gol en la final contra el St. Kevin.

Sonrió.

—Pudimos haber ganado el partido de no haber sido por... —Se calló.

Proseguí por él:

—De no haber sido por la lesión de Gerald Fitzwilliam en el segundo tiempo.

Levantó la cabeza y me miró con ojos brillantes.

—Fue culpa de Adam McCabe. —Chasqueó la lengua y sacudió la cabeza.

—No tendrían que haberle puesto de centrocampista —dije, y se rio. Y lo hizo con aquellas carcajadas que tantas veces había oído en los videos caseros, la risa de la que su familia tanto hablaba. Un sonido agudo, divertido y contagioso que al instante me hizo reír.

—Vaya, la conoces muy bien.

—Bobby, puedes creerme, no es preciso conocer muy bien a tu madre para saber eso.

Jack estaba en casa de Mary Stanley. Tomaban café y veían videos caseros de su hijo Bobby.

—Mire este trozo. —Mary se adelantó hasta el borde del sillón, pero se le derramó café por el borde del tazón y se manchó los pantalones vaqueros—. ¡Ay! —Saltó hacia atrás haciendo una mueca y Jack se irguió: pensaba que se había quemado—. Aquí es donde todo salió mal —dijo enojada.

Jack se dio cuenta de que se refería al televisor y se recostó en el sofá.

—¿Lo ve? —Señaló el televisor y volvió a derramársele café.

—Tenga cuidado —le advirtió Jack.

—No pasa nada. —Se frotó la pierna sin mirar—. Aquí es cuando todo se echó a perder. Podríamos haber ganado ese partido de no haber sido por él —señaló otra vez—, Gerald Fitzwilliam, que se lesionó en el segundo tiempo.

—Hummm —contestó Jack mientras bebía un sorbo de café y miraba la temblorosa imagen del partido. La mayor parte del tiempo lo único que lograba ver era una mancha verde borrosa seguida de unos cuantos primeros planos de la cabeza de Bobby.

—Fue culpa de Adam McCabe. —Chasqueó la lengua y sacudió la cabeza—. No tendrían que haberle puesto de centrocampista.

Bobby me condujo por una empinada escalera de caracol hasta su casa, que estaba encima de la tienda. Le esperé en la sala de estar sentada en un impresionante sofá de cuero que imaginé que alguien había esperado con impaciencia más de las seis semanas de plazo aproximado de entrega. Me trajo un vaso de zumo de naranja y un cruasán y mi hambriento estómago gorjeó agradecido.

—Pensaba que todo el mundo comía en el comedor —dije antes de atacar el cruasán recién hecho, que se deshacía entre mis dedos.

—Digamos que la jefa de cocina siente cierta debilidad por mí. Tiene un hijo de mi edad en Tokio. Me pasa comida de vez en cuando y, a cambio, le tomo el pelo, la fastidio y hago otras cosas típicas de un hijo.

—Encantador —murmuré con la cara cubierta de migajas.

Bobby me miraba fijamente; no había tocado la comida de su plato.

—Quiero saber más —dijo con gravedad.

Miré con tristeza lo que quedaba de mi cruasán en el plato. Tenía muchas ganas de terminármelo, pero la mirada de Bobby me dijo que su madre se merecía que se lo contara todo cuanto antes.

—¿Quieres saber cosas sobre tu madre? —pregunté, y bebí un sorbo de zumo de naranja para arrastrar los restos de cruasán.

—No, quiero saberlo todo sobre ti. —Y se acomodó en el sofá mientras yo le observaba con la boca abierta, vagamente desorientada.

—Me han dicho que diriges una agencia de actores. ¿Fue a través de la agencia como te hiciste amiga de mi madre?

—La verdad es que no.

—Ya me lo figuraba.

—¿Qué quieres decir?

—Tú no tienes ninguna agencia de actores, ¿verdad? No pareces ese tipo de persona.

Abrí la boca y me sentí extrañamente ofendida.

—¿Por qué, qué tipo de persona suele dirigir una agencia de actores?

—Personas que no son como tú. —Sonrió—. ¿A qué te dedicas en realidad?

—Busco —sonreí—. Voy a la caza.

—¿De talento?

—De personas.

—¿De personas con talento?

—Supongo que todas las personas que busco tienen alguna clase de talento, aunque contigo no estoy tan segura. —Bobby pareció confundido, así que decidí dejar las bromas inoportunas y confiar en él—. Tengo una agencia de personas desaparecidas, Bobby.

Al principio se quedó atónito. Luego, a medida que lo asimilaba, se le empezó a dibujar una sonrisa que enseguida creció hasta las orejas, se convirtió en pura risa y la risa en aquellas carcajadas tan contagiosas que ya conocía bien, así que yo también me puse a reír.

De repente se detuvo.

—¿Has venido para llevarnos de vuelta a casa o sólo de visita?

Miré su cara esperanzada y me sentí triste.

—Ni lo uno ni lo otro. Yo también estoy atrapada aquí, por desgracia.

En los peores momentos de la vida se pueden hacer dos cosas: desmoronarse, perder la esperanza y negarse a seguir adelante y tumbarse boca abajo a aporrear el suelo y patalear, o reírse. Bobby y yo hicimos lo segundo.

—Está bien. Lo que tienes que hacer es no contarle nada de esto a nadie —dijo Bobby.

—No lo he hecho. Aparte de Joseph y Helena, no lo sabe nadie más.

—Bien. Podemos confiar en ellos. ¿La idea de la obra fue de Helena?

Asentí.

—Una maniobra inteligente. —Los ojos le chispearon con picardía—. Sandy, de verdad que tienes que ir con mucho cuidado. Esta mañana la gente hablaba en el comedor.

—¿Qué tiene de raro hablar en el comedor? —bromeé, y me zampé el resto del cruasán.

—Venga, que esto es serio. Hablaban sobre ti. Los aspirantes seguramente habrán hablado con sus amigos y familiares sobre lo que les contaste, éstos se lo habrán contado a otras personas y ahora todo el mundo habla de lo mismo.

—¿Tan malo es que lo sepan? Es decir, ¿qué daño puede hacer que todos sepan que me dedicaba a buscar personas desaparecidas?

Bobby abrió mucho los ojos.

—¿Estás loca? Casi todas las personas de aquí ya se han establecido y no volverían a su vida anterior aunque les pagasen. Y no sólo porque aquí el dinero no sirva de nada. Pero hay muchos que aún no tienen los pies en la tierra y siguen tratando de hallar el modo de marcharse de aquí. Esas personas se pegarán a ti día y noche, sin descanso, y desearás no haber abierto la boca.

—Helena me dijo lo mismo. ¿Ya ha ocurrido antes?

—¡Dios mío, que si ha ocurrido antes! Bueno, las circunstancias no eran exactamente las mismas. —Hizo un ademán evasivo y abandonó el tono teatral—: Unos años antes de que yo llegara aquí, un anciano afirmaba que las cosas se le perdían continuamente. Si quieres saber mi opinión, lo que estaba perdiendo era la cabeza. Bueno, pues en cuanto la gente se enteró, no podía ir ni al lavabo sin que alguien le acompañara. Le seguían absolutamente a todas partes. Cuando iba al comedor, la gente acudía en multitud a su mesa; le seguían a las tiendas y hasta montaban guardia delante de su casa. Fue una locura. Finalmente tuvo que dejar el trabajo, porque siempre había unos cuantos que le respiraban en la nuca.

—¿En qué trabajaba?

—Era cartero.

—¿Cartero? ¿Aquí? —Hice una mueca.

—¿Qué tiene de raro? Aquí necesitamos carteros más que en ninguna otra parte. La gente necesita enviar cartas, mensajes y paquetes a los pueblos de los alrededores, pues aunque tengamos teléfonos, televisores y ordenadores, no están conectados a ninguna red o servicio, sólo emiten electricidad estática. Pero dejemos eso, el caso es que no podía ir en bicicleta a los pueblos con un rebaño de gente tras él. Los habitantes de los pueblos empezaron a hartarse de aquella situación, pero los que le seguían confiaban en que, por obra de un milagro, les enseñaría la manera de marcharse de aquí.

—¿Y qué sucedió? —pregunté, sentada en el borde del sofá.

—Entre todos lo volvieron loco, más loco de lo que ya estaba. No tenía un instante de intimidad.

—¿Dónde está ahora?

—No lo sé. —De repente Bobby parecía aburrido de la historia—. Desapareció. Lo más probable es que esté a unos cuantos pueblos de aquí. Joseph lo sabrá porque eran muy amigos. Pregúntale a él.

Me estremecí.

—¿Tienes frío? —preguntó Bobby sorprendido—. Siempre hace mucho calor aquí arriba. Estoy sudando a mares.

Recogió los platos y los vasos. Actuaba con aparente serenidad, pero me di cuenta. Con el rabillo del ojo vi que me observaba un buen rato antes de irse de la habitación. Quería comprobar si su semilla estaba bien plantada. Pero no tenía que preocuparse. Lo estaba.

36

—Venga, podemos caminar y hablar al mismo tiempo —dijo Bobby, que se levantó y me agarró la mano para tirar de mí.

—¿Adónde vamos?

—A los ensayos, por supuesto. Ahora más que nunca tienes que seguir con esta historia de la obra. La gente te estará observando aunque no te des cuenta.

Volví a estremecerme. Una vez abajo, Bobby empezó a tirarme ropa.

—¿Qué estás haciendo?

—La gente te tomará más en serio si dejas de vestirte como Simbad el Marino.

Me pasó un par de pantalones grises de pinzas y una blusa azul.

—Son de mi talla. —Miré las etiquetas, impresionada.

—Sí, pero no he tenido en cuenta la longitud de tus piernas —añadió. Me las miraba y se mordía el labio.

—La pesadilla de mi vida. —Hice una mueca de desaprobación y le devolví los pantalones.

—No pasa nada, ¡tengo justo lo que necesitas! —Corrió hasta el fondo de la tienda—. Toda esta hilera es para personas con las piernas muy largas. —Buscó entre los colgadores mientras yo miraba las prendas como un niño en una tienda de golosinas. Jamás me había topado con semejante lujo.

—Dios mío, me parece que a pesar de todo aquí podría ser feliz. —Pasé la mano por las perchas.

—Aquí tienes. —Me acercó lo que parecían unos pantalones iguales que los otros, aunque más largos—. Póntelos enseguida. No debemos llegar tarde al ensayo.

Salimos al luminoso día y los ojos me dolieron por haber estado encerrada tanto rato en la oscuridad del viejo edificio de castaño. En la calle había ajetreo y ruido del mercado. La gente gritaba, regateaba, se reía y se llamaba en muchos idiomas diferentes, algunos de los cuales no había oído jamás. Un pequeño grupo de mujeres se volvió para mirarnos a Bobby y a mí mientras él cerraba la puerta con llave. Esperé en el porche con mi ropa nueva; no podía dejar de sentirme observada mientras cuchicheaban unas con otras.

—Ahí está —oí que susurraba una muy alto, tan alto que me pregunto cómo diablos pensó que no la oiría. Otra le dio un codazo a la de al lado, que tropezó y salió despedida hacia nosotros mientras bajábamos la escalera.

—Hola —dijo, y nos obligó a parar en seco.

Bobby quiso sortearla, pero ella se movió hacia un lado y nos cortó el paso otra vez.

—Hola —repitió. Me miraba fijamente. Bobby no existía para ella.

—Hola —contesté, sabiendo que el grupo del que se había separado nos estaba observando.

—¿Me llamo Christine Taylor?

¿Era una pregunta?

—Hola, Christine.

Silencio.

—Soy Sandy.

Entrecerró los ojos y me miró a la cara con detenimiento: quería saber si yo la reconocía.

—¿Puedo ayudarte? —pregunté cortésmente.

—¿Llevo aquí dos años y medio?

—¿Sí? Eso... —miré a Bobby, que levantó los ojos a modo de respuesta—, eso es bastante tiempo, ¿verdad?

Volvió a estudiarme.

—¿Antes vivía en Dublín?

—¿En serio? Dublín es una ciudad muy bonita.

—¿Tengo tres hermanos y una hermana? —intentó refrescarme la memoria—: ¿Martin Taylor? —Me miró—. ¿Andrew Taylor? —Silencio—. ¿Gavin Taylor? —Silencio—. ¿Mi hermana se llama Roisín Taylor? —No me quitaba el ojo de encima—. ¿Es enfermera en el hospital de Beaumont?

—Qué bien...

—¿Conoces a alguno de ellos? —preguntó esperanzada.

—No, lo siento mucho pero no. —Realmente no los conocía—. De todos modos, ha sido un placer conocerte. —Empezamos a caminar, pero me agarró del brazo—. ¡Eh! —grité, tratando de zafarme. Apretó con más fuerza.

—Oye, suéltala —intervino Bobby.

—Los conoces, ¿verdad? —Se acercó a mí.

—¡No! —repliqué, y retrocedí al ver que no me soltaba.

—Mi padre y mi madre son Charles y Sandra Taylor. —Hablaba más deprisa ahora—. Seguramente también los conoces. Sólo quiero que me digas có...

—¡Que me sueltes!

Di un violento tirón para liberar el brazo y la multitud que nos rodeaba enmudeció y nos observó. Aquello la hizo callar. Se giró hacia sus amigas, que me miraban fijamente, evaluándome.

—Lo siento, pero llegamos tarde a los ensayos. Tenemos que irnos ahora mismo —dijo Bobby, que me cogió del mismo brazo y tiró de mí. Aturdida, dejé que me arrastrara medio corriendo entre el gentío, con la sensación de que los ojos de todos estaban clavados en mí a nuestro paso.

Finalmente llegamos al Centro Cívico, donde se estaba formando una pequeña cola ante la puerta.

—¡Sandy! —gritó alguien—. ¡Ahí está! ¡Sandy!

Varias personas empezaron a llamarme y a arremolinarse a mi

alrededor. Noté que Bobby volvía a tirar de mí, que me arrastraba hacia atrás, y la puerta del Centro Cívico se cerró de un portazo. Los actores de la obra, que estaban sentados en corro, se giraron a mirarnos. Bobby y yo jadeábamos, con la espalda apoyada contra la puerta.

—Vaya —dije mientras recobraba el aliento, y mi voz retumbó en la sala—, ¿es que esto es la maldita dimensión desconocida o qué?

Helena intervino:

—... dijo Dorothy al aterrizar en Oz. Gracias, Sandy, por recitar su primera frase —añadió mientras las caras horrorizadas se transformaban en asentimientos de comprensión—. Será un giro moderno en una vieja historia —explicó Helena—. Gracias de nuevo, Sandy, por recitarla de manera tan dramática.

Finalmente, Mary pulsó el *stop* cuando acabó el partido de fútbol de Bobby y sacó la cinta que Jack había deseado quemar durante las dos últimas horas. Apuró el café ya frío con la intención de permanecer despierto.

—Mary, de verdad que tengo que regresar a Limerick esta noche.

Jack miró el reloj para dar peso a lo que acababa de decir. En todo el rato que llevaban juntos no se había mencionado a Sandy ni una sola vez. Le pareció que estaba siendo iniciado, pensó que debía entrar en la vida de Mary antes de seguir avanzando hacia otros asuntos. Por toda la sala había fotografías enmarcadas que corrían a llenar cualquier superficie libre. Bobby recién nacido, Bobby de bebé, Bobby con su primera bicicleta, Bobby el primer día de colegio, Bobby el día de su primera comunión, el de su confirmación, Bobby decorando un árbol de Navidad, Bobby captado en el momento de zambullirse en una piscina durante unas vacaciones al sol. De calvo a castaño claro pasando por rubio casi albino. Sin diente alguno, sin dientes de leche, con aparatos correctores. No había relojes en aquella habitación, el tiempo había dejado su impronta en cada imagen y había quedado en suspenso, como si tuviera prohibido transcurrir a partir de la última fotografía: Bobby y Mary el día que cumplió dieciséis años.

Mary, de treinta y ocho, vivía en un piso encima de su tienda de beneficencia, donde vendía ropa, zapatos, libros, baratijas, accesorios para el hogar y cualquier otro artículo imaginable. En la tienda había un olor rancio debido a la ropa de segunda —y tercera— mano, a los libros polvorientos y manoseados y a los juguetes viejos que habían sobrevivido a sus pequeños propietarios. En el piso de arriba estaba el espacio que Mary había compartido con Bobby durante aquellos dieciséis años.

Mary se levantó.

—¿Más café?

—Sí, gracias.

Jack la siguió a la cocina, donde las fotografías volvían a salpicar las paredes y ocupaban el alféizar de la ventana.

—¿Las otras personas a las que he llamado no vendrán a la reunión? —Jack no pensó que estarían solos.

—No creo que puedan: lo han sabido con muy poca antelación. Peter vive en Donegal con sus dos hijos y Clara y Jim viven en Cork, aunque acaban de divorciarse y supongo que la posibilidad de juntarlos en una misma habitación es bastante remota. Es una verdadera lástima. Su hija Orla lleva seis años desaparecida. Me parece que eso es lo que los ha separado. —Sirvió más café—. En la vida, los cambios así de drásticos tienen un efecto magnético. O separan a las personas o las unen. Por desgracia, en este caso ha sucedido lo primero.

Jack pensó en Gloria y en cómo aquel suceso magnético los había alejado.

—Pero estoy convencida de que todos arrimarán el hombro cuando les necesitemos para algo concreto.

—¿Sandy ayudó a toda esa gente?

—Sandy ayuda, Jack. Aún no se ha ido. Es muy trabajadora. Ya sé que apenas has tenido ocasión de verla en acción, pero se pone en contacto con nosotros cada semana. Incluso después de todos estos años, nos llama una vez por semana para decirnos si hay alguna novedad. La mayoría de veces, y sobre todo de un tiempo a esta parte, las llamadas han sido para saber cómo estamos.

—¿Alguien ha sabido de ella esta semana?

—Nadie.

—¿Y eso no es raro?

—No del todo.

—Varias personas me han dicho que no es raro que pierda contacto y desaparezca durante un tiempo —comentó Jack.

—Desaparecía constantemente, pero aun así nos llamaba desde sus escondites. Si Sandy está comprometida con algo, ese algo es su trabajo.

—Me parece que es lo único.

—Sí, no me sorprendería que fuese así —corroboró Mary con un movimiento de cabeza—. Sandy contaba, cuenta —se corrigió— muy poco de sí misma. Nunca menciona a su familia ni a sus amigos. Ni una sola vez, y ya hace tres años que la conozco.

—No creo que tenga ninguno —dijo Jack. Se sentó a la mesa de la cocina con un tazón de café recién hecho.

—Bueno, nos tiene a nosotros. —Mary también se sentó—. ¿No sacaste nada en claro con el garda Turner?

Jack sacudió la cabeza.

—Hoy he hablado con él. En realidad, no puede hacer nada si los parientes y amigos aseguran que esta conducta es normal. Sandy no supone un peligro para sí misma ni para el prójimo, y no hay ninguna circunstancia sospechosa en su desaparición.

—¿No hay nada sospechoso en un coche abandonado con todas sus pertenencias dentro? —preguntó Mary sorprendida.

—No si tiene costumbre de hacerlo.

—Pero ¿y el reloj que encontraste?

—El cierre estaba estropeado. Al parecer se le cae con frecuencia.

Mary chasqueó la lengua y meneó la cabeza.

—Esa pobre chica va a verse perjudicada por haber tenido un comportamiento extraño en el pasado.

—Me gustaría mucho hablar con sus padres, saber qué piensan de todo esto. Me cuesta trabajo aceptar que cinco días sin tener noticias de un familiar no sea motivo de preocupación.

En el fondo, Jack sabía que aquello era posible, sin duda. No estaba particularmente unido a Donal, como tampoco al resto de la familia, a decir verdad. Aparte de Judith, a menudo transcurrían semanas sin que supieran nada unos de otros. Era su madre quien daba la voz de alarma al cabo de tres días.

—Tengo su dirección, si quieres. —Mary se levantó de la mesa y rebuscó en un armario de la cocina—. Para mi sorpresa, Sandy me pidió una vez que le enviara algo allí. —Su voz sonaba amortiguada dentro del armario—. Me parece que se había quedado aislada en casa de sus padres por Navidad y que buscaba un poco de trabajo para entretenerse. —Se rio—. ¿Pero no es eso lo que se hace en Navidad? Aquí está.

Por fin sacó la cabeza.

—No puedo presentarme sin avisar —dijo Jack.

—¿Por qué no? Lo peor que pueden hacer es no hablarte, pero merece la pena intentarlo. —Le dio la dirección de Leitrim—. Puedes pasar la noche aquí, si quieres. Es demasiado tarde para que vayas ahora a Leitrim y luego sigas hasta Limerick.

—Gracias, puede que mañana incluso me quede un poco más en Dublín para ver si Sandy acude a otra cita que tenía prevista. —Jack sonrió al ver una foto de un joven Bobby disfrazado de dinosaurio por Halloween—. ¿Se va haciendo llevadero?

Mary suspiró.

—Nunca es más llevadero, pero sí un poco menos duro, tal vez. Siempre lo tengo presente, cada hora que paso despierta y dormida. El dolor empieza a... no a desaparecer, pero es como si se evaporase, de manera que siempre flota como una nube a mi alrededor, lista para descargar un chaparrón en el momento más inesperado. Luego, cuando el dolor se va, la rabia ocupa su lugar, y cuando la rabia pierde fuerza, la soledad se hace cargo de la situación. Es un círculo interminable de emociones: cada emoción perdida es reemplazada por la siguiente. No ocurre así con los hijos, lamentablemente. —Sonrió con ironía—. Antes me encantaban los grandes misterios de la vida, las incertidumbres, el no saber. Solía pensar que todo eso era muy necesario para nuestro viaje. —Sonrió con tristeza—. Ahora ya no me entusiasma tanto esa idea.

Jack asintió en silencio y ambos cayeron en sus pensamientos durante un rato.

—En fin, no hay que verlo todo negro —dijo Mary más animada—. Por suerte, Sandy hará lo que siempre hace y volverá a casa por la mañana.

—Con Bobby y Donal a remolque —agregó Jack.

—Ojalá. Por la esperanza.

Mary alzó su tazón y lo chocó con el de Jack.

37

Jack durmió en el minúsculo cuarto de Bobby aquella noche, rodeado de carteles de coches deportivos y rubias semidesnudas. En el techo había miniaturas de estrellas y naves espaciales que tiempo atrás habían brillado en la oscuridad, pero que ahora, igual que la presencia de Bobby, apenas emitían un ligero resplandor. Había adhesivos pegados a la puerta y el papel pintado descolorido había sido arrancado: He-Man se había quedado sin espada, Bobby Duke sin sombrero de vaquero y Darth Vader sin casco. El edredón azul marino ofrecía una panorámica del sistema solar, con todos los planetas y lugares del universo a la vista excepto aquél donde se encontraba Bobby.

En el escritorio había montones de compactos, un reproductor de música, auriculares y revistas que contenían aún más coches y mujeres. Unos pocos libros escolares ocupaban un rincón; estaba claro el poco interés que suscitaban en su propietario. Encima del escritorio, estantes a reventar con más compactos, DVD, revistas, medallas y trofeos de fútbol. Jack pensó que era imposible que nada hubiese cambiado en aquel cuarto desde que Bobby saliera de allí para nunca regresar. Jack tocó tan pocas cosas como pudo y caminó de puntillas por la alfombra con la intención de no dejar pisadas. Todo lo que había en el cuarto era valiosísimo y sólo existía como material de museo.

Entre los carteles de coches y glamurosas modelos desnudas asomaba el papel pintado de motivos infantiles. Justo debajo de la superficie se hallaba la niñez, separada de la adolescencia tan sólo por una delgada capa de papel impreso. Era el cuarto de alguien que estaba entre la niñez y la edad adulta, en un punto intermedio entre la inocencia y la consciencia, en el camino del descubrimiento.

Jack volvió a tener la impresión de haber estado antes en la casa. Se sentía atrapado en un tiempo que no estaba autorizado a poner en marcha otra vez. La placa de la puerta, que decía «Cuarto de Bobby: No entrar», había sido respetada, y el cuarto estaba cerrado a cal y canto con todo dentro, todos los preciados objetos allí guardados como en una caja fuerte. Jack se preguntó si Bobby estaría ahora en otra parte, viviendo su vida, si habría dejado atrás la imagen a la que Mary se aferraba con tanto empeño o si su viaje habría terminado. ¿Iba a existir para siempre en el tiempo sin ser un niño ni tampoco un hombre, en un lugar intermedio como una persona intermedia, sin haber completado nada, sin haberse desarrollado del todo?

Pensó en su propia negativa a olvidar a Donal, pensó en lo que el doctor Burton le había dicho sobre lo de reemplazar una búsqueda por otra cuando uno está en un callejón sin salida. Supuso que aquella teoría sería cierta, pero estaba convencido de que no se debía a su falta de voluntad o a su incapacidad de seguir adelante. Descartó la idea de que su actitud fuese semejante a la de Mary, que vivía aferrada a los recuerdos y atrapada eternamente en un instante que hacía mucho que había pasado. Se tapó la cabeza con el edredón y se escondió de la galaxia que tenía encima. Era consciente de que buscar a Sandy no le serviría para encontrar a Donal, pero algo en su corazón, algo en su mente le empujaba adelante.

Al día siguiente ya era viernes, y si Sandy no reanudaba su vida, llevaría seis días desaparecida. Ahora Jack debía decidir si había llegado el momento de echarse atrás, abrir la puerta de su vida y dejar que el tiempo atrapado y los recuerdos escapasen, para así seguir adelante y recuperar todo lo que había desatendido y abandonado; o podía continuar la búsqueda a toda máquina, por más extraña y fuera de lo normal que pareciese. Pensó en Gloria sola en casa, en su ausencia de sentimientos hacia ella, su vida en común y su futuro, y decidió que él, igual que el Bobby que todavía habitaba en aquel cuarto, se estaba embarcando en un viaje de descubrimiento. Oyó a Mary apagar el televisor y desenchufar aparatos en la cocina. Una abertura de la cortina dejó pasar un súbito rayo de luz, que entró en la habitación y dibujó una raya amarilla sobre la imagen de un Ferrari. Al caer en la cuenta de que era la luz del porche, a Jack le invadió una indescriptible sensación de calma y se quedó mirando la luz de la pared hasta que los párpados le pesaron.

Se despertó a las nueve menos cuarto de la mañana siguiente con el sonido de su teléfono.

—¿Diga? —contestó con voz ronca mientras miraba alrededor. Por un instante creyó que había retrocedido en el tiempo hasta la adolescencia y que se estaba despertando en casa de su madre. Su madre... Sintió una punzada por su ausencia.

—¿Qué demonios estás haciendo? —preguntó muy enojada su hermana Judith. De fondo se oían bebés que lloraban y ladridos.

Jack gruñó:

—Despertarme.

—¿Sí? —dijo Judith sarcástica—. ¿Al lado de quién?

Jack se giró hacia la derecha y miró a la rubia que lucía poco más que un sombrero de vaquero y un par de botas.

—Candy, de Houston, Tejas. Le gusta montar a caballo, la limonada casera y sacar a su perro *Charlie* a pasear.

—¿Qué? —chilló Judith, y un bebé lloró aún más fuerte.

Jack se echó a reír.

—Relájate, Judith. Estoy en el cuarto de un chaval de dieciséis años. No hay de qué preocuparse.

—¿Que estás dónde?

A Jack le pareció oír disparos.

—¡¡James, baja el volumen de la tele!!

—Aahh... —Jack se apartó el teléfono de la oreja.

—Lo siento, ¿te ha molestado este ruido a cientos de kilómetros? —vociferó Judith, subrayando la última parte de la frase.

—Judith, ¿por qué estás tan irritable hoy?

Judith suspiró.

—Pensaba que sólo ibas a Dublín a ver al médico.

—Y así era, pero se me ocurrió hacer unas cuantas preguntas antes de volver a casa.

—¿Esto tiene que ver con la mujer de la agencia de personas desaparecidas?

—Sandy Shortt, sí.

—¿Qué estás haciendo, Jack? —preguntó en voz baja.

Jack apoyó la cabeza contra las intimidades de Babs, de Australia.

—Estoy reconstruyendo mi vida —contestó.

—¿Y tienes que destrozarla primero?

—¿Te acuerdas de cuando hacíamos juntos el puzle de Humpty Dumpty cada Navidad?

—Ay, por Dios, has perdido la cabeza —dijo Judith.

—Sígueme la corriente. ¿Te acuerdas?

—¿Cómo voy a olvidarlo? El primer año no lo terminamos hasta marzo, y todo porque mamá lo recogió de la mesa del salón de invitados presa del pánico cuando el padre Keogh nos hizo una de sus visitas sorpresa.

Se rieron.

—Cuando el padre Keogh se marchó, papá vino a ayudarnos a empezar otra vez, ¿recuerdas? Nos enseñó a separar todas las piezas, a ponerlas primero con la cara hacia arriba para luego empezar a juntarlas.

—Y decían: «Todos los caballos del rey y todos los hombres del rey» —suspiró—. Así que estás juntando tus piezas.

—Exacto.

—Mi hermano pequeño, de repente tan filosófico. ¿Qué fue de las salidas al pub y de los chistes de pedos?

Jack se rio.

—Siguen en alguna parte dentro de mí.

Judith se puso seria.

—Entiendo lo que estás pasando y entiendo lo que estás haciendo, pero ¿tienes que hacerlo por tu cuenta sin decir nada a nadie? ¿No podrías al menos venir para el festival de este fin de semana? Esta noche voy a ir con Willie y los niños. Hay un concierto al aire libre y juegos para los críos y la habitual exhibición de fuegos artificiales el domingo por la noche. Nunca te los has perdido.

—Intentaré llegar a tiempo —mintió Jack.

—No sé de dónde saca la paciencia Gloria. Parecía tan de acuerdo con que te quedaras en Dublín... Pero no me cabe duda de que la estás poniendo a prueba. ¿La estás apartando de ti deliberadamente?

Jack estuvo a punto de lanzarse a otra defensa de sí mismo, pero se detuvo y, para variar, pensó en ello.

—No lo sé —suspiró—. Quizá. No lo sé.

—Buenos días. —Mary estaba llamando a la puerta.

—Adelante —contestó Jack, y rápidamente se tapó con el edredón.

Se oyeron unos golpecitos y un tintineo mientras el picaporte giraba y Mary abría la puerta con un desayuno servido en bandeja.

—Caramba —dijo Jack mirando la comida con apetito.

Mary puso la bandeja encima del escritorio, en el borde. No movió ninguna revista ni ningún compacto; prefería dejar la bandeja allí, aunque fuera en dudoso equilibrio. No había que tocar nada. Jack se sorprendió de que le hubiese permitido dormir en aquella cama.

—Gracias, Mary, tiene un aspecto delicioso.

—No hay de qué. De vez en cuando me encantaba darle a Bobby el capricho de desayunar en la cama. —Contempló la habitación mientras se retorcía las manos—. ¿Has dormido bien?

—Sí, gracias —contestó Jack cortésmente.

—Mentiroso —dijo Mary de camino a la puerta—. No he dormido una sola noche entera desde que Bobby desapareció. Apuesto a que te sucede lo mismo.

Jack se limitó a sonreír, agradecido al oír que no era el único.

—Ahora tengo que ir a abrir la tienda, pero no te des prisa. Te he dejado una toalla en el cuarto de baño. —Sonrió, echó una última mirada angustiada al cuarto y se fue.

Jack se alegró de haber anotado todas las citas futuras de Sandy antes de entregar su agenda al doctor Burton. Para hoy había escrito: «YMCA Aungier Street. 12 mediodía – Sala 4.» No mencionaba para nada de qué se trataba, pero Jack había observado que Sandy iba allí —o al menos lo apuntaba— una vez cada mes. Resolvió que lo mejor sería presentarse allí directamente.

Entró en el edificio a las doce y diez por culpa del desesperante tráfico de Dublín, ya que aún no se había acostumbrado a tenerlo en cuenta al calcular el tiempo de sus desplazamientos por la ciudad. Detrás del mostrador de recepción no había nadie. Se inclinó sobre el escritorio, miró a derecha e izquierda y llamó, pero fue inútil. Había varias puertas con carteles que anunciaban clases de musculación, puericultura, informática, terapias y programas ocupacionales para jóvenes. Se preguntó qué habría tras la puerta número cuatro. Tenía serias dudas de que se tratara de otro servicio de orientación psicológica, pero fuese lo que fuese esperó no encontrarse con una sala de musculación; los ordenadores eran mejor opción, no le importaría aprender un poco de informática. Llamó suavemente a la puerta mientras buscaba algún indicio de lo que se hacía en aquella sala. Deseaba con todas sus fuerzas que Sandy estuviera allí.

La puerta se abrió y apareció una señora muy afable:

—Hola. —Sonrió; su voz fue casi un susurro.

—Lamento interrumpir —dijo Jack en voz baja. Fuese lo que fuese lo que estuvieran haciendo detrás de la puerta, estaba claro que lo hacían en silencio. Yoga. Esperó que no fuese yoga.

—No te preocupes, todo el mundo es bienvenido a la hora que sea. ¿Por qué no te quedas?

—Pues... sí. En realidad estoy buscando a Sandy Shortt.

—Ah, ya veo. ¿Te lo ha recomendado ella?

—Sí —asintió Jack con un gesto exagerado.

La señora abrió más la puerta y un círculo de personas se volvió a mirar. Nada de colchonetas, pensó con alivio, no era yoga. El corazón le palpitaba mientras buscaba a Sandy; se preguntaba si ella le vería antes de que él la localizara. Y si ahora mismo le estaba mirando, ¿le reconocería? ¿Se enfadaría con él por haberla encontrado escondida en su madriguera o le estaría agradecida, aliviada de que alguien hubiese notado su ausencia?

—Bienvenido, pasa y toma asiento.

La señora extendió el brazo hacia dentro mientras alguien cogía una silla de un rincón y la colocaba en el círculo. Jack caminó hacia ellos mirando una cara tras otra en busca de Sandy. El círculo se agrandó a medida que se acercaba, con un movimiento como el de un paraguas que se abre lentamente. Se sentó, aturdido. Sandy no estaba allí.

—Es una lástima, pero Sandy no ha venido hoy, como puedes ver.

—Sí, ya lo veo.

Le rechinaron los dientes y el consabido dolor empezó a palpitarle en la parte de atrás de la boca.

—Me llamo Tracey —dijo la señora, sonriente.

—Hola. —Jack carraspeó nerviosamente mientras todos los presentes se volvían para mirarlo, evaluarlo, estudiarlo, analizar cada uno de sus torpes movimientos—. Me llamo Jack.

—Hola, Jack —respondieron todos al unísono. Jack se quedó paralizado. Abrió los ojos estupefacto ante el tono hipnótico de sus voces. Se produjo un largo silencio mientras se revolvía en la silla, incómodo, sin saber qué se suponía que tenía que hacer.

—Jack, ¿prefieres que hoy los demás hablen primero y quizá la semana próxima nos podrás contar tu historia?

¿Su historia? Miró a los demás; algunos tenían cuadernos y bolígrafos en el regazo. A un lado de la sala había una pizarra donde habían escrito «Trabajo de redacción» dentro de un círculo. De ese círculo salían las palabras «sentimientos», «pensamientos», «preocupaciones», «ideas», «lenguaje», «expresión», «tono», entre muchas otras que no llegó a leer. Finalmente, concluyó que era muy probable que se tratara de un taller de escritura creativa.

—Claro —contestó aliviado—. Me gustaría escuchar a los demás primero.

—Vale. Richard, podrías empezar tú contándonos cómo te ha ido este mes.

—Toma, creo que te será útil —susurró una mujer al lado de Jack mientras le daba un folleto.

—Gracias.

Lo dejó en su regazo y decidió esperar a que Richard acabara su relato antes de leerlo. La historia de Richard era un cuento bastante absurdo sobre un tipo nada simpático y su miedo constante a actuar empujado por impulsos violentos. Sin abandonar el tono aburrido, pasó a recitar la historia exasperante y lamentable de cómo aquel hombre igualmente exasperante y lamentable sentía una responsabilidad excesiva por la seguridad del prójimo, hasta el punto de que le daba miedo conducir por temor a atropellar a alguien. De vez en cuando Jack meneaba la cabeza y se reía con ganas; daba por sentado que se trataba de una comedia, aunque de un humor truculento, pero no tardó en dejar de hacerlo al ver las numerosas miradas de extrañeza que le lanzaba el grupo.

Minutos más tarde —parecieron horas—, la sala seguía reverberando con la incesante perorata de Richard. Cada palabra retumbaba aún en la cabeza de Jack, como si no se hubiese aburrido bastante al oírlas por primera vez. A medida que el relato adquiría un tono de absoluta depresión, con la conducta del protagonista como causa de la pérdida de su esposa e hijo, Jack por fin desconectó y empezó a leer el folleto que estrujaba con las manos pegajosas.

Su cuerpo relajado se puso rígido cuando se fijó en la cubierta satinada del delgado folleto. En cuestión de segundos, calientes oleadas de color se extendieron desde su cuello hasta lo más alto de su cabeza rubia rojiza al leer «Bienvenidos a Obsesivos Compulsivos Anónimos».

Jack estuvo callado el resto de la reunión. Se sentía avergonzado por el mero hecho de estar allí y, más en particular, por su conducta de antes, durante el relato de Richard. Cuando acabó la sesión, salió de la habitación con la cabeza gacha, mezclándose entre el resto de asistentes.

—¡Jack! —gritó Tracey, y se quedó paralizado. Dejó que los demás se marcharan mientras observaba sus caras: se disponían a abandonar la zona de seguridad para enfrentarse a solas con los demonios del mundo. También vio al doctor Burton, que esperaba fuera de la sala con los brazos cruzados y cara de pocos amigos. Jack retrocedió unos pasos hacia Tracey.

Tracey le alcanzó y le tendió la mano para estrechársela.

—Gracias por haber venido hoy. —Sonrió—. Es el primer paso para empezar a curarte. Será un viaje tortuoso, te resultará difícil, pero, por favor, ten presente que todos estamos aquí para echarte una mano. —Jack oyó al doctor Burton reírse con amargura—. Los doce pasos que hemos mencionado antes, creados por Alcohólicos Anónimos y adaptados para OCA, pueden aliviarte. He comprobado que pueden reducir e incluso eliminar nuestras obsesiones y compulsiones, así que ven el próximo mes.

Tracey le dio unas palmadas de aliento en el brazo.

—Gracias —dijo Jack. Se aclaró la garganta con incomodidad: se sentía un impostor.

—¿Conoces bien a Sandy? —preguntó Tracey.

Jack hizo una mueca. Le fastidió que le hiciera aquella pregunta en presencia del doctor Burton.

—Más o menos —carraspeó otra vez.

—Si la ves, dile que vuelva a las reuniones. Es muy raro que se haya saltado la de hoy.

Jack asintió con un gesto y esta vez se alegró de que el doctor Burton estuviera allí.

—Así lo haré —le dijo a Tracey—. ¿Lo ha oído? —se dirigió al doctor Burton en cuanto ella se hubo alejado lo suficiente—. Dice que es muy raro que Sandy no haya venido. Me pregunto dónde estará.

38

Iba a las reuniones de OCA todos los meses. Cada mes que iba era para mí otro mes que merecía estar con Gregory.

—¡Sandy!

Gregory me llamaba. Yo estaba en la planta baja de su casa, medio desnuda, a las dos y diez de la madrugada, revolviendo mi bolsa de fin de semana, que había dejado, como de costumbre, junto a la puerta de entrada.

—¡Sandy! —insistió.

Se oyó un golpe sordo y las tablas del suelo de arriba crujieron cuando saltó de la cama y cruzó la habitación. El pulso se me aceleró y mi búsqueda fue más frenética. Presionada porque Gregory venía hacia mí, di la vuelta a la bolsa y desparramé el contenido por el suelo. Cogí algunas prendas, las sacudí, revisé los bolsillos, las extendí en el suelo y las recorrí con la palma de la mano tratando de hallar el bulto escondido.

—¿Qué estás haciendo?

Su voz sonó detrás de mí y me sobresalté. El corazón me latía con fuerza, la adrenalina me ahogaba como si me hubiesen pillado in fraganti, como si estuviese haciendo algo ilegal, como robar, o inmoral, como engañarlo. Detestaba que me hiciera sentir que lo que hacía estaba mal. Su expresión era la misma que me había hecho huir de otros, la misma mirada que, curiosamente, todavía no me había impulsado a escapar de él. No del todo, al menos, aunque ya había salido corriendo unas cuantas veces.

La loción para después del afeitado que le compré cada una de las seis Navidades que habíamos pasado juntos llenaba la habitación. No le contesté. Me limité a extender mi uniforme azul marino de garda en el suelo y a palparlo en busca de bultos inusuales.

—Hola —insistió—. Te estaba llamando.

—No te he oído —respondí.

—¿Qué estás haciendo?

—¿A ti qué te parece? —contesté con calma mientras pasaba la mano a lo largo de una pernera azul marino de nailon.

—Yo diría que le estás dando un buen masaje a tu ropa. —Noté que caminaba por la sala de estar y que se sentaba delante de mí en el sofá, envuelto en el batín que le había regalado la última Navidad y calzado con las zapatillas de cuadros escoceses que le había regalado la anterior—. Estoy bastante celoso —murmuró. Yo seguía palpando los bolsillos.

—No encuentro mi cepillo de dientes —expliqué mientras vaciaba el neceser en el suelo.

—Ya.

Me observaba en silencio, sentado, pero aun así me incomodé. Sus ojos acusadores me hacían sentir como si estuviese metiéndome drogas y no haciendo algo tan simple como buscar una cosa. Transcurrieron unos minutos y mi búsqueda no dio resultado.

—¿Sabes que tienes un cepillo de dientes en el cuarto de baño de arriba?

—Hoy he comprado uno nuevo.

—¿No te sirve el viejo?

—Las cerdas están muy blandas.

—Pensé que te gustaban las cerdas blandas. —Se pasó la mano por la barba.

Le sonreí. Siguió observándome un rato.

—Voy a preparar té. ¿Te apetece una taza?

Empleaba el mismo método que mis padres: ellos también solían mantener un tono distendido para fingir que todo iba bien, para evitar que captara vibraciones negativas y me entrara el pánico por haber perdido algo. Hace años eso pensaba yo. Ahora que era mayor había aprendido de Gregory que no era por mí por quien trataba de aligerar el ambiente, sino por sí mismo. Dejé de buscar y le observé moverse por la cocina como si tuviese la costumbre de preparar té cada madrugada a las dos. Le veía jugar a las casitas y fingir que era perfectamente normal y correcto que su novia intermitente estuviera sentada medio desnuda en la moqueta mientras vaciaba su bolsa en busca de un cepillo de dientes que tenía en el vaso del cuarto de baño de arriba. Le observé fingir para sí mismo y me enamoré de otro defecto que no sabía que tenía.

—A lo mejor se me cayó en el coche —pensé en voz alta.

—Esta lloviendo, Sandy. No irás a salir ahora, ¿no?

No le hacía falta preguntarlo: sabía la respuesta, pero seguía interpretando el papel que le exigía su juego. Fingir que su novia eternamente leal iba a correr el riesgo de aventurarse en la noche lluviosa para buscar una cosa. Qué inusual, qué espantosamente raro, qué majadería tan ocurrente. Qué divertido.

Busqué por la sala de estar una chaqueta o una manta con la que cubrirme. No había ninguna. (Cuando me hallo en ese estado, aunque aparento serenidad, por dentro voy de un lado a otro corriendo y gritando, ansiosa por marcharme, marcharme, marcharme.) Subir al dormitorio y ponerme algo de ropa me llevaría demasiado tiempo, retrasaría el hallazgo unos minutos preciosos. Miré a Gregory, que servía agua hirviendo en un tazón muy original que le había regalado la Navidad anterior. Obviamente, se fijó en la desesperada búsqueda de mis ojos, en mi silenciosa petición de ayuda. Reaccionó con su acostumbrada naturalidad:

—Vale, vale —levantó las manos rindiéndose—, te presto el batín.

En realidad yo no había pensado en su batín.

—Gracias. —Me puse de pie y corrí hasta la cocina.

Se aflojó el cinturón, se quitó el batín y me lo alcanzó: las únicas prendas que vestía eran las zapatillas de cuadros escoceses y la cadena de plata que le había regalado por su cuarenta cumpleaños el año anterior. Me reí y cogí el batín, pero él no lo soltó. Lo sujetó con fuerza, y se puso serio.

—Por favor, Sandy, no salgas.

—Gregory, no... —farfullé sin dejar de tirar del batín. No quería volver a tener la discusión de siempre, no quería pasar por todo aquello otra vez, hablar sin llegar a ninguna parte, no resolver nada y al final disculparse por los insultos lanzados entre las cuestiones importantes.

Arrugó la cara.

—Por favor, Sandy, te lo ruego. ¿No podemos volver a la cama? Me tengo que levantar dentro de cuatro horas.

Dejé de tirar del batín y le miré. Estaba desnudo delante de mí, pero tenía una expresión muy elocuente pintada en la cara. Fuese lo que fuese lo que decía su expresión, su manera de mirarme, la manera en que ansiaba que no le abandonara, algo en mi interior dejó de luchar.

Solté el batín.

—De acuerdo. —Me di por vencida—. De acuerdo —repetí, más para mí esta vez—. Vamos a la cama.

Gregory mostró sorpresa, alivio y confusión en una misma mirada, pero no forzó la situación ni cuestionó nada. No deseaba arruinar aquel momento, no pretendía estropear el sueño y volver a espantarme. En lugar de eso me cogió de la mano y subimos al dormitorio sin preocuparnos por mi ropa y mi neceser, esparcidos por el suelo junto a la puerta. Por primera vez di la espalda a la situación y miré en otra dirección. Era apropiado que, en aquel momento, fuese Gregory quien me llevara de la mano.

Ya en la cama, apoyé la cabeza sobre su cálido pecho; notaba los latidos de su corazón bajo mi mejilla y su aliento en lo alto de mi cabeza. Me sentí amada y segura, y pensé que mi vida no podía ser más perfecta y maravillosa. Antes de dormirnos, me susurró que recordara aquella sensación. Por un momento pensé que se refería a que estábamos juntos, pero a medida que la noche fue avanzando y me volví a inquietar, entendí que había querido decir que recordara la sensación de abandonar una búsqueda y el motivo que había dictado aquella decisión. Tenía que aferrarme a eso, guardarlo en mi memoria y apelar a ello cada vez que el impulso asomara a su cabeza.

Estaba inquieta aquella noche. Sólo tenía intención de volver a bajar y recoger mis cosas. Y una vez lo hube hecho, sólo deseé salir a la noche lluviosa para registrar mi coche. Pero al ver que el cepillo no estaba allí, olvidé la sensación a la que había intentado aferrarme cuando estaba entre los brazos de Gregory en la cama de Gregory.

Aquella mañana se despertó solo. Me duele imaginar lo que pensó cuando alargó el brazo y su mano se apoyó en las sábanas frías. Entretanto, mientras Gregory dormía, fingiendo en sus sueños que yo estaba a su lado en la cama, yo había regresado a un frío estudio para encontrar mi cepillo de dientes. Allí estaba, encima de la mesa, en su funda. Por una vez no me consoló hallar lo que buscaba. Me sentí más vacía que antes. Parecía que cuantas más cosas encontraba cuando estaba con Gregory, más cosas perdía en mi fuero interno. Estaba sola en la cama a las cinco de la madrugada tras haber abandonado el cálido lecho de un hombre al que amaba y que me correspondía. Un hombre que, de resultas de mi comportamiento, dejó de contestar a mis llamadas. Un hombre que, después de trece años de desear aprender cuanto hubiese que aprender acerca de mí, finalmente había tirado la toalla y ya no quiso saber nada más.

También yo renuncié a él por un tiempo, hasta que me sentí demasiado sola, demasiado cansada, y el corazón me dolía demasiado de fingir que prefería una sucesión de nadas con nadie que un único episodio de algo con alguien. Aquella mañana me dije que me aferraría a esa sensación, que recordaría la insensatez de renunciar a la calidez para caminar sola en el frío, la ridícula soledad de abandonar algo a cambio de nada.

Aceptó reanudar la relación con una condición: que admitiera mis problemas y asistiera a una reunión mensual que se llamaba OCA. La primera cosa que aprendes en OCA es que no puedes estar allí por otra persona: tienes que hacerlo por ti. Fue una mentira desde el mismísimo comienzo. Cada mes que acudía a la reunión era un mes más que pasaba con Gregory, con un Gregory más feliz, feliz de saber que iba dando los pasos, doce en concreto, para recuperarme. Se engañaba a sí mismo otra vez, ya que para todos era evidente que mi comportamiento no había cambiado en absoluto. En el fondo de mi corazón yo sabía que no era como los demás asistentes. Me parecía absurdo que pensara que yo tuviese algo que ver con personas que antes de acostarse se lavaban y frotaban durante horas hasta casi sangrar y que por la mañana repetían la misma operación antes de irse a trabajar. O que tuviera algo en común con la mujer que se hacía diminutos cortes en los brazos con una cuchilla de afeitar, o con el hombre que tocaba, contaba, ordenaba y acumulaba cuantas cosas aparecían en su camino. Yo no era como ellos. Mi dedicación no era una obsesión. Había una diferencia. Yo era diferente.

Después de años y más años de asistir a las reuniones seguía siendo igual que cuando, a los veintiún años, me sentaba cada semana en los escalones de cemento delante del edificio de la consulta del doctor Burton, con los codos en las rodillas y el mentón apoyado en las manos, y miraba la vida pasar mientras esperaba para cruzar la calle.

Gregory siempre cruzaba la calle y se sentaba a mi lado. Ahora me doy cuenta de que ni una sola vez nos encontramos a medio camino. Y creo recordar que nunca le di las gracias.

Pero ahora le diría que lo siento. Y lo grito mil veces al día desde este sitio al que sus oídos no llegan. Digo gracias y perdón y lo grito entre los árboles, en lo alto de los montes, derramo mi amor en los lagos y lanzo besos al viento con la esperanza de que lleguen hasta él.

Iba a las reuniones de OCA todos los meses. Cada mes que iba era para mí otro mes que merecía estar con Gregory.

Aquel mes no fui.

39

Después de una tarde de ensayo en el Centro Cívico, Helena, Joseph, Bobby y yo nos sentamos en torno a la mesa de pino de su casa. Wanda se sentó delante de mí, con su cabeza rizada apenas visible por encima de la mesa y los brazos levantados en un gigantesco esfuerzo por entrelazar las manos. Una vez más, imitaba la manera en que yo me había sentado. Joseph acababa de anunciar que el consejo había convocado una reunión para el día siguiente por la noche, lo cual, por razones que sólo los demás conocían, había provocado que enmudeciéramos mientras una atmósfera de inminente fatalidad se cernía sobre nosotros.

No sé por qué, pero el caso es que el día a día de aquel lugar me resultaba cómico; no podía ni quería tomarme sus palabras y asuntos en serio, por más importantes que fueran. Disimulé mi sonrisa con la mano mientras se miraban unos a otros con cara de preocupación. Yo era completamente indiferente al problema y agradecía que, fuese lo que fuese lo que estaba ocurriendo, les estuviese ocurriendo a ellos, no a mí. Era como si sus problemas no fuesen los míos, porque yo era una intrusa —por voluntad propia— y haría todo lo posible por mantenerme en esa posición. Cualquier cosa con tal de evitar enfrentarme a la dura realidad de establecerse allí. Según parecía, había muy poco margen de maniobra en dicha realidad. Así pues, mi sensación mientras estaba sentada a la mesa era que mi estancia allí iba a durar tan poco que no merecía la pena preocuparse por lo que fuese que afectara a su mundo. Su mundo, no el mío. Nadie había dicho palabra desde hacía un rato, de modo que intenté romper el hielo:

—¿Y qué asunto tan importante ha hecho que se convoque una reunión?

—Tú —dijo Wanda alegremente, y adiviné que estaba balanceando las piernas debajo de la silla por la manera en que movía los hombros.

Tuve un escalofrío. Decidí ignorar el comentario, molesta con que permitieran que una cría estuviera presente en nuestra conversación y además se tomara la libertad de participar; molesta con que me hubiese sacado de mi papel de oveja negra ignorada y me hubiese convertido en una cerdita en el punto de mira al hacerme salir de mi burbuja y plantarme en medio de la ecuación. Miré las caras en torno a la mesa; seguían lanzándose miradas de preocupación, pero nadie abría la boca. La única dispuesta a mirarme a los ojos era Wanda.

—¿Qué te hace pensar eso? —le pregunté, ya que nadie la había desmentido, quizá por tratarse del consenso general, quizá porque preferían no hacerle ni caso por considerarla una chiflada. Esperé que fuese lo segundo.

—Pues la manera en que todos te miraban cuando veníamos del Centro Cívico.

—Ya basta, corazón —dijo Helena con dulzura.

—¿Por qué? —Wanda miró a su abuela—. ¿No has visto cómo todos dejaban de hablar y le abrían paso? Parecía que fuese la princesa de un cuento de hadas. —Enseñó las encías. Sí, estaba chiflada.

—Ya vale. —Helena le dio unas palmaditas en el brazo para indicarle que se callara. Wanda guardó silencio y adiviné que ya no movía las piernas.

—La reunión se convoca para hablar de mí —repetí para asimilarlo—. ¿Es verdad, Joseph?

Muy rara vez me ponía nerviosa y, ante semejante idea, lo único que sentí fue curiosidad. Sin embargo, al mismo tiempo tenía la extraña sensación de que todo era muy afectado y cursi. Un encantador acontecimiento sin importancia en un simpático pueblecito.

—No sabemos si es para hablar de ti —terció Bobby en mi defensa. Miró a Joseph—. ¿Lo sabemos?

—No me han dicho nada.

—¿Es habitual convocar reuniones para hablar de los recién llegados? ¿Es normal? —pregunté. Estrujaba una piedra llamada Joseph para que me diera agua.

—Normal. —Levantó las manos—. ¿Qué es «lo normal»? ¿Cuándo hemos sabido definir «lo normal»? ¿Tal vez aquí, en este mundo? ¿O quizás en el mundo de antes, el mismo que creía saberlo todo?

Se puso de pie ante nosotros, imponente.

—Bueno, ¿tengo que preocuparme? —pregunté. Esperaba que al menos pudiera tranquilizarme.

—*Kipepeo*, uno nunca tiene que preocuparse. —Me puso una mano en la cabeza y sentí que su calidez me reconfortaba y diluía mi dolor de cabeza—. Mañana iremos al Centro Cívico a las siete de la tarde. Entonces pondremos a prueba nuestro concepto dc normalidad.

Salió de la habitación con una leve sonrisa en la cara. Helena fue tras él.

—¿Cómo te ha llamado? —preguntó Bobby confundido.

—*Kipepeo* —dijo Wanda, balanceando las piernas otra vez.

Me incliné sobre la mesa y Wanda se sobresaltó.

—¿Qué significa eso? —Mi tono fue agresivo: quería saberlo de una vez.

—No te lo voy a decir. —Hizo pucheros y se cruzó de brazos—. Porque no te caigo bien.

—No seas tonta. Claro que le caes bien a Sandy —intervino Bobby.

—Me dijo que no.

—Seguro que la entendiste mal.

—No —expliqué—, se lo dije sin rodeos. —Bobby se quedó

tan boquiabierto que intenté ondear una bandera blanca—. Bueno, dime qué significa *kipepeo* y a lo mejor me caerás bien.

—¡Sandy! —exclamó Bobby.

Le hice callar. Wanda lo meditó. Poco a poco se le fue arrugando la cara. Bobby me dio una patada por debajo de la mesa y me incliné hacia delante.

—Wanda, no te preocupes. —Procuré que mi voz fuese lo más dulce posible—. No es culpa tuya que no me caigas bien. —Oí que Bobby chasqueaba la lengua y suspiraba—. Si tuvieras diez años más, seguramente me caerías bien.

Se le iluminaron los ojos. Bobby me miró sacudiendo la cabeza.

—¿Cuántos años tendré entonces? —preguntó Wanda; se puso de rodillas en la silla y apoyó los codos en la mesa para acercarse a mí.

—Tendrás quince.

—¿Casi la misma edad que Bobby? —Parecía esperanzada.

—Bobby tiene diecinueve —dije.

—Y eso son cuatro años más que quince —explicó Bobby amablemente.

Wanda se quedó encantada con la noticia y le dedicó una tímida sonrisa llena de encías.

—Aunque yo tendré veintinueve para cuando tú tengas quince —explicó Bobby, y vi cómo la chiquilla se desilusionaba—. Cada vez que tú cumples años, también cumplo yo. —Se rio. Bobby la estaba confundiendo aún más, pero todavía agregó—: Siempre seré catorce años mayor que tú, ¿entiendes?

Al ver que la desilusión de Wanda iba en aumento, le hice una seña a Bobby para que se callara.

—Oh —susurró Wanda.

El corazón puede partirse a cualquier edad. Creo que en aquel momento Wanda empezó a caerme bien.

Yo odiaba la hora de dormir en el lugar que llamaban Aquí. Detestaba los ruidos que por la noche llegaban flotando desde casa. Detestaba oír las risas, deseaba taparme la nariz para no percibir los olores, cerrar los ojos para no ver a la gente que salía del bosque por primera vez. Me daba miedo que cualquier ruido pudiera ser yo, que cualquier sonido pudiera ser una parte olvidada de mí. Bobby y yo compartíamos ese temor. Nos quedábamos despiertos hasta bien entrada la noche y charlábamos sobre el mundo que habíamos dejado atrás: música, deportes, política y todo lo demás, aunque básicamente hablábamos de su madre.

Jack volvió a casa de Mary Stanley después de dejar al doctor Burton en la reunión de OCA. Habían seguido intercambiando palabras de enojo y el doctor había amenazado a Jack con presentar cargos por acoso y por todo lo que se le ocurrió para que renunciara a su búsqueda. Tras vagar por Dublín buena parte de la tarde, había dejado un mensaje de voz en el teléfono de Gloria diciéndole que aún tardaría unos días en regresar a casa; que sabía que la situación era complicada, pero también prioritaria. Confiaba en que lo comprendería. Debido a las advertencias del doctor Burton, había pospuesto el viaje a Leitrim para visitar a los padres de Sandy. En su lugar prefirió comentar sus ideas e inquietudes con Mary antes de proseguir con la investigación. Necesitaba saber si debía continuar o no. Necesitaba saber si estaba dando caza a su propia sombra, si tenía sentido que buscara a Sandy cuando quienes la conocían bien no estaban preocupados.

Mary invitó a Jack a pasar otra noche en su casa. Se sentaron en la sala de estar, donde vieron otro vídeo de Bobby; esta vez actuaba con su clase de sexto curso en la obra *Oliver*. Jack se fijó en que Bobby tenía una risa inusual, una potencia de carcajada que le brotaba de lo más hondo y hacía que cuantos estuvieran cerca, público incluido, sonrieran. El propio Jack se encontró sonriendo cuando Mary paró el vídeo.

—Parecía un chaval muy alegre —comentó Jack.

—Ay, sí —asintió con entusiasmo antes de tomar un sorbo de café—. Y tanto que lo era. Siempre contando chistes, siempre haciendo el payaso en clase y buscándose problemas, de los que la risa le salvaba. La gente lo adoraba. —Sonrió—. Esa risa suya...

—Miró una fotografía que estaba en la repisa de la chimenea: el rostro de Bobby era el puro retrato de la dicha, con la boca entreabierta por la risa que venía en camino—. Era contagiosa, igual que la de su abuelo.

Jack sonrió y observaron la foto. Al instante, la sonrisa de Mary se desvaneció:

—Tengo que hacerte una confesión.

Jack guardó silencio: no estaba seguro de querer oírla.

—He dejado de escuchar esa risa. —Su voz fue casi un susurro, como si decirlo más alto pudiera hacerlo realidad—. Antes llenaba la casa, me llenaba el corazón, la cabeza, todo el día, todos los días. ¿Por qué ya no la oigo más?

Por su mirada ausente, Jack comprendió que Mary no esperaba respuesta.

—Recuerdo cómo me hacía sentir. Recuerdo la atmósfera que una simple risita evocaba en una habitación. Recuerdo las reacciones de la gente, veo sus rostros y el impacto del sonido en ellos. La oigo en los vídeos cuando me siento a mirarlos, la veo en su cara en las fotografías, oigo versiones de ella, supongo, ecos de ella en la risa de otras personas. Pero sin todas esas cosas, sin las fotos, los vídeos y los ecos, cuando estoy acostada por la noche no logro recordarla. No la oigo aunque lo intente, ya que mi cabeza es ahora un embrollo de sonidos que he inventado y sonidos que he sacado de la memoria. Por más que busque y rebusque, me falta su recuerdo... —Enmudeció. Volvió a mirar la foto de la repisa y ladeó la cabeza como si escuchara. Luego, cuando se dio por vencida, su cuerpo se desmoronó.

Bobby y yo nos habíamos acomodado en el sofá de casa de Helena. Todos se habían ido a la cama menos Wanda, que había regresado a hurtadillas y estaba escondida detrás del sofá, entusiasmada con la perspectiva de que Bobby se quedara a pasar la noche. Sabíamos que estaba allí, pero no le hacíamos caso: sólo esperábamos que se aburriera y se fuese a dormir.

—¿Te preocupa la reunión de mañana? —preguntó Bobby.

—No, ni siquiera sé por qué debería estar preocupada. No veo que haya hecho nada malo.

—No has hecho nada malo, pero sabes cosas, Sandy. Sabes demasiado sobre las familias de la gente como para que estén tranquilos. Y querrán saber cómo y por qué.

—Pues les diré que soy una persona tremendamente sociable. Que me muevo por la sociedad irlandesa y suelo hablar con amigos y parientes de personas desaparecidas —dije con sequedad—. Venga, ¿qué van a hacerme? ¿Acusarme de brujería y quemarme en la hoguera?

Bobby esbozó una sonrisa.

—No, pero no querrás que te compliquen la existencia.

—Es imposible que me pongan las cosas más difíciles. Vivo en un sitio al que van a parar las cosas perdidas. ¿No es suficientemente extraño? —Me restregué la cara con cansancio y mascullé—: Realmente voy a necesitar una buena terapia cuando regrese.

Bobby carraspeó.

—No vas a regresar. Para empezar, tienes que sacártelo de la cabeza. Si dices eso en la reunión seguro que te buscan las cosquillas.

Hice un ademán evasivo; no me interesaba oír aquello otra vez.

—Podrías volver a escribir un diario. Me pareció que disfrutabas haciéndolo —comentó.

—¿Cómo sabes que escribía diarios?

—Bueno, hay uno en una de las cajas que guardo en la tienda. Lo encontré cerca del río, justo detrás de la tienda. Estaba húmedo y sucio, pero al ver tu nombre escrito en la cubierta me lo llevé a la tienda y dediqué un montón de tiempo a restaurarlo —dijo con orgullo. Como vio que no reaccionaba, agregó—: Te prometo que no lo leí.

—Debes confundirte con otra persona. —Forcé un bostezo—. En las cajas no había ningún diario.

—Lo había. —Se incorporó—. Era morado y... —Se calló, tratando de recordarlo.

Me entretuve un instante con un hilo del dobladillo de mi

pantalón. Entonces Bobby chasqueó los dedos y di un respingo. Noté que Wanda también se había sobresaltado.

—¡Eso es! Era morado, de una tela como de ante muy deteriorada por la humedad, pero lo limpié todo lo que pude. Como ya he dicho, no lo leí, pero sí que abrí las primeras páginas y estaba lleno de garabatos de corazones. —De nuevo se paró a pensar—. «Sandy ama a...»

Estiré más del hilo.

—Graham —prosiguió—. No, no era Graham.

Empecé a enrollarme el hilo alrededor del meñique. Lo apretaba y observaba la deformación de la piel y la sangre atrapada en la yema.

—Gavin o Gareth... Venga, Sandy, tienes que acordarte. Estaba escrito tantas veces que no sé cómo podrías olvidar a ese tío.

Siguió pensando mientras yo estiraba aún más del hilo y lo enrollaba cada vez más prieto.

Volvió a chasquear los dedos.

—¡Gregory! ¡Eso es! «Sandy ama a Gregory.» Estaba escrito un montón de veces en las guardas del libro. Seguro que te acuerdas.

Hablé en voz baja:

—No estaba en las cajas, Bobby.

—Sí estaba.

Sacudí la cabeza.

—Pasé horas revisándolo todo. Te aseguro que no está allí. Me acordaría.

Bobby se mostró confundido e irritado.

—Y tanto que estaba allí.

De repente, Wanda soltó un grito ahogado y se puso de pie de un salto.

—¿Qué te pasa? —le pregunté cuando su cabeza asomó entre la mía y la de Bobby.

—¿Has perdido otra cosa? —susurró.

—No, no he perdido nada —negué, y tuve un escalofrío.

—No se lo diré a nadie —murmuró, con los ojos como platos—. Lo prometo.

Se hizo el silencio. Clavé los ojos en el hilo negro que seguía saliendo de la costura. De pronto, en un momento que parecía poco oportuno, oí que Bobby rompía a reír con descaro; fue una de las mejores y más ruidosas carcajadas que le había oído hasta entonces.

—Esta situación no tiene nada de gracioso, Bobby.

Bobby no contestó.

—Bobby... —El susurro infantil de Wanda me recorrió el espinazo.

Miré a Bobby y vi la palidez mortal de su rostro; tenía la boca abierta, como si las palabras que habían modulado sus cuerdas vocales se hubiesen detenido en el último momento, reacias a saltar, y se hubiesen quedado en sus labios atenazadas por el miedo. Los ojos se le arrasaron en lágrimas y el labio inferior le empezó a temblar. Entonces me di cuenta de que la risa no había salido de su boca: había flotado desde allí hasta Aquí, arrastrada por el viento, sobrevolando las copas de los árboles, para acabar aterrizando entre nosotros. Mientras trataba de asimilarlo todo, se abrió la puerta de la sala de estar y apareció Helena en camisón, con ojos de sueño, el pelo revuelto y el rostro marcado por la preocupación. Se quedó plantada en la puerta mientras observaba a Bobby: quería asegurarse de que había oído bien. Y como el aspecto de Bobby lo decía todo, corrió a su lado y le tendió los brazos. Se dejó caer en el sofá y estrechó la cabeza de Bobby contra su pecho, como si fuese un niño, mientras él lloraba y decía entre dientes que le habían olvidado.

Me senté en el otro extremo del sofá y seguí estirando del hilo. Me lo seguía enrollando en el dedo, tratando de entender, desentrañando más y más a cada minuto que pasaba en aquel sitio, incapaz de dejar de arrancarlo de la costura.

40

Con el tiempo, he descubierto que muchos desequilibrios de nuestra vida individual tienen como resultado un mayor equilibrio del entorno. Lo que quiero decir es que no importa lo injusto que algo me parezca: basta con que eche un vistazo al panorama general para que, en cierto modo, vea cómo encaja. Mi padre tenía razón cuando dijo que no existe la comida gratis: todo tiene un coste para los demás y, casi siempre, también para nosotros mismos. Porque cada vez que se obtiene algo, tiene que sacarse de otro lugar; cuando algo se pierde, llega a otra parte. Luego vienen las típicas preguntas filosóficas: ¿por qué les ocurren cosas malas a personas buenas? Dentro de cada cosa mala veo una parte buena, y al revés, cada cosa buena trae consigo algo malo, por más imposible que resulte entenderlo cuando sucede. Como seres humanos, somos la personificación de la vida, y en la vida siempre existe el equilibrio. Vida y muerte, macho y hembra, bien y mal, bonito y feo, victoria y derrota, amor y odio. Perdido y hallado.

Aparte del pavo de Navidad que le tocó en el concurso del pub Leitrim Arms cuando yo tenía cinco años, mi padre no había ganado nada en la vida. El día que Jenny-May Butler desapareció fue el mismo en que mi padre ganó quinientas libras en la lotería del «rasca-rasca». Tal vez era su recompensa por una buena obra.

Era un día de verano. Sólo quedaba una semana para volver al colegio y me daba miedo incluso pensarlo. Pero es que además de la inquietud por el fin de las vacaciones, después de un par de meses largos sin tener que levantarme cada mañana para ir al colegio había perdido la noción del tiempo. Los días laborables eran iguales a los del fin de semana. Durante esos meses, las temidas tardes de domingo eran semejantes a las tardes de los viernes y los sábados. Aquélla era una tarde de domingo, sí, pero aun tratándose de esa época del año, era una tarde temida. Eran las siete menos veinte, todavía no había oscurecido, la calle sin salida estaba llena de niños que, como yo, jugaban ajenos al día que era: sabían que fuese el que fuese sin duda era un gran día, porque el siguiente sería exactamente igual. Mi madre y mis abuelos estaban en el jardín delantero aprovechando el calor de los últimos rayos de sol. Sentada a la mesa de la cocina, esperaba ansiosamente a que sonara el timbre de la puerta. Bebía un vaso de leche mientras contemplaba la ropa que daba vueltas y más vueltas dentro de la lavadora; para mantener la mente ocupada, trataba de identificar cada prenda que pasaba junto al cristal.

Mi padre me miraba con recelo en sus paseos del cuarto de la tele a la cocina, aunque se suponía que no debía picotear mientras seguía su último régimen. Yo no sabía si intentaba adivinar qué me pasaba o simplemente me controlaba para ver si me había dado cuenta de que estaba robando comida. En cualquier caso, ya me había preguntado tres veces qué ocurría, y yo me había limitado a encoger los hombros y a decirle que no pasaba nada. Era una de esas ocasiones en las que contárselo a alguien no iba a mejorar las cosas. A cada tanto se asomaba desde la cocina para observarme, y en una de ésas pudo ver mi sobresalto cuando sonó el timbre —pero sólo era mi madre, que se había olvidado de cerrar la puerta con llave—. Me hizo unas cuantas muecas para hacerme reír; incluso se metió un montón de galletas en la boca para fingir que me pretendía entretener a mí y no a su estómago. Sonreí para seguirle la corriente, pareció darse por satisfecho con mi reacción y volvió a irse al cuarto de la tele, esta vez con un *jaffa** escondido en la manga.

Pues bien, estaba esperando a que Jenny-May viniera a buscarme.

Me había retado a una partida de rey-reina. Era un juego que solíamos practicar en la calle con una pelota de tenis. Cada jugador ocupaba un cuadrado dibujado con tiza en el asfalto, y se trataba de hacer botar la pelota primero en tu cuadrado y luego en el de otro jugador. Todos tenían que hacer lo mismo; quien fallaba —cuando la pelota no botaba dentro del propio cuadrado o del cuadrado de otro jugador— quedaba eliminado. El objetivo era llegar al cuadrado más alto, la casilla del rey, que era donde Jenny-May permanecía mientras duraba el juego. Todo el mundo decía siempre lo maravillosamente bien que jugaba, lo increíble, brillante, habilidosa, rápida y precisa que era jugando y lo bien que... ¡puaj!, me hacía vomitar. Mi amigo Emer y yo solíamos mirar los partidos sentados en el muro. Nunca nos dejaban jugar porque Jenny-May no quería que jugásemos. Un buen día le comenté a Emer que una de las razones por las que Jenny-May siempre ganaba era que siempre empezaba en la casilla del rey. Eso significaba que no tenía que ir avanzando jugada tras jugada, como todos los demás.

Pues bien, alguien oyó algo en alguna parte y lo que yo había dicho llegó a oídos de Jenny-May. Así que al día siguiente, mientras Emer y yo estábamos sentados en el muro golpeando los talones contra los ladrillos y lanzando mariquitas desde los pilares para ver hasta dónde llegaban, Jenny-May se acercó a nosotros hecha una furia, con los brazos en jarras y rodeada de su pandilla, y me exigió que me explicara, cosa que hice. Roja como un tomate y aturdida por mi respuesta, me desafió a una partida de rey-reina. Como he dicho, yo no había jugado nunca y sabía de sobra que Jenny-May era muy buena. Lo único que había querido decir era que no jugaba tan requetebién como creía la gente. Jenny-May tenía la virtud de hacer que todos la vieran mejor de lo que

* Bizcocho cubierto de naranja y chocolate. *(N. del T.)*

realmente era. Me he topado con varias personas así a lo largo de mi vida y siempre me han hecho pensar en ella.

Pero era muy lista. Se aseguró de que todo el mundo supiera que si no me presentaba se convertiría automáticamente en la campeona, y de repente deseé que la horrible visita a casa de mi tía Lila fuese un día antes.

Corrió la voz y la calle entera se enteró de que Jenny-May me había retado a una partida. Iba a venir todo el mundo a sentarse en el bordillo para vernos jugar, incluido Colin Fitzpatrick, que era demasiado enrollado como para dejarse ver por nuestra calle. Solía ir por ahí en monopatín con los de la vuelta de la esquina, un grupo que nadie más tenía el privilegio de frecuentar. Se rumoreaba que la pandilla del monopatín entera vendría a vernos jugar.

Apenas pegué ojo la noche anterior. Salté de la cama, me puse las bambas y salí en camisón a practicar rey-reina contra el muro trasero del jardín. No me fue de gran ayuda, porque la pelota rebotaba contra la pared rugosa y salía despedida en todas direcciones. Además, estaba tan oscuro que casi no la veía. Al cabo de un rato, la señora Smith, la vecina, abrió la ventana de su dormitorio, asomó su cabeza cubierta de rulos —cosa que me extrañó, porque a la mañana siguiente tenía el pelo liso— y medio dormida me pidió que parase. Volví a la cama, pero no dormí gran cosa, y cuando lo hice soñé que una muchedumbre llevaba a hombros a una Jenny-May Butler con corona mientras Stephen Spencer, que iba en monopatín, me señalaba con el dedo (tenía la uña pintada) y se reía. Ah, y yo estaba desnuda.

Fue el desafío de Jenny-May Butler lo que alertó a sus padres de su ausencia. Durante los meses de verano gozábamos de absoluta libertad. Pasábamos el día entero jugando fuera y a menudo comíamos en casa de los amigos, así que no culpo a sus padres por no haberse dado cuenta de que Jenny-May no había aparecido por casa en todo el día. Nadie los culpó. En el fondo, todos sabían que también podía haberles ocurrido a ellos, que ese día le podía haber tocado a su hijo lo de que nadie le echase en falta durante unas horas.

La casa de Jenny-May estaba frente a la mía. Mi madre y mis abuelos habían vuelto a entrar ahora que el sol ya se había ocultado detrás de la casa de los Butler. Yo sabía que las aceras se estaban llenando de gente que esperaba a que Jenny-May y yo saliéramos de nuestras casas para encontrarnos en el medio de la calle. Vi que mi padre miraba por la ventana y luego me miraba a mí. Me parece que en aquel momento comprendió por fin lo que ocurría, porque me sonrió. Entonces puso las galletas en la mesa y se sentó conmigo sin parar de comer.

Al cabo de un rato, cuando dieron las siete, los de fuera empezaron a llamarnos a voces. Algunos gritaban mi nombre, pero quedaban ahogadas por las que llamaban a Jenny-May. Tal vez me equivoque, pero a mí me pareció que sólo oía su nombre. Toda mi vida su nombre ha sonado más fuerte que el mío. De pronto se oyeron gritos y aplausos y supuse que Jenny-May había salido de su casa. Pero la bulla cesó al instante; pude oír un parloteo que fue bajando de volumen hasta que se impuso el silencio. Mi padre me miró y se encogió de hombros. Sonó el timbre de la puerta. Esta vez no me sobresalté, ya que notaba que algo no acababa de ir bien. Papá me dio unas palmaditas en la mano. Oí que mamá abría la puerta, su voz tan simpática y alegre como siempre. Entonces oí la de la señora Butler, menos simpática y nada alegre. Papá se dio cuenta; se levantó y fue hacia la entrada. Las voces adoptaron un tono de preocupación.

No sé por qué, pero no podía levantarme de la mesa. Me quedé allí sentada, pensando estratagemas para librarme del reto, aunque tenía la extraña sensación de que no iba a necesitar una excusa. La atmósfera había cambiado para peor y, sin embargo, sentía un alivio semejante al de llegar al colegio y encontrarte con que la maestra está enferma y ni por un instante te preocupas por ella. Poco después se abrió la puerta de la cocina y entraron papá, mamá y la señora Butler.

—Cielo —dijo mi madre en voz baja—, ¿por casualidad sabes dónde está Jenny-May?

Fruncí el ceño, confundida por la pregunta pese a que era bien sencilla. Los miré uno por uno a la cara. Papá me observaba con preocupación, mamá asentía para infundirme ánimo y la señora Butler parecía que fuera a echarse a llorar. Daba la impresión de que su vida entera dependiera de mi respuesta. Pero supongo que en cierto modo era así.

Como yo no contestaba, la señora Butler habló atropelladamente:

—Los chicos de ahí fuera no la han visto en todo el día. He pensado que a lo mejor estaría contigo.

La cosa no era así, pero me entraron ganas de reír ante la idea de que Jenny-May hubiese pasado el día conmigo. Negué con un gesto. La señora Butler recorrió todo el vecindario preguntando si alguien había visto a su hija. A medida que llamaba a las puertas, veía que su mirada pasaba de la vergüenza a la determinación más férrea y finalmente al miedo.

He visto las caras de muchas madres en los centros comerciales cuando se dan la vuelta y se percatan de que sus hijos no están allí. Si he estudiado sus caras con tanto detenimiento, completamente fascinada por ellas, es porque no recuerdo haber visto esa misma expresión en mi madre ni una sola vez. No porque mi madre no me quiera, claro está, sino porque siempre he sido tan alta que ha resultado imposible que me perdiera. Recuerdo que intentaba perderme sólo para ver la cara que ponía. Cerraba los ojos, daba vueltas sobre mí misma y elegía una dirección. Otras veces esperaba deliberadamente a que doblara la esquina de un pasillo en el supermercado. Me quedaba tiritando junto a la comida congelada y contaba hasta veinte con la esperanza de que se hubiese alejado bastante, pero casi siempre doblaba la esquina y me la encontraba allí, revisando el contenido calórico de los envases sin haber sospechado siquiera que yo no estaba. Si alguna vez se daba cuenta de que no iba detrás de ella arrastrando los pies, en menos de cinco minutos me había localizado. Sólo tenía que levantar la vista hasta divisar mi cabeza por encima de las hileras de perchas o agacharse un poco para ver mis zapatones tras una estantería.

Al observar a las demás madres, he visto cómo la primera mirada casual por encima del hombro da paso al pánico, he visto cómo se aceleran sus movimientos, cómo la cabeza, los ojos, las extremidades se disparan en todas direcciones. Y luego, el abandono de los carritos de comida en busca de lo único que realmente les alimenta el alma. Miedo, pánico, pavor, instinto. Dicen que una madre tiene la fuerza suficiente para levantar un coche si eso significa salvar a su hijo. Creo que aquella semana la señora Butler podría haber levantado un autobús con tal de encontrar a Jenny-May. Pero después de un mes daba la impresión de apenas poder levantar la vista del suelo. Jenny-May se había llevado consigo un buen pedazo de ella.

Resultó que yo era la última que la había visto. Cuando aquel día mis abuelos llegaron a media mañana, fui a abrirles la puerta y Jenny-May pasó en bicicleta. Se volvió hacia mí y me lanzó una mirada, una de aquellas miradas suyas que yo tanto odiaba; una mirada capaz de achicarte en el acto, una mirada que decía soy mejor que tú y hoy vas a perder a rey-reina y así Stephen Spencer sabrá que eres una larguirucha idiota e incompetente. Miré por encima del hombro de mi abuela al abrazarla y observé que Jenny-May pedaleaba por la calle con la cabeza muy erguida, la barbilla y la nariz en alto y la melena rubia tan larga como su espalda. Hice lo que cualquiera en mi situación habría hecho: deseé que desapareciera.

Ese día mi padre había ganado quinientas libras en la lotería del «rasca-rasca». Estaba encantado. Se sentó a la mesa de la cocina conmigo y procuró ocultar su alegría, pero vi que torcía las comisuras de los labios hacia arriba. La señora Butler estaba llorando en la habitación de al lado, con mi madre, y la podíamos oír. Papá puso su mano sobre la mía y supe que en ese preciso momento estaba pensando que era un hombre con suerte, un padre afortunado por haber ganado en la lotería y por conservar a su hija cuando personas como los señores Butler estaban sufriendo tanto. Yo, por mi parte, estaba encantada de no haber desaparecido, y debido a la no comparecencia de Jenny-May, sería proclamada campeona indiscutible de rey-reina. También haría amigos nuevos, ya que Jenny-May no podría ordenarles que me hicieran el vacío. A mi familia las cosas le iban de fábula y la vida no podía ser peor para los señores Butler. Mis padres se acostaron tarde aquellas noches. Se quedaban hablando y dando gracias a Dios por su buena suerte.

Pero en mi fuero interno algo había cambiado. La última mirada de Jenny-May se había llevado consigo una parte de mí. Aquel día, los señores Butler no fueron los únicos padres que perdieron una hija.

Como he dicho, siempre hay un equilibrio.

41

A pesar de las amenazas y protestas del doctor Burton, Jack había decidido continuar con su misión y viajar a Leitrim. Otra noche en el cuarto de Bobby le había despertado el instinto de hallar a Donal, aunque para eso no necesitaba un estímulo especialmente fuerte. Era la parte de él que estaba siempre en alerta, a la caza de respuestas, pistas y significados en cada latido de su corazón. Todavía se aferraba a la idea de que su única salida era encontrar a Sandy. Ella era la medicina que su mente agotada precisaba para descansar. No sabía exactamente por qué, pero rara vez había sentido un impulso semejante en su vida. Era como si la parte de él que se había perdido junto con Donal hubiese sido ocupada por una percepción aumentada. Era como un ciego que se guiase por un sentido del olfato agudizado, que se orientase mediante el tacto, que con el oído pudiese escuchar a su corazón. Cuando Jack perdió a Donal perdió también la visión, pero consiguió dar una nueva dirección a su vida.

No sabía qué iba a decirles a los padres de Sandy cuando les viera, y eso suponiendo que estuvieran en casa y que se dignaran recibirle. Jack se limitaba a obedecer la invisible brújula interna que había sustituido a Donal. A mediodía se encontró sentado en el coche a la vuelta de la esquina de la urbanización donde vivían; estaba muy inquieto y respiraba profundamente. Era sábado, pero la callecita sin salida estaba desierta. Bajó del coche y enfiló la calle con aire despreocupado. Intentaba pasar desapercibido, aunque no podía dejar de sentir que estaba completamente fuera de lugar en aquella calle tan tranquila: la única pieza en movimiento en un tablero de ajedrez.

Se detuvo delante del número cuatro, en cuyo camino de entrada un utilitario plateado de dos puertas brillaba pese a su avanzada edad. El jardín delantero estaba inmaculado y era un hervidero de abejas y pájaros. Todas las flores del verano estaban en su momento álgido y exhibían su colorido, al tiempo que lanzaban dulces aromas a miel, jazmín y lavanda. El césped estaba cortado con milimétrica uniformidad, y visto de perfil a ras de suelo era una línea afilada como una cuchilla de afeitar que parecía dispuesta a cortar cualquier pétalo que se atreviera a caer. Una cesta de petunias y geranios colgaba junto a la puerta del porche. Dentro había una sombrilla, unas botas de goma Wellington y aparejos de pesca. Junto a la entrada, un gnomo escondido debajo de un sauce sostenía un cartel que daba la bienvenida. Jack se relajó un poco. Nada de ventanas cerradas con tablas, perros agresivos y coches destrozados como los que había temido encontrar en el peor de los casos.

Abrió la verja de color limón, que hacía juego con la puerta principal y los marcos de las ventanas como si se tratase de una casa de caramelo perfectamente comestible. Tal como había anticipado, no se oyó chirrido alguno. Recorrió el sendero de losas; ni una brizna de hierba asomaba entre ellas. Carraspeó y llamó al timbre; su tintineo tampoco sonó amenazador. Oyó pasos, vio una sombra a través del cristal tintado. A pesar del aire cordial de la mujer que debía ser la madre de Sandy, la llegada de un desconocido a su puerta exigía que la puerta de corredera del porche permaneciera cerrada.

—¿Señora Shortt?

Jack sonrió con la expresión más amable que pudo. Ella pareció relajarse un poco y salió al porche; la puerta de corredera seguía interponiéndose entre ambos.

—¿Sí?

—Me llamo Jack Ruttle. Lamento mucho irrumpir así en su casa... Sólo quería preguntarle si Sandy estaba aquí.

La señora Shortt sondeó con un rápido vistazo al hombre que buscaba a su hija y a continuación abrió la puerta del porche.

—¿Es amigo de Sandy?

Si decía que no, seguramente volvería a cerrar la puerta.

—Sí. —Sonrió—. ¿Está aquí?

Ella le devolvió la sonrisa.

—Lo siento, señor... ¿Cómo ha dicho que se llama?

—Jack Ruttle, pero le ruego que me llame Jack.

—Jack —dijo con una sonrisa amable—. No está aquí. ¿Puedo hacer algo por usted?

—Supongo que no podrá decirme dónde encontrarla, ¿verdad? —Continuó sonriendo, consciente de que la situación era de lo más delicada: un perfecto desconocido que preguntaba a una madre sobre el paradero de su hija.

—¿Dónde está? —repitió pensativa—. No lo sé, Jack. ¿Ella querría que yo le dijera dónde está?

Ambos rieron y Jack se movió un tanto incómodo.

—Bueno, no estoy seguro de cómo podría convencerla de eso. —Levantó las palmas de las manos en señal de derrota—. Mire, no sé qué esperaba cuando he llegado aquí, pero pensé que merecía la pena probar. Perdone que la haya molestado. ¿Podría dejarle un recado para ella? ¿Podría decirle que la estoy buscando y que...? —Hizo una pausa y pensó en algo que pudiera alentar a Sandy a salir de su escondite si estaba allí, en casa de sus padres, escuchando sus palabras—. ¿Podría decirle que no puedo hacer eso sin ella? Entenderá a qué me refiero.

La madre de Sandy asintió sin quitarle el ojo de encima.

—Le daré el mensaje.

—Gracias.

Se quedaron callados y Jack se dispuso a dar por terminada la visita.

—Usted no es de Leitrim, ¿verdad? Lo digo por el acento.

Jack sonrió.

—Limerick.

La señora Shortt adoptó un aire meditabundo.

—¿Sandy iba a visitarle a usted la semana pasada?

—Sí.

—Lo único que sé de mi hija es que me llamó cuando iba de camino a... Glin, ¿puede ser? —Sonrió sólo un instante—. ¿Estaba buscando a alguno de los suyos?

Jack asintió. Se sentía como un adolescente ante el gorila de una discoteca; confiaba en que no abrir la boca le sirviera para entrar.

La señora Shortt permaneció en silencio mientras reflexionaba. Miró a un lado y otro de la calle. Un vecino de la acera de enfrente levantó un guante de jardinero y ella correspondió al saludo. Y como aquello quizá la hizo sentirse menos amenazada, tomó una decisión.

—Pase. —Le invitó con un ademán al apartarse de la puerta y caminó hacia la entrada. Jack echó un vistazo general a la calle. El vecino observó con recelo cómo entraba en la casa, y Jack sonrió forzadamente. Oyó a la señora Shortt en la cocina; manipulaba tazas y platos, y la hervidora eléctrica silbaba sobre el fogón. El interior de la casa estaba tan inmaculado como el exterior. La puerta principal daba directamente a la sala de estar. Olía a cera para muebles y a aire fresco, como si las ventanas se hubiesen abierto para que entraran los aromas del jardín. Todo estaba en perfecto orden: la alfombra aspirada, la plata y el latón relucientes, la madera lustrosa.

—Estoy aquí, Jack —gritó la señora Shortt como si fuesen amigos de toda la vida.

Jack entró en la cocina; obviamente, también resplandecía. La lavadora estaba en marcha, RTE Radio 1 se oía de fondo y el agua se acercaba al punto de ebullición. Desde la cocina, unas puertas de cristal con cuarterones daban al jardín trasero, que se veía tan bien cuidado como el delantero; había una gran pajarera en la que un petirrojo de aspecto glotón cantaba y picoteaba su alpiste y cantaba y volvía a picotear.

—Tiene una casa encantadora, señora Shortt —dijo Jack mientras se sentaba a la mesa de la cocina—. Le agradezco su amable invitación.

—Puede llamarme Susan, y no hay de qué. —Vertió el agua hirviendo en la tetera, la cubrió con una cubretetera y esperó. Jack no había tomado un té preparado con tanto mimo desde el fallecimiento de su madre. Pero a pesar de haberle abierto la puerta de su casa, Susan se mantenía en guardia y permaneció de pie junto a la mesa con una mano en la cubretetera y la otra jugueteando con una bolsita de té—. Es usted el primer amigo de Sandy que viene de visita desde que era adolescente —dijo sumida en sus pensamientos.

Jack no supo qué contestar.

—A partir de entonces se lo han pensado mejor. —Sonrió—. ¿Usted conoce bien a Sandy?

—No lo suficiente.

—No —dijo más bien para sí—, ya me había parecido.

—Cada día que paso buscándola aprendo algo nuevo sobre ella —agregó Jack.

—¿La está buscando? —Susan levantó las cejas.

—Por eso estoy aquí, señora Shortt...

—Susan, por favor. —Parecía triste—. Cuando oigo ese nombre tengo la impresión de que la madre de Harold y el olor a repollo van a aparecer en cualquier momento. La buena mujer no sabía guisar otra cosa que no fuese col, col y más col. —Se rio al recordarlo.

—Susan, pues. —Jack sonrió—. Lo último que querría es preocuparla, pero tenía que reunirme con Sandy la semana pasada, tal como ha dicho. No se presentó y llevo intentando ponerme en contacto con ella desde entonces. —Omitió deliberadamente los pormenores del hallazgo del coche y el teléfono—. Estoy convencido de que se encuentra bien —insistió—, pero realmente quiero —se corrigió—, necesito encontrarla.

Inquietar a la madre de Sandy era justo lo contrario de lo que pretendía, así que contuvo el aliento y esperó su respuesta. Se sintió aliviado y vagamente desconcertado al ver una sonrisa cansada asomar a la cara de Susan; pero no llegó a dibujarse del todo y se desmoronó antes de alcanzarle los ojos.

—Tiene razón, Jack, desde luego no conoce a Sandy lo suficiente. —Le dio la espalda para servir el té—. Si me lo permite, voy a explicarle una cosa sobre mi hija. La quiero con todo mi corazón, pero es especialista en esconderse con la misma habilidad que un calcetín en una lavadora. Nadie sabe adónde va a parar el calcetín, igual que nadie sabe dónde se mete Sandy, pero cuando decide regresar al menos nos encuentra aquí, esperándola.

—Es lo que me ha dicho todo el mundo esta semana.

Susan sacudió la cabeza.

—¿Con quién más ha hablado?

—Con su casero, sus clientes, su médico... —Se calló, con cierto sentimiento de culpabilidad—. La verdad es que no quería venir a incordiarles.

—¿Su médico? —preguntó Susan. No le importaba lo más mínimo que la hubiese dejado la última; parecía más interesada en la alusión al médico de su hija.

—Sí, el doctor Burton —dijo Jack lentamente, ya que dudaba si debía airear información confidencial sobre Sandy.

—¡Ah! —Susan intentó disimular una sonrisa.

—¿Le conoce?

—¿Sabe por casualidad si su nombre de pila es Gregory? —Trató de ocultar su entusiasmo, pero fracasó estrepitosamente.

—Así es, aunque no le caigo muy bien. Lo digo por si habla con él.

—Vaya, vaya —dijo Susan pensativa, sin atender del todo a lo que Jack le había contestado—. Mira tú por dónde —añadió, con los ojos iluminados por alguna razón que Jack desconocía. Saltaba a la vista que estaba encantada, pero al recordar la presencia de Jack recobró la compostura y la curiosidad ocupó el lugar de su entusiasmo maternal—: ¿Por qué tiene tanto interés en encontrar a Sandy?

—Me preocupó cuando no apareció para reunirse conmigo en Glin, y luego me ha sido imposible establecer contacto con ella, cosa que me ha inquietado aún más —explicó. En parte era verdad, pero sonó a mala excusa y Jack fue consciente.

Al parecer, Susan también se dio cuenta. Enarcó las cejas y habló en un tono cansado:

—Llevo tres semanas esperando que Barney, el fontanero, venga a arreglarme el fregadero, pero todavía no se me ha ocurrido ir a visitar a su madre.

Jack miró distraídamente hacia el fregadero y confesó:

—Resulta que Sandy está buscando a mi hermano. También me puse en contacto con un agente de la Gardaí de Limerick. —Notó que enrojecía y Susan ahogó un grito de sorpresa—. Es el agente Graham Turner, lo digo por si llama.

Susan sonrió.

—Al principio llamamos a la policía en tres ocasiones, pero hemos aprendido a no hacerlo. Si el garda Turner nos pregunta le diremos que abandone sus investigaciones.

—Ya lo ha hecho —dijo Jack con gravedad, y acto seguido frunció el ceño—. No entiendo nada de esto, Susan. No logro comprender dónde se ha metido. Me cuesta aceptar que pueda desaparecer tan ingeniosamente sin que nadie sepa dónde está, sin que nadie quiera saber dónde está.

—Todos tenemos nuestros propios escondites y todos tenemos que apechugar con las pequeñas rarezas de las personas que amamos. —Después de hablar, Susan apoyó la cabeza en la mano y le observó fijamente. Jack suspiró.

—¿Y ya está?

—¿Qué quiere decir?

—¿Ya está? ¿Dejamos que la gente se esfume? ¿No hacemos más preguntas? Lo normal es que todo el mundo vaya y venga a su antojo, ¿no? Desaparecer, reaparecer y volver a desaparecer... ¡Pues vale! —Se rio con enojo—. ¡Que nadie se preocupe por nada! No te molestes en preocuparte por las personas que te aman y que se están volviendo locas de preocupación por tu culpa.

Se hizo el silencio.

—¿Está enamorado de Sandy?

—¿Cómo? —Jack torció el gesto.

—Acaba de decir... —Se calló—. No importa. —Tomó un sorbo de té.

—Sólo he hablado con Sandy por teléfono —aclaró Jack lentamente—. No teníamos ninguna... relación.

—Así pues, ¿cree que si encuentra a mi hija va a encontrar a su hermano? —Y sin darle tiempo a contestar, preguntó con audacia—: ¿Piensa que el escondite de su hermano es el mismo que el de Sandy?

Ahí lo tenía. Dicho por un desconocido, por alguien a quien había conocido hacía apenas diez minutos. La absurda idea que alentaba su frenética búsqueda había sido condensada en una sola pregunta. Susan dejó que pasara un momento antes de continuar:

—Desconozco las circunstancias de la desaparición de su hermano, Jack, pero sé que no está en el mismo lugar que Sandy. Ésa es otra lección —bajó la voz—, otra lección que Harold y yo hemos aprendido con los años. Nadie encuentra nunca el otro calcetín en la lavadora, al menos si lo busca activamente. —Hizo un gesto de desprecio—. Las cosas simplemente aparecen. Puedes volverte loco buscándolas. No importa lo limpia y ordenada que mantengas tu vida, no importa lo organizado que esté todo. —Hizo una pausa y sonrió con tristeza—. Soy una hipócrita. Me engaño al pensar que una casa ordenada hará que Sandy venga más a menudo. Me intento convencer de que si ve que todo está en orden y tiene un sitio no tendrá que preocuparse porque vayan a desaparecer las cosas. —Echó un vistazo a la cocina impoluta—. En fin, por más que uno se empeñe en vigilar las cosas no puede controlarlas. A veces, las cosas y las personas se van —describió un arco en el aire con la mano—, así, sin más. —Luego la apoyó con un gesto reconfortante encima de la de Jack—. No se destruya a sí mismo tratando de averiguar adónde.

Se despidieron en la puerta. Una vez allí, Susan, incapaz de disimular su vergüenza, añadió:

—Hablando de cosas que aparecen, si ve a Sandy antes que nosotros, dígale que he encontrado su diario morado, el de las mariposas. Estaba en su antiguo dormitorio; es una cosa rarísima ya que he limpiado ese armario un montón de veces y nunca lo había visto. —Frunció el ceño—. En fin, me parece importante que lo sepa.

Levantó la vista y volvió a saludar a los vecinos de enfrente. Jack se giró y esta vez pudo ver a una mujer que tendría la edad de Susan.

—Es la señora Butler —comentó Susan, aunque no fuera asunto de Jack—. Su hija, Jenny-May, de la misma edad que Sandy, desapareció cuando tenía diez años. Era una chiquilla encantadora, un ángel, a decir de todos.

Súbitamente interesado, Jack estudió a la mujer con más detenimiento.

—¿La encontraron?

—No —dijo Susan apenada—, nunca han vuelto a saber nada, pero después de veinticuatro años su madre sigue dejando encendida la luz del porche cada noche con la esperanza de que regrese a casa. Rara vez se va de vacaciones por miedo a no estar aquí cuando llegue.

Jack caminó lentamente hacia su coche. Se sentía raro, diferente, como si hubiese intercambiado el cuerpo con el hombre que tan sólo una hora antes había entrado en casa de los Shortt. Se detuvo, miró al cielo y reflexionó sobre lo que había aprendido de la madre de Sandy. Sonrió. Y cuando notó que el alivio, como una cascada, le inundaba, rompió a llorar: por primera vez en un año sentía que al fin podía parar.

Y empezar a vivir de nuevo.

42

Bobby no estaba de humor para comentar la llegada de su risa a la atmósfera de Aquí la noche anterior, pero no fue preciso que dijera palabra; estaba claro que su espíritu vigoroso había perdido todo el aire, y lo único que quedaba era un armazón desinflado. Me partía el corazón verle así, ver un pájaro que podía volar tan alto y ahora yacía vencido en el suelo, con un ala rota que le impedía volar. Las pocas veces que había intentado sacar el tema sólo había conseguido que Bobby se hundiera aún más. No oí ni un lamento, no vi ni una lágrima; era su silencio el que gritaba las palabras que no podía ni quería pronunciar. Al parecer iba a concentrarse en mis problemas hasta que se sintiera preparado para hacer frente a los suyos, una manera de afrontar la vida que no me era del todo ajena.

—¿Por qué dejas siempre tu bolsa al lado de la puerta? —preguntó. Acabábamos de entrar en su tienda y hablaba por primera vez. Seguí la mirada de Bobby hasta mi bolsa o, mejor dicho, la bolsa de Barbara Langley, que había dejado distraídamente junto a la puerta. Igual que cuando un vaquero en una película del oeste ata su caballo ante la puerta del bar, la bolsa me esperaba allí por si había que salir por piernas; la dejaba allí para poder soportar la claustrofobia que sentía en casa y en compañía de personas con quienes no estaba del todo a mis anchas, mis padres incluidos. Gregory incluido. Mi propia casa incluida. Pocos eran los lugares en los que guardaba mi bolsa conmigo. Miraba a la puerta, veía mi bolsa y me sentía segura al saber que había una vía de escape y que, como prueba, mis pertenencias no estaban lejos de la salida hacia la libertad.

Me encogí de hombros mientras contestaba:

—Pura costumbre.

Fue curioso comprobar que todas las complicaciones de mi vida y mi compleja naturaleza podían reducirse a un gesto y dos palabras. Qué vanas podían ser las palabras.

Bobby no estaba de humor para seguir preguntando, así que fuimos al almacén donde guardaba mis cajas.

—Bien —rompí el silencio y miré a Bobby, que tenía la vista perdida, como si nunca hubiese estado en aquel cuarto—, ¿qué hemos venido a hacer aquí? —pregunté.

—Vamos a vaciar tus cajas.

—¿Por qué?

No contestó; pero no porque me hubiese ignorado, sino porque al parecer no me oyó. Ahora tenía otras cosas que oír. Empezó a vaciar la caja de arriba, y Mr. Pobbs fue el primer objeto que dejó en el suelo, con mucho cuidado. Colocó todos los demás en una hilera de pared a pared; luego pasó a la caja siguiente e hizo lo mismo. Le eché una mano, aunque no entendía qué estábamos haciendo. Al cabo de veinte minutos mis pertenencias de Aquí estaban perfectamente alineadas en seis filas sobre el suelo de nogal. Miré cada cosa y no pude evitar sonreír. Cada una de ellas, desde la impersonal grapadora hasta el personalísimo Mr. Pobbs, abría una puerta a recuerdos hasta entonces guardados bajo llave.

Bobby me estaba mirando.

—¿Qué pasa? —pregunté.

—¿No notas nada?

Volví a recorrer las filas con la vista: Mr. Pobbs, la grapadora, una camiseta, veinte calcetines desparejados, la pluma grabada, el expediente que tantos problemas me causó cuando lo perdí... ¿Estaba pasando algo por alto? Me volví hacia él y le miré inquisitivamente.

—¿Y el pasaporte? —Su voz sonó apagada.

Miré de nuevo, ya con una sonrisa en la cara. Cuando tenía quince años mis padres organizaron unas vacaciones en las montañas de Austria, pero la noche antes de irnos no encontramos mi pasaporte por ninguna parte. Aquel viaje no me apetecía lo más mínimo. Durante meses no había hecho otra cosa que protestar. Una semana fuera significaba perderse dos sesiones con el señor Burton, pero no sólo eso: ocurre que cualquier miedo, cualquier fobia irracional, tiende a afectar a la vida cotidiana. Hacía tiempo que no disfrutaba viajando debido a mi miedo a perder cosas, ya que si perdía algo en un lugar como Austria, lugar en el que nunca había estado y al que con toda probabilidad no volvería jamás, bueno, ¿cómo demonios iba a encontrarlo? La noche en que perdí mi pasaporte experimenté un repentino cambio de opinión. Quería encontrar el pasaporte y quería ir de viaje. Cualquier cosa con tal de no perder otra de mis pertenencias.

El viaje fue cancelado, puesto que era demasiado tarde para cambiar las fechas o para sacarme un pasaporte provisional. Sin embargo, por una vez, mis padres se quedaron tan cortados como yo después de haberlo buscado con un empeño comparable al mío. Encontrarlo aquí al cabo de tanto tiempo, hecho trizas y con una deslucida foto de cuando tenía once años, había sido un acontecimiento memorable. Pero a medida que miraba el suelo la sonrisa se me fue desdibujando. Ya no estaba allí.

Pasé por encima de las hileras de cosas y no pude evitar golpear alguna; tenía prisa por alcanzar el resto de cajas de cartón, que al instante registré como una posesa. Bobby salió del cuarto para dejarme sitio, o eso pensé, pero regresó con una cámara Polaroid. Me hizo señas para que me apartara. Le obedecí. Apuntó con la cámara al suelo y disparó; a continuación retiró la foto cuadrada, la sacudió, la examinó y la metió en una carpeta de plástico.

—Encontré esta cámara hace años —explicó con tristeza—. Es difícil conseguir los carretes. Ni siquiera sé si los siguen fabricando, aunque de vez en cuando me tropiezo con cajas llenas de carretes que funcionan bien. Debo ser cuidadoso con las fotos que saco; no puedo desperdiciarlas. No me importa ir con cuidado, pero resulta difícil saber qué instante de toda una vida de instantes es más especial. A menudo, cuando te das cuenta de lo valiosos que son esos segundos es demasiado tarde para capturarlos, porque el momento ya ha pasado. Casi siempre nos damos cuenta demasiado tarde. —Se quedó callado un momento, sumido en sus pensamientos, paralizado como si se hubiese quedado sin pilas. Le toqué el brazo y levantó la vista, sorprendido de verme en el cuarto. Bajó la mirada a la cámara que tenía en las manos y también le sorprendió verla. Entonces reaccionó, sus ojos recobraron vida y prosiguió—: El carrete se coloca así. A partir de ahora saca fotos cada mañana de lo que hay en el suelo. —Me pasó el aparato y antes de marcharse agregó—: Y luego te sugiero que empieces a sacar las otras fotos.

—¿Qué otras fotos?

Se detuvo en el umbral y de pronto pareció más joven de lo que era, como un niño perdido.

—No sé muy bien qué está pasando aquí, Sandy. No sé por qué estamos todos aquí, cómo llegamos ni qué se supone que estamos haciendo aquí. En realidad, tampoco lo sabía cuando estaba en casa con mi madre. —Sonrió—. Pero por lo que veo, tú seguiste a tus cosas hasta aquí, y ahora, día tras día, están desapareciendo. No sé adónde están yendo, pero sea donde sea, te sugiero que cuando aparezcas allí tengas pruebas de que has estado aquí. Pruebas de que existimos. —Su sonrisa vaciló—. Ahora estoy muy cansado, Sandy. Voy a acostarme. Nos veremos a las siete para ir a la reunión del consejo.

43

Barbara Langley no tenía demasiada ropa que pareciera apropiada para reuniones del consejo, seguramente porque las fatídicas vacaciones en Nueva York que le supusieron la pérdida del equipaje hacía veinte años no requerían ser juzgadas por toda una comunidad. Aunque nunca se sabe.

Decidí no acudir a los ensayos en el Centro Cívico. Sabía que aunque llegara más tarde no pasaría nada, ya que Helena tenía bajo control aquella obra en la que en verdad no me interesaba participar. Pasé el día sustituyendo a Bobby en la tienda; como era de comprender, había decidido quedarse en cama todo el tiempo que necesitara. Estuve muy entretenida; me di el gustazo de revisar la sección de prendas para personas con las piernas largas, me zambullí en las canastas de oportunidades con la voracidad de un oso que hubiese dado con una cesta de *picnic*. Presa del entusiasmo, encontraba prendas con las que soñaba en casa. Ronroneaba de puro éxtasis al probarme blusas con mangas que me llegaban a las muñecas, camisetas que me tapaban el ombligo y pantalones con dobladillos que se apoyaban en el suelo. Un cosquilleo me recorría el cuerpo entero cada vez que el tacto de la tela cubría un pedazo de piel acostumbrado a estar desnudo y expuesto. ¡Qué diferencia podían suponer unos centímetros de tela! Especialmente esas frías mañanas en que esperaba de pie en la parada del autobús y tenía que estirar las mangas de mi suéter favorito para que tapara el pulso acelerado por el enojo. Esos pocos centímetros, insignificantes para la mayoría y que lo eran todo para mí, marcaban la diferencia entre un día bueno y uno malo, entre la paz interior y la aversión exteriorizada, entre la negación y la constatación de un abrumador, aunque pasajero, deseo de ser como todo el mundo: unos centímetros más baja, unos centímetros más feliz, más rica, más satisfecha, más abrigada.

De vez en cuando sonaba la campanilla de la puerta y, como si del final del recreo en la escuela se tratase, el éxtasis terminaba bruscamente. Casi todos los clientes de ese día vinieron a la tienda con un único propósito: verme de cerca, ver a la que era el tema de conversación del momento, a la que sabía cosas. Personas de todas las naciones me miraban a los ojos y esperaban que las reconociera, pero al ver que no era así se marchaban con una pesada desilusión a las espaldas. Cada vez que sonaba la campanilla y otro par de ojos taladraba los míos me ponía más nerviosa por la reunión que me esperaba al final del día, y por más que rezara para que los numerosos relojes de las paredes dejaran de hacer tictac, las manecillas avanzaban implacables. La tarde me cayó encima.

Al parecer, el pueblo entero había decidido asistir a la reunión del consejo en el Centro Cívico. Bobby y yo nos tuvimos que abrir paso entre la muchedumbre que desfilaba lentamente hacia la gigantesca puerta de roble. La noticia de que alguien lo sabía todo sobre las familias que habían dejado atrás hizo que gentes de todas las nacionalidades, razas y credos acudieran en masa al edificio. El ardiente sol naranja se estaba ocultando detrás de los pinos y provocaba un efecto como de luz estroboscópica cuando caminábamos deprisa junto a ellos. Encima de nosotros, los halcones daban vueltas en el cielo y rozaban peligrosamente las copas de los árboles. A mi alrededor notaba los ojos clavados en mí, vigilantes, listos para lanzarse sobre su presa.

La imagen de gente hombro con hombro tallada en la puerta

se partió en dos y los congregados comenzaron a entrar. El teatro había sido transformado respecto a la disposición informal de las horas de ensayo. Me llevé un chasco al darme cuenta de que era más grande de lo que me había parecido al principio, con un aforo mucho mayor, y ahora lo tenía ante mí en su mejor momento, elegantemente arreglado, erguido y orgulloso de su grandiosidad: realeza donde había visto servidumbre. Cientos de filas de asientos me separaban del escenario; el telón de terciopelo rojo estaba recogido por gruesas cuerdas doradas con borlas cuyos flecos rozaban el entarimado. Sobre el escenario, varias filas de representantes ocupaban las gradas; algunos lucían los atuendos tradicionales de sus países, otros preferían vestidos modernos. Había trajes de tres piezas junto a *dishdash* bordados, chilabas cubiertas de lentejuelas, kimonos de seda, kipás, turbantes y *jilbab*, joyas de cuentas, hueso, oro y plata, mujeres con *khanga* de elaborados estampados con proverbios en swahili que ofrecían sabias palabras incomprensibles y hombres en hermosos *hanbok*. El calzado también era variado: de zapatos *khussa* a Jimmy Choo, de sandalias y chancletas Thousand Mile a lustrosos zapatos de piel con cordones. Distinguí a Joseph en la segunda fila envuelto en una túnica morada con ribetes dorados. Estaba deslumbrada: la mezcla de ropajes de tantas culturas era un regalo para la vista. A pesar de los sentimientos que me inspiraba la velada inminente, levanté la cámara Polaroid y saqué una foto.*

—¡Oye! —gritó Bobby al arrebatarme la cámara—. ¡No desperdicies el carrete!

—¿Desperdiciar, dices? ¡Mira eso!

* *dishdash*: prenda de algodón parecida a una bata que llevan los hombres musulmanes.

jilbab: prenda holgada de las mujeres musulmanas que cubre todo el cuerpo, excepto manos, pies, cara y cabeza.

khanga: vestido tradicional de las mujeres de Tanzania y Zanzíbar.

hanbok: traje típico de Corea.

khussa: zapatillas paquistaníes de piel de vaca y dibujos plateados o dorados.

Jimmy Choo: diseñador de moda malayo-británico, conocido por sus botas de mujer hechas a mano.

Thousand Mile: marca de ropa de surf. *(N. del T.)*

Señalé el escenario ocupado por representantes de todas las naciones, sentados majestuosamente por encima de la multitud de lugareños que los contemplaba expectante y nerviosa, a la espera de las noticias del viejo mundo que había quedado atrás. Ocupamos unos asientos hacia la mitad del auditorio para no estar en primera línea de fuego. Entonces divisamos a Helena en la parte delantera de la sala; recorría desesperadamente el patio de butacas con una mirada de miedo o de preocupación, no supe descifrarlo. Como supuso que era a nosotros a quienes buscaba, Bobby empezó a hacerle señas con el brazo. Yo no podía moverme. Tenía el cuerpo paralizado por aquel nuevo temor que estaba experimentando, en un teatro que enseguida se llenó del ruido de miles de personas, un ruido que cada vez sonaba más fuerte en mis oídos. Eché un vistazo por encima del hombro: decenas de asistentes se habían quedado de pie en el fondo de la sala y bloqueaban las salidas, porque ya no quedaban asientos libres. El estruendo de las gigantescas puertas al cerrarse reverberó por la estancia y al instante todo el mundo se calló. Oía perfectamente la respiración del hombre que tenía detrás y el susurro de la pareja de delante parecía amplificado por un altavoz. Mi corazón, por su parte, añadió un redoble de tambor. Miré a Bobby en busca de una tranquilidad que no hallé. Las potentes luces del techo no permitían que nadie ocultara sus reacciones. Todo y todos quedaban a la vista.

Helena se vio obligada a sentarse cuando la puerta se cerró y se hizo un silencio general. Intenté convencerme de que todo aquello era una tontería producto de mi imaginación; no podía tratarse de la vida real, sólo era un sueño sin importancia. Pero por más que me pellizcara y tratara de mantenerme al margen, el ambiente me absorbía de tal forma que me hacía sospechar que aquello era tan auténtico como los latidos de mi corazón.

Una mujer recorría el pasillo lateral con varias cestas llenas de auriculares. El ocupante del primer asiento cogió una, que fue pasando de mano en mano por la fila como en una colecta en la iglesia. Miré a Bobby inquisitivamente y me hizo una demostración: conectó los auriculares a un enchufe del asiento de delante y se los puso justo en el momento en que un hombre se plantaba ante el micrófono del escenario. Éste empezó a hablar en japonés sin que yo entendiera ni jota, pero estaba tan abrumada por la escena que no me acordé de ponerme los auriculares. Bobby me dio un codazo que me sobresaltó, y me apresuré a colocármelos. Una voz con un marcado acento inglés hacía la traducción simultánea. Me había perdido el principio del discurso.

—«... este domingo por la tarde. Es poco frecuente que nuestras reuniones estén tan concurridas como la de hoy. Gracias por vuestra asistencia. Esta noche estamos aquí por varias razones...»

Bobby volvió a darme un codazo y me quitó los auriculares.

—Ése es Ichiro Takase —susurró—. Es el presidente de los representantes. El cargo cambia de persona cada pocos meses.

Asentí y los auriculares volvieron a su sitio.

—«... Hans Liveen desea hablaros acerca de los planes para la nueva planta eólica, pero antes de tratar dicha cuestión abordaremos el motivo por el que tantos de vosotros habéis acudido a esta reunión. La representante irlandesa, Grace Burns, tomará la palabra.»

Una mujer cincuentona se levantó de su asiento y se dirigió hacia el micrófono. Lucía una larga melena ondulada pelirroja, sus rasgos eran tan afilados como si los hubiesen tallado en la roca y vestía un traje negro de chaqueta muy formal.

Me quité los auriculares.

—Buenas noches a todos. —Su acento revelaba que era del norte de Irlanda, de Donegal. Muchos de los anglohablantes no irlandeses volvieron a ponerse los auriculares para escuchar la traducción—. Seré breve —dijo—. Esta semana, varios miembros de la comunidad irlandesa han ido a verme para informarme de que un recién llegado de Irlanda poseía información sobre la familia de varios habitantes del pueblo. A pesar de los rumores, eso no tiene nada de inusual si se considera el tamaño de Irlanda. También me dijeron que un objeto que pertenecía a esa persona, un reloj de pulsera según tengo entendido, había desaparecido —comentó con total naturalidad.

Al momento, las personas que entendían inglés reprimieron un grito, aunque la mayoría de ellas ya debía de estar al corriente de aquel rumor. Instantes después se produjo un segundo grito ahogado al concluir la traducción de los intérpretes. Un murmullo empezó a extenderse por la sala y la representante irlandesa levantó los brazos para pedir silencio a la concurrencia.

—Entiendo que la noticia haya causado revuelo en el pueblo. Novedades como ésta interrumpen nuestros esfuerzos por llevar una vida normal y tenemos mucho interés en desmentir esos rumores.

El corazón me latía ahora con menos violencia. La representante continuó:

—Hemos convocado esta reunión para demostrarles que hemos tomado cartas en el asunto y que vamos a esclarecerlo. En cuanto lo hayamos resuelto, informaremos de inmediato a la comunidad, como siempre hacemos, acerca del resultado. Me parece que el recién llegado se encuentra entre nosotros esta noche —anunció—, así que desearía dirigirme directamente a esa persona.

El corazón comenzó a palpitarme otra vez. La gente que me rodeaba me miró entre murmuraciones; parloteaban en idiomas extranjeros e intercambiaban miradas recelosas, acusadoras. Me giré hacia Bobby, pasmada; él me miró igual de boquiabierto.

—¿Qué voy a hacer? —susurré—. ¿Cómo se han enterado de lo del reloj?

Bobby y sus diecinueve años se encogieron de hombros y abrieron los ojos como platos.

—Hemos concluido que lo mejor será tratar este asunto en privado y con discreción para que la persona en cuestión conserve el anonimato...

Parte del público empezó a patear el suelo y se oyeron algunas risas. Se me puso la piel de gallina.

—No es necesario dramatizar —prosiguió Grace en su tono firme y eficiente—. Si el recién llegado tuviera la bondad de presentarse ante nosotros con el objeto supuestamente desaparecido olvidaremos el asunto de una vez por todas. De esa manera, la comunidad podrá volver a dedicar su tiempo a las tareas habituales, que son mucho más productivas. —Sonrió con descaro y se oyeron risas por la sala—. Ruego a la persona en cuestión que se persone mañana a primera hora en mi despacho y que traiga el reloj consigo para así zanjar este asunto inmediatamente y con la debida discreción.

Hubo más abucheos por parte del público.

—Contestaré a algunas preguntas relacionadas con este tema y luego pasaremos al siguiente y más importante punto del orden del día: los planes de ampliación del parque eólico.

Me di cuenta de que estaba esquivando el asunto deliberadamente. Un pueblo entero había acudido para que le explicasen cómo era posible que alguien conociera detalles íntimos de personas de aquí y de sus familias, y con unas cuantas frases la representante había zanjado el tema, como si lo hubiera barrido hacia debajo de la alfombra. La gente intercambiaba miradas de disgusto y percibí que se estaba fraguando una tormenta.

Muchas personas levantaron la mano y la representante señaló a un hombre, que se puso de pie.

—Señora Burns, no me parece justo que este asunto se resuelva en privado. A juzgar por la gran afluencia de público, creo que es evidente que este asunto es más importante de lo que su manera de abordarlo ha dado a entender, y que no ha sido más que un esfuerzo deliberado por quitarle trascendencia. —Se oyeron algunos aplausos—. Propongo que la persona en cuestión, que me consta que es una mujer, nos muestre el reloj ahora y aquí para que podamos verlo con nuestros propios ojos y así dar el asunto por zanjado y quitarnos esa preocupación de la cabeza.

Su propuesta fue acogida con aplausos. La representante pareció sentirse incómoda y se volvió hacia sus colegas. Unos asintieron, otros sacudieron la cabeza, algunos se desentendieron y los demás se encogieron de hombros, incapaces de dar una respuesta.

—Sólo me preocupo por el bienestar de esa mujer, señor O'Mara —dijo la representante—. No creo que sea justo que después de haber llegado esta misma semana tenga ahora que enfrentarse a una vista pública. Su anonimato es vital. Seguro que estará usted de acuerdo.

Esa intervención no contó con tanto apoyo por parte del público, pero se oyeron algunos aplausos que agradecí en silencio. Y de paso maldije a Grace por haber confirmado mi sexo.

Una anciana que estaba sentada al lado del hombre que había hablado desde el público se levantó de su butaca.

—Señora Burns, nuestro bienestar es más importante, y también el bienestar de todos los vecinos. ¿Acaso no le parece más importante que su anonimato nuestro derecho a saber si es verdad que las pertenencias de alguien están desapareciendo?

Se oyó un murmullo de aprobación entre el público. Grace Burns se llevó la mano a la frente y tapó los focos del escenario para poder ver a quién pertenecía la voz.

—Entiéndame, Catherine, mañana serán puntualmente informados después de que esa persona haya ido a verme. Sea cual sea el resultado, obraremos como es debido.

—Esto no afecta sólo a la comunidad irlandesa —dijo alguien con acento del sur de Estados Unidos. Todo el mundo se dio la vuelta. La voz pertenecía a un hombre que estaba al fondo de la sala, de pie—. ¿Recuerdan lo que ocurrió la última vez que hubo rumores de que estaban desapareciendo cosas?

Se oyeron murmullos de asentimiento.

—Supongo que todos los presentes se acuerdan de un tipo que se llamaba James Ferrett... —gritó.

El público volvió a asentir y se oyeron afirmaciones en voz alta.

—Hace algunos años dijo que le estaba ocurriendo lo mismo que ha ocurrido ahora —explicó a la parte del público que no tenía conocimiento del caso—. El señor Ferrett fue invitado por los representantes a seguir el mismo procedimiento que el personaje anónimo de esta noche y, en lugar de eso, desapareció. Nunca sabremos si lo hizo para reunirse con el resto de sus pertenencias o si fue obra de los representantes.

Esta declaración alborotó al público, pero él gritó por encima del ruido para dirigirse a Grace Burns:

—Al menos permítanos resolverlo ahora, antes de que la persona en cuestión tenga oportunidad de huir y nos quedemos otra vez sin saber qué pasa. ¡Tampoco es que vayamos a hacerle ningún daño, y nuestra obligación es saberlo!

La multitud estalló en un aplauso atronador. No querían dejar escapar la oportunidad de mostrar su firme deseo. La representante permaneció callada un rato mientras la sala entera coreaba a su alrededor. Finalmente pidió silencio con un gesto y el alboroto cesó.

—De acuerdo —dijo ante el micrófono, y aquellas dos palabras resonaron en mi pecho. En realidad no sabía si iba a desmayarme o a echarme a reír. Entonces miré a Bobby.

—Pellízcame, por favor —sonreí—, porque todo esto es tan ridículo que me siento como en una de esas pesadillas de las que te burlas al despertar.

—No tiene ninguna gracia, Sandy —advirtió Bobby—. No les digas nada.

Procuré disimular mi sonrisa, pero el corazón me palpitaba.

—Sandy Shortt —anunció la representante—, ¿puede levantarse, por favor?

44

Tras salir de casa de los padres de Sandy Shortt, Jack fue en coche hasta el Leitrim Arms, el bar del pueblo. Aunque todavía era temprano, el pub estaba oscuro, apenas iluminado por un par de lámparas de pared llenas de polvo y aislado de la luz natural por las ventanas de cristales color burdeos. El suelo de piedra era irregular y los bancos de madera, acolchados, mostraban estampados de cachemira por cuyas costuras asomaba la espuma del relleno. En total había tres hombres en el bar: uno en cada extremo de la barra, jarras en mano, con el cuello torcido para ver la competición hípica que retransmitía un televisor colgado de un soporte del techo; y el camarero, que presidía la exigua reunión desde detrás del mostrador, con los brazos apoyados en los grifos de cerveza y la cabeza vuelta hacia arriba para no perderse la carrera. Una nerviosa expectación pintaba los rostros de los tres hombres; saltaba a la vista que había dinero de por medio. Con marcado acento de Cork el comentarista narraba segundo a segundo las incidencias de la carrera; hablaba tan rápido que el público no podía evitar contener el aliento, cosa que aumentaba el suspense.

Jack le hizo un gesto al camarero, pidió una jarra de Guinness y decidió sentarse en un rincón tranquilo al fondo del bar, lejos de los otros. Tenía algo importante que hacer.

El camarero despegó sus ojos del televisor y, como buen profesional, olvidó por un momento los caballos y centró toda su atención en servir una jarra de cerveza a la perfección. Sostuvo el vaso inclinado cuarenta y cinco grados muy cerca del caño para evitar que se formara espuma. Luego abrió el tirador del todo y llenó tres cuartas partes del vaso. Para acabar dejó la jarra en el mostrador y esperó a que la cerveza negra se asentara antes de llenar el resto del vaso.

Jack sacó el expediente policial de Donal de su cartera y lo puso encima de la mesa. Iba a hojear aquellas páginas por última vez: era su despedida, era el final, el último vistazo a todo lo que había estudiado cada día durante el último año. El final de la búsqueda significaba el principio del resto de su vida. Quería brindar por su hermano una última vez, tomar una última cerveza con él. Repasó los informes policiales, las largas horas que habían dedicado los agentes, cada página le recordaba los altibajos, las esperanzas y decepciones del año anterior. Había sido un año interminable, un año realmente duro. Jack ordenó sobre la mesa las declaraciones de los testigos, los testimonios de todos los amigos de Donal que estuvieron con él aquella noche. Allí había angustia y lágrimas, insomnio y desesperación por tratar de recordar cada detalle borroso de la velada.

Jack puso la fotografía de Donal en la banqueta de enfrente. Una última jarra con su hermano. Le sonrió. «He hecho cuanto he podido, Donal; te prometo que he hecho cuanto he podido», le dijo en silencio. Por primera vez lo creyó así. No podía hacer nada más, y ese pensamiento le supuso un gran alivio. Volvió a mirar las páginas del expediente. El rostro de Alan O'Connor le miró desde la foto de pasaporte pegada en la esquina. Otro hombre roto, otra vida casi destrozada, aunque aún estaba muy lejos de alcanzar el punto al que Jack había llegado hoy. Jack había perdido a su hermano, un hermano al que no conocía tan bien como habría debido, pero Alan había perdido a su mejor amigo. Echó una ojeada a la declaración que había leído mil veces, si no más.

El relato completo y detallado que Alan hiciera de aquella noche aciaga coincidía con el de Andrew, Paul y Gavin, así como con el de las tres chicas a las que habían conocido en el restaurante de comida rápida; sin embargo, a todos les costó recordar el principio de la noche, por no mencionar las primeras horas de la mañana siguiente. El lenguaje del informe era poco elegante, artificioso y ajeno. Carecía de sentimiento, explicaba tan sólo los hechos objetivos: horas y lugares, quién estaba presente y qué se dijo. Ninguna emoción para transmitir el hecho de que un grupo de amigos había quedado hecho trizas después del incidente de aquella noche. La noche que había cambiado toda una vida hecha de noches.

«Andrew, Paul, Gavin, Shane, Donal y yo salimos del Clohessy's, en Howley's Quay, alrededor de las 12:30 de la noche del viernes. Fuimos al club nocturno The Sin Bin, que está en el mismo edificio...» Jack se saltó los detalles de lo que había ocurrido allí dentro y continuó leyendo: «... Andrew, Paul, Gavin, Donal y yo salimos del club hacia las 2 y caminamos dos manzanas hasta el SuperMacs de O'Connell Street. Shane había conocido a una chica en el club que nosotros no conocíamos y se fue a casa con ella...» Volvió a saltarse unas cuantas líneas: «... Nos sentamos en una mesa con bancos en el lado derecho de la hamburguesería, cerca del mostrador, a comer hamburguesas y patatas fritas. Empezamos a hablar con tres chicas que también estaban en la hamburguesería. Les dijimos que se vinieran y se sentaron con nosotros en la mesa. Éramos ocho: yo, Andrew, Paul, Gavin, Donal, Collette, Samantha y Fiona. Donal se sentó en una punta de la mesa, al lado de Fiona y delante de mí. Hicimos planes para seguir la fiesta en casa de Fiona...» Jack pasó directamente a la parte más importante: «... Le pregunté a Donal si se venía a la fiesta y dijo que sí y ésa fue la última conversación que tuvimos esa noche. No me dijo que se marchaba de la hamburguesería. Me puse a hablar con Collette y cuando me giré Donal se había ido. Eso fue hacia las 3.»

Todos habían contado la misma historia. Una típica noche de viernes para muchachos de su edad: pub, club nocturno, hamburguesería, nada fuera de lo corriente que pudieran recordar; sólo el hecho de que su mejor amigo desapareció. Todos los amigos de Donal tuvieron una última conversación diferente con él, nadie reparó en que se marchara de la hamburguesería excepto la chica que se llamaba Fiona, que estaba sentada a su lado y se dio cuenta de que se había ido cuando se volvió y le vio salir del local. Dijo que Donal había chocado con el marco de la puerta y que unas chicas que estaban allí se rieron. Después, ninguna de esas chicas pudo facilitar más información que ésa. La hamburguesería estaba llena de gente a la que habían echado de los clubes a la misma hora, y el circuito cerrado de televisión de la hamburguesería no filmó la mesa donde había estado sentado Donal. Las colas que se habían formado ante el mostrador y los grupos de gente que comía de pie porque no había mesas libres tapaban las mesas de los extremos. Por eso la grabación sólo mostraba el momento en que Donal salía de la hamburguesería golpeándose el hombro contra el marco de la puerta, tal como habían dicho todos los testigos. Otra cámara le grabó en un cajero automático cercano donde sacó 30 euros, luego fue visto dando tumbos por Arthur's Quay y a partir de ahí le perdieron el rastro.

Jack pensó en la última vez que había hablado con Alan y se sintió culpable por haberlo presionado tanto para que intentara recordar algo más. Era evidente que la Gardaí ya había exprimido hasta la última gota su recuerdo de aquella noche. Jack sentía que en cierto modo la desaparición de su hermano era culpa suya, que como hermano mayor tendría que haber hecho algo para evitar lo ocurrido. Y su madre falleció con un peso de conciencia parecido. ¿Había alguien que no se sintiera culpable? Recordó su conversación con Alan, cómo sólo unos días antes éste había reconocido lo mismo: «Espero que lo encuentres, Jack. No hago más que revivir esa noche una y otra vez deseando haberme ido con él.»

En la barra, la espuma cremosa de la Guinness comenzó a separarse del cuerpo oscuro. La espuma, aún turbia, se iba aclarando poco a poco.

«No hago más que revivir esa noche una y otra vez deseando haberme ido con él.»

A Jack el corazón se le iba a salir por la boca. Buscó en el expediente hasta hallar la declaración de Alan otra vez: «... Hicimos planes para seguir la fiesta en casa de Fiona... Le pregunté a Donal si se venía a la fiesta y dijo que sí y ésa fue la última conversación que tuvimos esa noche. No me dijo que se marchaba de la hamburguesería.»

Para acabar de llenar la jarra, el camarero abrió el tirador sólo un poco y dejó que la espuma rebasara el borde ligeramente.

Jack se incorporó en el asiento y se concentró. Las ideas comenzaban a tomar forma y sintió que estaba muy cerca de algo. Siguió leyendo y releyendo el informe policial al tiempo que repasaba mentalmente la conversación que había tenido con Alan pocos días antes.

La cerveza no rebosó ni mojó el vaso por fuera.

Jack trataba de controlar su respiración y mantenía sus temores a raya. El camarero llegó con la Guinness y al ver tanto papel esparcido se plantó ante la mesa sin saber dónde ponerla.

—Déjela en cualquier sitio —dijo Jack. El camarero hizo un gesto circular con la jarra en el aire mientras decidía dónde dejarla y finalmente la puso en la mesa; enseguida se apresuró a regresar junto a los hombres que animaban a gritos a su caballo. Los ojos de Jack recorrieron la panza negro rubí de la jarra hasta la base del vaso. El camarero la había dejado encima de la declaración de Alan, justo al lado de la frase que había leído y releído una y otra vez. Todo conducía hacia esas palabras: «Le pregunté a Donal si se venía a la fiesta y dijo que sí y ésa fue la última conversación que tuvimos esa noche. No me dijo que se marchaba de la hamburguesería.»

Jack estaba temblando, pero no sabía por qué. Alzó la jarra con mano vacilante y le dedicó una trémula sonrisa a la foto de su hermano. Se acercó el vaso a los labios y bebió un largo trago del líquido espeso. Mientras la tibia cerveza negra le corría por la garganta, el recuerdo de la frase que le dijera Alan le asaltó: «De verdad que pensé que no le pasaría nada si cogía un taxi por allí, ¿entiendes?»

La Guinness se le atragantó y empezó a toser. Se inclinó hacia atrás para detener la tos.

—¿Se encuentra bien? —le gritó el camarero.

—¡Sí! ¡Vamos, muchacho! —Los dos hombres de la barra celebraron la victoria de su caballo con aplausos y vítores que sobresaltaron a Jack.

Su mente ensayó un millón de excusas, defensas, errores y malentendidos. Pensó en la visita anotada en la agenda de Sandy con letras mayúsculas rojas, pensó en la cara de preocupación de la señora O'Connor —«¿Piensas que ha hecho algo malo?», había dicho—. Ella lo sabía. Lo había sabido desde el principio. La ira hizo que le hirviera la sangre. Aporreó la mesa con la jarra, el anillo blanco de espuma quedó dentro del vaso. Las piernas le flaquearon mientras la rabia y el miedo se apoderaban de su cuerpo.

No recordaba haber salido del pub, no recordaba haber llamado a Alan y no recordaba haber conducido hasta Limerick en un tiempo récord para reunirse con él. Al evocar aquellas horas se daba cuenta de que, aparte de lo que le habían contado, apenas sabía lo que había hecho. Lo único que recordaba era la voz desolada de Alan, que ahora sonaba constantemente en su cabeza: «No hago más que revivir esa noche una y otra vez deseando haberme ido con él. De verdad que pensé que no le pasaría nada si cogía un taxi por allí, ¿entiendes?» La voz contradictoria de su declaración aún resonaba más alta: «Le pregunté a Donal si se venía a la fiesta y dijo que sí y ésa fue la última conversación que tuvimos esa noche.»

«La última conversación que tuvimos...»

Había mentido. ¿Por qué?

45

Me levanté de mi asiento y noté que miles de personas se giraban para mirarme, para estudiarme, formarse una opinión, juzgarme, ahorcarme y, finalmente, quemarme en la hoguera. Distinguí a Helena en la primera fila, visiblemente angustiada por el cariz que estaban tomando los acontecimientos. Apretaba las manos contra el pecho como si estuviera rezando y las lágrimas le brillaban en los ojos. Le sonreí. Lo sentía por ella. Sí, por ella. Trató de animarme con un gesto. Joseph, en el escenario, hizo lo mismo. Yo no sabía muy bien qué temer y supongo que por eso no tenía miedo. No entendía exactamente qué pasaba, por qué era tan sumamente importante que un objeto mío hubiese desaparecido, por qué algo que parecía tan positivo podía ser transformado en un motivo de alarma. Lo único que entendía era que quienes llevaban allí más tiempo que yo me tenían miedo, y con eso bastaba. Ya durante los últimos días había tenido que soportar a la gente que me perseguía preguntándome si conocía a sus familiares. Y no me apetecía lo más mínimo que la situación empeorase.

La representante me miró a los ojos.

—Bienvenida, Sandy. Supongo que no te parecerá justo que

hagamos esto en público, pero tú misma has presenciado la razón por la que tenemos que hacerlo así.

Asentí en silencio.

—Debo preguntarte sobre ese rumor de que tus cosas están desapareciendo. —Hizo una pausa. Saltaba a la vista que no deseaba hacer la pregunta por miedo a la respuesta—. ¿Podrías confirmar que no es verdad?

—¡Le está insinuando la respuesta! —gritó un hombre, y al instante otros le hicieron callar.

—Esto no es un tribunal —replicó la representante, enojada—. Por favor, dejen hablar a la señorita Shortt.

—El rumor —miré a los miles de rostros, algunos de los cuales escuchaban la traducción de mis palabras a través de los auriculares— es absolutamente falso. —Se produjo un murmullo y levanté la voz—: Aunque imagino de dónde ha surgido. Estaba saludando con el brazo en alto cuando el reloj se desprendió de mi muñeca y fue a caer en un campo cercano. Pedí a unas personas que me ayudaran a buscarlo. No fue nada del otro mundo.

—¿Y lo encontraron? —preguntó Grace Burns, incapaz de disimular su alivio.

—Sí —mentí.

—¡Que lo enseñe! —gritó un hombre, y unos cuantos cientos estuvieron de acuerdo. Grace suspiró.

—¿Lleva puesto ese reloj ahora mismo?

Me quedé de piedra y bajé la vista a mi muñeca desnuda.

—Pues... no, porque el cierre se rompió al caerse al suelo y aún no está arreglado.

—¡Que traiga el reloj! —gritó una mujer.

—¡No! —repliqué, y todos enmudecieron. Noté que Bobby me miraba sorprendido—. Con el debido respeto, creo que todo este montaje no es más que una ridícula caza de brujas. He dado mi palabra de que el reloj no ha desaparecido y me niego a tener que traerlo aquí y continuar con esta farsa. No llevo aquí el tiempo suficiente como para entender qué es exactamente lo que les hace comportarse así, pero si quieren darme la bienvenida como deberían, por favor, confórmense con mi palabra.

Aquello no coló.

—Por favor, señorita Shortt —dijo Grace preocupada—. Creo que lo más conveniente es que salga de la sala y traiga el reloj. Jason la acompañará.

Un hombre delgado y esbelto, vestido de traje negro y con una postura tan perfecta que sólo podía haberla aprendido en el ejército, llegó a un extremo de mi fila. Con un movimiento del brazo me indicó la puerta. Hice un último intento:

—No conozco a este hombre. No pienso ir con él.

Grace pareció confundida; luego habló con cautela:

—Bueno, tiene que traernos el reloj tanto si quiere como si no, de modo que ¿quién quiere que la acompañe?

Pensé deprisa.

—El hombre que está a mi lado.

Bobby se levantó. Grace entrecerró los ojos para verle bien, hizo un gesto cuando lo reconoció y asintió.

—Muy bien, que la acompañen los dos. Continuaremos con la sesión mientras estén fuera.

El representante holandés tomó la palabra para exponer la necesidad de construir más molinos, pero nadie le prestó demasiada atención. Todos los ojos estaban puestos en nosotros, que recorríamos el largo pasillo de la sala. La gente que estaba de pie al fondo nos abrió paso y fuimos engullidos por las inmensas puertas. Una vez fuera, Bobby me miró con los ojos muy abiertos, ya que no quería hablar en voz alta delante de nuestro acompañante.

—Tenemos que recoger el reloj en la tienda de Bobby —le expliqué con toda tranquilidad a Jason—. Iba a arreglarme el cierre.

Bobby asintió: por fin entendía.

Llegamos ante la puerta decorada con llamativos calcetines de la tienda de Objetos Perdidos. Fuera ya había oscurecido. La calle parecía la de un pueblo fantasma: toda la gente me esperaba en el Centro Cívico y de paso esperaba saber si era posible marcharse de Aquí.

—Prefiero esperar a Bobby aquí fuera —dije. Me detuve en el porche y contemplé el bosque oscuro. Jason no dijo nada, se echó un paso atrás con las manos cruzadas y se quedó allí.

—¿Qué eres, agente secreto? —bromeé mientras lo miraba de arriba abajo. No sonrió, sólo apartó la vista—. ¿El malo de *Matrix*? ¿Uno de los *Men in Black*? ¿Johnny Cash? —No contestó. Suspiré—. ¿Has venido para que no me escape? —pregunté.

No contestó.

—¿Me dispararías si lo hiciera? —dije, desafiante—. Mira que pedirte que me acompañaras... —Chasqueé la lengua—. ¿Qué piensan que soy, una criminal? —Me volví hacia él—. Que quede claro que no me gusta que hayas venido.

No dejó de mirar al frente.

Bobby interrumpió el incómodo silencio al cerrar la puerta de golpe.

—Listos, ya lo tengo.

Lo cogí y lo examiné.

—¿Es el tuyo? —Jason abrió la boca por primera vez, mientras estudiaba mi semblante.

Era de plata y tenía la esfera de nácar, pero allí terminaban las semejanzas. En lugar de un brazalete de eslabones, la correa era maciza; en lugar de una esfera rectangular, aquélla era redonda.

—Sí —contesté con seguridad—. Éste es mi reloj.

Jason lo cogió y me lo puso en la muñeca. Me quedaba inmenso.

—Bobby —dijo Jason, que se frotó los ojos cansado—, tráele otro reloj. Uno que le vaya bien, esta vez.

Ambos le miramos sorprendidos.

—Ésta es la razón por la que he venido —añadió con elegancia, y volvió a su sitio en el porche.

Bobby se apresuró a regresar a la tienda. Jason levantó la voz:

—Ah, y asegúrate de que tenga el cierre estropeado. Has dicho que no lo llevabas puesto porque estaba roto, ¿verdad?

Asentí en silencio.

—Vaya, parece que te has quedado muda —dijo sin dejar de mirar hacia el bosque.

Regresamos al Centro Cívico a paso vivo y sin mediar palabra. Yo apretaba el reloj en una de mis manos. Ya ante la puerta, justo antes de que Jason la abriera, le detuve.

—¿Y ahora qué? —pregunté con visible ansiedad.

—Bueno, supongo que tienes que entrar ahí y... —lo pensó un momento y se encogió de hombros—... mentir.

Abrió la puerta y miles de rostros se volvieron para mirarnos. El representante holandés interrumpió su discurso de inmediato y Grace Burns se acercó al micrófono. Su cara reflejaba una gran preocupación. Bobby y Jason se quedaron junto a la puerta; Bobby trató de animarme y comencé a recorrer el largo pasillo hasta el escenario. De no haber estado tan inquieta me habría echado a reír por la ironía que encerraba aquella farsa: Gregory habría hecho cualquier cosa para que recorriera el pasillo, y el reloj que me había regalado finalmente lo había conseguido.

Subí al escenario y le entregué el reloj a Grace. Mientras lo examinaba me pregunté cómo diablos iba a saber si era el mío. Todo aquello era absurdo. Era un engaño, una simulación para tranquilizar a la gente que aquí no se sentía demasiado segura, y así evitar que se rebelara y exigiera la búsqueda de una salida.

—¿Cómo sabemos que es su reloj? —preguntó alguien de entre el público. Levanté los ojos, fastidiada.

—¡Tiene su nombre grabado detrás! —gritó otra persona, y se me heló la sangre en las venas. Había muy pocas personas que lo supieran. Enseguida miré a Joseph, pero por la cara que puso supe que no había sido él. Joseph, enojado, buscaba a Helena, que miraba aún más enfadada a... Joan. Estaba sentada en la primera fila, roja como un tomate, al lado del hombre que había gritado. Sin duda nos había oído comentarlo. Miró a Helena como disculpándose, y luego me miró a mí. Aparté la vista sin saber qué sentir. No tenía la menor idea de cómo iba a acabar aquello.

—¿Es verdad? —preguntó la representante.

—Le aseguro que es verdad —gritó el mismo hombre.

Mi rostro fue de lo más elocuente, estoy convencida.

Le dio la vuelta al reloj para buscar el nombre detrás de la esfera. Se mostró complacida:

—En el reverso está grabado Sandy Shortt.

Se oyeron sonoros suspiros y murmullos entre el público.

—Sandy, gracias por colaborar. Puede irse y seguir disfrutando de la vida entre nosotros. Confío en que la gente será más amable con usted a partir de ahora. —Sonrió afectuosamente.

Atónita, cogí el reloj, incapaz de creer que Bobby se las hubiese apañado para grabar mi nombre en tan poco tiempo. Recorrí a toda prisa el pasillo mientras la gente aplaudía y me sonreía; algunos parecían disculparse, otros no estaban del todo convencidos y seguramente nunca lo estarían. Agarré a Bobby de la mano y lo saqué a rastras de la sala.

—¡Bobby! —Me eché a reír cuando estuvimos a una distancia prudente del Centro Cívico—. ¿Cómo lo has conseguido?

Bobby me miró horrorizado.

—¿Conseguir qué?

—¡Grabar mi nombre tan deprisa!

—No lo he hecho —dijo, pasmado.

—¿Qué?

Giré el reloj. Un reverso metálico liso me devolvió la mirada.

—Venga, entremos —dijo Bobby. Abrió la puerta de la tienda y miró alrededor con cierta inquietud.

En las sombras se oyó un ruido y Jason se adelantó. Di un salto.

—Siento haberte asustado —dijo con su tono de robot—. Sandy —la emoción se coló en su voz y su cuerpo se relajó al acercarse a la luz del porche—, sólo quería preguntarte si conoces a mi esposa Alison —dijo un tanto confuso—. Alison Rice. Somos de Galway. Spiddal —añadió, y luego tragó saliva. Su aspecto agresivo se suavizó y la preocupación y la vulnerabilidad se adueñaron de su mirada.

Aún sorprendida por su súbita aparición, revisé mis archivos mentales. Pero no reconocí el nombre, y lentamente sacudí la cabeza.

—Lo siento.

—Vale.

Carraspeó y se irguió. Recobró su dureza al instante, como si la pregunta jamás hubiese salido de sus labios.

—Me manda Grace Burns a decirte que te espera sin falta en su despacho a primera hora de la mañana.

Y volvió a desaparecer en la oscuridad.

46

Jack notaba que la ira le palpitaba en las venas. Los músculos de la cara le temblaban bajo la piel, a la espera de la gran pelea, mientras él procuraba controlar su respiración para no montar en cólera. Las muelas le dolían como si las hubiese apretado hasta llegar al hueso durante el trayecto en coche. Tenía las mejillas encendidas y le latían con tanta fuerza como el resto del cuerpo. Cerraba y abría los puños mientras caminaba por el atestado pub de la ciudad de Limerick.

Vio a Alan. Estaba en una mesa pequeña, solo, con una jarra delante de él; una banqueta vacía esperaba a Jack. Alan levantó la vista y le saludó con la mano, y en aquella cara sonriente Jack reconoció al niño de diez años que visitaba su casa a diario. Sintió el impulso de abalanzarse sobre Alan, pero se contuvo. En lugar de eso se desvió hacia el servicio y, jadeando como si hubiese corrido una maratón, se plantó ante el lavabo para refrescarse la cara. Era lo único que podía hacer para no salir a matarlo con sus propias manos.

¿Qué había hecho? ¿Qué demonios había hecho Alan?

47

La semana en que Jenny-May Butler desapareció, la Gardaí vino a la Escuela Nacional de Leitrim. Todos estábamos muy intrigados, porque era raro que el director honrara a sus humildes discípulos con su presencia, y más aún en las aulas. Así que en cuanto vimos su expresión seria y acusadora fuimos presa del nerviosismo; inmediatamente deseamos no habernos metido en problemas, aunque sabíamos que no habíamos hecho nada malo. Tal era su poder. El principal motivo de nuestra inquietud fue que interrumpiera la clase de religión para susurrarle algo al oído a la señorita Sullivan. Que los profesores hablaran en voz baja en el aula significaba que estaba ocurriendo algo importante. Aquella mañana nos permitieron abandonar nuestros pupitres y nos ordenaron formar en fila india con el dedo en los labios. Para los maestros, que nos pusiéramos el dedo en los labios casi nunca surtía el efecto deseado, pues el dedo no era un silenciador eficaz por el hecho de tratarse sencillamente de un dedo, no de una cremallera, y encima, y más importante, era nuestro propio dedo, con lo que teníamos la capacidad de retirarlo en cualquier momento. Pero aquel día, cuando entramos en el salón de actos del colegio ninguno de nosotros dijo palabra, porque en un extremo del insólitamente silencioso pabellón había dos agentes de la Gardaí Síochána. Una mujer y un hombre, vestidos de azul marino de la cabeza a los pies.

Nos sentamos en el suelo en medio del pabellón, junto a los demás alumnos de cuarto grado. En la parte de delante estaban los párvulos; los de sexto, siempre tan enrollados, ocuparon su sitio en la última fila: cuanto mayor eras, más atrás te podías sentar. El pabellón se llenó en un momento. Los maestros se alinearon a lo largo de las paredes de los pasillos laterales como celadores; de vez en cuando chasqueaban los dedos y miraban amenazantes a quien hablara en voz baja o intentara ponerse cómodo en aquel suelo frío y un tanto sucio, ya que según ellos se movía demasiado.

Después de presentarnos a los agentes, el director nos explicó que eran de la comisaría del pueblo y que habían venido a hablarnos de un asunto muy importante. Nos advirtió que más tarde los maestros nos harían preguntas en clase sobre lo que nos hubiesen contado los agentes. Cuando lo dijo eché un vistazo a los profesores y vi que algunos, sorprendidos, se erguían para prestar atención. Entonces comenzó a hablar el hombre; se presentó como el garda Rogers y a su colega como la garda Brannigan, y mientras recorría lentamente el extremo de la sala con las manos a la espalda explicó que no debíamos confiar en los desconocidos, que no debíamos subir a sus coches ni siquiera cuando nos dijesen que nuestros padres les habían pedido que nos recogieran. Eso me hizo pensar que no debía montarme en el coche del tío Fred los miércoles por la tarde cuando venía a buscarme, y faltó poco para que me echara a reír. Nos dijo que siempre teníamos que avisar si notábamos que alguien era más simpático de lo normal. Si alguien nos abordaba o veíamos que abordaba a algún compañero debíamos decírselo enseguida a nuestros padres o maestros. Yo tenía diez años y recuerdo que pensé en cuando tenía siete y vi que un hombre extraño recogía a Joel Harrison en el colegio. Entonces se lo dije a la maestra, que me riñó porque se trataba de su padre y creyó que estaba siendo maleducada.

Además, cuando se tienen diez años, casi once, una charla sobre seguridad no es nada nuevo. Aunque supongo que aquélla en concreto estaba dirigida sobre todo a los niños de cinco y seis años, que estaban sentados en las primeras filas del pabellón mirando al techo mientras se hurgaban la nariz y se rascaban la cabeza. Una primera fila de pequeños saltamontes. Por entonces no sentía el menor deseo de alistarme en la Gardaí. No fue aquella lección gratis sobre seguridad lo que disparó mi ambición: fueron los calcetines desparejados. También sabía que el motivo de la charla era que Jenny-May había desaparecido aquella semana. Todo el mundo se había comportado de manera extraña durante los últimos días. Nuestra maestra había salido de clase llorando unas cuantas veces tras quedarse con la mirada fija en el asiento vacío de Jenny-May. En el fondo, aun sabiendo que aquello estaba mal, a mí me pareció estupendo, porque fue la primera semana de paz que tuve en el colegio en años. Por una vez no tenía que soportar que me lanzara bolitas de papel a la cabeza soplándolas con una caña, y cuando me tocaba contestar a una pregunta no tenía que oír risitas burlonas a mis espaldas. Sabía que había ocurrido algo terriblemente triste, pero no podía sentir pena.

Durante las primeras semanas posteriores a su desaparición, cada mañana rezamos en clase por la seguridad de Jenny-May, por su familia y para que la encontraran lo antes posible. Pero la oración se fue abreviando a medida que transcurría el tiempo y un lunes, de repente, la señorita Sullivan la pasó por alto sin hacer ningún comentario. Durante el fin de semana habían cambiado la disposición de los pupitres en el aula y ¡pum!, todo volvió a la normalidad. Eso me resultó aún más raro que la desaparición de Jenny-May. Pasé los primeros minutos de ese día mirando a mis compañeros recitar poemas como si no hubiera ocurrido nada, y la maestra me riñó y se estuvo metiendo conmigo el resto del día por no saberme el poema que había intentado memorizar durante dos horas la noche antes.

Después de que el garda Rogers terminara su charla sobre seguridad, la garda Brannigan se preparó para hablarnos más concretamente sobre Jenny-May. Nos dijo con mucho tacto que si alguien sabía o había visto algo durante las últimas semanas o meses, debía personarse en el despacho número cuatro, al lado de la sala de profesores, donde ella y el garda Rogers estarían el resto del día. Me puse colorada porque tuve la impresión de que me hablaba directamente a mí. Miré alrededor con cierta paranoia; parecía que hubiesen montado todo aquello con el único propósito de hacerme confesar lo que sabía. Aunque, en realidad, nadie me miraba de forma extraña salvo James Maybury, que se arrancó una costra del codo y me la tiró. La maestra chasqueó los dedos para llamarle la atención, pero el mal ya estaba hecho y, además, a él no le daba miedo ni le importaba que alguien chasqueara los dedos.

Una vez concluida la charla, los maestros volvieron a animarnos a ir al despacho número cuatro para hablar con la Gardaí; luego adelantaron la hora del recreo, lo cual fue una idea estúpida dado que nadie iba molestarse en perder tiempo de juego en el patio para hablar con los agentes. Pero en cuanto regresamos al aula y la señorita Sullivan nos pidió que abriéramos el libro de mates empezaron a levantarse manos. Parecía que de repente todo el mundo recordara cosas de vital importancia. ¿Qué podía hacer la señorita Sullivan? Así que los gardaí se encontraron con una larga cola de estudiantes de todas las edades delante de su puerta, algunos de los cuales ni siquiera conocían a Jenny-May.

El despacho número cuatro fue rebautizado como la sala de interrogatorios, y el relato de lo que ocurría allí dentro se volvía más exagerado con cada alumno que salía y se juntaba con sus amigos. Había tantos alumnos con información supuestamente importante que los gardaí tuvieron que regresar al día siguiente; pero antes fueron de clase en clase para advertirnos con mucha seriedad que, aunque agradecían de veras la ayuda de todos, el tiempo de la policía era muy valioso, y que debíamos acudir al despacho número cuatro sólo si teníamos que decirles algo muy importante. El segundo día la maestra ya me había denegado dos veces el permiso para ir al despacho número cuatro, ya que la primera solicitud tuvo lugar durante la clase de Historia y la segunda durante la de Irlandés.

—Pero si el irlandés me encanta —protesté.

—Bien, entonces estarás contenta de quedarte —me espetó antes de ordenarme que leyera en voz alta un capítulo entero del libro.

No tuve más alternativa que levantar la mano durante la clase de Arte del viernes por la tarde. A todos nos encantaba la clase de Arte. La señorita Sullivan me miró sorprendida.

—¿Puedo ir, señorita?

—¿Al servicio?

—No, al despacho número cuatro.

No salía de su asombro, pero finalmente me tomó en serio y me dio permiso para salir de la clase de Arte entre las exclamaciones de mis compañeros.

Llamé a la puerta del despacho número cuatro y el garda Rogers abrió la puerta. Debía de medir casi metro noventa. Mi metro setenta de estatura me convertía en una niña muy alta para tener diez años y me alegró ver por fin a alguien mucho más alto, aunque me intimidara con su uniforme de garda y yo estuviera a punto de confesar.

—¿Otra clase de mates? —Sonrió de oreja a oreja.

—No —contesté en voz tan baja que apenas me oí yo misma—. De Arte.

—Oh —murmuró sorprendido, y enarcó sus pobladas cejas.

—Soy responsable —dije enseguida.

—Vaya, eso está muy bien, aunque no creo que saltarte una clase de mates te convierta en irresponsable... No le digas a tu maestra que he dicho esto, ¿vale? —Y se puso el índice en los labios.

—No —respondí, y tomé aire—: lo que quiero decir es que soy responsable de la desaparición de Jenny-May.

Esta vez no sonrió. Abrió más la puerta.

—Entra.

Eché un vistazo a la habitación. Nada más lejos de los rumores que habían circulado durante los dos últimos días. Jemima Hayes me había dicho que alguien le había dicho a su amiga que alguien le había dicho que a alguien no le habían dejado salir de la habitación para ir al lavabo y que se había meado encima. A decir verdad, el despacho no resultaba nada amenazador. Había un sofá contra una pared, una mesita en el centro y una silla de plástico del colegio al otro lado. Ni rastro de un asiento mojado.

—Siéntate ahí —dijo, y señaló el sofá—. Ponte cómoda. ¿Cómo te llamas?

—Sandy Shortt.

—Eres alta para tu edad, ¿no es cierto, señorita Shortt? —Se rio y yo sonreí educadamente, aunque había oído lo mismo un millón de veces. Dejó de reírse—. Bien, cuéntame, ¿qué te hace pensar que fuiste responsable de la desaparición de Jenny-May, como tú lo has llamado? —Frunció el ceño cuando acabó de hablar.

—¿Cómo lo llaman ustedes?

—Bueno, todavía no estamos seguros de que... Quiero decir que nada indica... —Suspiró—. Tú cuéntame por qué piensas que eres responsable. —Me invitó a hablar con un ademán.

—Bueno, yo no le caía bien a Jenny-May —comencé despacio; de repente estaba nerviosa.

—Vamos, seguro que eso no es verdad —dijo amablemente—. ¿Por qué lo dices?

—Me llamaba putilla desgarbada y me tiraba piedras.

—Oh.

Se quedó callado. Tomé aire y continué:

—Resulta que la semana pasada descubrió que yo le había dicho a mi amigo Emer que no pensaba que fuese tan buena jugando a rey-reina como todo el mundo pensaba que era y se enfadó mucho y vino hecha una furia hasta donde estábamos yo y Emer y nos retó a una partida; bueno, a los dos no, en realidad, porque a Emer no le dijo nada, sólo a mí. Emer tampoco le cae bien pero yo le caigo peor, y además yo era la que lo había dicho, así que quedamos en jugar la partida al día siguiente, yo y Jenny-May, y quien ganara significaba que era la campeona indiscutible y nadie podría decir que no era buena porque el hecho de haber ganado lo demostraba. Ella también sabía que a mí me gustaba Stephen Spencer y siempre me gritaba cosas sólo para que yo no le gustase a él, pero yo sabía que a ella también le gustaba. Bueno, era evidente porque se dieron besos con lengua detrás de los arbustos del final de la calle varias veces por unas apuestas pero me parece que a él ella no le gustaba y a lo mejor ahora también se alegra de que se haya marchado y le haya dejado en paz, aunque no estoy diciendo que piense que hizo algo para hacerla desaparecer. Da igual, el día que teníamos que jugar a rey-reina vi a Jenny-May Butler en bicicleta por la calle delante de mi casa y me miró mal y supe que ese día iba a ganarme a rey-reina y que las cosas serían peores de lo que ya eran y...

Dejé de hablar y encogí los labios, porque no sabía si seguir.

—¿Qué ocurrió, Sandy?

Tragué saliva.

—¿Hiciste algo?

Asentí y se acercó a mí. Se sentó en el borde de la silla.

—¿Qué hiciste?

—Yo... yo...

—No pasa nada. Puedes decírmelo.

—Pedí que se esfumara —dije deprisa, como si me quitara una tirita de un tirón.

—Perdona, ¿cómo has dicho?

—Pedí que se esfumara, que desapareciera.

—Ah, ya lo entiendo.

—No, dice que lo entiende pero no es verdad. Realmente deseé que no existiera, mucho más de lo que en toda mi vida he deseado que algo no existiera, incluso más que cuando mi tío Fred se instaló en casa durante un mes después de separarse de la tía Isabel y fumaba y bebía y la casa apestaba y realmente quería que desapareciera, pero no tanto como quise que desapareciera Jenny-May, y horas después de que deseara eso vino la señora Butler a casa y nos dijo que había desaparecido.

Volvió a inclinarse hacia mí.

—¿Viste a Jenny-May pocas horas antes de que la señora Butler fuese a vuestra casa?

Asentí.

—¿A qué hora fue eso?

Me encogí de hombros.

—¿Hay algo que pueda recordarte qué hora era? Piensa: ¿qué estabas haciendo? ¿Había alguien más contigo?

—Acababa de abrirles la puerta a mis abuelos. Vinieron a comer y yo estaba abrazando a la abuela cuando la vi pasar en bici. Entonces fue cuando pedí el deseo. —Hice una mueca.

—Así que era la hora de comer. ¿Iba con alguien?

El garda Rogers, sentado en el borde de la silla, ignoraba mi preocupación por haber deseado que Jenny-May desapareciera. Me hizo una pregunta tras otra sobre lo que Jenny-May estaba haciendo, con quién estaba, qué aspecto tenía, cómo iba vestida, hacia dónde parecía que se dirigía; montones de preguntas que repitió una y otra vez hasta que me dolió la cabeza y apenas pude pensar las respuestas. Pero mi testimonio resultó de gran ayuda para ellos porque fui la última persona que la vio, y por eso dejaron que me marchara a casa más pronto de lo normal. Otro beneficio de la desaparición de Jenny-May.

Pocas noches antes de que los gardaí vinieran a la escuela había empezado a sentirme culpable por la desaparición de Jenny-May. Había visto un documental con mi padre sobre cómo ciento cincuenta mil personas se habían reunido en la ciudad de Washington para «sumar» sus pensamientos positivos y la tasa de criminalidad había bajado, lo cual demostraba que los pensamientos positivos y negativos tenían un efecto real. Pero entonces el garda Rogers me dijo que no era culpa mía que Jenny-May Butler hubiese desaparecido, que desear que algo ocurriera en realidad no hacía que ocurriera, y después de eso me tomé las cosas con más realismo.

Y allí estaba yo veinticuatro años después, plantada ante el despacho de Grace Burns, a punto de llamar a la puerta y con la misma sensación que cuando tenía diez años: me sentía responsable de algo que escapaba a mi control, pero al mismo tiempo tenía la creencia un tanto pueril de que desde que tenía diez años había deseado en secreto, en silencio y subconscientemente encontrar un lugar como aquél.

48

—Jack, ¿va todo bien? —preguntó Alan en cuanto Jack se sentó ante la mesa baja del bar. Su rostro reflejaba una gran preocupación y la duda volvió a planear sigilosamente sobre Jack.

—Estoy bien —contestó Jack. Dejó la cerveza en la mesa, se acomodó en la banqueta y procuró que el enojo no se le notara en la voz. Estaba realmente confuso.

—Te veo hecho polvo —dijo Alan, que se fijó en que la pierna de Jack se agitaba nerviosamente.

—Todo en orden.

—¿Seguro? —insistió Alan con cara de no creérselo.

—Claro.

Jack bebió un trago de Guinness que le hizo recordar lo que había descubierto cuando la saboreó por última vez: la mentira de Alan.

—¿Qué pasa, entonces? —dijo Alan—. Por teléfono parecía que hubiese un incendio. ¿Tienes que decirme algo importante?

—No, nada de incendios. —Jack echó un vistazo al local. Evitaba mirarle a los ojos y hacía grandes esfuerzos para contenerse y no darle un puñetazo. Necesitaba abordar el asunto como era debido. Procuró serenarse; dejó de menear la pierna, se apoyó en la mesa y clavó la mirada en la jarra—. Es sólo que esta última semana he estado buscando a Donal y eso lo ha removido todo, ¿entiendes?

Alan suspiró y también miró fijamente su jarra.

—Claro que lo entiendo. Pienso en ello cada día.

—¿En qué?

Alan levantó la vista de golpe.

—¿Qué quieres decir?

—Quiero decir en qué clase de cosas piensas cada día —dijo Jack en un intento de que la frase no pareciera una pregunta.

—No sé a qué te refieres. Pienso en todo lo que ocurrió —aclaró Alan con cara de extrañeza.

—Ya, pues yo pienso en cuánto me habría gustado estar allí aquella noche, en cuánto me habría gustado conocer mejor a mi hermano porque entonces quizá... —Jack levantó las manos—, quizá, quizá, quizá. Quizá sabría dónde buscar, quizá conocería los sitios o las personas a las que acudía en busca de seguridad o intimidad. Cualquier cosa de ese estilo, ¿entiendes? A lo mejor estaba huyendo de alguien, de alguien con quien se había buscado algún lío. Casi no hablábamos de nuestra vida privada y cada día pienso que si hubiese sido mejor hermano quizá le habría encontrado. Quizás ahora estaría sentado aquí con nosotros tomándose una jarra.

Miraron instintivamente la banqueta vacía que tenían al lado.

—No pienses esas cosas, Jack. Fuiste un buen her...

—No —le interrumpió Jack levantando la voz.

Alan se quedó sorprendido.

—¿No qué?

Jack le miró a los ojos.

—No mientas.

El miedo y la incertidumbre transformaron el rostro de Alan y Jack tuvo claro que su intuición era acertada. Alan echó un vistazo al local con inquietud, pero Jack volvió a hablar enseguida:

—No es necesario que me digas que fui un buen hermano porque sé que no es cierto. No mientas para hacer que me sienta mejor.

Alan pareció aliviado con su respuesta.

—Vale, fuiste un asco de hermano.

Se rieron. Jack prosiguió:

—Por más que me haya castigado por no haber estado allí aquella noche, en el fondo sé que aunque hubiese estado presente seguramente habría ocurrido lo mismo. Porque me consta que le apoyabas, siempre le apoyaste.

Alan sonrió a su jarra con tristeza.

—La última vez que hablamos te culpaste por no haberte ido con Donal esa noche —dijo Jack mientras cogía un posavasos empapado y comenzaba a arrancarle lentamente la capa exterior—. Sé lo que se siente cuando uno se culpa a sí mismo: no es bueno. He estado viendo a algunas personas para que me ayudaran a aclarar las ideas. —Se rascó la cabeza como si sintiera vergüenza—. Me dijeron que todo esto de culparse es normal. Pensé que era importante decírtelo. Tomando una jarra.

—Gracias —dijo Alan en voz baja—, te lo agradezco.

—Ya, bueno... al menos tuviste ocasión de hablar con él antes de que se marchara, ¿no?

La mirada de Alan le dijo que no sabía bien hacia dónde estaba yendo la conversación, aunque el tono de Jack no era nada amenazante ahora que había conseguido calmarse por completo y olvidarse de lo que había adivinado.

—Tienes suerte. El resto de los chicos ni se enteraron cuando se marchó —insistió Jack.

—Yo tampoco. —Alan empezaba a inquietarse.

—¿Cómo que no? Si me lo dijiste la semana pasada —comentó Jack. Luego bebió otro trago de Guinness y echó un vistazo distraído al local, como para mantener el tono informal de la charla—. ¿Cuánta gente, eh? No creía que fuese a estar tan lleno a esta hora. —Miró el reloj: las seis de la tarde. Tenía la sensación de haber conocido a la madre de Sandy hacía días, no horas. Continuó—: La semana pasada dijiste que ojalá te hubieses marchado con él y que pensaste que no correría peligro si buscaba un taxi por allí.

Alan pareció incómodo.

—Yo no...

—Y tanto que sí, tío —interrumpió Jack con una risotada—. Puede que esté perdiendo la cabeza, pero de eso me acuerdo. Me alegró oírlo, además.

—¿Ah, sí?

—Claro —Jack asintió alegremente—, porque significa que no se largó así, sin más, ¿entiendes? Por lo menos avisó a alguien, y además encaja con que estuviera caminando en esa dirección. Seguro que eso te hace sentir mejor. Los demás chicos están frustrados consigo mismos por no haberse dado cuenta. Se culpan por no haberle visto salir. Al menos tú no tienes ese remordimiento.

Alan se revolvía en el asiento.

—Ya, supongo que no. —Se sacó la petaca del bolsillo de la camisa—. Voy afuera a fumar. Vuelvo enseguida.

—Espera un momento —dijo Jack—. Me acabo esta jarra y salgo contigo.

—Tú no fumas.

—He vuelto a caer —mintió Jack. Lo último que quería era que Alan desapareciera. Sólo tendría una oportunidad para hacer lo que pretendía—. ¿Por qué hay tanta gente esta tarde? —preguntó mientras miraba alrededor.

Alan se calmó.

—No sé. —Sacó el papel de fumar y empezó a llenar uno con tabaco—. Porque es sábado, supongo.

—¿Deberíamos coger un taxi en Arthur's Quay esta noche? —preguntó Jack como si tal cosa—. He dejado el coche en casa.

—¿Qué quieres decir?

—Allí es donde le dijiste a Donal que fuese a buscar un taxi, ¿no?

Alan respiró ruidosamente para aclararse la nariz y tragó saliva, pero no contestó. Siguió liando lentamente el cigarrillo. Jack se dio cuenta de que se dedicaba a pensar, a tratar de entender lo que estaba ocurriendo.

—Seguramente no sea tan buena idea recomendárselo a alguien ahora —dijo Jack un pelo demasiado enojado.

Alan dejó de jugar con su cigarrillo y miró a Jack.

—¿Qué está pasando, Jack?

—Hay unas cuantas cosas que no me quito de la cabeza. —Se rascó la frente con el pulgar y notó que los dedos le temblaban de ira. Alan levantó la vista y se fijó en aquello, con los ojos entrecerrados—. Perdí contacto con la mujer que me estaba ayudando a buscar a Donal —continuó Jack, y oyó que también le temblaba la voz, pero fue incapaz de hacer nada al respecto—. Y eso me ha vuelto medio loco. Pero sobre todo, lo que me molesta —hablaba entre dientes— es el hecho de que dijeras a los gardas y a mi familia y a quienquiera que te quisiera escuchar que no habías visto a Donal marcharse. La semana pasada me dijiste que sí le habías visto marcharse. En realidad hasta hablaste con él, incluso le dijiste hacia dónde tenía que ir para encontrar un taxi.

A medida que Jack hablaba, los ojos de Alan iban abriéndose. No paraba quieto con las manos, se revolvía incómodo en el asiento y le apareció una gota de sudor encima del labio superior.

—No tiene sentido, Alan. Y puede que ni siquiera tenga importancia, pero ¿puedes decirme por qué ocultaste durante un año entero que le habías dicho a mi hermano, tu mejor amigo, que fuera a buscar un taxi en una zona concreta que lo haría desaparecer?

La ira de Jack iba en aumento y con ella el volumen de su voz. Alan se puso a temblar.

—No tuve nada que ver con eso.

—¿Con qué?

—Con que Donal desapareciera. No tuve nada que ver.

Hizo el ademán de levantarse, pero Jack lo agarró del hombro y lo volvió a sentar. El tabaco de la petaca se esparció por el suelo. Jack mantenía sentado a Alan, sin apartarle la mano del hombro.

—Muy bien, pues ¿quién fue? —dijo enojado.

—No lo sé.

Jack clavó los dedos en la clavícula de Alan. Era un saco de huesos.

—Por Dios, ¿tenemos que hacer esto aquí? —dijo Alan dolorido, mientras trataba sin éxito de zafarse de Jack.

Jack apretó un poco más.

—¿Hacer qué aquí? ¿Preferirías ir a otro sitio? ¿A la comisaría, tal vez?

—Yo no hice nada. —Alan habló entre dientes—. Lo juro.

—¿Entonces por qué mentiste?

—No mentí —dijo con unos ojos muy abiertos que parecían no haber dicho una sola verdad en su vida—. Tampoco nací ayer, que digamos. Me daba miedo que la policía pensara que había tenido algo que ver.

Sus cabezas apenas distaban unos centímetros ahora.

—Dime la verdad.

—Ya lo he hecho.

—Era tu mejor amigo, Alan, siempre arrimó el hombro por ti...

—Lo sé, lo sé —le interrumpió. Se llevó los dedos manchados de nicotina a la cabeza. Las lágrimas comenzaron a asomarle a los ojos y fijó la vista en la mesa. Se estremeció.

—O me lo explicas para que lo entienda, o voy ahora mismo a la policía —amenazó Jack.

Pareció que pasaron horas hasta que Alan se armó de valor para hablar.

—Donal estaba metido en un lío —dijo, en voz tan baja que Jack tuvo que acercar la cabeza todavía más. Ahora prácticamente se tocaban.

—Eres un mentiroso.

—No soy un mentiroso. —Alan levantó la cara de golpe y Jack constató que por una vez decía la verdad—. Yo trabajaba para esos tíos...

—¿Qué tíos?

—No lo puedo decir.

Jack le agarró del cuello de la camisa.

—¿Quiénes son?

—Te estoy ayudando todo lo que puedo, Jack —dijo Alan con voz ronca, su cara cada vez más congestionada.

Jack aflojó un poco, lo justo para que Alan pudiera respirar, y escuchó.

—Convencieron a Donal para que programara no sé qué en su ordenador. Yo les hablé de él porque estaba diplomado y tal, pero vio y oyó más cosas de la cuenta y se cabrearon. Les aseguré que Donal no diría nada, pero él los amenazó con hablar.

—¿Sobre qué?

La ira se apoderaba progresivamente de Jack. No podía creer que después de un año de búsqueda la respuesta hubiese estado siempre tan cerca, que el mejor amigo de su hermano supiera la verdad.

—Eso no te lo puedo decir —dijo Alan. Apretaba los dientes, pero no podía evitar que la baba le cayera por las comisuras—. No logré convencer a Donal para que no se chivara. Él quería llevarme por el buen camino, pero no comprendía que esos tíos iban muy en serio. No atendía a razones...

Le temblaba todo el cuerpo y a Jack se le humedecieron los ojos mientras esperaba. A Alan se le quebró la voz y su vergüenza fue patente cuando susurró:

—Se suponía que sólo iban a sacudirle un poco, advertirle que no se fuese de la lengua, darle un susto...

Fue como si le echaran pimienta en los ojos. Jack montó en cólera:

—Y tú se lo serviste en bandeja —dijo con la voz tomada. Jack se puso de pie de un salto, apretó la garganta de Alan y le obligó a levantarse. Fue a dar de espaldas contra la pared y el espejo que había detrás de la cabeza de Alan se hizo añicos con el golpe. El pub se quedó en silencio y se abrió un círculo alrededor de los dos hombres. Jack volvió a golpear la cabeza de Alan contra la pared—. ¿Dónde está? —dijo entre dientes, su cara pegada a la de Alan.

Alan respiraba con dificultad, pero Jack aún apretó con más fuerza. Sólo cuando se dio cuenta de que Alan intentaba hablar aflojó un poco.

—¿Dónde está su cuerpo?

Cuando obtuvo la respuesta, soltó el cuello de Alan, retrocedió y se lo quitó de encima, arrojándolo al suelo como un guiñapo. Dejó que el garda Graham Turner, que había estado sentado allí cerca, se hiciera cargo de él, y Jack salió del pub en busca de su hermano. Esta vez podría despedirse como era debido. Esta vez ambos hermanos por fin descansarían en paz.

49

—Hola Sandy.

Grace Burns me sonrió desde su escritorio. Su despacho era un cubículo en la parte trasera de un estudio de urbanismo. Por todas partes había maquetas de edificios y planos de futuros proyectos para los alrededores.

Me senté ante su escritorio.

—Gracias por salvarme anoche de la masa enfurecida —bromeé.

—No hay de qué —contestó con una breve sonrisa—. Dime lo que realmente está ocurriendo, Sandy. ¿Tu reloj ha desaparecido?

Después de hablar con Joseph, Helena y Bobby hasta bien entrada la noche, todos convinieron en que debía mentir. Yo no estuve de acuerdo.

—Pues sí, ha desaparecido —respondí. Enarcó las cejas y se irguió en el asiento—. Pero lo último que deseo es convertirlo en un problema —advertí—. No puedo explicar cómo desapareció, igual que no puedo explicar cómo llegué aquí. Por más preguntas que me hagan tus colegas o los científicos o quienes se consideren expertos, no se podrá remediar esta situación. Tampoco quiero que el Geyperman se convierta en mi sombra. No sé nada. Tienes que darme tu palabra de que no divulgarás la noticia o, de lo contrario, no colaboraré.

—Lo entiendo —dijo—. En el tiempo que llevo aquí he conocido a unas pocas personas a las que les ha ocurrido lo mismo, pero no hemos logrado averiguar nada, y los estudios efectuados tampoco han servido para descubrir cómo llegamos aquí. Algunas de esas personas se mudaron a otra ciudad porque el caso se hizo público y les resultaba demasiado difícil vivir bajo la vigilancia constante de todo el mundo; otras resultó que habían dado una falsa alarma y acabaron encontrando lo que habían perdido. Las dos personas con quienes tuvimos ocasión de trabajar de cerca no nos aportaron nada sólido que investigar. No tenían ni idea de cómo ni por qué ocurría aquello y la mayoría de nosotros nos hemos dado cuenta de que es imposible comprenderlo.

—¿Dónde están ahora?

—Una murió, la otra vive en otro pueblo. ¿Estás totalmente segura de que tu reloj ha desaparecido?

—Desde luego.

—¿Es el único objeto que ha desaparecido?

Ahí fue donde decidí mentir. Asentí en silencio, y añadí:

—Y créeme, no hay nadie que sepa buscar mejor que yo.

Eché un vistazo al despacho mientras ella me estudiaba.

—¿A qué te dedicas en el otro mundo, Sandy? —preguntó. Luego apoyó el mentón en la mano y me miró fijamente, tratando de resolver el rompecabezas.

—Llevo una agencia de personas desaparecidas.

Se rio, pero su sonrisa se borró en cuanto vio mi expresión seria.

—¿Buscas personas desaparecidas?

—Y ayudo a la gente a reunirse, a encontrar a parientes con quienes han perdido contacto, padres biológicos de niños adoptados, esa clase de cosas —dije de un tirón.

Sus ojos se fueron abriendo más con cada ejemplo.

—Desde luego tu caso es muy diferente de los de las personas con quienes he hablado —comentó.

—O es mera coincidencia.

Lo meditó unos instantes, pero no dijo nada.

—Por eso sabes tantas cosas de la gente de aquí.

—Sólo de algunas personas. Sólo de las que participan en la obra. Por cierto, el ensayo general es esta noche. Helena me ha pedido que te invitara. —Recordé cuánto me había insistido por la mañana para que no se me olvidara—. Es *El mago de Oz*, pero no una versión musical, Helena se lo recalca a todo el mundo. Es una adaptación suya y de Dennon O'Shea. —Me reí—. Orla Keane interpreta el papel de Dorothy. La verdad es que me hace bastante ilusión. —Cuando lo dije me di cuenta por primera vez—. Al principio, la idea de organizar la obra sólo fue un pretexto para poder hablar con los posibles actores sin levantar sospechas. Creímos que sería mucho más inteligente que ir de puerta en puerta explicando historias de casa, aunque tal vez deberíamos haberlo pensado mejor. Yo no era consciente de cómo corren los rumores aquí.

—Las noticias vuelan —contestó Grace todavía aturdida. Se inclinó un poco más—. ¿Estabas buscando a alguien en concreto cuando llegaste aquí?

—A Donal Ruttle —dije, aún con alguna esperanza de encontrarle.

—No. —Sacudió la cabeza—. El nombre no me suena.

—Ahora tiene veinticinco años, es de Limerick, y debería haber llegado aquí hace un año.

—En cualquier caso no vive en este pueblo.

—Aunque me pese, algo me dice que no está aquí —pensé en voz alta, y al instante sentí lástima por Jack Ruttle.

—Yo soy de Killybegs, en Donegal... No sé si lo conoces...

—Claro que sí. —Sonreí.

Su rostro se relajó. Prosiguió:

—Aquí estoy casada, pero mi nombre de soltera es O'Donohue. Mis padres eran Tony y Margaret O'Donohue. Ambos han muerto. Vi el nombre de mi padre en las esquelas de un periódico que encontré hace seis años. Lo he guardado. —Echó una ojeada a un armario—. Carol Dempsey. ¿Conoces a Carol? Me parece que participa en la obra. Bueno, ella también es de Donegal, como ya sabrás, y me informó de la muerte de mi madre cuando llegó aquí hace unos años.

—Lo siento mucho.

—Sí, bueno... —dijo con ternura—. Soy hija única —explicó—, pero está mi tío Donie, que se mudó a Dublín pocos años antes de que yo llegara aquí.

Asentí con intención de seguir escuchándola, a la espera de que empezara su relato, pero se calló y me miró. Entonces, incómoda, cambié maquinalmente de postura al caer en la cuenta de que me estaba dando información sobre su vida para refrescarme la memoria.

—Lo siento, Grace —dije en voz baja—. Eso quizá sucedió antes de que montara la agencia. ¿Cuánto tiempo llevas aquí?

—Catorce años. —Debí de mirarla con mucha pena, porque enseguida agregó—: Me encanta vivir aquí, no me malinterpretes. Tengo un marido maravilloso y tres hijos guapísimos y me lo pensaría dos veces antes de volver, pero me preguntaba... —Se calló—. Perdona.

Se irguió y recobró la compostura.

—No pasa nada, yo también querría saber —dije con delicadeza—, pero no he tenido trato con las personas que has nombrado. Lo siento.

Se hizo el silencio y pensé que la había disgustado, aunque cuando volvió a hablar parecía estar bien:

—¿Qué te indujo a dedicarte a buscar personas desaparecidas?

Me reí.

—Esa sí que es una buena pregunta —comenté, y me paré a pensar—. En pocas palabras —sonreí—, Jenny-May Butler. Su casa estaba enfrente de la mía cuando éramos niñas en Leitrim; desapareció con diez años.

—Sí —dijo Grace sonriendo—, Jenny-May es un motivo tan bueno como cualquier otro. Menudo personaje.

Tardé un momento en captar lo que acababa de decir. El corazón me dio un vuelco.

—¿Cómo? ¿Qué has dicho?

50

—¡Vamos, Bobby, date prisa! —chillé ante la puerta de Objetos Perdidos.

—¿Qué? —gritó desde el piso de arriba.

—Trae la cámara, coge las llaves, cierra y andando. ¡Tenemos que marcharnos!

Dejé que la puerta se cerrara por su propio peso y me puse a dar vueltas por el porche con las palabras de Grace resonando en mis oídos. Conocía a Jenny-May. Me había indicado dónde encontrarla. Tenía que ir a verla enseguida. Mi excitación había rebasado el punto de ebullición y había empezado a derramarse mientras aguardaba con impaciencia a Bobby. Necesitaba que me mostrara el camino hasta la casa de Jenny-May en el bosque, pero no tenía la paciencia de explicarle qué quería.

Bobby apareció en la puerta bastante perplejo.

—¿Qué demonios estás hacien...? —Se interrumpió en cuanto vio mi mirada—. ¿Qué ha pasado?

—Coge tus cosas, Bobby, deprisa. —Le empujé al interior de la tienda—. Te lo explicaré por el camino. Trae la cámara. —Me puse a dar saltitos alrededor de él mientras recogía sus cosas con torpeza al ritmo de mis órdenes. Cuando hubo terminado de cerrar yo ya caminaba con brío por la calle polvorienta, consciente de que había aún más ojos pendientes de mí después de la reunión de la víspera en el Centro Cívico.

—¡Espera, Sandy! —le oí jadear detrás de mí—. ¿Qué demonios te ha pasado? ¡Parece que lleves un cohete en el culo!

—A lo mejor lo llevo. —Sonreí, y apreté el paso.

Bobby trotaba a mi lado.

—¿Adónde vamos?

—Aquí. —Le largué la hoja con las indicaciones y seguí caminando.

—Espera. Afloja un poco —dijo. Intentaba leerla y correr a mi lado al mismo tiempo. Una de mis zancadas equivalía a dos de las suyas, pero seguí caminando al mismo ritmo—. ¡Para! —gritó en la zona del mercado, y la gente se volvió a mirarnos. Finalmente paré—. Si de verdad quieres que lea esto tienes que decirme qué demonios está pasando.

Hablé más deprisa de lo que jamás había hablado en mi vida.

—Vale, creo que lo he pillado todo —dijo Bobby todavía un tanto confuso—, pero no he estado nunca en este sitio. —Volvió a estudiar el mapa—. Tenemos que preguntar a Helena o a Joseph.

—¡No! ¡No hay tiempo! Tenemos que ir ahora mismo —repuse con tono de niño consentido—. Bobby, he estado esperando este momento durante los últimos veinticuatro años de mi vida. Te ruego que no me retrases ahora que estoy tan cerca.

—Sí, Dorothy, aunque será preciso algo más que seguir el camino de ladrillos amarillos —dijo con sarcasmo.

Pese a mi frustración me reí.

—Entiendo que tengas prisa, pero si intento llevarte a ese sitio pasarán otros veinticuatro años antes de que lleguemos. No conozco esa parte del bosque, no sé quién es la tal Jenny-May y no tengo amigos que vivan tan lejos. Si nos perdemos, tendremos un grave problema. Vayamos a pedir ayuda a Helena primero.

Aunque casi le doblaba la edad, el muchacho era sensato, de modo que, de mala gana, dirigí mis pasos hacia casa de Helena y Joseph.

Estaban sentados en un banco delante de su casa, disfrutando del relajado ambiente dominical. Bobby, consciente de mi urgencia, fue directo hacia ellos, mientras Wanda se levantaba de un salto del suelo y abandonaba sus juegos para venir corriendo hacia mí.

—Hola, Sandy —dijo agarrándome la mano y saltando a mi lado camino de la casa.

—Hola, Wanda —contesté en tono aburrido; intentaba disimular mi sonrisa.

—¿Qué llevas en la mano?

—Se llama mano de Wanda —dije.

Miró hacia arriba con aire de impaciencia.

—No, en la otra mano.

—Es una cámara Polaroid.

—¿Por qué?

—¿Por qué es una cámara?

—No. ¿Por qué la llevas?

—Porque quiero sacar una fotografía a una persona.

—¿A quién?

—A una chica que conocía.

—¿Quién es?

—Se llama Jenny-May Butler.

—¿Es amiga tuya?

—No mucho.

—Pues entonces ¿por qué quieres sacarle una fotografía?

—No lo sé.

—¿Es porque la echas de menos?

Iba a contestar que no, pero lo pensé mejor:

—En realidad la eché mucho de menos.

—¿Y vas a verla hoy?

—Sí. —Sonreí. Al momento cogí a Wanda por las axilas y la balanceé en el aire, para gran regocijo de la chiquilla—. ¡Hoy voy a ver a Jenny-May Butler!

A Wanda le entró una risa incontenible y empezó a cantar una canción que creía conocer sobre una niña llamada Jenny-May, aunque saltaba a la vista que se la estaba inventando sobre la marcha, y me resultó muy graciosa.

—Voy a ir con vosotros —dijo Helena, e interrumpió la canción de Wanda con un beso en la coronilla. Les saqué una foto cuando vi que estaban distraídas.

—Deja de malgastar el carrete —me espetó Bobby, y le hice una foto.

—No, Helena, no hace falta que vengas. —Agité las fotos en el aire para secarlas antes de guardármelas en el bolsillo de la blusa—. Esta noche debes ir al ensayo general. Eso es más importante. Bastará con que le expliques a Bobby cómo llegar.

Empecé a inquietarme otra vez. Helena miró la hora y sentí nostalgia de mi reloj.

—Acaban de dar la una. El ensayo general no es hasta las siete; regresaremos a tiempo. Y además, quiero acompañaros. —Me pellizcó con ternura la barbilla y guiñó un ojo—. Esto es mucho más importante, y además sé exactamente adónde vamos. Ese claro no queda muy lejos de donde tú y yo nos conocimos la semana pasada.

Joseph vino a mi encuentro. Me tendió la mano.

—Buen viaje, muchacha *kipepeo*.

Se la estreché un tanto confundida.

—Voy a volver, Joseph.

—Cuento con ello. —Sonrió y me puso la otra mano en la cabeza—. Cuando regreses te contaré qué es una muchacha *kipepeo*.

—Mentiroso —dije entrecerrando los ojos.

—Bien, pongámonos en marcha —apremió Helena mientras se cubría los hombros con una *pashmina* verde lima.

Guiados por ella emprendimos la marcha hacia el bosque. Pero justo antes de adentrarnos, en el linde del bosque apareció una joven. Miraba hacia el pueblo un tanto aturdida.

—Bienvenida —le dijo Helena.

—Bienvenida —saludó Bobby alegremente

Les miró desconcertada, y luego me miró a mí.

—Bienvenida —sonreí, y con un gesto la orienté hacia la oficina del registro.

La ruta que seguía Helena discurría por senderos despejados.

El ambiente me recordó los primeros días que pasé a solas en el bosque, cuando no podía dejar de preguntarme dónde estaba. El aroma a pino era intenso, y se mezclaba con el del musgo, la corteza y las hojas húmedas. También se percibía la fetidez de las hojas putrefactas combinada con los perfumes intensos de las flores silvestres. Había nubes de mosquitos que se arremolinaban aquí y allá. Las ardillas rojas saltaban de rama en rama y de vez en cuando Bobby se detenía a recoger algún objeto de interés. En cuanto a mí, creía que no caminábamos suficientemente deprisa. Un día antes se me antojaba imposible encontrar a Jenny-May; hoy desandaba el camino que me condujo hasta el pueblo para ir a verla.

Grace Burns me explicó que Jenny-May había llegado al pueblo con un anciano francés que llevaba muchos años viviendo en el bosque solo y aislado. La niña había llamado a su puerta para pedir ayuda cuando llegó al bosque. Rara vez en los cuarenta años que llevaba viviendo Aquí el anciano se había aventurado a venir hasta el pueblo, pero hace veinticuatro años se presentó en la oficina del registro con una niña de diez que se llamaba Jenny-May Butler y que insistió en que él fuese su tutor porque era la única persona en quien confiaba. Pese a su deseo de soledad, aceptó cuidar de la niña. Decidió quedarse en su casa del bosque, pero se aseguró de que Jenny-May fuera y volviera del colegio cada día e hiciera amistades sólidas. Enseguida aprendió francés, idioma que hablaba cuando iba al pueblo, con lo cual pocos miembros de la comunidad irlandesa conocían sus verdaderos orígenes. Jenny-May cuidó de su tutor hasta el día de su muerte hace quince años, y decidió quedarse en la casa que consideraba su hogar, lejos del pueblo, adonde sólo iba en contadas ocasiones.

Al cabo de veinte minutos llegamos al claro donde había conocido a Helena y ésta insistió en que hiciéramos una pausa. Bebió agua de la cantimplora y nos la pasó a Bobby y a mí. Yo no tenía sed ni calor a pesar del ardiente día: mi mente estaba centrada en Jenny-May. Quería seguir adelante, seguir caminando hasta que llegásemos a su casa. A partir de ahí no tenía ni idea de lo que sucedería.

—¡Jesús! No te había visto nunca así —dijo Bobby extrañado—. Es como si tuvieras los pantalones llenos de hormigas.

—Siempre es así —intervino Helena mientras se abanicaba el rostro sudoroso y cerraba los ojos.

Yo iba de acá para allá dando saltitos y pateando las hojas en un intento de canalizar la adrenalina. Me sentía más inquieta a cada segundo que pasaba, hasta que finalmente se dieron por aludidos y reemprendimos la marcha, cosa que me alegró y al mismo tiempo me hizo sentir culpable.

El siguiente tramo del viaje fue más largo de lo que Helena pensaba. Caminamos otra media hora antes de divisar una pequeña cabaña de madera en un claro, a lo lejos. El humo que salía de la chimenea seguía la dirección de los altos pinos hasta rebasarlos, elevándose al cielo totalmente despejado, donde aquéllos no podían llegar.

Dejamos de caminar en cuanto vimos la cabaña en la lejanía. Helena tenía la cara congestionada por el cansancio y me sentí aún más culpable de haberla llevado a semejante excursión en un día tan caluroso. Bobby se miraba la cabaña con cierta decepción, ya que probablemente se había esperado algo bastante más lujoso que aquello. Yo, por mi parte, estaba más emocionada que nunca. La visión de la humilde vivienda me dejó sin aliento. Era el hogar de una niña que siempre había alardeado de desear mucho más y, sin embargo, para mí la visión era un sueño, una imagen encantadora. Tan linda como Jenny-May.

Altos pinos se erguían protectores a los lados de la casa. Delante, en medio del gran claro, había un pequeño jardín, con arbustos bajos, vistosas flores y lo que de lejos aparentaba ser un huerto o un herbario. Los mosquitos y las moscas, cuando brillaban al sol, parecían criaturas simbióticas que daban vueltas en el aire y formaban nubecillas esparcidas por todas partes. El sol entraba a raudales a través de los árboles e iluminaba la escena.

—Oh, mirad —dijo Helena mientras le pasaba la cantimplora a Bobby: acababa de ver que una niña rubia salía por la puerta de la cabaña. Su risa resonaba en el claro y la brisa la trajo hasta nosotros. Me tapé la boca con la mano. Debí de emitir algún sonido, que yo no oí, porque Bobby y Helena se volvieron de inmediato hacia mí. Se me llenaron los ojos de lágrimas mientras miraba a la chiquilla de no más de cinco años que era idéntica a la niña con quien comencé mi primer día de colegio. Entonces una voz de mujer la llamó desde la casa y el corazón me palpitó con fuerza.

—¡Daisy!

Luego se oyó una voz de hombre:

—¡Daisy!

La pequeña Daisy correteaba por el jardín delantero entre risitas y su vestido amarillo limón ondeaba al viento. Salió un hombre de la casa y se puso a perseguirla. Su risa se convirtió entonces en alegre griterío. Él hacía ruidos aterradores detrás de ella y simulaba que iba a atraparla, a lo cual la niña respondía con más chillidos y risas. Finalmente la atrapó y le hizo dar vueltas en el aire mientras ella gritaba «¡más, más, más!». El hombre se detuvo cuando los dos se quedaron sin aliento y la llevó en brazos de vuelta a la cabaña. Justo antes de entrar se detuvo y se volvió despacio para mirar directamente hacia donde estábamos nosotros.

Al momento le comentó algo a quien estuviera dentro. Oímos la voz de mujer otra vez, pero no entendimos sus palabras. Se quedó allí plantado, de cara a nosotros.

—¿Necesitan algo? —gritó mientras se llevaba la mano a la frente para protegerse del sol.

Helena y Bobby me miraron. Yo contemplaba sin habla al hombre con la niña en brazos.

—Pues sí, gracias. Estamos buscando a Jenny-May Butler —gritó Helena cortésmente—. No estoy segura de estar en el sitio correcto.

Yo no tenía la menor duda de que estábamos en el sitio correcto.

—¿Quién la busca? —preguntó él en tono amable—. Perdonen, es que no puedo verles desde aquí.

Caminó unos pasos hacia nosotros.

—Ha venido a verla Sandy Shortt —gritó Helena.

De inmediato una figura apareció en el umbral.

Respiré profundamente, y pude oírme.

Melena rubia, esbelta y guapa. Igual pero mayor. Mi edad. La niña que había sido se había esfumado. Llevaba un vestido holgado de algodón blanco e iba descalza. Se le cayó un trapo al suelo cuando se llevó la mano a la frente para taparse el sol; sus ojos se posaron en mí.

—¿Sandy? —preguntó, dubitativa. Tenía la misma voz, aunque adulta. Le temblaba por la incertidumbre, había en ella miedo y alegría.

—Jenny-May —contesté a pleno pulmón, exactamente con el mismo tono en mi voz.

Luego la oí llorar mientras lentamente se acercaba hacia mí y me oí a mí misma llorar cuando caminaba hacia ella. Y vi que me tendía los brazos y noté que yo hacía lo mismo. La distancia entre nosotras se fue acortando, la idea de tenerla ante mí se hacía más real. Su llanto era audible y el mío también. Llorábamos como niños mientras caminábamos la una hacia la otra y nos examinábamos la cara, el pelo, el cuerpo y recordábamos lo bueno y lo malo. Y de pronto estuvimos la una al alcance de la otra y nos fundimos en un abrazo. Lloramos abrazadas, separándonos a cada tanto para mirarnos a la cara, enjugarnos las lágrimas de las mejillas y volvernos a abrazar, incapaces de soltarnos.

51

—Jack —dijo el garda Graham Turner sorprendido—, ¿qué haces aquí otra vez? No tendremos los resultados del forense hasta dentro de unos días y te prometo que nos pondremos en contacto contigo enseguida.

El tiempo se les había adelantado y no había tenido la menor clemencia con el cuerpo de Donal. Todavía esperaba a ser identificado oficialmente, pero a Jack y a su familia el corazón les decía que se trataba de Donal. Se habían encontrado flores frescas y marchitas en el lugar que Alan había visitado cada semana del año. Éste había confesado su verdadera historia a la policía la noche anterior, aunque se negó a dar los nombres de la banda implicada. En los meses venideros sería juzgado, y Jack se alegró de que su madre no tuviera que ver cargar con parte de la culpa por el asesinato de su hijo a un hombre al que casi había criado.

Tras comentar los acontecimientos de la noche con su familia, Jack regresó a Foynes a primera hora del alba. El pueblo aún estaba celebrando el festival con la misma energía que al principio de la velada. Pasó de la música y de los cantos y entró en el dormitorio, donde Gloria aún dormía. Se sentó en la cama a su lado y la observó, sus largas pestañas negras apoyadas en lo alto de sus sonrosadas mejillas. Tenía la boca entreabierta y el leve murmullo de su respiración hacía que su pecho blanco palpitara suavemente. Fue el sonido hipnótico de aquella visión lo que le indujo a hacer lo que no había hecho en todo un año. Alargó el brazo, le puso una mano en el hombro y la despertó con ternura, invitándola por fin a su mundo. Después de toda una noche conversando sobre el año transcurrido y sobre lo que habían aprendido en la última semana, Jack por fin se había sentido cansado y había podido acompañar a Gloria en su mundo de sueños.

—No estoy aquí por Donal —explicó Jack en la comisaría. Era domingo por la tarde—. Tenemos que encontrar a Sandy Shortt.

—Jack. —Graham se frotó los ojos cansado. Su escritorio y los de alrededor estaban llenos de papeles y los teléfonos sonaban sin cesar—. Ya la hemos buscado.

—No lo suficiente. Ahora escúchame. Es posible que Sandy se pusiera en contacto con Alan y que a éste le entrara el pánico. Nunca se sabe. Es posible que quedaran en verse y que Alan se pusiera nervioso al pensar que se estaba acercando a la verdad y quizás hizo algo, no sé qué. Ni siquiera estoy hablando de asesinato. Me consta que Alan es incapaz de eso pero —hizo una pausa—, pensándolo bien —la ira le dilató las pupilas—, puede que lo hiciera, quizá se desesperó y...

—No lo hizo —interrumpió Graham—. He hablado con él una y mil veces. No sabe nada sobre ella, ni siquiera sabía quién era. Me dijo que no tenía ni idea de qué le estaba hablando. Lo único que sabía era lo que tú le habías dicho: que una mujer desconocida te estaba ayudando a buscar a Donal. Eso es todo. —Miró a Jack a los ojos y suavizó el tono—. Por favor, Jack, déjalo ya.

—¿Dejarlo? ¿Lo mismo que todo el mundo me decía cuando buscaba a Donal?

Graham se puso rígido en la silla, violentado.

—Alan era el mejor amigo de Donal y mintió durante un año entero sobre lo que le había ocurrido. Bastantes problemas tiene ya. ¿Piensas que se molestará en contarnos lo que pudo haberle hecho a una mujer que le importa un pimiento? ¿Acaso no tenía razón yo sobre Alan la primera vez? —concluyó Jack levantando la voz.

Graham guardó silencio un buen rato. Se mordía unas uñas inexistentes y, de repente, tomó una decisión:

—De acuerdo. —Cerró los ojos y se concentró—. Comenzaremos por inspeccionar el lugar donde apareció el coche abandonado.

52

He pensado intensamente en ese momento con Jenny-May durante muchas horas, días y noches, pero no tengo palabras para describir el tiempo que pasamos juntas ese día. Fue más importante que las palabras; tuvo más significado que las meras palabras.

Nos alejamos de la cabaña y dejamos que Bobby, Helena, Daisy y el marido de Jenny-May, Luc, se quedaran charlando. Teníamos un montón de cosas que decirnos. Explicar nuestra conversación no haría justicia al momento, porque en realidad no hablamos de nada. Explicar lo que sentí al contemplar cómo cobraba vida una versión adulta de la foto grabada en mi memoria no alcanzaría a transmitir la enormidad de mi deleite. Deleite: no es palabra suficiente. ¿Alivio, júbilo, puro éxtasis? Ni siquiera se aproximan.

La puse al día sobre personas que conocía y que hacían cosas que sólo a ella interesaban. Me habló de su familia, de su vida, de todo lo que había hecho desde que la viera por última vez. Le hablé de la mía. Ni una sola mención al modo en que me trataba cuando éramos pequeñas. ¿Parece raro? Entonces no lo pareció. No tenía importancia. Ni una sola mención al lugar donde estábamos. ¿Parece raro también? Tal vez, pero eso tampoco importaba. No se trataba de cuándo o dónde, tan sólo de ahora. De este momento, de hoy. El tiempo nos pasó volando, apenas vimos el sol ponerse y la luna salir. No notamos el calor alejarse de nuestra piel ni la brisa nocturna refrescarla. No sentíamos nada, no oíamos nada, no veíamos nada salvo las historias, sonidos y visiones de nuestras cabezas, que compartíamos entregadas. Sé que no significa nada para los demás, pero lo es todo para mí.

Aunque quizá baste con decir que una parte de mí se liberó esa noche, igual que, según percibí, le ocurrió a Jenny-May. Ninguna de las dos lo dijo en voz alta, por supuesto. Pero ambas nos dimos cuenta.

53

Helena nos gritó que tenía que regresar al pueblo para el ensayo general, de modo que mientras los demás se despedían Jenny-May y yo juntamos nuestras cabezas, miramos a la cámara que yo sostenía con una mano y sonreímos. Saqué la foto y la metí en el bolsillo de la blusa. Jenny-May declinó la invitación a ver la obra; prefirió quedarse en casa con su familia. Quedamos en volver a vernos, pero no concretamos nada. No fue porque no sintonizáramos, sino porque ambas teníamos la impresión de que nos lo habíamos dicho todo y que lo que no habíamos dicho se sobreentendía. A veces eso es lo único que necesita la gente. Simplemente saber.

Jenny-May nos prestó una linterna; el sol se empezaba a ocultar detrás de los árboles y la luz que nos rodeaba era ya de un color azulado. Helena nos guió de regreso al pueblo. Después de un rato vi las luces a lo lejos. Ebria de felicidad, quise mirar las fotos una vez más mientras caminaba. Saqué dos y me palpé el bolsillo en busca de la tercera. Se había esfumado.

—Oh, no —gemí. Me detuve y me puse a inspeccionar el suelo.

—¿Qué pasa?

Bobby dejó de caminar y llamó a Helena para que nos esperara.

—He perdido mi foto con Jenny-May.

Empecé a desandar el camino.

—Un momento, Sandy. —Bobby me siguió, mirando al suelo—. Llevamos casi una hora caminando. Podría estar en cualquier parte. Tenemos que regresar al Centro Cívico para la obra; en realidad ya vamos tarde. Puedes sacarte otra foto con ella mañana a plena luz del día.

—No, no puedo —me quejé, mientras aguzaba la vista para ver el suelo en la luz crepuscular.

Helena, que hasta entonces no había dicho palabra, se acercó.

—¿Se te ha caído? —preguntó.

Eso me detuvo y la miré. Su rostro era serio, su tono grave.

—Supongo. Dudo mucho que saltara y echara a correr por su cuenta.

—Ya sabes a qué me refiero.

—No, está claro que se me ha caído. El bolsillo es muy abierto, ¿veis? —Les mostré lo poco profundo que era el bolsillo frontal de la blusa—. ¿Por qué no os adelantáis mientras yo me quedo aquí un rato para echar un vistazo?

No las tenían todas consigo.

—Estamos a menos de cinco minutos del pueblo. Se ve el sendero perfectamente. —Sonreí—. De verdad, no me pasará nada. Tengo que encontrar esa foto y luego iré derecha al Centro Cívico a ver la obra. Lo prometo.

Helena me miraba de manera extraña, visiblemente indecisa entre quedarse a ayudarme a mí o ir a ayudar a los actores a preparar el ensayo general.

—No pienso dejarte aquí sola —dijo Bobby.

—Toma, Sandy, quédate la linterna. Bobby y yo veremos bien el camino a partir de aquí. Sé que para ti es importante encontrarla.

Me pasó la linterna y me pareció ver lágrimas en sus ojos.

—¡Helena, deja de preocuparte! —Me reí—. No me pasará nada.

—Ya lo sé, corazón. —Se inclinó hacia mí y, con un movimiento repentino, me dio un beso en la mejilla y me estrechó en un breve abrazo—. Ten cuidado.

Bobby me sonrió por encima del hombro de Helena.

—Que tampoco va a morirse, Helena —dijo.

Helena le arreó una colleja en plan de broma.

—Tú te vienes conmigo. ¡Necesito que traigas todos los vestidos de la tienda cuanto antes, Bobby! ¡Prometiste que estarían listos ayer!

—¡Eso fue antes de que el consejo convocara a nuestra David Copperfield en el Centro Cívico! —se defendió.

Helena lo fulminó con la mirada.

—¡Vale, vale! —Se apartó de ella—. Espero que encuentres la foto, Sandy.

Me guiñó el ojo antes de seguir a Helena camino del pueblo. Los oí rezongar y bromear durante un rato hasta que el sonido de sus voces se desvaneció y entraron en el pueblo.

Di media vuelta y continué inspeccionando el suelo. Recordaba bastante bien la ruta por la que habíamos venido. Parecía que hubiese un sendero principal, pocas veces nos habíamos topado con encrucijadas, de modo que con los ojos pegados al suelo fui desandando el camino de vuelta al corazón del bosque.

Helena y Bobby corrían de acá para allá entre bastidores: arreglaban trajes, recomponían cremalleras rotas en el último momento y cosían desgarrones, repasaban el texto con actores nerviosos y levantaban los ánimos de tramoyistas presas del pánico. Helena corrió a ocupar su butaca en el auditorio al lado de Joseph justo antes de que empezara la actuación y finalmente se pudo relajar por primera vez en la última hora.

—¿Sandy no está contigo? —preguntó Joseph echando un vistazo alrededor.

—No —dijo Helena sin apartar la vista del frente para no mirar a su marido—. Se ha quedado en el bosque.

Joseph tomó la mano de su esposa y susurró:

—En la costa de Kenya, donde nací, hay un bosque que se llama Arabuko-Sokoke.

—Sí, me has hablado de él —dijo Helena.

—Allí es donde viven las muchachas *kipepeo*, unas criadoras de mariposas que protegen el bosque.

Helena le miró; por fin descubría el significado del apodo.

Joseph sonrió.

—Se las conoce como las guardianas del bosque.

—Se ha quedado en el bosque para buscar una foto de ella y Jenny-May. Cree que la ha perdido.

Las lágrimas asomaron a los ojos de Helena y Joseph le estrechó la mano.

Se abrió el telón.

A veces creía ver el borde blanco de la foto resplandeciendo a la luz de la luna; entonces salía del sendero para buscar entre la hierba y las matas y con la linterna espantaba pajarillos y otras criaturas. Al cabo de media hora habría jurado que ya tendría que estar en el claro. Alumbré con la linterna alrededor en busca de algún elemento reconocible, pero no había otra cosa que árboles, árboles y más árboles. Aunque, por otra parte, había caminado mucho más despacio y por tanto era normal que tardara más en llegar. Decidí seguir avanzando en la misma dirección. Ya era noche cerrada; los búhos ululaban y otras criaturas, que se movían por su hábitat natural, se asustaban al toparse conmigo, una intrusa. No tenía previsto quedarme mucho más rato. Estaba tiritando; el fresco del anochecer daba paso poco a poco al frío. Alumbré al frente, ya que deduje que la fotografía me habría caído más cerca de casa de Jenny-May de lo que había supuesto en un principio.

—¿Dónde estoy?

Orla Keane salió a escena convertida en Dorothy Gale y contempló el Centro Cívico transformado en gran teatro para la ocasión.

—¿Qué tierra extraña es ésta?

Media hora más tarde, sudorosa, jadeante y mareada después de haber corrido en distintas direcciones, reconocí el claro un poco más adelante. Me detuve y me incliné para apoyarme en un árbol y recobrar el aliento. Luego solté un suspiro de alivio; me sorprendía constatar la angustia que me había causado pensar que estaba perdida.

—Necesito un corazón —cantó Derek.

—Necesito un cerebro —anunció Bernard como un histrión.

—Y necesito valor —dijo Marcus quedamente, en su tono cansino.

El público se rio con ganas mientras abandonaban el escenario a la pata coja y cogidos del brazo, Dorothy incluida.

En el claro había más luz: la luna brillaba sin que los árboles la tapasen. El suelo era azul, y en medio alcancé a ver una reluciente superficie blanca cuadrada. A pesar del cansancio y de las punzadas de dolor en el pecho empecé a correr hacia la fotografía. Era consciente de que llevaba fuera más tiempo del que me había propuesto y que había prometido a Helena que asistiría al ensayo de la obra. Una mezcla de emociones encontradas bullía en mi interior, me debatía entre buscar la fotografía o reunirme con Helena y mis nuevos amigos. Como no estaba concentrada y corría a toda velocidad por la oscuridad como una tonta con los tacones altos de Barbara Langley, pisé una roca suelta y se me torció el tobillo. El dolor me hizo contraer la pierna, con lo cual perdí el equilibrio. El suelo vino a mi encuentro: no pude hacer nada por impedirlo.

—¿Me estás diciendo que en cualquier momento habría podido volver a casa? —preguntó Orla Keane con toda inocencia. El público se rio.

—Sí, Dorothy —dijo Carol Dempsey, caracterizada como la

bruja buena Glinda, con su amabilidad habitual—. Sólo tienes que entrechocar los tacones y decir las palabras mágicas.

Helena apretó más la mano de Joseph y él le correspondió.

Orla Keane cerró los ojos y comenzó a entrechocar los tacones.

—No hay lugar como el hogar —decía, haciendo que el público se sumara a su mantra—. No hay lugar como el hogar.

Joseph se volvió hacia su esposa y vio que una lágrima le corría por la mejilla. Se la enjugó con el pulgar antes de que le llegara al mentón.

—Nuestra *kipepeo* ha emprendido el vuelo.

Helena asintió y le cayó otra lágrima.

Noté cómo desaparecía todo debajo de mí, me di un golpe seco en la cabeza contra algo duro. El dolor me recorrió el espinazo y el mundo se desvaneció.

En escena, Orla Keane entrechocó los tacones por última vez antes de esfumarse en una nube de humo, cortesía de los petardos de Bobby.

—No hay lugar como el hogar.

54

—Me parece que no está aquí.

Graham fue al encuentro de Jack en la arboleda de Glin. A lo lejos, los fuegos artificiales estallaban sobre el pueblo de Foynes, donde se celebraba la clausura del Irish Coffee Festival. Ambos se detuvieron a contemplarlos.

—Me da que igual tenías razón —admitió Jack finalmente. Habían pasado las últimas horas inspeccionando la zona donde Sandy abandonó su coche. Pese a que había oscurecido a media búsqueda, Jack había insistido tanto que continuaron a oscuras. En aquellas condiciones difícilmente iban a encontrar nada, y se dio cuenta de que los demás empezaban a mirar el reloj, cansados de buscar en balde.

—Te agradezco que me hayas dejado intentarlo —dijo Jack cuando iniciaron el camino de vuelta a los coches.

De pronto se oyó un crujido, un ruido como de árbol abatido. Un golpe sordo y un grito de mujer. Se detuvieron en seco y se miraron.

—¿De dónde ha venido eso? —preguntó Graham mientras se daba media vuelta y alumbraba en todas direcciones con la linterna. Oyeron un gemido a su izquierda y todos corrieron hacia allí. La linterna de Jack iluminó a Sandy, que estaba tendida boca arriba, con una pierna que parecía dislocada y sangre en las manos y la ropa.

—Dios mío. —Jack corrió a arrodillarse a su lado—. ¡Está aquí! —gritó a los demás, que enseguida acudieron y se agolparon a su alrededor.

—Venga, apartaos, dejadle sitio.

Graham avisó una ambulancia por radio.

—No quiero moverla. La cabeza le sangra mucho y creo que también tiene una pierna rota. Por Dios, Sandy, dime algo.

Sandy parpadeó y abrió los ojos.

—¿Quién eres? —susurró.

—Soy Jack Ruttle —dijo, aliviado al ver que reaccionaba.

—Que siga hablando, Jack —intervino Graham.

—¿Jack? —Sandy abrió los ojos sorprendida—. ¿Tú también has desaparecido?

—¿Qué? No. —Frunció el ceño—. No, no he desaparecido.

Miró a Graham preocupado. Éste le insistió en que siguiera hablando.

—¿Dónde estoy? —preguntó Sandy confundida. Intentó mover la cabeza y soltó un grito de dolor.

—No te muevas. La ambulancia viene de camino. Estás en Glin, en Limerick.

—¿En Glin? —repitió Sandy.

—Sí, teníamos que encontrarnos aquí la semana pasada, ¿recuerdas?

—¿Estoy en casa? —Los ojos se le llenaron de lágrimas, que enseguida le corrieron por la cara sucia de barro—. Donal —dijo de pronto, dejando de llorar—. Donal no estaba allí.

—¿Dónde no estaba Donal?

—He estado en ese lugar, Jack. Oh, Dios mío, el lugar donde estaban todas las personas desaparecidas. Helena, Bobby, Joseph, Jenny-May... Dios mío, la obra de Helena. Me estoy perdiendo su obra. —Volvieron a saltársele las lágrimas—. Tengo que levantarme. —Intentó moverse—. Tengo que ir al ensayo general.

—Tienes que esperar hasta que venga la ambulancia, Sandy. No te muevas. —Volvió a mirar a Graham—. Está delirando. ¿Dónde demonios está esa ambulancia?

Graham habló de nuevo por radio.

—Está al llegar.

—¿Quién te ha hecho esto, Sandy? Dime quién ha sido y te prometo que lo cogeremos —dijo Jack, con un principio de ira.

—Nadie. —Pareció confundida—. Me caí. Ya te he dicho que he estado en el lugar... ¿Dónde está mi fotografía? He perdido una fotografía. Ay, Jack, tengo que decirte una cosa —murmuró—. Es sobre Donal.

—Dime —la apremió Jack.

—No estaba allí. No estaba en... el lugar con todos los demás. No había desaparecido.

—Ya lo sé —dijo Jack apenado—. Lo hemos encontrado esta mañana.

—Lo siento mucho.

—¿Cómo lo sabías?

—No estaba allí, con todas las personas desaparecidas —farfulló poco antes de que se le cerraran los ojos.

—No te me vayas, Sandy —suplicó Jack.

Abrí los ojos a un blanco intenso, los párpados me pesaban. Miré alrededor, pero el solo hecho de mover las órbitas me dolía. La cabeza me palpitaba. Gemí.

—Cielo...

La cara de mi madre apareció encima de mí.

—Mamá.

Al instante rompí a llorar y me estrechó entre sus brazos.

—No pasa nada, cielo, todo va bien —dijo para tranquilizarme mientras me acariciaba el pelo.

—Te he echado mucho de menos. —Lloré sobre su hombro sin hacer caso de las punzadas de dolor que sentía en el resto del cuerpo.

Sus caricias cesaron cuando le dije eso. La impresión que le causaron mis palabras la paralizó, y luego, poco a poco, me volvió a acariciar. Noté que mi padre me besaba en lo alto de la cabeza.

—Te he echado en falta, papá —dije sin dejar de llorar.

—Nosotros también te hemos extrañado, cariño —habló con voz temblorosa.

—He encontrado el lugar —expliqué con emoción. Los sonidos y visiones a mi alrededor todavía eran borrosos y lejanos. Mi propia voz sonaba apagada—. He encontrado el lugar al que van las cosas que desaparecen.

—Sí, cielo, Jack nos lo ha dicho. —La voz de mi madre revelaba inquietud.

—No, no estoy loca, no me lo he imaginado. De verdad que estuve allí.

—Sí —me calmó—, necesitas descansar, cielo.

—Las fotografías están en el bolsillo de mi blusa —insistí, en un intento de aclararles todos los pormenores, pero tenía la cabeza hecha un lío—. La blusa no es mía, es de Barbara Langley, de Ohio. La encontré. Las metí en el bolsillo.

—La policía no encontró nada, cielo —dijo mi padre en voz baja; no quería que nadie nos oyera—. No hay ninguna fotografía.

—Pues se me habrán caído. —Hablé entre dientes, cansada de dar explicaciones—. ¿Gregory está aquí? —pregunté.

—No. ¿Quieres que le llamemos? —preguntó mi madre encantada—. Quería llamarle, pero Harold no me ha dejado.

—Llámale. —Fue lo último que recuerdo haber dicho.

Desperté en mi habitación de siempre, en casa de mis padres, y contemplé el mismo papel pintado con motivos florales que me vi obligada a ver a lo largo de toda la adolescencia. Entonces lo detestaba, me moría de ganas de perderlo de vista, pero ahora me proporcionaba una curiosa sensación de sosiego. Sonreí, encantada de estar en mi casa por primera vez en la vida. No había ninguna bolsa de viaje junto a la puerta, ninguna sensación de claustrofobia ni de miedo a perder nada. Llevaba tres días en casa recuperando el sueño perdido y reposando mi lastimado cuerpo. Tenía una pierna rota, un tobillo torcido y varios puntos en la coronilla, pero estaba en casa y era feliz. Pensaba a menudo en Helena, Bobby, Joseph y Wanda, y los añoraba mucho. Sin embargo, sabía que entenderían lo que había ocurrido, y me preguntaba si habían sabido desde el principio que las cosas iban a acabar así.

Llamaron a la puerta.

—Adelante —contesté.

Gregory asomó la cabeza y al momento entró con una bandeja de comida.

Gruñí:

—Basta de comida. Creo que os habéis confabulado para hacerme engordar.

—Intentamos que vuelvas a encontrarte bien —comentó con gravedad mientras dejaba la bandeja en la cama—. Las flores las ha traído la señora Butler.

—Qué detalle —dije, enternecida—. ¿Sigues pensando que estoy loca? —pregunté.

Le había contado dónde había estado en cuanto tuve fuerzas para hacerme entender. Evidentemente, mis padres también le habían pedido que hablara conmigo sobre ello; era el asunto más apremiante en su orden del día, aunque él estaba empeñado en no interpretar el papel de terapeuta. Ya no. Eso había sido antes y ahora era diferente.

Gregory eludió la pregunta.

—Hoy he hablado con Jack Ruttle —comentó.

—Bien. Espero que te hayas disculpado.

—Claro que me he disculpado.

—Bien —repetí—, porque de no haber sido por él estaría literalmente tendida en una zanja por ahí. Mi propio compañero no se tomó la molestia de sumarse a la partida de búsqueda —dije enfurruñada.

—Francamente, Sandy, si me uniera a una partida de búsqueda cada vez que desapareces... —Se calló. Le habría gustado hacer una broma, pero el ambiente de repente parecía enrarecido.

—Bueno, no volverá a suceder.

Me miró inseguro.

—Lo prometo, Gregory. He encontrado lo que andaba buscando.

Alargué el brazo para tocarle la mejilla. Él sonrió, pero comprendí que pasaría mucho tiempo antes de que me creyera de verdad. Los últimos días me había cuestionado si yo misma lo creía.

—¿Qué te ha dicho Jack por teléfono?

—Que había vuelto al sitio donde te encontraron para buscar las fotografías que habías mencionado, pero que no había hallado nada.

—¿Él también cree que estoy loca?

—Seguramente, pero te sigue queriendo porque está convencido de que tú y tu madre le ayudasteis a encontrar a su hermano.

—Es un encanto. De no haber sido por él... —repetí para fastidiar a Gregory.

—Si no tuvieras la pierna rota, te la rompería con gusto —amenazó, y acto seguido se puso serio otra vez—. ¿Sabes que tu madre ha recibido una llamada de los Sheen? Los que compraron la casa de tus abuelos hace años.

—Sí. —Arranqué un trozo de corteza de una tostada y me lo metí en la boca—. Me pareció un poco raro. Me cuesta creer que llamaran para decir que se mudan.

Gregory carraspeó.

—En realidad, bueno, no llamaron por eso; tu padre se inventó esa historia.

—¿Qué? ¿Por qué? —pregunté alarmada. Dejé la tostada en el plato. Se me había quitado el apetito de golpe.

—No quería que te preocuparas.

—Cuéntame, Gregory.

—Bueno, tus padres tal vez no estén de acuerdo, pero me parece importante que sepas que en realidad llamaron para decir que habían encontrado un oso de peluche que te pertenecía. Un tal Mr. Pobbs. Estaba debajo de una cama en la habitación de invitados, con tu nombre escrito en su pijama a rayas.

Solté un grito ahogado.

—Todo está volviendo.

—Les pareció especialmente inusual porque llevaban años

usando ese cuarto como trastero y hasta el mes pasado no lo volvieron a convertir en dormitorio. Y nunca habían visto el oso de peluche.

—¿Por qué no me lo ha dicho nadie?

—Tus padres no querían que volvieras a inquietarte, pretendían que no hablaras de ese lugar desaparecido y...

—No es un lugar desaparecido, es un lugar al que van las personas y las cosas que desaparecen —dije enojada. Una vez más me di cuenta de lo estúpido que parecía.

—Vale, vale, serénate.

Se rascó la cabeza y apoyó los codos en las rodillas.

—¿Qué pasa? —pregunté.

—Nada.

—Gregory, siempre que te pasa algo me doy cuenta. Explícamelo.

—Bueno —se retorció las manos—, después de su llamada volví a reflexionar sobre tu... teoría.

Hice una mueca de desesperación.

—¿Qué trastorno crees que padezco ahora?

—Déjame terminar. —Levantó la voz y un tenso silencio se instaló entre nosotros. Al cabo de un rato prosiguió—: Al vaciar tu bolsa del hospital encontré esto en el bolsillo de tu blusa.

Contuve el aliento mientras sacaba algo del bolsillo superior de su chaqueta.

Era mi fotografía con Jenny-May.

La cogí como si fuese el objeto más frágil del mundo. Los árboles enmarcaban la instantánea.

—¿Me crees ahora? —susurré mientras le acariciaba con las puntas de los dedos.

Se encogió de hombros.

—Ya sabes cómo funciona mi mente, Sandy. Para mí esta corriente de pensamiento es disparatada. Pero —continuó con firmeza ante mi mirada de enfado, sin darme tiempo a replicar—, esto es muy difícil de explicar.

—De momento me conformo con eso —acepté, mirando la fotografía más de cerca.

—Seguro que a la señora Butler le gustaría verla —dijo.

—¿Tú crees?

Tenía mis dudas. Gregory lo meditó.

—Pienso que es la única mujer a quien podrías mostrársela. De hecho, pienso que es la única mujer a quien deberías mostrársela.

—¿Pero cómo se lo voy a explicar?

Me miró, separó las manos abiertas y se encogió de hombros.

—Esta vez tú eres la única que tiene la respuesta.

55

A veces, las personas desaparecen delante de nuestros propios ojos. A veces, las personas te descubren de repente, aunque te hayan estado mirando todo el tiempo. A veces, nos perdemos de vista a nosotros mismos cuando no prestamos suficiente atención.

Días después, cuando me sentí con fuerzas para salir a la calle con las muletas, bajo la atenta mirada de Gregory y de mis padres, crucé la calle renqueante hasta casa de la señora Butler. Llevaba la fotografía de su hija en el bolsillo. El farol del porche emitía un cálido resplandor naranja encima de la puerta y me atrajo como una polilla seducida por el calor. Respiré profundamente y llamé a la puerta: sentía que era mi responsabilidad y sabía que había esperado mi vida entera a que llegara ese momento.

Todos nos perdemos en alguna ocasión, sea por decisión propia o debido a fuerzas que escapan a nuestro control. Cuando descubrimos lo que nuestra alma necesita aprender, el camino de vuelta se presenta por sí mismo. A veces vemos la salida, pero seguimos avanzando y ahondando a pesar de nosotros mismos: el miedo, la rabia y la tristeza nos impiden regresar. A veces preferimos permanecer perdidos y errantes, ya que suele resultar más fácil. Otras veces hallamos la salida. Pero, pase lo que pase, siempre nos acaban encontrando.

Agradecimientos

Mi más sincero agradecimiento (y despedida) a Maxine Hitchcock por todo su trabajo en mis cuatro primeros libros: te echaré de menos a lo largo del viaje, pero espero que nuestros caminos vuelvan a cruzarse en el futuro.

Gracias a Lynne Drew, Amanda Ridout y el equipo de Harper Collins por su magnífico apoyo.

Gracias a Marianne Gunn O'Connor por su inspiración y motivación constantes.

También gracias a las siempre bien dispuestas Pat Lynch y Vicki Satlow, así como a Dermot Hobbs y John-Paul Moriarty.

Un agradecimiento especial a David, Mimmie, a mi padre, Georgina, Nicky y todos los demás miembros de mi familia; los Kelly, los Ahern y, por supuesto, las Brujas de Eastwick: Paula Pea, Susana y S. J.

Gracias a todos mis lectores: ésa es la mayor motivación de todas.